Stephen Spotswood

Die Tote im Wanderzirkus

Autor

Stephen Spotswood ist ein preisgekrönter Autor von Theaterstücken, Journalist und Theaterpädagoge. Zusammen mit seiner Frau, der Jugendbuchautorin Jessica Spotswood, ihrer Katze und einer stetig wachsenden Büchersammlung lebt und arbeitet er in Washington, D. C.

Von Stephen Spotswood bereits erschienen

Die Tote auf dem Maskenball

STEPHEN SPOTSWOOD

DIE TOTE IM WANDER-ZIRKUS

PENTECOST & PARKER ERMITTELN

Kriminalroman

Deutsch von
Charlotte Lungstrass-Kapfer

blanvalet

Die Originalausgabe erschien 2021 unter dem Titel
»Murder Under Her Skin (A Pentecost & Parker Mystery 2)«
bei Doubleday, New York.

FSC www.fsc.org MIX Papier | Fördert gute Waldnutzung FSC® C014496

Klimaneutral* Druckprodukt ClimatePartner.com/14044-1912-1001

Penguin Random House Verlagsgruppe FSC® N001967

1. Auflage 2023

Redaktion: Susann Harring
Umschlaggestaltung: © Johannes Wiebel | punchdesign,
unter Verwendung von Motiven von MaraQu/Shutterstock.com
und stock.adobe.com (busurman, sabida, vectorpouch,
Adopik, LaInspiratriz)
BSt · Herstellung: sam
Satz: Vornehm Mediengestaltung GmbH, München
Druck und Einband: GGP Media GmbH, Pößneck
Printed in Germany
ISBN 978-3-7341-1063-4

www.blanvalet.de

Für die Familien, die wir uns suchen.

»Es hat schrecklich wehgetan.
Aber das war es mir wert.«

BETTY BROADBENT, *Die tätowierte Venus* (1909–1983)

Die Akteure

WILLOWJEAN »WILL« PARKER: Schlagfertige rechte Hand von Lillian Pentecost. Erlernt das Detektiv-Handwerk in manchmal mühsam erkämpften Lektionen.

*

LILLIAN PENTECOST: Offiziell anerkanntes Genie und Detektivin. Nichts ist gefährlicher, als sich zwischen sie und die Wahrheit zu stellen.

*

RUBY DONNER: Die Tätowierte Schönheit – ihre Lebensgeschichte ist tief in ihre Haut eingestochen. Doch war wirklich ein Kapitel aus ihrer Vergangenheit der Grund dafür, dass sie mit einem Messer im Rücken endete?

*

BIG BOB HALLOWAY: Betreiber und Direktor von *Hart & Halloway's Wanderzirkus und Spektakulum.* Eine wahrhaft große Persönlichkeit, die alles tun würde, um den Zirkus am Leben zu erhalten.

VALENTIN KALISHENKO: Wills Klingen schleudernder Mentor in der Zirkuswelt und nun Hauptverdächtiger in einem brutalen Mordfall. Er hat Dekaden voll dunkler Geheimnisse hinter sich gebracht. Würde er töten, um zu verhindern, dass sie ans Licht kommen?

*

SAM LEE BUTCHER: Der jüngste und leidenschaftlichste Handlanger des Showbetriebs. Nicht einmal ein Mord kann seine Begeisterung für das Leben unter der Zirkuskuppel schmälern.

*

FRIEDA, DIE FANTASTISCHE GUMMIFRAU: Früher einmal waren Will und sie mehr als nur Freunde. Aber ihre Loyalität ist heutzutage mindestens ebenso elastisch wie ihre Gelenke.

*

MAEVE BAILEY: Die Allsehende Madame Fortuna. Die Zukunft ist für sie so mühelos lesbar wie eine Speisekarte. Wie kann es also sein, dass sie Rubys Tod nicht kommen sah?

*

RAY NANCE: Das *Haus des Giftigen Getiers* ist seine Welt. Ein durch und durch liebenswerter Kerl, aber kann man jemandem trauen, dessen beste Freunde so viel Gift in sich tragen?

*

DIE ATEMBERAUBENDE ANNABELLE: Magische Assistentin mit flinken Fingern und spitzer Zunge. Sie hat sich hohe Ziele gesteckt, und es wäre besser, ihr auf dem Weg dorthin nicht in die Quere zu kommen.

*

PAT »DOC« DONNER: Veteran des Großen Krieges, Kinobetreiber und alkoholgetränkter Onkel von Ruby, der vor allem durch Abwesenheit glänzte. Durch den Tod seiner Nichte hat er ein paar Probleme weniger.

*

JOE ENGLE: Kriegsheld, frisch gebackener Polizist und einstige Flamme von Ruby. Seinen rechten Arm hat er im Krieg verloren, doch wem gehört nun sein Herz?

*

CARL ENGLE: Vater von Joe und imposanter Vorsteher und Pastor von *Das Blutende Lamm Gottes*. Zu welchen Mitteln fühlt er sich berufen, wenn es darum geht, seine Herde auf dem schmalen Pfad der Tugend zu halten?

*

CHIEF THOMAS WHIDDLE: Knapp hundert Kilo Rechtschaffenheit mit Cowboyhut. Hinter seinem Silberblick verbirgt sich ein fast schon boshaft scharfer Verstand.

*

LEROY DECAMBRE: Kleinkrimineller mit ansprechendem Äußeren. Er hat seine Finger fast überall drin. Waren sie also auch um den Messergriff geschlungen?

Kapitel 1

»DIE STAATSANWALTSCHAFT RUFT Lillian Pentecost in den Zeugenstand.«

Ein hörbares Raunen ging durch den Gerichtssaal. Richter Harman, der seinen Hammer sonst immer gerne einsetzte, ließ es ausnahmsweise geschehen. Er konnte es den Leuten nicht verübeln. Seit drei langen Tagen saßen sie nun schon Schulter an Schulter, während der Kalender den Juli des Jahres 1946 abgeschlossen hatte und zum August übergegangen war, und hatten sich den langweiligen Kleinkram der Anklage angehört. Während alle nur darauf warteten, dass das eigentliche Drama endlich begann.

Gegen Mittag des ersten Tages hatte die Klimaanlage den Geist aufgegeben, sodass nun rund zweihundert Reporter, Angehörige und Sensationshungrige schwitzend auf den überfüllten Bänken hockten und dem Höhepunkt des momentan spektakulärsten Mordprozesses der Stadt entgegenfieberten.

Und dieser Höhepunkt war mein Boss.

Sämtliche Blicke waren auf Lillian Pentecost gerichtet, als sie sich nun auf den Weg zum Zeugenstand machte; ihr Gehstock klopfte einen steten Rhythmus auf den Hartholzboden des Gerichtssaals. Sie machte eine eindrucksvolle Figur: hochgewachsen, schlank, jenseits der vierzig, tadellose Haltung, wodurch ihr grauer Fischgrätanzug mit der weißen Bluse und ihrer bevorzugten blutroten Krawatte noch besser zur Geltung kam. Die langen kastanienbraunen Haare waren in einer komplizierten Flechtfrisur aufgesteckt, aus der eine quecksilbergraue Strähne deutlich hervorstach.

Ich hatte sie sogar dazu gebracht, etwas Make-up aufzulegen. Ein Hauch von Lidschatten betonte ihre wintergrauen Augen, Rouge erhöhte den dramatischen Effekt ihrer Raubvogelzüge, und hellrosa Lippenstift ließ ihren Mund ein wenig weicher wirken. Das Gesamtbild zielte auf *seriös, aber zugänglich* ab. Eine Frau, der man zutraute, einen Mörder zu benennen.

In dem allgemeinen Gemurmel bildete der Tisch der Verteidigung eine Insel des Schweigens. Forest Whitsun, der Anwalt des Beklagten, drehte sich auf seinem Stuhl um und beobachtete Ms. Ps Auftritt. In seinem Gesicht spiegelte sich eine Mischung aus unerschütterlichem Selbstvertrauen und leiser Neugier.

Natürlich interessiert es mich, was sie zu sagen hat, sollte diese Miene den Geschworenen suggerieren, *aber nur insofern, als ich Ihnen anschließend erklären kann, warum diese Frau falschliegt.*

Den Angeklagten hätte man vor einem Zigarrenladen aufstellen können, denn er war steif wie eine Holzfigur. Während der vergangenen Tage hatte Barry Sendak immer ausgefeiltere Versionen des zu Unrecht Beschuldigten präsentiert, den es zu bemitleiden galt. Jetzt war sein Blick vollkommen ausdruckslos, und er presste die Lippen zusammen.

Eines musste man ihm allerdings lassen – er sah wirklich nicht aus wie ein Brandstifter.

Und genau das war das Problem.

Natürlich gab es nicht den einen Brandstifter von der Stange. Aber man sollte doch meinen, dass man es einem Menschen irgendwie anmerkt, wenn durch seine Schuld siebzehn Menschen bei lebendigem Leib verbrannt sind und Hunderte obdachlos und von Trauer gezeichnet zurückbleiben.

Das Alte Testament hat schon recht: Mord sollte Spuren hinterlassen.

Aber das war natürlich reines Wunschdenken.

Auch die Geschworenen hatten wohl in den letzten drei Tagen nach einem solchen Zeichen gesucht, aber keines gefunden. Sie sahen nur einen weichlichen, leicht übergewichtigen Mann vor sich, der nicht einmal einen Meter sechzig groß war. Einen Mann, dessen Haar sich bereits mit dreißig stark lichtete und der offensichtlich glaubte, das durch einen dichten Schnurrbart ausgleichen zu können. Er hatte die leicht fremdbestimmt wirkende Ausstrahlung eines Beamten, der er ja auch war, denn er hatte die letzten zehn Jahre als Sicherheitsinspektor für die New Yorker Feuerwehr gearbeitet. In seinem Gesicht glänzten die feuchten braunen Augen eines unschuldigen Rehleins, und sein um eine Nummer zu groß geratener Anzug verstärkte die Empfindung, hier ein gehetztes Beutetier vor sich zu haben, keinesfalls einen Räuber.

Ich wusste es besser.

Ich war dabei gewesen, als mein Boss die Beschuldigung vorbrachte und Lieutenant Nathan Lazenby, einer der besten Mordermittler der Stadt, ihm die Handschellen anlegte. In diesem Moment hätte niemand Sendak für ein armes Opferlamm gehalten.

Als ich noch klein war, musste ich meinem Vater einmal dabei helfen, einen Dachs aus seinem Bau herauszuholen. Das Tier hatte unsere Salatbeete verwüstet, weshalb mein Vater beschlossen hatte, dass es verschwinden müsse. Er stand mit gezückter Flinte hinter mir, während ich den Dachs an den Pfoten packte und herauszog. Fauchend und um sich schlagend kam das Tier zum Vorschein, und hätte mein Vater nicht so schnell abgedrückt, hätte dieser Dachs mir vermutlich das halbe Gesicht zerfetzt.

Und genau so hatte Sendak ausgesehen, als Lazenby ihn abführte: als wollte er seine Zähne in Ms. Pentecosts Wange vergraben und sie zerfetzen.

Das Problem war nur, dass die Geschworenen dieses Vieh nicht zu sehen bekamen.

Und das zweite – nach Meinung des Staatsanwalts größere – Problem war, dass sich die drei Mietshäuser, die Sendak angezündet hatte, in Harlem befanden. Die siebzehn Toten waren alle Schwarz, wohingegen ich jedem eine Medaille verliehen hätte, dem es gelungen wäre, eine noch weißere Jury als diese hier zu finden.

Außerdem lagen gegen Sendak nur Indizienbeweise vor. Klar, davon gab es eine ganze Menge, aber wer unbedingt einen begründeten Zweifel auftreiben wollte, musste nur die Augen zusammenkneifen und sich einreden, dass es ihn gab. Sicherlich klappte das sogar ganz ohne schlaflose Nächte.

Deshalb waren einige Strippenzieher und mehrere bissige Zeitungskommentare nötig gewesen, um den Staatsanwalt überhaupt dazu zu bringen, den Fall weiter zu verfolgen. Und auch so hatte es am Ende nur funktioniert, weil ein ganz bestimmter Daumen Druck ausgeübt hatte.

Dieser Daumen lag nun zusammen mit seinen vier Freunden auf einer Bibel, während seine Besitzerin schwor, die Wahrheit zu sagen, die reine Wahrheit und nichts als die Wahrheit.

»Rufen Sie mich als Zeugin auf«, hatte Ms. Pentecost dem Bezirksstaatsanwalt befohlen. »Ich verspreche Ihnen, dass ich den Geschworenen zeigen werde, was für ein Mensch Mr. Sendak ist.«

Lillian Pentecost nahm ihre Versprechen ernst, und das wusste der Staatsanwalt. Deshalb waren wir nun hier. Letzter Tag, letzte Zeugin, und der Ausgang des Spiels hing allein von meinem Boss ab.

Irgendjemand hat mal behauptet, echte Damen schwitzen nicht, deshalb gehe ich davon aus, dass ich keine echte Dame bin. Zumindest war ich ebenso in Schweiß gebadet wie der Rest der Zuschauer.

Von meinem Platz in der letzten Reihe aus sah ich zu, wie der Assistenzstaatsanwalt – es war Howard Clark, der offenbar beim Strohhalmziehen verloren hatte – mit Ms. Pentecost das übliche Warum und Weshalb durchging. Nichts davon war neu für mich, also nutzte ich die Gelegenheit, um mir noch einmal das Telegramm anzusehen, das am Morgen von einem ziemlich abgehetzten Western-Union-Boten für mich abgegeben worden war.

*

Ruby ermordet aufgefunden. Zirkus zurzeit in Stoppard, Virginia. Brauchen professionelle Unterstützung. – BH

*

BH stand für Big Bob Halloway, den Eigentümer und Betreiber von *Hart & Halloway's Wanderzirkus und Spektakulum*. In dem Telegramm war auch eine Telefonnummer angegeben, unter der ich ihn erreichen konnte.

Ms. P war gerade im Obergeschoss damit beschäftigt gewesen, sich zurechtzumachen, als das Telegramm kam, und ich hatte es ihr bisher noch nicht gezeigt. Sie sollte durch nichts von der Aufgabe abgelenkt werden, die ihr nun bevorstand.

Ich hingegen konnte mir den Luxus erlauben, gedanklich ein wenig abzudriften.

Ruby Donner. Die Tätowierte Schönheit.

Ihr Körper war eine Traumlandschaft voller Rosen und Matrosenmädchen, Herzen, Meerjungfrauen und Piratenschiffen und einer smaragdgrünen Schlange, die sich an ihrem linken Bein von den Zehen bis zum Oberschenkel und in Gefilde jenseits davon wand. Bei unserer letzten Begegnung waren es über dreihundert Bilder gewesen.

Vier Jahre waren seitdem vergangen. Was hätte sie wohl von der Willowjean »Will« Parker gehalten, die hier hübsch aufgerüscht saß, in ihrem Gerichts-Blazer und adrettem Röckchen, damit sie zwischen den Deppen auf den billigen Plätzen nicht auffiel?

Die Reporter, die in meiner Reihe saßen, hatten sich schon über mein Outfit amüsiert.

»Arbeitest du jetzt verdeckt und spielst die kleine Sekretärin?«, hatte ein Schlaukopf von der *Times* gefragt. »Du kannst gerne zum Diktat auf meinen Schoß kommen, Parker, jederzeit.«

Ich zeigte ihm meinen Lieblingsfinger und schlug ihm leise vor, sich doch mal da draufzusetzen.

»Ach, jetzt sei nicht so, Red. Ich mach doch nur Spaß.«

So etwas geht bei der Vierten Gewalt als Flirtversuch durch.

Angespannt fuhr ich mir mit der Hand durch die roten Locken. Ich ließ sie nun seit acht Monaten wachsen, und zum ersten Mal seit der Schule waren sie beinahe schulterlang. Prompt blieb ich an einem Knoten hängen, den ich mit einem Ruck lösen musste. Hastig sah ich mich um, doch es hatte niemand bemerkt – alle fixierten gespannt den Zeugenstand.

Ruby.

Einmal hatte ich sie gefragt: »Warum machst du das? Das muss doch höllisch wehtun.«

Sie schenkte mir ihr typisches Lächeln, bei dem ich immer Gänsehaut bekam.

»Natürlich tut es weh, Schätzchen. Aber auch nicht mehr als alles andere.«

Das Gespräch war noch weitergegangen und hatte letztlich damit geendet, dass ich mich wenig später in ihrem Bett zur Närrin machte. Aber daran durfte ich jetzt nicht denken. Clark kam gerade zum Ende, was hieß, dass die eigentliche Show nun beginnen konnte.

Whitsun ging voller Nonchalance zum Zeugenstand hinüber, was vermutlich nicht einmal gespielt war, immerhin galt er als der beste Strafverteidiger der Stadt. Der *New Yorker* hatte ihn einmal als den »echten Perry Mason« bezeichnet, und keiner von denen, die Ahnung hatten, hatte widersprochen.

Dass er auch auf jedem Liebesroman-Cover eine gute Figur gemacht hätte, war da sicher nicht von Nachteil. Eins achtzig groß, blaue Augen, breite Schultern und ein Gesicht, das nicht weit von Gary Cooper entfernt war. Sicher, es saßen keine Frauen auf der Geschworenenbank – was absolut nicht ungewöhnlich war –, aber er hatte eben auch diese subtile Leitwolf-Ausstrahlung. Wenn er voranschritt, liefen alle gerne hinterher. Und mein Boss hatte nun die Aufgabe, ihm die Zügel zu entreißen.

»Ms. Pentecost. Sie bevorzugen doch die Anrede Ms., nicht wahr?«, begann er.

»Das ist richtig.«

Whitsun nickte lächelnd und warf einen kurzen Blick zu den Geschworenen hinüber. Ich konnte ihn nicht genau sehen, ging aber davon aus, dass die stumme Botschaft ungefähr so lautete: *Ist sich zu fein für eine Ehe oder das einfache ›Miss‹, was? Einer solchen Frau kann mal wohl kaum trauen.*

Laut sagte er: »Wer hat Sie engagiert, diese Brände zu untersuchen?«

»Niemand.«

»Niemand? Sie haben also aus reiner Herzensgüte zwei Monate Arbeit in diese Sache investiert?«

»Ich habe mich dafür entscheiden, diese Vorfälle zu

untersuchen, weil dabei Menschen gestorben sind«, erwiderte mein Boss trocken.

»War dies das erste Mal, dass Sie der Polizei zur Hand gegangen sind, ohne von einem Auftraggeber dafür bezahlt worden zu sein?«

»Nein.«

»Eigentlich sind Sie inzwischen sogar recht bekannt dafür, sich bei öffentlichkeitswirksamen Fällen einzuschalten, nicht wahr?«

»Ich würde nicht sagen, dass ich bekannt bin, wofür auch immer.«

»Jetzt sind Sie aber zu bescheiden. Vermutlich gibt es niemanden in dieser Stadt, der Ihren Namen nicht schon einmal gehört hat«, widersprach der Verteidiger. »Und die Arbeit an diesen prominenten Fällen bringt Ihnen ja sicherlich auch neue Klienten ein, oder nicht?«

»Ich frage meine Klienten nicht danach, wann und wo sie von mir erfahren haben«, erklärte Ms. P.

Ich zuckte innerlich zusammen. Mit diesem abfälligen Ton tat sie sich keinen Gefallen.

»Nein, vermutlich nicht«, sagte Whitsun mit wohldosierter Gutwilligkeit und einem kurzen Lächeln in Richtung Geschworenenbank.

Leicht anstrengend, die Dame, raunte dieses Lächeln der Jury zu.

»Trotzdem sollte nicht unerwähnt bleiben, dass Sie in dieser Stadt schon des Öfteren für Schlagzeilen gesorgt haben«, nahm er den Faden wieder auf. »Und je größer der Fall, desto größer die Schlagzeile. Bei diesem Fall? Oh, wow, die waren richtig groß.«

Wenn Whitsun hier etwas zu lapidar klang für einen

Großstadtjuristen, so war das gewollt. Alles Teil seiner Show. Dadurch schaffte er es immer wieder, sich die Sympathie der Geschworenen zu sichern. Und auch die vieler Zeugen.

Bis das Ganze dann umschlug.

»Wie oft ist Ihr Name aufgrund Ihrer Beteiligung an dem Fall in der Presse aufgetaucht?«, fragte er weiter.

»Das kann ich nicht sagen. Ich habe es nicht gezählt.«

»Ich schon.« Er schlenderte zum Tisch der Verteidigung und hielt mit großer Geste einen Stapel Zeitungen hoch. »Ihr Name wurde in zweiunddreißig Artikeln erwähnt, verteilt auf fünfzehn Zeitungen und drei global erscheinende Zeitschriften.«

Nun fing er an, die Blätter einzeln vorzuzeigen, wobei er die jeweilige Schlagzeile laut vorlas.

»›Pentecost jagt den Feuerteufel von Harlem‹; ›Lillian Pentecost am Tatort des zweiten Brandes‹; ›Privatdetektiv Pentecost führt Polizei zum Täter‹; ›Pentecost führt Brandstifter der Gerechtigkeit zu‹.«

Whitsun warf sich mit der letzten Zeitung in Pose und ließ einen schier endlosen Moment verstreichen.

»Führt das Ganze auch noch zu einer Frage?«, wollte Ms. P mit einem absoluten Mindestmaß an Höflichkeit wissen.

»Aber sicher doch.« Er warf die Zeitungen zurück auf den Tisch. »Glauben Sie, es hätte Ihnen ähnlich viel mediale Aufmerksamkeit gebracht, wenn Sie der Polizei keinen Verdächtigen geliefert hätten?«

Während er seine Frage stellte, schob mein Boss eine Hand in die Tasche ihres Jacketts und zog ein silbernes Feuerzeug daraus hervor. Sie ließ es in der Hand kreisen, dann öffnete sie mit einem Fingerschnippen den Deckel.

Richter Harman beugte sich zu ihr hinunter. »Äh … Ms. Pentecost? In meinem Gerichtssaal ist Rauchen verboten.«

»Verzeihen Sie, Euer Ehren. Ich rauche nicht«, erklärte sie ihm. »Wie Sie ja wissen, leide ich unter Multipler Sklerose, und wenn ich meinen Händen etwas zu tun gebe, lässt sich das Zittern besser unter Kontrolle halten.«

Was nicht wirklich gelogen war. Aber fast.

»Sollte es als störend empfunden werden, kann ich es gerne wegstecken«, fügte sie mit genau kalkuliertem Leidensdruck in der Stimme hinzu.

»Das ist schon in Ordnung, Euer Ehren«, schaltete sich Whitsun ein und lächelte mitfühlend. »Ms. Pentecost ist gesundheitlich angeschlagen. Und wenn es dabei hilft, ihre Nerven zu beruhigen …«

Ich verpasste Whitsun kaum hörbar ein paar unschöne Namen, was den Reportern rechts und links ein leises Lachen entlockte. Es würde keine Gelegenheit geben, die Geschworenen genauer über Multiple Sklerose aufzuklären – dass ihr Körper hin und wieder schlappmachte, aber ihr Geist niemals.

Trotzdem hatten wir bekommen, was wir wollten.

Ms. P drehte das Feuerzeug in der Hand, ließ es auf- und zuschnappen. Wieder und wieder.

»Würden Sie Ihre Frage vielleicht noch einmal wiederholen, Mr. Whitsun?«, bat sie.

»Könnte man davon ausgehen, dass Sie nicht annähernd so viele Schlagzeilen gemacht hätten, wenn Sie der Polizei keinen Verdächtigen präsentiert hätten?«

»Ja, das könnte man sagen.« Drehen, aufschnappen, zuschnappen. »Und wenn ich Sendak nicht erwischt hätte, hätte er weiter Mietskasernen angezündet.«

Ein schwacher, ziemlich später Seitenhieb, den Whitsun einfach ignorierte.

»Bei einer früheren Aussage haben Sie sich ausführlich über die Beweise ausgelassen, die angeblich gegen Mr. Sendak vorliegen, allerdings ist mir aufgefallen, dass Sie dabei zu erwähnen vergaßen – oder Mr. Clark zu fragen vergaß –, dass Sie meinem Mandanten zuvor schon begegnet waren. Wann genau war das?«

»Am Schauplatz des zweiten Brandes, wenige Tage nach der Tat«, antwortete Ms. P. »Angeblich war er dort, um den Feuerwehrleuten bei der Absicherung des Gebäudes zu helfen.«

»›Angeblich‹? Ms. Pentecost, welchen Beruf übt mein Mandant aus?«

»Er ist Sicherheitsinspektor bei der New Yorker Feuerwehr.«

»Ganz genau!«, rief Whitsun. »Es ist also wenig überraschend, dass mein Mandant sich dort aufhielt, oder etwa nicht? *Er* ging dort lediglich seiner Arbeit nach.«

Whitsun war gut. Er ließ keine Gelegenheit aus, die Jury daran zu erinnern, dass Ms. Pentecost eine Zivilistin war, die sich ungefragt einmischte.

»Was hat mein Mandant zu Ihnen gesagt, als er Sie dort zwischen den Trümmern entdeckte?«, fragte Whitsun weiter.

»Er hat mich aufgefordert zu gehen.«

Whitsun lachte leise. »Oh, ich denke, es war doch eine ziemlich nachdrückliche Aufforderung. Wie lauteten noch gleich seine genauen Worte? Und keine Sorge wegen des derben Vokabulars – wir sind schließlich alle erwachsen.« Wieder warf er den Geschworenen dieses unbeschwerte Grinsen zu, das prompt erwidert wurde. Allerdings nicht von meinem Boss.

»Seine genauen Worte waren: ›Hör zu, du trampeliges Miststück, verschwinde von hier, sonst lasse ich dich wegschaffen.‹«

Drehen, aufschnappen, zuschnappen.

Whitsun riss in gespieltem Entsetzen die Arme hoch und drehte sich zu seinem Mandanten um. Sendaks verlegenes Lächeln war selbst in der letzten Reihe noch ansatzweise zu erkennen. Wie oft sie das wohl geübt hatten? Bestimmt nicht so oft wie Ms. P und ich den Trick mit dem Feuerzeug.

»›Trampeliges Miststück‹? Wie kam er denn darauf?«

»Ich war über die Überreste eines Türstocks gestolpert.«

Whitsun schüttelte den Kopf.

»Da hat mein Mandant wohl keinen besonders guten ersten Eindruck bei Ihnen hinterlassen, oder?«

»Um ehrlich zu sein, hat Sendak eigentlich gar keinen Eindruck bei mir hinterlassen«, erklärte Ms. Pentecost gelassen. »Zu jenem Zeitpunkt ist er mir kaum im Gedächtnis geblieben.«

Drehen, aufschnappen, zuschnappen.

Sendak rutschte auf seinem Stuhl herum und schlug immer wieder die Beine übereinander.

»Das kann ich nur schwer glauben, Ms. Pentecost, wenn man bedenkt, wie derbe er Sie angegangen ist.«

»Oh, es vergeht kaum ein Tag, an dem ich nicht als

Miststück bezeichnet werde.« Das brachte ihr ein paar leise Lacher von der Geschworenenbank ein.

»Und doch konnten Sie es ihm kaum übel nehmen«, betonte Whitsun. »Sie befanden sich an einem Tatort. Als Zivilistin. Und das ohne einen wirklichen Auftrag. Sie sind dort herumspaziert und haben Beweismittel durcheinandergebracht. Da hätte ich vermutlich auch zu gewissen sprachlichen Mitteln gegriffen.«

Clark erhob sich. »Euer Ehren, Mr. Whitsun stellt Mutmaßungen an.«

»Verzeihung, Euer Ehren. Ich ziehe diese Anmerkung zurück. Manchmal lasse ich mich zu sehr mitreißen.«

Langsam entwickelte ich einen regelrechten Hass auf dieses zuvorkommende Lächeln.

Die Nummer, die Ms. Pentecost hier abziehen wollte, wäre während der Befragung durch den Staatsanwalt wesentlich leichter zu inszenieren gewesen, denn dann hätten wir das Drehbuch dazu selbst schreiben können. Aber sie hatte darauf bestanden, es während des Kreuzverhörs zu machen.

»Mr. Sendak wird dann weniger wachsam sein, und was noch wichtiger ist, sein Anwalt wird nicht neben ihm sitzen. Zu diesem Zeitpunkt wird er schon eine Weile dort gesessen und sich die Schilderung seiner Verbrechen angehört haben. Verbrechen, auf die er stolz ist und die seinem tiefsitzenden Bedürfnis nach Kontrolle entspringen, seiner Gier nach Macht. Seine Fassade wird brüchig sein. Ich denke, dann braucht es nur noch einen Stoß in die richtige Richtung, um sie einstürzen zu lassen.«

Theoretisch war Sendak bereits weichgeklopft worden. Man hatte die Zeugen der Anklage angewiesen, immer nur seinen Nachnamen zu benutzen, ohne das respektvolle *Mister* davor – als wäre er ein Ding, keine Person. Und sie hatten möglichst oft Begriffe wie »feige« oder »schwach« einfließen lassen.

Kleine Nadelstiche.

Der Trick mit dem Feuerzeug gehörte auch zu diesem Paket. Ein identisches Feuerzeug hatte er bei seiner Verhaftung bei sich gehabt. Nun sollte es seine Aufmerksamkeit auf sich lenken, dafür sorgen, dass er sich voll und ganz auf Ms. Pentecost einschoss und nicht weiter die Jury manipulierte. Zwei Wochen lang hatte ich meinen Boss gedrillt, damit sie sicher mit dem Ding umgehen konnte.

All diese Techniken hatten wir bei unserem letzten großen Fall aufgeschnappt, bei dem ein angebliches Medium ähnliche Tricks angewendet hatte, um seinen Kunden ihre Geheimnisse zu entlocken.

Ms. P erklärte mir, dieser Schachzug ähnele einem Fechtmanöver. Ihr Interesse an diesem Sport war geweckt worden, nachdem ich ihr einen Gehstock mit integriertem Schwert zu Weihnachten geschenkt hatte. Sie benannte das Manöver mit einem französischen Wort, das ich damals nicht aussprechen konnte und das mir inzwischen komplett entfallen ist.

»Dabei lässt man die Deckung sinken und provoziert einen Angriff, um dadurch die Chance zu bekommen, den Gegner zu durchbohren.«

Für all jene Leser, die nicht zu den Liebhabern des Fechtsports gehören: Wir setzten quasi alles auf eine Karte.

Und auch wenn wir nicht gerade das beste Blatt auf der Hand hatten, bestand immer noch die Chance, dass die Geschworenen sich zu einem Schuldspruch entschlossen. Zumindest eine kleine Chance. Ich hatte am Vorabend etwas rumtelefoniert, und unter den Buchmachern fand sich eigentlich keiner, der auf einen klaren Freispruch tippte. Allerdings standen die Quoten fünf zu zwei für ein Patt, bei dem sich die Jury nicht auf ein Urteil einigen konnte. Und der Staatsanwalt würde sicher kein zweites Mal in diesen sauren Apfel beißen wollen.

So sah es nun also aus: Das war unsere letzte und einzige Chance, Sendak für immer wegzusperren. Dafür musste Ms. P lediglich den besten Strafverteidiger der Stadt überlisten und den Angeklagten dazu bringen, den Geschworenen zumindest für einen Moment sein wahres Gesicht zu zeigen, nachdem er seit knapp einem Jahr daran arbeitete, genau das eben nicht zu tun.

Wenn ich behaupte, dass mir das nicht den Schweiß auf die Stirn trieb, ist das nicht gelogen. Dafür war meine Bluse am Rücken vollkommen durchnässt.

Whitsun holte zum nächsten Schlag aus.

»Sie haben ausgesagt, Sie wären Mr. Sendak zwei Wochen später erneut begegnet, am Schauplatz des nächsten Brandes. Ist das so richtig?«

»Ja, das ist korrekt. Er stand auf der anderen Straßenseite und beobachtete das Feuer.«

»So wie auch Hunderte andere Menschen, nicht wahr?«

»Das ist korrekt.«

»Und trotzdem haben Sie sich sofort auf ihn eingeschossen. Haben Ihre Ermittlung auf ihn ausgerichtet. Es gab nicht den Hauch eines Beweises, aber Sie haben beschlossen, dass er einen passenden Kandidaten abgibt. Ist es nicht so?«

»Das ist korrekt«, sagte Ms. P wieder.

»War er der Einzige dort, der eine Verbindung zur Feuerwehr hatte?«

»Nein.«

»Nein, denn es gab auch noch einige Feuerwehrmänner, die gerade dienstfrei hatten, davon hörten und dort auftauchten. Weil das nun einmal ihr Job ist. Auch wenn sie gerade nicht im Dienst sind. Um die Bewohner dieser Stadt zu schützen.«

Für einen Moment befürchtete ich, Clark könnte wieder Einspruch erheben, aber er war klug genug, die Klappe zu halten. Er überließ die Sache meinem Boss.

»Ms. Pentecost, ist es nicht so, dass Sie Ihren Zorn gegen Mr. Sendak richteten, weil Ihre erste Begegnung mit ihm so unglücklich verlaufen war? Weil er Ihnen ganz frech ins Gesicht gesagt hatte, dass eine Amateurin an einem Tatort nichts verloren hat? Weil er Sie beleidigt hatte? Waren Sie deshalb nicht von Anfang an voreingenommen gegenüber meinem Mandanten?«

Drehen, aufschnappen, zuschnappen.

»Ja.«

Sämtliche Anwesenden hielten den Atem an, Whitsun eingeschlossen.

»Sie geben zu, dass Sie meinem Mandanten gegenüber voreingenommen waren?«

Nur mit Mühe schaffte Whitsun es, sich seine Freude nicht anmerken zu lassen.

»Absolut, ich gebe es zu«, bestätigte Ms. P gelassen. »Allerdings nicht, weil er mich beleidigt hatte. Er sah einfach aus wie ein Brandstifter.«

Diese Feststellung löste erneutes Raunen aus, und diesmal brachte Richter Harman seinen Hammer vehement zum Einsatz. Überall wurden Blicke getauscht, manche fragend, andere vollkommen ratlos. Nur Whitsun stand wie versteinert da. Er sah aus wie ein Kerl, der in Frankreich über ein Feld läuft und plötzlich ein leises Klicken unter seinem Fuß spürt.

Die offensichtliche Frage wäre gewesen: »Was meinen sie damit: ›Er sah aus wie ein Brandstifter‹?«

Aber die oberste Regel in jedem Gerichtssaal lautet, dass man niemals eine Frage stellen darf, deren Antwort man nicht kennt, und Whitsun hatte nicht die leiseste Ahnung, was wohl noch aus dem Mund meines Bosses kommen würde, wenn er Ms. P unter Druck setzte.

Im Grunde genommen blieben ihm nur zwei Möglichkeiten: Er konnte nicht weiter darauf eingehen, allerdings hatte die Jury den Kommentar jetzt gehört und würde sich dann im Stillen fragen, was sie damit gemeint haben könnte. Außerdem würde Clark es dann im weiterleitenden Verhör aufgreifen, und dann lag der Ball nicht mehr in Whitsuns Feld.

Die andere Möglichkeit: Der »echte Perry Mason« fuhr mit extrem gut ausgetüftelten Fragen fort und hoffte, die Zeugin so im Griff zu behalten.

Drehen, aufschnappen, zuschnappen. Am Tisch der Verteidigung rutschte Sendak so rastlos herum, als hätte ihm jemand eine Reißzwecke auf den Stuhl gelegt.

Nachdem er kurz überlegt hatte, baute sich Whitsun

direkt vor dem Zeugenstand auf. Unwillkürlich musste ich lächeln. Er wollte also versuchen, Lillian Pentecost in den Griff zu kriegen.

Gott möge ihm beistehen.

»Sie waren also der Meinung, mein Mandant – ein hart arbeitender, rechtschaffener Bürger, dem nie auch nur ein Vergehen zur Last gelegt wurde, nicht einmal ein Strafzettel, und der sein Leben der Aufgabe gewidmet hat, diese Stadt ein wenig sicherer zu machen – *sähe aus* wie ein Brandstifter? Nur deshalb haben Sie Ihren übermäßigen Einfluss bei Polizei und Staatsanwaltschaft geltend gemacht, wodurch sein Leben vollkommen aus den Fugen geriet?«

Mein Boss deutete ein Achselzucken an.

»Soweit ich weiß, war sein Leben zu diesem Zeitpunkt bereits aus den Fugen geraten«, erwiderte Ms. P. »Einige Monate zuvor hatte ihn doch seine Frau verlassen, oder nicht?«

Wieder wurde leise gemurmelt, und Sendak zuckte deutlich sichtbar zusammen. Ich konnte sein Gesicht zwar nicht sehen, aber die Geschworenen schon. Und was auch immer sie dort sahen, erregte offenbar ihre Aufmerksamkeit.

Wieder beugte Richter Harman sich vor. »Ms. Pentecost, ist mit Ihnen alles in Ordnung?«

Seine Frage war berechtigt. Lillian Pentecost war keine offenherzige Frau, dafür war sie bekannt. Sie hatte schon öfter im Zeugenstand gesessen, als ich an beiden Händen abzählen konnte, aber sie hatte nie zuvor bei einer Aussage so eindeutig Stellung bezogen.

»Es geht mir gut«, versicherte sie.

Drehen, aufschnappen, zuschnappen.

Bestimmt wusste Whitsun, dass irgendetwas im Busch war, aber der Köder war einfach zu verlockend. Die entscheidende Zeugin der Anklage, jene Frau, die seinen Mandanten am liebsten auf dem elektrischen Stuhl sehen wollte, hatte zugegeben, dass sie von Anfang an mit Vorurteilen belastet gewesen war.

Er muss die Falle gerochen haben. Aber vermutlich dachte er sich, dass er selbst im schlimmsten Fall genug in der Hand hatte, um in Berufung gehen zu können. Minenfeld hin oder her, er schritt weiter voran.

»Ms. Pentecost, was genau hatte mein Mandant denn an sich, das Sie bei Ihrer ersten Begegnung zu dem Schluss führte, er sei ein Brandstifter?«, fragte er mit einer dicken Portion Skepsis in der Stimme.

Mein Boss holte tief Luft und beugte sich kaum merklich vor. Und jeder im Saal, sei es nun unbewusst oder nicht, ahmte ihre Bewegung nach.

»Brandstiftung ist ein Verbrechen, das von Feiglingen begangen wird«, erklärte sie. »Aus der Ferne, von jemandem, der Abstand hält und genießt. Ein Mann, der solche Verbrechen begeht, ist oft angespannt, nervös, gibt sich übermäßig defensiv, denn er weiß, dass er weniger wert ist als die Menschen in seiner Umgebung. Ihm macht es Spaß, die wenigen Menschen, die sich ihm unterordnen müssen, kleinzuhalten und niederzumachen. Oder zumindest versucht er es. Genau diese Reaktion hat Sendak mir gegenüber gezeigt.«

Während sie sprach, drehte sie das Feuerzeug zwischen ihren langen Fingern, ließ es scheinbar entspannt auf- und zuschnappen. Wer nicht zu genau hinsah, glaubte, ihre Aufmerksamkeit sei ganz auf Whitsun gerichtet. Doch in Wahrheit fixierte nur ihr rechtes Auge – das Glasauge – den Verteidiger. Mit ihrem gesunden Auge blickte sie über seine Schulter hinweg zu Sendak.

Wieder drehte sich das Feuerzeug, dann ließ sie es aufschnappen und betätigte den Zündmechanismus. Eine kleine Flamme schwebte nun in ihrer Hand.

»Ein Mann, der solche Verbrechen begeht, ist von kleinem Wuchs und körperlich schwach«, fuhr sie fort. »Brandstiftung wird typischerweise von Männern begangen, aber nicht von starken und gesunden Männern. Vermutlich hat er auch nicht im Krieg gedient. Keine Waffengattung wird ihn genommen haben.«

»Euer Ehren, ich ziehe die Frage zurück«, verkündete Whitsun.

Ms. P ignorierte ihn.

»Ein Brandstifter ist kein Mann, er ist eine Kakerlake. Verkriecht sich in Ritzen und Spalten und kommt nur nachts aus seinem Versteck.«

»Ms. Pentecost, die Frage wurde zurückgezogen«, mahnte Richter Harman.

»Ich bin gleich fertig, Euer Ehren«, versicherte Ms. P, ohne dabei aus dem Takt zu geraten. Während sie weitersprach, glitt ihr Daumen immer wieder durch die Flamme, vor und zurück wie ein Metronom. »Deshalb wusste ich, dass du es warst. Ich hätte es schon wissen müssen, als ich dich zum ersten Mal gesehen habe. Diesen kleinen, langweiligen Beamten mit dem blassen Streifen am Finger, wo früher einmal ein Ehering saß, der nun aber verschwunden ist, weil du es einfach nicht schaffst, eine Frau glücklich zu machen, nicht wahr?«

»Ms. Pentecost!« Der Richter ließ den Hammer knallen, aber mein Boss machte einfach weiter.

»Deshalb hast du ganze Häuserblocks angezündet, in denen glückliche Familien lebten. Du wolltest sie brennen sehen. All diese Frauen und Männer, die so viel glücklicher waren als du, so viel besser als du, so viel –«

Sendak sprang so unvermittelt auf, dass sein Stuhl bis in die erste Zuschauerreihe rutschte. Einen Moment lang sah es so aus, als wollte er über den Tisch hechten und sich auf meinen Boss stürzen. Vielleicht hätte er es sogar getan, wenn die Gerichtsdiener nicht in Aktion getreten wären. Erst als Sendak die vorrückenden Uniformen sah, hielt er inne und ließ die wüste Beschimpfung, die er schon halb hervorgestoßen hatte, unvollendet ausklingen.

Richter Harman griff zum Hammer, und Whitsun eilte zu seinem Klienten. Die Reporter neben mir waren so geschockt, dass sie sich nicht einmal Notizen machten.

Und die Geschworenen?

Alle zwölf waren sichtlich angewidert. Nun hatten sie einen kurzen Blick auf das erhaschen können, was wir erlebt hatten, als Sendak festgenommen worden war. Das Raubtier. Die tollwütige Bestie, die hinter der friedlichen Fassade lauerte.

Es fehlte zwar der Schaum vor dem Mund, trotzdem reichte es aus. Ich konnte regelrecht sehen, wie sich die Waagschale zur anderen Seite hin senkte.

Mein Französisch mag mies sein, aber ich bin gut darin, in Gesichtern zu lesen. Und ich weiß, wie man *schuldig* buchstabiert.

Ich ging hinaus, um den Wagen zu holen.

Kapitel 2

»ES IST EIN Desaster, ein absolutes Desaster. So etwas habe ich noch nie erlebt, und ich bin jetzt seit über vierzig Jahren im Geschäft. Eine Sturmschneise ist nichts dagegen.«

Mein Boss warf mir einen fragenden Blick zu.

Ich drückte eine Hand auf das untere Ende meines Telefonhörers, während sie ihren weiter ans Ohr drückte. »Eine Naturkatastrophe«, erklärte ich ihr. »Normalerweise wetterbedingt, aber nicht zwangsläufig.«

Ms. Ps freie Hand – die, mit der sie das Feuerzeug eingesetzt hatte – ruhte in einer Schüssel mit Eiswasser. Der Kraftaufwand hatte Schmerzen und ein spürbares Zittern in den Fingern zur Folge gehabt. Das Eiswasser diente allerdings weniger der Heilung, es war eher eine kühlende Ablenkung.

Wir saßen an unseren beiden Schreibtischen mit den beiden Telefonen im Büro von Pentecost Investigations, das sich in dem gemütlichen Brownstonehaus in Brooklyn befand, welches wir unser Zuhause nannten. Wir waren gerade erst vom Gericht zurückgekommen. Während der Fahrt hatte ich Ms. P das Telegramm lesen lassen. Sie beschwerte sich darüber, dass ich es ihr nicht schon früher gezeigt hatte, woraufhin ich ebenso motzig erwiderte, dass wir klare Prioritäten hätten, weshalb das vollkommen sinnlos gewesen wäre. Als wir den Gerichtssaal verlassen hatten, hatte Whitsun um eine Verfahrenspause gebeten, woraufhin er und Clark ins Büro des Richters gebeten wurden.

Bei unserer Heimkehr dann erwartete uns bereits das Ergebnis, das uns von unserer Haushälterin Mrs. Campbell mit ihrem unnachahmlichen schottischen Akzent verkündet wurde: Harman konnte keinerlei Verfahrensfehler erkennen, schließlich hatte Whitsun die Frage selbst gestellt, und Ms. Pentecost hatte lediglich wahrheitsgemäß geantwortet.

Dass der Verteidiger sich erkundigt hatte, ob man möglicherweise noch einen Deal aushandeln könne, zeigte mir, dass er die Mienen der Geschworenen ebenso gedeutet hatte wie ich. So wie ich Clark kannte, würde er sich auf nichts einlassen, was unter einem Strafmaß von zwanzig Jahren lag.

Ms. P konzentrierte sich nun wieder auf den Mann am anderen Ende der Leitung. Big Bob Halloways Stimme klang, als wäre sie eine Million Meilen von uns entfernt – als befände er sich auf dem Mond und nicht im Randbezirk eines Kuhkaffs irgendwo in Virginia.

»Mein aufrichtiges Beileid zu Ihrem Verlust, Mr. Halloway«, sagte sie nun. »Wie genau ist Ms. Donner denn gestorben?«

»Erstochen. Von hinten.« Trotz des störenden Rauschens in der Leitung war sein Zorn unverkennbar. »Kurz nach Ende der letzten Runde am Dienstag.«

Wieder ein fragender Blick. »Runde?«, flüsterte sie hilflos.

»Kurz nach Ende der letzten Vorstellung«, erklärte ich ebenso leise.

»Das Mädchen von Mysterio hat sie gefunden, sie lag einfach da«, ergänzte Big Bob. »Verdammt noch mal das Traurigste, was ich je gesehen habe, und ich habe schon eine Menge trauriger Dinge gesehen.«

Es lag nicht an der schlechten Verbindung, dass seine Stimme brach. Das war aufrichtige Trauer, wie ich sie bei dem abgebrühten Zirkusdirektor noch nie gehört hatte. Und ich hätte auch gut darauf verzichten können.

Aber ich konnte ihn verstehen.

Ruby war so ziemlich die Erste gewesen, der ich in die Arme gelaufen war, als ich im Teenageralter – gerade von zu Hause abgehauen – bei H & H Unterschlupf gesucht hatte. Ich konnte mich noch gut daran erinnern, wie sie mir die dreckverkrustete Kappe vom Kopf gezogen und naserümpfend gesagt hatte: »Wenn wir nur ordentlich schrubben, finden wir irgendwo da drunter bestimmt eine ansehnliche junge Frau.« Das war das erste Mal gewesen, dass mich jemand als Frau bezeichnet hatte, ob nun ansehnlich oder nicht.

Einfach jeder hatte Ruby geliebt. Wie sollte es auch anders sein?

Nur nicht derjenige, der sie als Messerblock missbraucht hatte.

»Befindet sich der Zirkus noch immer in Stoppard?«, fragte Ms. P.

»Ja, wir sind noch hier«, bestätigte Big Bob. »Dienstag war unser erster Abend. Oder zumindest der erste mit Publikum. Zweiwöchiges Gastspiel, wir sind also noch bis Sonntag in einer Woche hier. Dann bauen wir ab und ziehen weiter nach Charlotte. Können nicht länger bleiben. Die Verträge sind alle unterschrieben, und gültige Verträge sind heutzutage Mangelware.«

Heute war Donnerstag. Uns blieben also noch zehn Tage, bevor der Tatort und alles drum herum eingepackt und aus der Stadt geschafft wurde.

»Werden die Behörden Sie denn einfach so ziehen lassen?«, fragte Ms. P verwundert. »Es ist doch recht überraschend, dass man so vielen«, beinahe hätte sie *Verdächtigen* gesagt, nahm dann aber eine schnelle Kurskorrektur vor, »Menschen, die dem Opfer nahestanden, erlaubt, die Stadt zu verlassen, bevor der Fall aufgeklärt ist.«

»So was in der Art hat der Polizeichef auch gesagt, als er das erste Mal hier war. Aber heute Morgen hat er es sich dann anders überlegt. Er meinte, wir könnten jederzeit gehen.«

»Was hat sich denn geändert?«, wollte Ms. P wissen.

Außer Knistern und Rauschen war in der Leitung nichts zu hören.

»Mr. Halloway?«

»Na ja, er hat jetzt jemanden am Haken«, meinte Big Bob zögernd. »Will? Bist du auch noch dran?«

»Klar, bin da.«

»Tut mir echt leid, dass ich es dir sagen muss, aber … sie haben den Russen verhaftet. Er sitzt seit gestern Morgen bei ihnen in der Zelle. Und heute haben sie ihn offiziell angeklagt.«

Es dauerte ein paar Herzschläge, bis ich das verarbeitet hatte.

»Kalishenko? Die glauben, er hätte Ruby getötet?«

»Ja, das glauben sie.«

»Wie zum Teufel kommen die denn auf so etwas?«

»Das war *sein* Messer in ihrem Rücken.«

Wieder nur Knistern und Rauschen.

Valentin Kalishenko gehörte zu den alten Hasen bei H & H: Messerwerfer, Schwertschlucker, Feuerspucker und einer meiner Mentoren aus jener Zeit. Ich würde nicht so weit gehen, den Verrückten Russen als Vaterersatz zu bezeichnen. Eher war er eine Art ständig betrunkener Onkel, der mich bereits in sehr jungen Jahren mit spitzen Gegenständen spielen ließ.

»Das hat überhaupt nichts zu bedeuten.« Ich zerrte an dem Knoten in meinen Haaren. »Er hatte ungefähr hundert von diesen Dingern.«

»Ich weiß«, antwortete Big Bob.

»Und er hat sie ständig überall rumliegen lassen.«

»Ich *weiß*.«

»Was ist mit Fingerabdrücken?«, wollte ich von ihm wissen. »Haben sie an dem Messer welche gefunden?«

»Nur verschmierte, denke ich. Zumindest haben die Cops so etwas gesagt. Irgendetwas über das Material, mit dem der Griff umwickelt ist, an dem keine guten Abrücke haften bleiben.«

»Es handelt sich also um sein Messer, aber ohne Abdrücke. Das ist gar nichts. Was haben sie noch?«

»Am Telefon will ich nicht weiter ins Detail gehen«, wehrte Bob ab. »Du weißt, wie es in diesen Kleinstädten ist. Da weiß man nie, wer alles mithört.«

Ms. Pentecost räusperte sich, trank einen Schluck von ihrem Honigwein und fragte: »Was genau beabsichtigen Sie, Mr. Halloway?«

»Was ich beabsichtige?«

»In Ihrem Telegramm hieß es, Sie bräuchten Unterstützung«, präzisierte Ms. P. »Welche Art von Unterstützung?«

»Ich will, dass Sie Rubys wahren Mörder finden!«

»Dann glauben Sie also nicht, dass Mr. Kalishenko für ihren Tod verantwortlich ist?«

Ein wirkliches Schweigen war die folgende Stille nicht, aber es trat definitiv eine Pause ein.

»Ich ... äh ... ich will das jetzt nicht genauer ausführen, aber hier unten wird eindeutig mit gezinkten Karten gespielt. Die Cops verteilen Cold Decks und Alibis wie an einer Imbissbude, aber die Wahrheit steht bei denen nicht auf der Speisekarte.«

Fragender Blick.

»Ein Spiel, das man nicht gewinnen kann«, erklärte ich. »Aber nicht wirklich manipuliert, weshalb es technisch gesehen legal ist.«

»Ich will mich hier nicht durchschnorren«, betonte Big Bob. »Ich kann Sie ganz offiziell engagieren.«

»Bitte bleiben Sie in der Leitung, Mr. Halloway.«

Sie hielt mit einer Hand die Sprechmuschel ihres Hörers zu und signalisierte mir, ihrem Beispiel zu folgen.

»Also.«

»Also.«

»Was hältst du davon?« Mein Boss lehnte sich auf ihrem Stuhl zurück.

»Um es mit Ihren Worten zu sagen: Ich habe nicht annähernd genug Informationen, um eine Antwort auf diese Frage zu formulieren.«

»Wo du recht hast, hast du recht«, sagte sie nickend. »Versuchen wir also, es etwas einzugrenzen: Wäre Mr. Kalishenko zu einem Mord fähig?«

»Absolut.«

Eine ihrer Augenbrauen hob sich ein wenig.

»Jeder ist zu einem Mord fähig«, rief ich ihr ins Gedächtnis. »Ich wäre dazu fähig, Sie wären dazu fähig. Das hängt natürlich immer von den Umständen ab.«

»Und im Fall von Mr. Kalishenko müssten das welche Umstände sein?«

Ich dachte kurz nach.

»Notwehr«, schlug ich dann vor.

»Selbstverständlich. Was noch?«

»Um jemanden zu beschützen«, ergänzte ich. »Um seine Familie zu beschützen.«

»Seine Familie?«

Plötzlich stieg eine Erinnerung in mir auf und drohte mich zu verschlingen. Eine Spelunke irgendwo jenseits der Appalachen. Nach Bier stinkender Atem in meinem Gesicht, raue Hände an meinem Hals. Dann Kalishenko mit seinen Messern und jede Menge Blut.

»Der Zirkus ist seine Familie.« Mühsam kehrte ich in die Gegenwart zurück. »Er würde einfach alles für uns tun. Das schließt Ruby mit ein. Was heißt, dass ich meine Annahme, er wäre dazu fähig, widerrufe. Ich glaube nicht, dass er es getan hat. So etwas würde er niemals tun. Nicht bei einem von uns.«

Ms. Pentecost musterte mich schweigend. Jetzt, wo ich all das in die Maschine tippe, wird mir klar, was ihr in diesem Moment durch den Kopf ging. Ich hatte nicht »sie« und »ihnen« gesagt, sondern »uns«.

Ich verortete mich selbst ebenfalls auf diesem Familienstammbaum. Heute, da ich sie noch besser kenne als damals, kann ich mir gut vorstellen, dass dies einen gewissen Einfluss auf ihre Entscheidung hatte.

Sie nahm die Hand vom Hörer.

»Mr. Halloway, sind Sie noch dran?«

»Ja.«

»Wir machen uns gleich morgen früh auf den Weg nach Virginia.«

Ich lehnte mich zurück, während die beiden die Details klärten. Mein Blick streifte das riesige Ölgemälde, das hinter Ms. Ps Schreibtisch hing. Es zeigte einen mächtigen gelben Baum irgendwo in der Prärie, unter dem eine Frau in einem blauen Kleid lag. Ihr Gesicht verlor sich in den Schatten. Seit beinahe vier Jahren studierte ich dieses Bild nun schon, doch ich konnte mich noch immer nicht entscheiden, ob sie sich dort ausruhte oder ob sie dort hingefallen war.

Wartete sie auf ihren Liebsten?

Oder wartete sie auf den Tod?

Mit halbem Ohr hörte ich zu, wie Big Bob die beste Reiseroute von New York nach Stoppard beschrieb und versprach, eine Unterkunft und einen Wagen für uns bereitzustellen.

Ich malte mir aus, wie Ruby in irgendeinem zertrampelten Maisfeld mitten im Nirgendwo lag. War es schnell gegangen, oder hatte es lange gedauert? Hatte sie es kommen sehen? Hatte sie gespürt, wie die Dunkelheit sie immer fester umschloss, und gewusst, was das bedeuten musste?

Ich war noch immer in dieser Vorstellung gefangen,

als mein Boss Big Bob versicherte, dass wir uns am folgenden Nachmittag sehen würden, und anschließend den Hörer auflegte.

Dann zog sie die freie Hand aus der Wasserschüssel und trocknete sie mit dem Geschirrtuch ab, das Mr.s Campbell bereitgelegt hatte. Vorsichtig bewegte sie die Finger. Ihre Haut war rau und gerötet, und es war offensichtlich, dass sie Schmerzen hatte.

»Laut Mr. Halloway geht morgen früh um halb sieben ein Zug an der Penn Station, mit dem wir bis Fredericksburg fahren können, wo dann ein Fahrer auf uns wartet«, erklärte sie mir.

Ich nickte stumm.

»Auch wenn der Zirkus in gut einer Woche weiterzieht, sollten wir uns besser auf einen längeren Aufenthalt einstellen«, fuhr sie fort. »Am besten packen wir für drei Wochen.«

Wieder nickte ich halbherzig.

»Will?«

»Ja?« Ich war selbst überrascht, wie rau meine Stimme klang.

Man muss ihr zugutehalten, dass sie sich jede sinnlose Frage nach meinem Befinden sparte. Stattdessen ließ sie mir einfach einen Moment Zeit, um wieder zu mir zu kommen.

»Ja, drei Wochen klingt gut. Lieber auf Nummer sicher gehen«, befand ich schließlich. »Soll ich auch was einpacken für den Fall, dass es Ärger gibt?«

»Da verlasse ich mich auf dein Urteilsvermögen.«

»Auch gut«, erwiderte ich. »Also das Päckchen für spezielle Ärgernisse.«

Kapitel 3

UNSERE REISE BEGANN mit dem ersten Hahnenschrei. Vor der Penn Station hievten Ms. Pentecost und ich zusammen mit Mrs. Campbell unser Gepäck aus dem Kofferraum des Cadillac und auf den Wagen eines wartenden Dienstmanns. Ich habe die Tendenz, immer zu viel einzupacken, weshalb unsere schweren Koffer den Wagen beinahe umkippen ließen.

»Diesmal ist nur eine Leiche drin«, scherzte ich, während ich dem Gepäckträger sein Trinkgeld gab. Er nahm den Dollar mit einem leicht verschlafenen Lächeln entgegen.

Mrs. Campbell drückte uns so fest an sich, dass einige Rippen in Gefahr waren, wobei sie zum fünften Mal an diesem Morgen anbot, uns zu begleiten. Ebenfalls zum fünften Mal erklärten wir ihr, dass wir jemanden brauchten, der in Brooklyn die Stellung hielt, und dass wir bei diesem Fall eher Sahnetorten als Kugeln abbekommen würden.

»Passen Sie gut auf sie auf«, befahl sie, allerdings war ich mir nicht ganz sicher, an wen diese Aufforderung gerichtet war.

Wir winkten zum Abschied. Betreten sah ich zu, wie sie mitten auf der Seventh Avenue einen U-Turn hinlegte und dabei beinahe die Stoßstange eines Busses mitnahm.

Dann folgten der Boss und ich unserem Gepäck zum Bahnsteig, wo der Zug bereits wartete. Die Koffer landeten dort, wo Koffer nun einmal hingehören, und wir suchten uns gegenüberliegende Plätze in einem der Passagierwagen.

Ms. Pentecost holte umgehend eine dicke Akte aus ihrer Umhängetasche. Auf dem Deckel klebte ein getipptes Etikett mit der Aufschrift Olivia Waterhouse – ein Überbleibsel von unserem letzten großen Fall, dem Ms. P jede freie Minute widmete. Sie war sich absolut sicher, dass wir es eines Tages wieder mit dieser sehr speziellen Dame zu tun bekommen würden.

Ich war davon weniger überzeugt. Die werte Professorin war wie vom Erdboden verschluckt, seit Monaten hatte man nichts von ihr gehört oder gesehen.

Na ja, so ganz stimmte das nicht. Kurz nachdem Dr. Waterhouse einen auf Houdini gemacht hatte, waren von einem der anrüchigsten Hypothekengeber der Stadt mehrere Hundert Briefe an seine ärmsten Klienten verschickt worden, in denen ihnen die Darlehensschulden offiziell erlassen und das Eigentum an ihren Immobilien vollständig überschrieben wurde. Drei Tage später hatte sich der Mann an einem Deckenventilator erhängt.

Es gab keinerlei Beweis dafür, dass Waterhouse ihre Finger im Spiel hatte. Aber meiner Meinung nach trug das eindeutig ihre Handschrift, und mein Boss sah das ganz genauso.

Geistesabwesend strich ich über die Narbe auf meiner linken Wange. Noch so ein Erinnerungsstück an diesen Fall. Die Wunde war sauber verheilt, aber die Ärzte hatten mir gesagt, dass mich die schmale Kerbe wohl noch bis ins hohe Alter morgens im Spiegel begrüßen würde.

Während mein Boss zum hundertsten Mal dieselben Seiten studierte, kramte ich in meiner Umhängetasche (Ersatz für eine Handtasche) herum, bis ich meine Ausgabe von *Das Herz ist ein einsamer Jäger* fand.

Ms. Pentecost hatte mich wieder und wieder gedrängt, die tiefen Gräben in meiner Allgemeinbildung aufzufüllen. Ich war mit fünfzehn von zu Hause abgehauen, und auch davor war meine schulische Ausbildung nicht gerade die beste gewesen. Es folgten fünf Jahre Zirkusarbeit, dann vier Jahre als Ms. Pentecosts Laufbursche. Fundierte Bildung sah anders aus.

Deshalb hatte mein Boss vorgeschlagen, ich solle meine üblichen Detektivromane gegen etwas Handfesteres eintauschen. Ich entschied mich für Carson McCullers' Geschichte über einen Taubstummen, der irgendwo im Hinterland zum Vertrauten seiner Mitmenschen wird. Hauptsächlich fiel meine Wahl auf dieses Buch, weil McCuller genauso alt gewesen war wie ich, als es veröffentlicht wurde – dreiundzwanzig. Berufstätige Frauen wie wir mussten zusammenhalten.

Die Fahrt von der Penn Station bis nach Fredericksburg in Virginia dauerte gute fünf Stunden, und ich hatte mir fest vorgenommen, mit dem Roman ein großes Stück voranzukommen.

Irgendwo zwischen Newark und Philly wurde mir bewusst, dass ich den letzten Absatz ganze fünf Mal gelesen hatte, ohne dass etwas hängen geblieben wäre, also gab ich es auf und griff stattdessen zur neuesten Ausgabe von *Strange Crime*, aber nicht einmal der Artikel über Lügendetektoren und die besten Möglichkeiten, sie auszutricksen, konnte mich fesseln.

Da sie es nicht gewohnt war, zu einstelligen morgendlichen Uhrzeiten wach zu sein, war Ms. P bereits wieder eingeschlafen; ihr nicht sonderlich zartes Schnarchen ließ keinen Zweifel zu. Ich zog die Akte aus ihren schlaffen Fingern und packte sie ein.

Dann versuchte ich, ebenfalls ein Schläfchen zu machen, aber meine Nerven hatten eindeutig etwas dagegen.

Ich mochte keine Züge.

Nur die U-Bahn zählte nicht dazu: Dort konnte man ungefähr alle zwei Minuten aussteigen, wenn einem die Richtung, in die es ging, nicht passte. Dann nahm man eben ein Taxi oder ging zu Fuß.

Aber bei Fernzügen blieb einem keine andere Wahl. Man hatte keine Chance, noch schnell die Richtung zu wechseln oder spontan seine Meinung zu ändern. Die Route wurde vor hundert Jahren einmal festgelegt, und der musste man dann bis zum Ende folgen.

Wie in einem eisernen Sarg.

Ms. Pentecost hat mir einmal erklärt, das sei eine Begleiterscheinung meiner Klaustrophobie. Ich erwiderte darauf, ich hätte keine Klaustrophobie. Ich mochte einfach keine Orte, von denen ich nicht wegkam, was eine vollkommen vernünftige Empfindung war, für die man nun wirklich keinen viersilbigen Fachausdruck erfinden musste.

Schließlich beschloss ich, mir ein wenig die Beine zu vertreten, also verließ ich leise unser Abteil und machte mich auf den Weg zum Speisewagen. Dort kaufte ich mir einen Kaffee und einen Bagel und suchte mir einen Platz an einem leeren Tisch ganz hinten.

Während draußen die Landschaft vorbeizog, ließ ich meine Gedanken zu Ruby und meinen fünf Jahren bei Hart & Halloway wandern.

Angekommen war ich bei H & H als erschöpftes, unterernährtes, geschundenes Mädchen, das verzweifelt einem Leben entkommen wollte, von dem es schon damals wusste, dass es in keine gute Richtung lief. Die Vorstellung einer farbenfrohen Welt voller Abenteuer, wo ich nie länger als ein paar Wochen am Stück blieb … das klang einfach himmlisch.

Allerdings lernte ich schnell, dass die Zirkuswelt nicht viel mit dem Himmel gemeinsam hatte – doch sie war auch meilenweit von der speziellen Hölle entfernt, in der ich zuvor gelebt hatte. Anfangs war ich Dungschipper, mistete Ställe und Käfige aus und musste mich um alles kümmern, was die vierbeinigen Zirkusmitglieder unter sich gehen ließen.

Irgendwann stieg ich dann in die feste Hilfsarbeitermannschaft auf und verkaufte Süßigkeiten im Zelt, bis ich in die Rolle als Kalishenkos reizende Assistentin hineinstolperte. Meine Vorgängerin hatte sich von irgendeinem glücklichen Kerlchen schwängern lassen, woraufhin ich zwangsrekrutiert wurde. Man quetschte mich in einen aufgemotzten Badeanzug, und ich durfte zwölf Stunden am Tag meine Pailletten vollschwitzen, während der Mann, den alle nur den »Verrückten Russen« nannten, Messer auf mich warf.

Interessant wurde die Sache eigentlich erst, als ich anfing, sie zurückzuwerfen.

Kalishenko war der Meinung, ich hätte Potenzial, also fing er an, mir die Kniffe seines Handwerks beizubringen. Das wiederum inspirierte andere Künstler dazu, mich ebenfalls unter ihre Fittiche zu nehmen, und so erlernte ich die Grundlagen der Magie, Akrobatik, Pferdedressur, Schlangenbeschwörung, Kunstschießerei, Wahrsagerei und von allem, was noch so dazwischenlag – dazu gehörten auch ein paar Lektionen im Burlesquetanz, die ich nur einmal zur Anwendung brachte. Je weniger darüber gesagt wird, desto besser.

Langer Rede, kurzer Sinn: Am Ende meiner Zirkuszeit war ich eine Art eierlegende Wollmilchsau, die bei so ziemlich jedem als Assistentin einspringen konnte, wenn Not am Mann war.

Bis ich Ms. Pentecost begegnete und ihr das Leben rettete, indem ich dem Mann, der sie umbringen wollte, ein Messer zwischen die Schulterblätter warf. Das führte dazu, dass sie mich als ihre Assistentin einstellte, weil sie ein gewisses Potenzial in mir sah.

Aber eben nur, weil Kalishenko das bereits vorher entdeckt hatte.

Ich dachte zurück an die ersten Tage meiner Ausbildung bei ihm. Damals warf ich bei fünf Versuchen fünfmal daneben, und Kalishenko bedachte mich mit einer dröhnenden Schimpftirade.

»Was soll der Scheiß? Das kannst du besser. Du weißt das. Ich weiß das. Also mach es besser!«

Mach es besser. Als ob das so einfach wäre.

»Soll ich vielleicht glauben, das beim ersten Mal war nur Unfall? Als du mir fast das Ohr abgesäbelt hast? War das ein Unfall?«

»Da habe ich nicht drüber nachgedacht«, brüllte ich zurück. »Ich war einfach angepisst und habe geworfen.«

Kalishenkos Bart teilte sich weit genug, um sein Grinsen zu zeigen.

»Gut! Das ist gut! Da können wir anfangen. Sei wütend«, forderte er. »Sei wütend und wirf.«

»Wenn du mir weiter so ins Ohr schreist, dürfte das mit der Wut kein Problem sein.«

Er legte beide Hände auf meine Schultern und drehte mich Richtung Zielscheibe.

»Blick auf das Ziel. Spüre das Messer in deiner Hand. Sein Gewicht. Und jetzt stell dir jemanden vor, der dieses Messer verdient hat. Einen Menschen, auf den du das Messer werfen willst. Einen Menschen, der dein Blut zum Kochen bringt. Einen Menschen, der dich schlecht behandelt hat, der dir wehgetan hat. Stell ihn dir genau vor, da, vor der Zielscheibe. Siehst du diesen Menschen, Willowjean?«

Ich sagte, ich sähe ihn.

»Und nun wirf.«

Ich warf. Das Messer bohrte sich wenige Zentimeter vom Zentrum entfernt in die Holzscheibe.

Kalishenko klatschte in die Hände.

»Na also!«, rief er. »Jetzt, da du nicht mehr denkst, können wir anfangen.«

Neun Jahre später war von dem unbeholfenen Teenager, der unbedingt beweisen wollte, was er alles aushielt, nicht mehr viel übrig.

Okay, manches war schon noch da. Aber nicht viel.

Ich verdankte Kalishenko mein Leben – in mehr als einer Hinsicht.

Ich war bei der dritten Tasse Kaffee angekommen, als Ms. P den Speisewagen betrat, wobei sie vorsichtig mit dem Gehstock das leichte Schwanken des Zuges ausglich. Ich winkte, damit sie zu mir an den Tisch kam.

»Noch einmal: Guten Morgen. Kaffee? Frühstück?«

»Nur Kaffee«, bat sie, während sie sich den Schlaf aus den Augen rieb.

Ich winkte dem Kellner und bat um eine zweite Tasse.

»Wo sind wir jetzt?«, erkundigte sich Ms. P.

»Gerade durch Philly gefahren. Das hat Sie wahrscheinlich auch geweckt. Wir müssten bald in Wilmington sein.«

Der Kellner brachte ihren Kaffee, und sie dankte ihm, nippte an dem Gebräu, starrte aus dem Fenster und wartete darauf, dass das Koffein seine Wirkung zeigte. Sobald ihr Getriebe ausreichend geschmiert war, wandte sie sich mir zu.

»Beschreibe mir Ms. Donner.«

So ist mein Boss – verschwendet keine Minute.

»Ach, gute eins siebzig groß, circa sechzig Kilo schwer, braune Augen, braune Haare. Was die unverwechselbaren Merkmale angeht, davon hatte sie ungefähr dreihundert, vom Schlüsselbein aus abwärts überall verteilt.«

»Was bist du wieder amüsant.«

Ihr Miene sagte etwas anderes.

»Eigentlich eine ganz typische Zirkusgeschichte«, begann ich. »Mädchen aus der Kleinstadt träumt vom glamourösen Showgeschäft, packt seinen Krempel und geht nach New York. Dort stellt sie dann fest, dass sie weder schauspielern noch singen oder tanzen kann. Sie ist zwar hübsch genug, um es als Model zu versuchen, aber das sind ungefähr zehntausend andere auch, die sich alle um dieselben Jobs streiten. Eines Tages verschlägt es sie nach Coney Island, wo sie an einer Tätowierstube vorbeikommt. Aus einer Laune heraus geht sie rein und lässt sich das erste Tattoo stechen. Etwas daran fasziniert sie so sehr, dass es sie nicht mehr loslässt. Im Laufe des nächsten Jahres werden noch Hunderte weitere Bilder in ihre Haut gestochen. Irgendwann begegnet sie einem Mädchen, das einen Typen kennt, der Big Bob Halloway kennt. Beim nächsten Gastspiel wird sie im Zirkus vorstellig. Big Bob erkennt ihr Potenzial und engagiert sie für das Spektakulum.«

»Und das alles hast du von Ms. Donner erfahren?«

»Klar doch. Sie hat die Geschichte ständig erzählt. Das Publikum liebt so etwas«, erklärte ich. »Ich meine, klar, viele empfanden sie wohl eher als warnendes Beispiel: Mädels, bleibt hübsch daheim, sonst müsst ihr euch am Ende vor einem sexwütigen Gaffermob zur Schau stellen. Wobei sie immer gerne übersehen haben, dass sie selbst ein Teil dieses Mobs waren.«

Aber Ruby war viel mehr gewesen als nur Haut, Tinte und ein strahlendes Lächeln. Das hatte ich von Anfang an begriffen. Auch vollständig bekleidet stach sie aus der Menge heraus – und das zwischen Leuten, von denen wohl keiner als unauffällig bezeichnet worden wäre.

Auf dem Times Square ist einmal Susan Hayward an mir vorbeigelaufen. Auf meiner Liste der Filmschönheiten stand sie eigentlich gar nicht so weit oben, und trotzdem strahlte sie eine Lebendigkeit aus, mit der die ganzen Trottel um sie herum einfach nicht mithalten konnten. Genau so war auch Ruby.

Ein Mädchen in Technicolor, umgeben von einer schwarz-weißen Welt.

»Sie war erst ein paar Jahre dabei, als ich kam«, fuhr ich fort. »War gerade erst ein vollwertiges Mitglied der Truppe geworden. Aber man hat ihr vertraut. Sie war einer dieser Menschen, an die man sich wendet, wenn man ein Problem hat. Dabei war sie keine Glucke oder so. Diese ›oh, du armes Häschen‹-Nummer war nicht ihr Ding. Sie war eher der zupackende Typ.«

»Könntest du das genauer erklären?«

»Na ja, zum Beispiel, als Lulu plötzlich in anderen Umständen war – das war Kalishenkos frühere Assistentin. Da war es Ruby, die die nötigen Anrufe machte, einen Termin für sie vereinbart und einen Platz für sie gefunden hat, wo sie sich erholen konnte. Damit will ich nicht sagen, dass jeder sie geliebt hätte. Sie hatte ein ziemlich loses Mundwerk, vor allem, wenn sie getrunken hatte. Aber selbst jene, die nicht scharf auf ein Autogramm waren, haben sie respektiert.«

»Und wie stand Mr. Kalishenko zu ihr?«

Obwohl ich mit dieser Frage gerechnet hatte, beantwortete ich sie nur ungern.

»Er war nicht gerade ein Fan von ihr. Was aber auf Gegenseitigkeit beruhte.«

»Gab es dafür einen bestimmten Grund?«

»Ich weiß nicht, ob man das auf einen einzelnen Punkt eingrenzen kann. Er hat immer gestichelt, weil ihre Nummer keine besonderen Fähigkeiten erforderte. Dass sie sich ja nur ein paar Tausend Mal pieksen lassen, sich ausziehen und das Ergebnis präsentieren müsse. Sie wiederum meinte, jemand, der sich tätowieren lasse, habe auf jeden Fall mehr Arsch in der Hose als jemand, der sich besäuft und dann mit Messern auf kleine Mädchen wirft. Sie nannte ihn Säufer, er sie eine Hochstaplerin. So ging das immer hin und her – zwei Menschen, die partout nicht miteinander konnten.« Ich zog eine resignierte Grimasse.

In diesem Moment fuhr der Zug in den Bahnhof von Wilmington ein. Wir unterbrachen unser Gespräch, als um uns herum hastig Rechnungen beglichen und Gepäckstücke zusammengesucht wurden.

Draußen vor dem Fenster wurden beinahe synchron vier Dutzend Hüte aufgesetzt, und eine Herde Bürohengste verließ den Bahnsteig und strömte hin zu jenen, die ihre Gehaltsschecks ausstellten. Vermutlich in einer der Chemiefabriken oder Gießereien, die auch nach Kriegsende noch dick im Geschäft waren. Mindestens die Hälfte dieser Männer war vor ein oder zwei Jahren vermutlich noch in Übersee gewesen, stets darum bemüht, sich nicht in die Luft sprengen zu lassen.

Und nun waren sie hier, arbeiteten nach der Stechuhr, und der gefährlichste Teil des Tages war die Überquerung der Straße auf dem Weg ins Büro. Bestimmt war das eine Erleichterung für sie.

Wenn ich mir allerdings die hängenden Mundwinkel ansah, die in jedem dieser Gesichter zu finden waren, konnte ich mit meiner Annahme auch gründlich falschliegen.

Wir verließen Wilmington, und der Zug glitt zwischen rauchenden Fabrikschloten hindurch, am Ufer eines Flusses entlang, der so verdreckt war, dass der Gowanuskanal dagegen wie ein Wellnessbad wirkte.

»Und wie sieht es mit Mr. Kalishenko aus?«, fragte Ms. P weiter.

»Der war schon Teil der Truppe, bevor Big Bob den Laden übernommen hat«, erklärte ich ihr. »Er ist direkt nach der Revolution aus Russland eingewandert, so um 1917, 1918 herum.«

»Mit seiner Familie?«

Ich schüttelte den Kopf. »Er hat nie über seine Familie gesprochen. Mal abgesehen von der Behauptung, er stamme von Rasputin persönlich ab.«

Natürlich ließ ich an dieser Stelle unerwähnt, dass ich ihm die Geschichte jahrelang abgekauft hatte, weil ich schlichtweg keine Ahnung hatte, wer Rasputin war.

»Ich glaube, seine Familie ist tot«, fuhr ich fort. »Aber ganz ehrlich: Ich weiß mehr über Ihren persönlichen Hintergrund als über seinen, und Sie halten Ihre Biografie ja besser unter Verschluss als Fort Know seine Kassenbücher.«

Sollte dieser Kritikpunkt bei ihr angekommen sein, so ließ sie es sich nicht anmerken.

»Val war nie der Kumpeltyp. Ich gehörte zu den wenigen, die gut mit ihm auskamen, und auch dafür musste er mich erst … keine Ahnung … ein paar Tausend Mal fast abstechen?«

Diese Wortwahl hatte plötzlich einen bitteren Beigeschmack. Es dauerte einen Moment, bis meine Zunge sich wieder in Bewegung setzen ließ.

»Brauchen Sie … ähm … brauchen Sie auch einen Überblick über die restliche Truppe bei H & H?«

Ms. Pentecost dachte gründlich darüber nach, dann schüttelte sie den Kopf. »Es ist wohl besser, die Dinge mit so wenig Vorwissen wie möglich anzugehen. Und ich werde sie ja bald persönlich kennenlernen.«

Ich versuchte, mir das vorzustellen – mein neues und mein altes Leben traulich vereint unter der Zirkuskuppel. Nein, dafür reichte meine Fantasie im Moment nicht aus. Also lehnte ich mich zurück und ließ den eisernen Sarg weiterrumpeln.

Kapitel 4

DER REST DER Reise verlief ereignislos, vielleicht einmal abgesehen von einem Zwischenfall in der Union Station. Unser Zug tauschte gerade einen Haufen Anzugträger gegen eine Schar Wochenendtouristen auf ihrem Weg nach Süden, als ich in der Menge auf dem Bahnsteig eine Gruppe Frauen entdeckte, die darauf wartete, in einen der Passagierwaggons für Farbige einzusteigen.

Sie sahen aus, als wären sie den ganzen Weg bis zum Bahnsteig gerannt, und sie hatten alle Schilder bei sich, auf denen Botschaften standen wie FÜR DEN SCHUTZ VON LEBEN UND FREIHEIT oder LYNCHJUSTIZ IST EIN ZEICHEN VON SCHWÄCHE. Da begriff ich, dass sie wohl zu Beginn der Woche in die Hauptstadt gekommen waren, um gegen den Lynchmord an zwei schwarzen Familien in Monroe, Georgia, zu protestieren.

Ich war so sehr mit dem Prozess gegen Sendak beschäftigt gewesen, dass ich den Nachrichten in letzter Zeit kaum Beachtung geschenkt hatte. Und nun wurde ich Zeugin davon, wie diese Frauen – eine Handvoll der vielen Tausend, die zum Weißen Haus marschiert waren und Trumans Aufmerksamkeit gefordert hatten – ihre Heimreise antraten. Bevor man ihnen Zutritt zum Waggon gewährte, nahm ein korpulenter Dienstmann ihnen die Schilder ab. Sobald die Frauen eingestiegen waren, knickte und faltete er die Plakate und stopfte sie in den nächsten Mülleimer.

Zwischen damals und heute – also dem Moment, in dem ich diese Zeilen zu Papier bringe – ist eine Menge geschehen, aber ich erinnere mich noch gut an den ausdruckslosen, gelangweilten Blick dieses Dienstmannes, als er die Protestplakate in den Müll warf.

Ein Rädchen im Getriebe, das sich fleißig immer weiterdrehte.

Danach fuhr der Zug in flottem Tempo weiter Richtung Süden, zwischen für Virginia typischen Farmen und Feldern hindurch und an mittelgroßen Städten vorbei, bevor er dann gegen Mittag den Bahnhof von Fredericksburg erreichte. Ich schnappte mir einen Gepäckwagen, holte unsere Koffer und brachte sie und meinen Boss nach draußen.

Hätte ich mir Sorgen gemacht, wie ich den Wagen erkennen sollte, den Big Bob uns versprochen hatte … nun ja, das wäre vollkommen überflüssig gewesen. Direkt vor dem Bahnhof parkte ein International-Harvester-Pick-up mit offener Ladefläche und Holzleisten an den Seiten. Oder zumindest glaubte ich das. Es war nicht ganz leicht zu erkennen, da das Ding komplett verbeult und/oder verrostet war, und einige Teile drohten einfach abzufallen.

Das einzige Neue an diesem Wagen war die bunte Plane, die seitlich an der Ladefläche befestigt war und verkündete: HART & HALLOWAY'S WANDERZIRKUS MIT SPEKTAKULUM, STOPPARD, VA., 30. JULI – 10. AUGUST. Und vielleicht noch der Fahrer, der neben dem Pick-up wartete und dabei nervös auf den Fußballen wippte.

Als er uns entdeckte, rief er grinsend: »Miss Parker! Miss Parker! Hier drüben, Ma'am! Ich bin Ihr Fahrer!«

»Ein alter Freund?«, vermutete mein Boss, während wir auf den Wagen zugingen.

»Alt? Ob der überhaupt schon einen Führerschein hat?«

Ich schob das Gepäck zu dem Pick-up hinüber, doch bevor ich die Koffer auch nur anfassen konnte, hatte sich unser Fahrer bereits darauf gestürzt.

»Hi! Samuel Lee Butcher, stets zu Diensten. Sie können mich Sam Lee nennen. Ich werde Sie zum Zirkus bringen. Ist ein bisschen weiter draußen. Big Bob wäre ja selbst gekommen, aber seit zwölf ist geöffnet, und er wird dann ... na ja, Sie wissen ja, wie er dann wird. Jedenfalls hat er mir die Schlüssel hingeworfen und gesagt: ›Sam Lee, du holst Will Parker und Miss Pentecost.‹ Verzeihung, Ma'am, Sam Lee, freut mich, Sie kennenzulernen. Big Bob hat nur Gutes über Sie zu sagen. Also, er hat mir die Schlüssel zu dieser Rostlaube gegeben und gesagt, ich solle Sie so schnell und so sicher wie möglich zu ihm bringen, und wenn ich vor der Wahl stünde, läge die Betonung eher auf schnell.«

Sein Monolog setzte sich nahtlos fort, während er unsere Koffer auf die Ladefläche hievte und so geschickt nach vorn stieß, dass sie direkt hinter dem Führerhaus Seite an Seite zum Liegen kamen. Dann half er uns – ohne auch nur eine Silbe auszulassen –, vorne einzusteigen: er hinter dem Steuer, Ms. P auf dem Beifahrersitz und ich zwischen den beiden eingezwängt. Sobald alles drin war, drehte er den Zündschlüssel, und der Motor gab ein ersticktes Keuchen von sich. Dann ging es los.

Während der paar Minuten, die er brauchte, um uns aus Fredericksburg herauszubringen, schaltete er auf stumm. So hatte ich etwas Zeit, mir unseren Chauffeur ein wenig genauer anzusehen. Obwohl ich ihm nie zuvor begegnet war, glaubte ich, ihn zu kennen: Jeansoverall mit hundert verschiedenen Flecken; kaum alt genug, um zu fahren, aber mit einer zwei Tonnen schweren Todesfalle betraut; die unerschütterliche Begeisterung eines Welpen, der allein im Garten herumtollen darf.

Er war der Neuzugang – genau wie ich früher einmal. Wäre ich zwanzig Zentimeter größer, schwarz und mit Sechszylinder-Stimmbändern gesegnet gewesen, hätte man uns nicht unterscheiden können.

Unser nicht unbedingt mit einem Führerschein ausgestatteter Fahrer lenkte den Truck auf eine zweispurige Landstraße und dann über mehrere kurvenreiche Nebenstraßen, die uns durch Wälder, an Fabriken und an Bauernhöfen jeglicher Spielart vorbeiführten. Die Temperatur im Inneren des Wagens erreichte gefühlt dreistellige Werte, sodass wir beide Fenster runterkurbelten. Für ein wenig bewegte Luft nahmen wir sogar den Dunggeruch in Kauf.

Nach gut vierzig Minuten entdeckten wir die ersten Hinweisschilder Richtung Stoppard. Sollte unser Chauffeur bis zu diesem Zeitpunkt auch nur eine halbe Minute aufgehört haben zu reden, so hatte ich das wohl verpasst.

Stolz erklärte uns Sam Lee, dass er nicht erst gestern vom Rübenlaster gefallen war. Nein, er war schon ganze sechs Monate beim Zirkus. Um das zu beweisen, hielt er uns einen Vortrag über so ziemlich alles, vom Einfangen der Pferde über die richtige Zeltaufbautechnik bis hin zur korrekten Anordnung der Waren für die Hauptvorstellung.

»Die Metzler – so nennt man beim Zirkus die Verkäufer, keine Ahnung, warum – bringen zuerst das trockene, salzige Zeug raus«, legte er meinem Boss mit der Leidenschaft des frisch Konvertierten dar. »Also Popcorn, Brezeln oder Erdnüsse. Die Getränke hält man bis zur dritten oder vierten Nummer zurück. Bis dahin haben sie alle ordentlich Durst. Dann kommen die Sachen für die Kinder, so wie Zuckerwatte oder Lakritze. Die bringt man am besten direkt nach den Clowns an den Mann. Da sind die Eltern gut gelaunt und fröhlich und eher bereit, für die Kleinen noch etwas lockerzumachen. Kandierte Äpfel erst ganz zum Schluss, es dauert so lange, bis die aufgegessen sind. Wenn die einer direkt am Anfang kauft, nagt er die ganze Vorstellung lang dran rum und nimmt nichts anderes mehr.«

Beim Stichwort Essen gab mein Magen ein äußerst unhöfliches Geräusch von sich und erinnerte mich daran, dass es bereits einige Stunden her war, dass er einen Bagel zugeführt bekommen hatte. Ms. P hatte bislang nichts außer Kaffee gehabt.

Wir bogen gerade auf die Hauptstraße des Ortes ein, die genauso aussah wie hundert andere Hauptstraßen, die ich während meiner Zeit beim Zirkus kennengelernt hatte. Man fand hier alles Notwendige versammelt: ein Bekleidungsgeschäft, einen Lebensmittelladen, eine Bank, einen Drugstore, einen Floristen und direkt am Marktplatz das Gerichtsgebäude mit angrenzender Polizeiwache.

Ich fragte mich, ob Kalishenko in diesem Moment

dort drin in einer winzigen Zelle schmachtete. Und ob er überhaupt wusste, dass wir kamen.

Dann hatten wir den Platz umrundet und konnten den Rest der Kleinstadtversorgung abhaken: ein Billigkaufhaus, eine Arztpraxis, ein Bestattungsinstitut und so weiter. Eben alles, was man von Geburt bis Tod und für die Zeit dazwischen so braucht.

Das einzig Ungewöhnliche war das Lichtspielhaus. Eine ausgeschaltete Leuchttafel verkündete, dass es sich um das Majestic handelte. Zwar machte es nicht den Eindruck, diesem Namen gerecht werden zu können, aber in Kleinstädten muss man etwas nachsichtiger sein.

Unter dem Namen des Kinos prangten schwarze Plastikbuchstaben:

*

Katzenmenschen
Abendvorstellungen & Wochenendmatineen

*

Wie man in einem Dorfkino darauf kam, ausgerechnet *Katzenmenschen* zu zeigen, war mir schleierhaft.

Mein Magen meldete sich wieder, was in Ms. Ps Innerem ein unmittelbares Echo auslöste.

»Gibt es in dieser Stadt ein Restaurant, das diesen Namen verdient hätte?«, fragte ich. Wenn wir erst das Gelände von H & H erreichten, würden wir uns mit den Verkaufssnacks oder Zirkusfraß begnügen müssen. Doch es war auch Teil meines Jobs, dafür zu sorgen, dass mein Boss genügend Nährstoffe zu sich nahm, um den geistigen Ofen nicht ausgehen zu lassen. Und während ich ganz gut von Limonade und Hotdogs leben konnte, bevorzugte Ms. P vermutlich etwas, das man nicht in Senf ertränken musste.

Diese Frage brachte Sam Lee etwas in Verlegenheit. Vermutlich erlaubten Big Bobs Instruktionen keinerlei Abstecher dieser Art. Trotzdem bog er in eine Seitenstraße ein und parkte den Truck vor einem Lokal namens Henry's, das sich damit brüstete, DAS BESTE GRILLHÄHNCHEN VON GANZ VIRGINIA zu verkaufen.

Wir kletterten aus dem Wagen.

»Dann wollen wir doch mal sehen, ob man dieser Werbung trauen kann«, beschloss ich. »Ich zahle.«

»Ich warte dann hier beim Wagen, Miss Parker«, antwortete Sam Lee. »Ms. Pentecost und Sie können sich ruhig Zeit lassen.«

Während ich zu einem Protest ansetzte, verpasste mir mein Boss einen dezenten Rippenstoß und deutete mit dem Kopf auf die Fensterscheibe neben dem Eingang des Lokals. Sie war fast komplett mit einer Flut gelber, von der Sonne gebleichter Flugblätter zugekleistert.

*

Unterstützt unsere Jungs! Kauft Kriegsanleihen!

*

Die Frage, was Veteranen und Kriegsanleihen mit unserer Verpflegung zu tun hatten, sprach ich nicht aus, da ich in diesem Moment noch ein zweites Schild entdeckte. Es hing genau auf Augenhöhe und umfasste lediglich zwei handgeschriebene Worte.

*

Keine Farbigen

*

Das hing dort schon eine ganze Weile. So lange, dass die Buchstaben wieder und wieder nachgezogen worden und jedes Mal dicker und dunkler geworden waren. Dieses Schild sollte auf keinen Fall durch die Sonne verblassen.

Ich will damit nicht sagen, dass der Norden viel besser war. Diese Illusion war mir im Vorfeld des Sendak-Prozesses ein für alle Mal geraubt worden. Aber wir gingen zumindest nicht damit hausieren.

»Wartet hier«, befahl ich den beiden. Wenige Minuten später kehrte ich mit drei Papptellern zurück, auf denen jeweils ein halbes Hähnchen lag, dazu drei Flaschen Cola zum Runterspülen.

Sam montierte das Holzgitter von der Seite der Ladefläche ab, sodass wir uns mit baumelnden Beinen auf die Kante setzen und in der heißen Augustsonne unser Mittagessen verspeisen konnten. Ob es nun das beste Hähnchen des gesamten Bundesstaates war, konnte ich nicht beurteilen, aber es schmeckte – gut genug, um sogar unseren Chauffeur vorübergehend verstummen zu lassen.

Und falls Teile der werten Leserschaft zu dem Schluss gekommen sein sollten, mein Boss wäre eine aufgeblasene Spießerin, sollten sie einmal hören, wie diese Dame das Fleisch von einem Hähnchenknochen lutscht.

Ich wischte mir gerade das Fett von den Lippen, als ein schwarzer Wagen neben uns hielt. Das Blaulicht auf dem Dach und das Logo des Stoppard Police Department auf den Türen verrieten mir, dass wir wohl gerade Besuch von einem Gesetzeshüter bekamen.

Ich spürte, wie Sam Lee sich unwillkürlich verkrampfte.

Während der Jahre, in denen ich nun schon für Ms. Pentecost arbeitete, war ich einer Menge Cops begegnet. Ein paar davon mochte ich sogar. Und ein paar von denen mochten auch mich.

Doch während meiner Zeit beim Zirkus hatte das Auftauchen der Polizei niemals etwas Gutes bedeutet, und daran hatte sich bestimmt nicht viel geändert. Für Sam Lee musste es sogar noch schlimmer sein. An seinen hektischen Atemzügen erkannte ich, dass Stoppard bestimmt keinen Eintrag im *Green Book* verzeichnen konnte, oder zumindest keinen positiven.

Stumm beobachtete ich, wie der Fahrer den Wagen verließ und einen wachsamen Blick zum Himmel hinauf warf, als wäre ihm die Sonne irgendwie verdächtig. Nachdem er sich davon überzeugt hatte, dass ihn dort oben niemand übers Ohr hauen wollte, bedeckte er seine mit einer Menge Pomade versehene weiße Haarpracht mit einem breitkrempigen Hut und schlenderte auf uns zu.

Natürlich weiß ich, dass man ein Buch niemals nach

dem Einband beurteilen sollte, aber in manchen Fällen ist das gar nicht so leicht. Der Titel dieses Taschenbuchs jedenfalls war eindeutig: *Dorfpolizist macht einen auf dicke Hose*.

Der stattliche Bauch, der über seinen Gürtel hing, legte die Vermutung nahe, dass Chief Thomas Whiddle – wie er laut dem Namensschild an seiner Brusttasche hieß – sich mehr als einmal Virginias bestes Grillhähnchen gegönnt hatte. Seine kräftigen Hände rückten kurz den Gürtel zurecht. Alles in allem bewegte er sich mit dieser ganz speziellen Gelassenheit, die man nicht mit Faulheit verwechseln sollte.

»Hey, Boy, was habe ich dir zum Thema Parken auf der Straße gesagt, noch dazu mit dieser Rostlaube?« Seine Vokale waren extrem gedehnt, während Konsonanten nicht so ganz sein Fall zu sein schienen.

Sam Lee starrte angestrengt auf die blank geputzten Stiefel des Gesetzeshüters. »Tut mir leid, Sir. Wir sind gleich weg. Haben nur kurz etwas zu essen geholt.«

Whiddles Augen, die unter der breiten Stirn kaum auszumachen waren, huschten zu uns hinüber, um sich die beiden Fremdlinge anzusehen. Ich wurde in Sekundenbruchteilen bewertet und abgehakt, dann richteten sie sich auf meinen Boss. Seine Mundwinkel zuckten, allerdings konnte ich nicht sagen, in welche Richtung.

»Sie müssen dann wohl Lillian Pentecost sein.«

Mein Boss nickte, schob sich vorsichtig von der Ladefläche und wischte sich die Finger an einer Papierserviette ab.

»Die bin ich.«

»Ich habe Ihr Foto in der Zeitung gesehen, bei diesem Brandstifterfall. Das war eine … interessante Vorgehensweise.«

Mir war nicht bewusst gewesen, dass der Sendak-Fall es sogar bis nach Virginia geschafft hatte. Und ich war mir auch nicht ganz sicher, ob das gut oder schlecht war.

Er streckte die Hand aus.

»Thomas Whiddle, ich bin der Polizeichef hier in Stoppard.«

Sie trafen sich in der Mitte, und Ms. Ps schlanke Finger wurden von seiner schwitzigen Pranke verschluckt. Beide waren gleich groß, allerdings übertraf Whiddle sie im Umfang sicher um das Doppelte.

»Freut mich, Sie kennenzulernen, Chief Whiddle«, sagte sie. »Das ist meine Geschäftspartnerin, Will Parker.«

Nun streckte ich die Hand aus, die um einiges sanfter geschüttelt wurde als erwartet.

»Ich würde ja gern sagen, die Freude ist ganz auf meiner Seite …« Er wandte sich wieder an meinen Boss. »… aber das scheint mir in Anbetracht der Umstände nicht ganz richtig zu sein.«

»Nein«, stimmte sie ihm zu. »Ich wünschte ebenfalls, ich wäre unter anderen Umständen hier. Trotzdem hoffe ich, dabei behilflich sein zu können, die Wahrheit ans Licht zu bringen.«

Whiddle nickte so bedächtig, als wollte er dieses Nicken erst ganz durchdenken, bevor er sich festlegte.

»Sieht nicht so aus, als gäbe es da viel ans Licht zu bringen«, verkündete er dann. »Scheint eine ziemlich klare Sache zu sein.«

Da der Chief nun die Gangart geändert hatte, zog

mein Boss langsam den Gehstock von der Ladefläche des Trucks und stützte sich entspannt darauf. Von außen wirkte es wie ein vollkommen unverfängliches Gespräch à la »Howdy, Junge, wir könnten dringend mal wieder etwas Regen gebrauchen«. Dabei ging es doch um Mord.

»Klare Sache hin oder her«, erwiderte sie, »ich hoffe sehr, dass meine Anwesenheit hier Ihnen nichts ausmacht.«

Während ich die Szene beobachtete, spürte ich plötzlich ein Kribbeln im Nacken.

Verstohlen drehte ich den Kopf und blickte zum Restaurant hinüber. Dort klebte ein halbes Dutzend Gesichter hinter der Scheibe wie Hundewelpen in einer Zoohandlung. Als ich den Blick die Straße entlangwandern ließ, entdeckte ich eine Menge Leute in den Vorgärten. Manche fegten den vollkommen sauberen Boden, andere zupften an Rosenbüschen herum, die absolut makellos aussahen. Wieder andere hatten sich eine Zigarette angezündet und beobachteten ganz ungeniert das Geschehen.

Keine Ahnung, wer hier in Stoppard für die Tratschhotline zuständig war, aber er hatte auf jeden Fall eine Gehaltserhöhung verdient.

Sam war ebenso gefesselt wie die übrigen Zuschauer, allerdings strahlte er die subtile Fluchtbereitschaft eines Mannes aus, der weiß, dass in der Bar gleich eine Schlägerei ausbricht. Leider hatte ich keine Möglichkeit, ihm zu sagen, dass mein Boss sich grundsätzlich nicht prügelte.

Dafür hatte sie mich eingestellt.

»Mr. Halloway hat mir gesagt, dass Sie kommen«, antwortete der Chief gedehnt. »Und ich habe ihm gesagt, dass er sich das Geld sparen kann. Aber Sie sind uns hier herzlich willkommen. Solange Sie sich an die Gesetze halten. Und zwar im engsten Sinne, nicht im übertragenen.«

Dieser Zusatz ließ Ms. P interessiert den Kopf neigen.

»Nach allem, was man so hört, neigen Sie und Ihre Assistentin dazu, das Gesetz bei Ihrer Arbeit ... eher kreativ auszulegen«, fuhr Whiddle fort. »Aber solche Dummheiten werden bei uns nicht geduldet.«

»Dummheiten, Chief Whiddle?« Mein Boss sieht sich nicht oft gezwungen, die Unschuld vom Lande zu spielen, deshalb wirkte sie ungefähr so überzeugend wie eine Jungfrau im Bordell.

»Die Nummer, die Sie da gestern im Zeugenstand mit diesem Sendak abgezogen haben. Die *Times* hat Teile des Gerichtsprotokolls abgedruckt. Wenn Sie so etwas in Richter Berrys Sitzungssaal versuchen, schickt er Sie für eine Nacht in die Zelle wegen Missachtung des Gerichts.«

Unser Dorfpolizist las also die *Times*, und zwar so aufmerksam, dass er begriffen hatte, wie angestrengt wir im Zeugenstand mit dem Gesetz jongliert hatten. Eigentlich hatte ich Whiddle als Typ Damespieler kategorisiert, aber langsam kam mir der Verdacht, dass er eventuell doch den Unterschied zwischen einem Turm und einer Tomate kannte.

»Das diente lediglich dazu, Mr. Sendaks wahren Charakter zum Vorschein zu bringen«, erklärte Ms. P in dem Versuch, ihre Dame zu verteidigen.

»Nach allem, was ich gelesen habe, dürfte das nicht

allzu schwer gewesen sein«, schoss Whiddle zurück. »Bei dem scheinen ja einige Schrauben locker zu sein.«

»Menschen können kompliziert sein.«

»Menschen vielleicht, aber Mordfälle normalerweise nicht.« Er zog sich den Hut vom Kopf und wischte sich den Schweiß von der breiten Stirn. »Was Sie aber natürlich gerne selbst herausfinden können.«

Schach. Aber noch nicht Matt.

Diesmal griff mein Boss auf ein bedächtiges Nicken zurück.

»Hätten Sie etwas dagegen, wenn ich mich mit Mr. Kalishenko unterhalte?«, fragte sie dann.

»Aber nein, Ma'am. Besuchszeit ist von zwölf bis fünf, sonntags von zehn bis zwei. Ich werde meine Leute anweisen, Sie vorzulassen, damit Sie ... Mr. Kalishenko befragen können.«

Das kleine Wörtchen *Mister* schien ihm fast im Hals stecken zu bleiben.

»Er bleibt noch bis Dienstag bei uns im Arrest.«

»Was passiert denn am Dienstag?«, wollte ich wissen.

»Da kommt Richter Berry aus dem Urlaub zurück. Zurzeit ist er beim Fliegenfischen am Chattahoochee. Dienstag wird Ihr Freund dann angeklagt, und wir überstellen ihn ans Bezirksgefängnis. Und bevor Sie fragen: Ja, er wird einen Anwalt haben. Mr. Halloway lässt jemanden aus Richmond kommen.«

Ich machte mir eine gedankliche Notiz, Big Bob nach diesem Anwalt zu fragen. Da ich ungefähr wusste, wie viel Gewinn der Zirkus abwarf, konnte ich mir nicht vorstellen, dass er den hellsten Stern am Gesetzeshimmel von Richmond engagiert hatte.

Der Polizeichef tippte grüßend an seinen Hut. »Machen Sie es gut, Ladys.« Dann wirbelte er auf dem Absatz seiner Cowboystiefel herum und schlenderte zurück zu seinem Wagen.

Nachdem ich mir während der verbalen Schachpartie jeglichen Kommentar verboten hatte, konnte ich es mir nun nicht verkneifen, einen der Bauern vom Brett zu hauen.

»Eine klare Sache, na logisch. Warum sollte man sich auch die Mühe machen bei irgendeinem namenlosen Zirkusfreak«, sagte ich so laut, dass Whiddle es gerade noch hören konnte. »Zirkustussi, Zirkuskiller. Schon hat man alles in trockenen Tüchern.«

Er blieb stehen, drehte sich um und sah mich an. Irgendetwas ging hinter diesen kleinen Augen vor, doch ich konnte es nicht entschlüsseln.

»Dann wissen Sie es gar nicht?«

»Was weiß ich nicht?«, blaffte ich.

»Ruby Donner ist hier aufgewachsen. Habe sie auf meinen Knien geschaukelt, als sie klein war. Und wenn ich ein Wörtchen mitzureden habe, landet dieser russische Bastard auf dem elektrischen Stuhl.«

Kapitel 5

DER GERUCH VON Zuckerwatte, Hotdogs und Pferdeäpfeln; das Ächzen des Riesenrads; die ängstlichen und berauschten Schreie aus dem Rotor; die Rufe Dutzender Metzler und Schwätzer, die ihre Spiele und Waren anpreisen.

Zu Hause ist es doch am schönsten.

Der Zirkus hatte sich auf einem Feld am Südrand der Stadt niedergelassen. Früher war hier vielleicht einmal Mais angebaut worden, nun aber sah der Boden aus, als hätte ihn seit Jahren niemand mehr beackert. Stattdessen waren hier die Jahrmarktsspiele, Fahrgeschäfte und Buden von H & H aus dem Boden geschossen, angeordnet in einem großen Kreis um das Zirkuszelt herum. Das Ganze war von einem zweieinhalb Meter hohen, mit Planen versehenen Zaun umgeben.

Sam Lee parkte den Wagen direkt vor dem Haupteingang, wo die Leute ihre Scheinchen zückten, um unter dem riesigen Torbogen hindurchschreiten zu dürfen, auf dem der Name des Zirkus prangte – so groß geschrieben, dass man ihn sogar von einem Flugzeug aus hätte erkennen können.

Nachdem er einen der Parkwächter instruiert hatte, den Pick-up und unser Gepäck im Auge zu behalten, schleuste er uns am Pöbel vorbei direkt hinein – kostenlos natürlich.

Obwohl es eigentlich nicht viel gab, woran er uns vorbeischleusen konnte. Die Ausbeute schien nicht die beste zu sein, nicht einmal für einen Dienstagnachmittag.

»Big Bob müsste sich gerade in seinem Wagen fertig machen«, erklärte Sam Lee. »Hoffentlich erwischen wir ihn noch.«

Sams scheinbar planloser Weg führte uns auch am Eingang des Spektakulums vorbei, wo ein Schild verkündete: GEÖFFNET AB 13:30 UHR. WER ES WAGT, MÖGE EINTRETEN!

Das Spektakulum öffnete immer erst später, da es sich zu früh am Tag nur schwer verkaufen ließ. Es ist eine Sache, dem Echsenjungen oder der Menschlichen Nagelbank im Schein dämmriger Lichterketten zu begegnen. Die grelle Mittagssonne allerdings nimmt dem Ganzen irgendwie den Zauber.

Wir mieden den Mittelgang mit seinen Spielbuden und gingen stattdessen an dem kleinen Seitenzelt vorbei, in dem die Nummern stattfanden, bei denen ein geringer Abstand zum Publikum von Vorteil war. Dabei hörte ich, wie Mysterio seine Zuschauer einstimmte: »… nichts in meinen Ärmeln. Oh, was ist denn das?« Es folgte träger Applaus.

Am südwestlichen Rand des Areals standen die Wohnwagen der Schausteller. Sam Lee ging zum kleinsten Gefährt und klopfte.

Eine vertraute Stimme antwortete: »Kommt rein!«

Sam Lee öffnete die Tür für uns, und wir traten ein. Als ich an ihm vorbeiging, drückte er mir die Autoschlüssel in die Hand.

»Big Bob hat gesagt, Sie können die Klapperkiste benutzen, solange Sie hier sind«, erklärte er mir.

»Danke. Ich werde versuchen, möglichst wenig Kratzer in den Rost zu machen.«

»Es war wirklich klasse, Sie beide kennenzulernen. Falls Sie irgendetwas brauchen, rufen Sie einfach nach mir. Entweder höre ich es selbst, oder jemand sagt mir Bescheid.«

Dann lief er davon, um sich wieder den Pflichten zu widmen, die für den Mann auf der untersten Stufe der Zirkuskackleiter gerade anstanden.

Der Wohnwagen war ungefähr halb so groß wie mein winziges Schlafzimmer in unserem Haus in Brooklyn. Trotzdem war es Big Bob gelungen, ein abgesägtes Bett, einen Schrank, einen Schreibtisch inklusive Schreibmaschine, einen Aktenschrank und einen Ganzkörperspiegel hineinzuquetschen. An den Wänden hingen alte Showplakate und Flugblätter: zwei Dekaden voll herumwirbelnder Akrobaten, stolzierender Clowns, brüllender Tiger und lächelnder Showgirls.

Die starren Blicke ihrer Papieraugen ließen den Wagen irgendwie noch beengter wirken. Kein sehr schönes Gefühl.

Doch für Big Bob Halloway reichte diese Größe vollkommen aus. Der gerade mal eins fünfunddreißig große Besitzer, Betreiber und Direktor von H & H stand gerade vor dem Spiegel und legte letzte Hand an sein Outfit. Wie er gerne sagte, war er der letzte Zwerg, der diesem Zirkus noch geblieben war, und so hatte er jedes Recht, den kleinsten Wohnwagen für sich zu beanspruchen. Dadurch machte er es den anderen natürlich verdammt schwer, sich über die Größe ihrer Unterkünfte zu beklagen.

Bob trug sein übliches Kostüm: leuchtend roter Frack mit Schößen, dazu schwarzes Hemd und schwarze Hose sowie eine leuchtend rote Fliege. Sein schulterlanges Haar war im gleichen Ton gefärbt wie seine Lacklederschuhe und wurde im Nacken von einer silbernen Klammer zusammengehalten. Mir fiel auf, dass er das aufkeimende Grau in seinem Knebelbart nicht mehr versteckte.

Als wir eintraten, schmierte er sich gerade schwarzes Make-up unter die Augen – ein alter Trick, der verhindern sollte, dass sein Gesicht durch die Scheinwerfer an Kontur verlor. Außerdem war er der Meinung, dass ihm das zusammen mit dem Bart eine machiavellistische Note verlieh.

Womit er nicht ganz unrecht hatte.

»Verzeihung, Ladys, aber wenn ich hierbei nicht aufpasse, kriege ich das Zeug in die Augen und muss spätestens in der zweiten Clown-Pause mit den Tränen kämpfen. Ihr könnt euch gerne niederlassen, falls ihr noch einen freien Platz auf dem Bett findet.«

Mein Boss schob einen Kleiderstapel zur Seite und setzte sich, während ich es vorzog zu stehen. Nachdem er mit dem Fingernagel einen verirrten Make-up-Fleck weggekratzt hatte, warf Big Bob einen prüfenden Blick in den Spiegel. Offenbar war er mit seinem Anblick zufrieden, denn nun drehte er sich um und musterte seine Gäste.

Er streckte Ms. Pentecost die Hand entgegen. Diesmal waren es nicht ihre Finger, die verschlungen wurden.

»Freut mich, Sie wiederzusehen, Ma'am.«

»Die Freude ist ganz meinerseits, Mr. Halloway.«

»Was habe ich Ihnen schon beim letzten Mal gesagt?

Nennen Sie mich Bob. Oder Robert, wenn es unbedingt sein muss.«

Die beiden waren sich schon einmal begegnet, als Ms. P mich abgeworben hatte, um ihre Assistentin zu werden. Bei dem Treffen damals war ich nicht dabei gewesen, weil ich zu dieser Zeit im Gefängnis saß. Deshalb verfolgte ich den Austausch nun mit einer gewissen Faszination.

»Mein Beileid zu Ihrem Verlust, Robert. Hoffentlich können wir behilflich sein.«

»Das hoffe ich auch.«

Big Bob wandte sich mir zu.

»Parker.« Er musterte mich mit übertriebener Sorgfalt. »Du siehst gut aus. Duschst du inzwischen regelmäßig?«

»Jeden zweiten Mittwoch«, entgegnete ich. »Und kaufst du deine Unterhosen immer noch in der Kinderabteilung?«

»Nö. Ich trage keine mehr.«

Grinsend umarmten wir uns, wobei er sich so weit zurücklehnte, dass ich ein paar Zentimeter über dem Boden schwebte. Klein war Bob vielleicht, aber lange bevor er Zirkusdirektor geworden war, hatte auch er als einfacher Handlanger angefangen, und er konnte auch heute noch mithalten, wenn sie den Vorschlaghammer auspackten.

Nachdem er mich runtergelassen hatte, holte er sich seinen roten Zylinder, der an einem Bettpfosten hing.

»Ich habe eine Show zu leiten«, erklärte er uns. »Wir können uns später in Ruhe zusammensetzen, jetzt reicht es nur für die Kurzfassung, wenn es euch nichts ausmacht, gleichzeitig zu laufen und zuzuhören.«

»Ich denke, das werden wir hinbekommen«, befand mein Boss.

Wir verließen seinen Wohnwagen und schlugen die grobe Richtung zum Zelt ein, wobei wir uns zwischen den Hökerern, herumeilenden Artisten, die schnell noch ihre Kostüme zurechtrückten, und dem üblichen Nachmittagspublikum hindurchschoben, das einfach alles angaffte. Dazu gehörten natürlich auch der Zwerg in Frack und Zylinder und die Frau mit Maßanzug und Gehstock. Etwas weniger vielleicht die Sekretärin in der drittbesten Hose, die leichte Probleme hatte, Schritt zu halten.

»Also, es war so«, begann Big Bob. »Bis Samstagabend waren wir in Pittsburgh, dann sind wir am Sonntag nach Stoppard weitergezogen, hier aber zu spät angekommen, um noch viel zu machen. Montag haben wir aufgebaut, Dienstag war zum ersten Mal geöffnet. Der Eröffnungstag ist problemlos verlaufen. Gegen elf war die letzte Vorstellung vorbei, und die Mädchen wollten Ruby an ihrer Bude abholen, um zusammen zu den Wohnwagen zu gehen und sich für die Mitternachtsmatinee im kleinen Zelt umzuziehen. Rubys Kostüm für diese Show ist nicht sonderlich üppig, deshalb hilft sie normalerweise den anderen beim Umkleiden. An dem Abend sagte sie den Mädchen allerdings, dass sie nicht mitkommt. Sie meinte, sie –«

Ein kleines Mädchen, vielleicht sieben Jahre alt, lief ihm vor die Füße; durch den riesigen Zuckerwatteberg in ihrer Hand war ihre Sicht extrem eingeschränkt. Big Bob wich ihr mit einer eleganten Drehung aus, lüftete den Hut und sank in eine tiefe Verbeugung, was das Mädchen fröhlich kichern ließ. Dann ging er weiter und fuhr nahtlos fort: »– müsse etwas mit mir besprechen. Sie verlässt das Spektakulum, und danach hat sie niemand mehr gesehen, bis ihre Leiche gefunden wurde. Wartet kurz.«

Wir schlugen einen Haken und schoben uns an der Rückseite des Seitenzelts vorbei, in dem wir vorhin Mysterio bei seiner Vorstellung gehört hatten. Big Bob blieb an der hinteren Zeltklappe stehen, die mit einem Seil hochgebunden war. So konnten wir sehen, wie die Zuschauer durch die Klappe an der anderen Seite das Zelt verließen und Mysterio mit seiner Assistentin die Requisiten wegräumte.

Die vergangenen Jahre waren nicht sonderlich gnädig mit dem Magier umgesprungen. Sein Gesicht, das früher von harten Kanten und dramatischen Schatten geprägt gewesen war, wirkte nun schlaff und aufgedunsen, sein Frack war fadenscheinig und spannte um den Bauch.

Er hob den Kopf und sah mich an. Ich lächelte zur Begrüßung, doch seine Miene blieb reglos. Kein Lächeln, keine erkennbare Überraschung, nicht einmal ein Nicken. Er hielt einfach einen Moment inne, dann sammelte er weiter Papierblumen auf.

Ich beschloss, das nicht persönlich zu nehmen.

»Dort hat man sie gefunden.« Big Bob zeigte auf eine Stelle neben der Zeltklappe, wo der Boden mit von Erde durchsetztem Sägemehl bedeckt war.

»Und wer hat sie gefunden?«, erkundigte sich mein Boss. Nach dem strammen Marsch war sie etwas außer Atem.

»Mysterios Assistentin Annabelle.« Mit dem Kopf deutete er zu der großen Brünetten im aufgemotzten

Badeanzug hinüber, die gerade einige Spielkarten einsammelte. »Sie war auf dem Weg zu ihrem Wohnwagen, um sich umzuziehen. Dabei ist sie quasi über die Leiche gestolpert.«

»Dieser Weg scheint mir nicht öffentlich zugänglich zu sein«, stellte Ms. Pentecost fest.

»Ist er auch nicht. Wir nennen ihn den Ring, im Prinzip ist das einfach eine Gasse, die sich um das Gelände zieht. Sie verläuft zwischen dem Zaun und den Zelten und Buden und ermöglicht es der Truppe, von einem Ort zum anderen zu gelangen, ohne sich immer durch die Menge schieben zu müssen.«

»Dann ist es also nicht ungewöhnlich, dass Ruby hier entlangkam?«

Big Bob wiegte nachdenklich den Kopf. »Ja und Nein. Der direkte Weg führt eigentlich vom Spektakulumseingang quer über das Gelände zu den Wohnwagen. Selbst mit dem abrückenden Publikumsstrom wäre sie auf diesem Weg wesentlich schneller zu mir gekommen als über den Ring.«

Mein Boss warf mir einen vielsagenden Blick zu. Wir dachten beide dasselbe. Vielleicht hatte sie ja nicht der Menge aus dem Weg gehen wollen, sondern einem ganz speziellen Besucher.

»Wissen Sie, warum sie mit Ihnen sprechen wollte?«, fragte Ms. P.

»Keine Ahnung.«

»Gab es vor ihrem Tod irgendwelche erkennbaren Verhaltensänderungen?«

»Na ja … sie war ziemlich bedrückt, seit Bertha gestorben ist.«

»Bertha? Eine Freundin von ihr?«

Ich schaltete mich ein: »Ihre Boa Constrictor. Also, genau genommen war es nicht ihre, eigentlich hat sie Ray gehört. Er ist der Kerl mit den Gruselviechern. Aber Ruby hat Bertha bei ihrer Nummer eingesetzt.«

Vor meinem inneren Auge tauchte der Moment auf, als ich zum ersten Mal miterlebt hatte, wie Ruby die Schlange aufhob und um ihre Schultern drapierte. Sie hatte leise gelacht, als die vorschnellende Zunge des Tieres sie am Ohr kitzelte. Ruby allein war schon ein bemerkenswerter Anblick gewesen. Aber Ruby mit einer knapp zwei Meter langen Schlange am Körper war einfach atemberaubend.

»Samstagvormittag hat Ruby Bertha leblos in ihrem Käfig gefunden. Sie war vollkommen durch den Wind«, erklärte Bob.

»Woran ist die Schlange denn gestorben?«, wollte mein Boss wissen.

»Natürliche Ursachen, soweit ich weiß. Sie war nicht mehr die Jüngste.«

»Wenn Ruby schon durch den Wind war, ist Ray vermutlich vollkommen fertig«, schlussfolgerte ich. »Vorausgesetzt, er ist noch bei der Truppe.«

»Aber ja«, nickte Bob. »Ray geht nicht weg. Wenn hier irgendwann alles die Grätsche macht, werden sie uns beide zusammen mit den Zelten vom Platz tragen müssen.«

Mein Boss gab dem leicht festgefahrenen Gespräch eine neue Wendung: »Wie viele Besucher waren am Dienstagabend hier?«

Hilflos schüttelte Bob den Kopf. »Das kann ich nicht

sagen. Da müsste ich heute Abend mal in die Bücher schauen.«

»Wir könnten Dee fragen«, schlug ich vor. »Hat sie immer noch ihren Platz hinten am Fresszelt?« Dee war ein Showgirl im Ruhestand, das sich um die Buchhaltung des Zirkusbetriebs kümmerte und Big Bob regelmäßig ein wenig Vernunft einbläute.

Wieder schüttelte Bob den Kopf, diesmal sichtlich niedergeschlagen. »Tut mir leid, Kleine. Dee ist kurz nach dir von Bord gegangen. Lebt jetzt in Florida. Sie will auf den Keys eine Art Zirkusmuseum aufziehen.«

Das kam völlig unerwartet für mich. Dee gehörte so unabdingbar zu Hart & Halloway wie das Ächzen des Riesenrads oder der Duft von Zuckerwatte. Unvorstellbar, dass der Zirkus auch ohne sie laufen sollte.

Als hätte er meine Gedanken gelesen, fügte Big Bob hinzu: »Ich habe Dee zwanzig Jahre lang über die Schulter geschaut, die Bücher sind bei mir also in guten Händen. Außerdem muss man dafür heutzutage eigentlich sowieso nur noch Minus rechnen können.«

Ms. Pentecost verlagerte immer wieder das Gewicht von einem Fuß auf den anderen – ein Zeichen dafür, dass sie müde war oder ungeduldig wurde. Oder beides. Also beschleunigte ich die Sache ein wenig.

»Berthas Tod wird doch aber nicht der Grund gewesen sein, warum Ruby so dringend zu dir wollte. Gab es sonst noch etwas, das ihr zu schaffen gemacht hat?«

Er zuckte ratlos mit den Schultern. »Falls es so war, weiß ich nichts davon.«

Big Bob zog eine leicht ramponierte silberne Taschenuhr hervor und warf einen kurzen Blick darauf.

»Könnten wir vielleicht weitergehen? Sieht nicht gut aus, wenn der Besitzer den Betrieb aufhält.«

Wir machten uns wieder auf den Weg, diesmal allerdings über den Ring, sodass wir aus der Menge rauskamen.

»Sag mal, Bob«, fuhr ich fort, »warum hast du eigentlich nicht erwähnt, dass Ruby aus Stoppard stammte?«

Er warf mir einen Seitenblick zu. »Vielleicht, weil mir noch tausend andere Dinge im Kopf rumschwirren? Das hatte keinen besonderen Grund. Tut mir leid, dass ich es vergessen habe.«

»Ich frage nur, weil wir gerade einen netten kleinen Plausch mit Chief Whiddle hatten, der uns das ziemlich überraschend vor den Latz geknallt hat.«

Bob verzog das Gesicht, und er schnaubte empört.

»Dieser Bulle? Der lässt doch schon das Seil für die Schlinge abmessen.«

Wir traten beiseite, um drei Clowns vorbeizulassen. Sie schleppten einige riesengroße Aufblasbälle und einen ebenso großen Aufblasschläger. Der letzte in der Reihe grinste mich kurz an – richtig, meine ich, nicht nur die Schminke. Ich erwiderte den stummen Gruß und machte mir eine gedankliche Notiz, später noch mit ihm zu reden.

Paulie Pagliano war ebenfalls ein alter Hase bei H & H. Auch wenn er vermutlich nichts zu unserem Fall beisteuern konnte, hatte er hier doch immer zu meinen Lieblingsmenschen gehört. Es wäre schön, ein paar Kriegsgeschichten mit ihm auszutauschen.

»Wie dem auch sei: Ja, Ruby ist in dieser Gegend aufgewachsen«, fuhr Bob schließlich fort. »Deshalb sind wir auch so günstig an das Gastspiel hier gekommen, nachdem Richmond weggefallen ist. Dieses Stück Land gehört ihrer Familie. Ihr Onkel wohnt nur ein Feld weiter, direkt hinter dem Wäldchen.«

Da ein halber Zirkus und ein hoher, mit Planen verkleideter Zaun uns die Sicht versperrten, musste ich ihm das wohl einfach glauben.

»Dort werdet ihr zwei übrigens auch schlafen. Gibt kein anständiges Hotel in der Gegend, und ich habe keinen Wohnwagen frei. Das Haus hat Rubys Eltern gehört, die sind aber schon lange tot. Autounfall. Der Onkel ist in Ordnung. Trinkt öfter mal einen über den Durst, ist aber ein anständiger Kerl.«

Ms. P war ein wenig zurückgefallen, und so legte ich Big Bob eine Hand auf die Schulter, damit er sein Tempo drosselte.

»Tut mir leid«, entschuldigte er sich. »Jetzt mache ich das schon mein halbes Leben lang, und trotzdem werde ich vor jeder Show ganz hibbelig.«

»Dann ist Ms. Donner also der eigentliche Grund dafür, dass der Zirkus nach Stoppard gekommen ist«, folgerte mein Boss, nachdem sie uns eingeholt hatte.

»Könnte man sagen, ja. Obwohl sie sich mit Händen und Füßen dagegen gewehrt hat, als ich es ihr vorgeschlagen habe. Sie war nie wieder hier, nachdem sie damals fortgegangen war, nicht einmal, als ihre Eltern beerdigt wurden. Heimatgefühle waren nicht so ihr Ding. Aber wenn der Teufel einem Richmond nimmt, muss man eben sehen, wie man klarkommt.«

Wir standen nun am Hintereingang des großen Zirkuszelts, wo sich Akrobaten, Clowns und die künstlerische

Fauna gerade aufstellte, damit die Show eröffnet werden konnte. Einige in der Reihe erkannten mich und grüßten nickend oder winkten mir zu.

»Morgen früh wird sie beerdigt«, teilte Big Bob uns mit. »Sie haben einen Familienfriedhof irgendwo hinter dem Haus. Ich kümmere mich um die Vorbereitungen. Ihr Onkel schien nicht in der rechten Verfassung dafür zu sein.«

Ein drückender Klumpen bildete sich in meinem Magen.

Beerdigungen waren für mich fast dasselbe wie Bleistiftröcke: eine hin und wieder auftretende, unangenehme Notwendigkeit in meinem Job. Doch bei den meisten Mordfällen kannte ich den Verstorbenen nicht und konnte mich ganz auf die möglichen Verdächtigen konzentrieren. Diesmal war das anders.

»Also, ich muss jetzt ran«, erklärte Big Bob. »Ihr könnt gerne bleiben und zusehen.«

Er zog zwei rote Plastikmarken aus der Tasche, die auf beiden Seiten mit dem Logo von H & H bedruckt waren.

»Zeigt die einfach an den Ticketbuden vor, dann kommt ihr überall kostenlos rein. Gilt auch bei den Verkaufsständen. Alles aufs Haus. Ich bin jetzt durchgehend beschäftigt, bis wir heute Abend schließen. Wenn ihr in der Zwischenzeit irgendetwas braucht, wendet euch an Sam Lee. Ich habe ihn losgeschickt, um die Spiele aufzufüllen, dort irgendwo müsstet ihr ihn also eigentlich finden. Wenn das dann alles war? Es gilt, ein Publikum zu verzaubern!«

Er wollte durch die Zeltklappe treten, aber Ms. Pentecost hob ihren Gehstock, um ihn aufzuhalten.

»Eine Sache wäre da noch, Robert. Warum ist Chief Whiddle so fest davon überzeugt, dass Mr. Kalishenko der Täter ist? Sie waren in diesem Punkt sehr vage am Telefon. Und der Chief schien sich seiner Sache extrem sicher zu sein.«

Big Bob senkte den Blick und zertrat mit seinem Lacklederschuh einen Erdklumpen. Als er den Kopf wieder hob, fixierte er Ms. Pentecost starr.

»Er … äh … na ja, Val und Ruby haben sich an jenem Morgen ziemlich heftig angebrüllt. Nach allem, was ich gehört habe, wurde es richtig fies. Danach hat er Trost in der Flasche gesucht. Am Abend war er dann sturzbetrunken. Hatte einen Blackout, sagt er. Kann sich an nichts mehr erinnern.«

Ein Blackout war nie gut. Zumindest nicht, wenn man im Rahmen einer Mordermittlung gefragt wurde, wann man wo was getan hatte.

»Könnte es sein, dass Ruby darüber mit Ihnen sprechen wollte?«, überlegte Ms. P. »Um sich über Mr. Kalishenko zu beschweren?«

»Glaube ich nicht«, antwortete er. »Sie hätte gewusst, wie ich darauf reagiere. Ich hätte ihr gesagt, dass sie das unter sich ausmachen müssen.«

Big Bob schob sich mit einem halben Schritt dichter an die Zeltklappe heran, wie ein Schuljunge, der ungeduldig auf die Glocke wartet und innigst hofft, dass die Lehrerin ihn nicht noch einmal aufruft.

»Da ist doch noch etwas, oder?«, riet ich.

Er nahm seinen Zylinder ab und musterte angestrengt das Innenfutter. Vielleicht hoffte er ja, dort eine bessere Antwort zu finden als die, die er bereits kannte.

»Ja, da ist noch etwas«, gab er schließlich zu. »Es gibt einen Zeugen, der ihn kurz vor ihrem Tod in Rubys Nähe verortet. Und als sie Val die entscheidende Frage gestellt haben – ›Haben Sie sie umgebracht?‹ –, antwortete er, ich zitiere: ›Vielleicht habe ich das.‹«

Er sah mich an.

»Tut mir leid, Will.«

»Dafür gibt es keinen Grund«, erwiderte ich. »Schließlich bin nicht ich diejenige, der hier ein Mord vorgeworfen wird.«

»Ich weiß. Aber …«

Er musste den Satz nicht beenden. Aber natürlich waren das keine guten Neuigkeiten. Reine Indizien, schon klar, aber doch ziemlich belastbare. Wenn es meinem Boss in diesem Fall nicht gelang, ihre ganz besondere Magie einzusetzen, würde Vals Zirkuskarriere sehr bald ein abruptes und unumkehrbares Ende finden.

Kapitel 6

WIR ÜBERLIESSEN BIG BOB seinen letzten Vorbereitungen und durchquerten das Zelt, durch dessen Vordereingang bereits die ersten Zuschauer strömten. Ein Blick auf die Uhr zeigte mir, dass es schon kurz vor zwei war.

»Langsam wird die Zeit knapp«, stellte ich fest, da ich nicht vergessen hatte, dass die Besuchszeit im Gefängnis um fünf Uhr endete. »Wir können uns die Show auch noch später ansehen.«

Ms. Pentecost ließ den Blick über das Zirkusgelände schweifen und verfolgte die Bewegungen der Menge, die sich immer wieder teilte, wenn kleinere Gruppen oder Pärchen sich an den Spielen versuchten, am Riesenrad anstellten oder auf kürzestem Weg zum Hauptzelt liefen.

»Ist das Spektakulum nun geöffnet?«, fragte sie.

»Müsste es, ja. Aber da können wir auch später hingehen. Wir müssen jetzt mit Val reden. Whiddle gehört bestimmt zu diesen überkorrekten Typen, die auf die Minute pünktlich zumachen.«

»Ich möchte mir das Spektakulum ansehen«, erwiderte sie gelassen und schloss sich dem Menschenstrom an, der in diese Richtung floss. Also vertrieb ich das drängende Ticken der Uhr aus meinen Gedanken und folgte ihr.

Das Spektakulum war durch einen hohen Holzzaun

vom Hauptweg abgetrennt, an dem große, bedruckte Stoffbanner hingen. Sie verrieten den Leuten, was sie drinnen erwartete: Der Echsenjunge; Kriechtiere aus dem Fernen Osten; Die Allsehende Madame Fortuna.

Die gleichen Banner hingen an der Außenseite des Geländezauns, um den Vorbeifahrenden zu zeigen, was sie verpassten.

Auch das Schild, das die Tätowierte Schönheit ankündigte, hing noch.

Entdecken Sie, welche Geheimnisse für immer auf ihrer Haut verewigt sind!

Jemand hatte ein schwarzes Trauerband an dem Stoff befestigt, und auf dem Boden lagen vereinzelte Blumensträuße.

Mittig zwischen diesen Bannern ragte ein hölzerner Torbogen auf, eine kleinere Ausgabe des Bogens am Haupteingang. Dieser hier war mit aufgemalten Tarotkarten, sich windenden Schlangen und nackten menschlichen Körpern verziert, deren Positionierung etliche Fragen aufwarf. Ganz oben leuchtete in Neonschrift die Frage: Wer wagt es, die Pforten zur anderen Welt zu durchschreiten?

Doch man bekam nur zu sehen, was das Spektakulum zu bieten hatte, wenn man beim Schwätzer am Eingang fünfundzwanzig Cent bezahlte. Der klapperdürre Mann mit der schäbigen Melone auf dem Kopf und dem fusseligen Ziegenbärtchen war ungefähr in meinem Alter und ließ einen schier endlosen Strom von Worten über seine Lippen gleiten.

»Nur herein, nur herein!«, rief er. »Nur fünfundzwanzig Cent, ein Vierteldollar! Zum Preis von ein wenig

Süßkram wartet hier eine lebensverändernde Erfahrung auf Sie! Ganz recht! Was Sie hinter dieser Pforte zu sehen bekommen, wird Sie wieder an Wunder glauben lassen, an Flüche, Engel, Teufel und alles, was dazwischenliegt. Fasst euch ein Herz, Männer! Ladys, haltet euch an euren Kerlen fest!«

Zum üblichen Prozedere gehörte auch, dass einer der Künstler des Spektakulums neben dem Schwätzer aufgestellt wurde, sozusagen als Köder, der dem Publikum einen Vorgeschmack dessen bot, was drinnen wartete. Während meiner Zeit hatte das normalerweise Ruby gemacht. Ihre Nummer hatte nichts Schauriges an sich, das die Zartbesaiteten verschreckt hätte, und die Männer gingen natürlich davon aus, dass es drinnen absolut spektakulär sein musste, wenn der Lockvogel schon so aussah.

An diesem Nachmittag war der Schwätzer in Gesellschaft der Fantastischen Gummifrau, hinter verschlossenen Türen auch als Frieda bekannt. Sie trug einen hautengen, leuchtend blauen Einteiler. Ihre früher schulterlangen goldblonden Locken waren nun kurz geschnitten, was ihr ein exotisches, beinahe androgynes Aussehen verlieh.

Und natürlich demonstrierte sie den Vorbeigehenden ihre unfassbare Gelenkigkeit. Mir hatte sie einmal erklärt, dass es eigentlich gar nicht viel mit den Gelenken zu tun hatte. Sie sei einfach nur unglaublich beweglich, behauptete sie, und dass ich einige dieser Nummern ebenfalls lernen könne, wenn ich nur genug übte.

Bis heute bin ich mir nicht sicher, ob sie das ernst gemeint oder nur mit mir geflirtet hat.

Als wir uns dem Eingang näherten, grinste Frieda breit und winkte mir am eigenen Rücken vorbei zu. »Hey, Will. Ich habe schon gehört, dass du in der Stadt bist.«

»Hi, Frieda. Toller Haarschnitt.«

»Ja. Ich habe in letzter Zeit mehr von diesen Menschliche-Brezel-Nummern gemacht, und da waren sie irgendwie immer im Weg.« Sie fuhr sich mit einer Hand durch die kurzen Strähnen. Dann hob sie den anderen Arm und schob ihn hinter dem Kopf vorbei, bis er wie ein Schal auf ihren Schultern auflag. Die Menge belohnte das mit anerkennenden Rufen, durchsetzt von dem leisen Stöhnen jener, die einen schwachen Magen hatten.

»Steht Rubys Bude noch?«, wollte ich wissen.

Friedas Grinsen erstarb, als sie nickte. »Ja, am üblichen Platz hinten.«

Vor den normalen Zuschauern wollte ich unsere Freimarken nicht einsetzen; man sollte sie besser gar nicht erst auf die Idee bringen, dass man hier kostenlos reinkommen könnte. Also drückte ich dem Schwätzer zwei Quartermünzen in die Hand. Er tippte sich an den Hut und schob das Geld in eine Blechkassette, die an einem Holzpfahl befestigt war.

Hin und wieder kam irgendein Genie auf die Idee, dass man ja versuchen könnte, den Pfahl aus der Erde zu ziehen und sich mit dem Geld aus dem Staub zu machen. Diese Menschen erfuhren dann sehr schnell und brutal, dass der Pfahl von der Zeltmannschaft ungefähr zwei Meter tief in den Boden gerammt worden war. Immer wieder ein lustiger Anblick. Noch lustiger, wenn die Zeltmannschaft anschließend versuchte, mit dem Idioten am Haupteingang neue Weitwurfrekorde aufzustellen.

»Sehet nur!«, raunte der Schwätzer den Vorüberkommenden zu. »Zwei tapfere Damen möchten ihren Horizont erweitern! So gehet hin, ihr Schönheiten. Entdecket die Welt jenseits der unsrigen!«

Für einen Neuling hatte er es schon ganz gut drauf. Irgendwann würde er dann noch lernen, die schwülstigen Spielereien wegzulassen und es einfach anzugehen: Bezahlt und lasst euch erschrecken, abstoßen oder anturnen. Bei den besten Nummern traf alles davon zu.

»Sehen wir uns bei der Mitternachtsmatinee?«, raunte Frieda mir zu, als wir an ihr vorbeigingen.

»Wohl eher nicht«, flüsterte ich ebenso leise.

»Du solltest kommen.« Sie schob eine Hand hinter ihrem Rücken hindurch zu meiner Schulter und drückte sie. »Ich habe eine neue Nummer. Wird dir gefallen, denke ich.«

»Dann werde ich auf jeden Fall darüber nachdenken.«

Ms. Pentecost und ich durchschritten den Torbogen und standen nun in einer schmalen Gasse zwischen einem Holzzaun und Buden in verschiedenen Größen.

»Eine Freundin?«, erkundigte sich Ms. P und blickte kurz über die Schulter zurück.

»Frieda? Oh ja. Wir waren richtig dicke Kumpel.«

Fragend zog sie eine Braue hoch.

»Okay, hin und wieder vielleicht auch etwas mehr«, gab ich zu. »Aber nichts Ernstes.«

»Du hast einmal eine Beziehung zu einem Schlangenmenschen erwähnt, aber ich hatte den Eindruck, dass es sich dabei um einen Mann gehandelt hat.«

»Anderer Schlangenmensch.«

Nun hoben sich beide Brauen.

»Sehen Sie mich nicht so an«, wehrte ich mich. »Ich war sehr jung und … sehr jung. Also, Sie wollten das Spektakulum sehen. Das hier ist das Spektakulum.«

Mit schnellen Schritten entfernte ich mich von meinem Boss, um weiteren peinlichen Befragungen hinsichtlich meiner jugendlichen Fehltritte aus dem Weg zu gehen.

Die einzelnen Buden des Spektakulums waren versetzt angeordnet, sodass keine Nummer der anderen direkt gegenüberlag und jeder Künstler die volle Aufmerksamkeit des Publikums bekam.

Ich winkte dem Echsenjungen zu (in Wahrheit Manuel), dessen vollkommen natürliche Hautkrankheit täglich mit etwas Make-up unterstützt wurde. Dann begrüßte ich mit einem Nicken die menschliche Nagelbank (auch Eddie genannt), die gerade einige Schüler zum Würgen brachte, indem sie sich einen acht Zentimeter langen Nagel in die Nase schob. Anschließend schaute ich noch kurz beim Kleinsten Pferd der Welt vorbei (ein Mini-Appaloosa namens Jingles), das neugierig meine Hand beschnüffelte.

Ungefähr auf halbem Weg machte die Gasse eine Neunzig-Grad-Kurve, und an dieser Stelle war statt einer Bude eine Art Wohnwagen aufgebaut. Genauer gesagt handelte es sich um einen umgebauten Eisenbahnwaggon, der ungefähr zehnmal so viel Platz bot wie Big Bobs Behausung. Und da war der neueste Anbau gar nicht mitgerechnet – ein zusammengezimmerter Verschlag oben auf dem Dach. Das winzige Fenster an der einen Seite ließ vermuten, dass er nicht nur als Lagerraum diente.

Über dem Eingang verkündete ein Schild, dass es sich hierbei um das Haus des Giftigen Getiers handelte. Die einzelnen Buchstaben wurden aus sich windenden Schlangen und wuselnden Spinnen geformt.

Ich wartete, bis Ms. Pentecost mich eingeholt hatte. »Kommen Sie«, rief ich. »Jetzt lernen Sie Ray kennen.«

Drinnen war es dämmrig und noch einmal spürbar wärmer als draußen in der drückenden Augustsonne. Man hatte drei Reihen mit Terrarien in den engen Raum gequetscht – zwei an jeder Wand und eine in der Mitte –, die ein lang gezogenes U bildeten, sodass die Besucher einen kompletten Rundgang machen konnten, bevor sie den Wagen durch den Eingang wieder verließen. Die Terrarien standen auf mit Wimpeln geschmückten Holzkisten, wodurch sie sich genau auf Augenhöhe befanden. Oben auf jedem Glaskasten war ein Schild angebracht, das die Besucher in leuchtend roten Buchstaben warnte: Deckel keinesfalls öffnen – Gefahr!

In Wahrheit dienten die Deckel viel eher dem Schutz der Terrarienbewohner, da grabschende Besucherhände ihnen mehr Schaden zufügen würden als andersherum.

Im Moment war niemand da außer einem hochgewachsenen, dünnen Mann und einem Pärchen, das Händchen haltend die Reihen entlangschlenderte. Die Frau gab bei jedem dritten Schritt ein ersticktes Quieken von sich und klammerte sich an ihrem Begleiter fest. Beide trugen ziemlich neu wirkende Eheringe, was mir zeigte, dass sie wohl frisch verheiratet waren. Dass die Frau jede noch so kleine Gelegenheit nutzte, um ihren Begleiter zu betatschen, warf allerdings die Frage auf, ob miteinander.

Es wäre nicht das erste Mal, dass der Zirkus heimlichen Liebespaaren als Treffpunkt diente. Hier gab es viele verschwiegene Ecken, und in der Menge konnte man gut untertauchen. Aber vielleicht sah ich Indiskretion, wo gar keine war. Eine Berufskrankheit im Detektivgeschäft.

Wir sahen uns die zischenden Kakerlaken und Skorpione an, und die Königskobra erhob sich zur Begrüßung mit so viel Elan, dass sie beinahe mit dem Kopf gegen den Deckel knallte. Die Klapperschlange wirkte sehr imposant, war allerdings zu müde, um für uns zu klappern. Ganz am Ende des Wagens stand ein offenes Terrarium. Ein spindeldürrer Mann beugte sich darüber und streckte beide Arme in den Glaskasten.

Er sah aus wie ein Bibliothekar, der sich verlaufen hat: um die fünfzig, knubbelige Arme und Beine, die so aussahen, als würden sie abfallen, wenn man zu fest schüttelte. Seine wässrigen blauen Augen waren hinter einer Zweistärkenbrille verborgen, die seinen fast kahlen Schädel noch schmaler wirken ließ. Bekleidet war er mit einem weißen Hemd, einer schwarzen Weste und einer Kordelkrawatte.

Ich blickte über seine Schulter. Er hatte die Ärmel bis zu den Ellbogen aufgekrempelt, und ein halbes Dutzend Taranteln krabbelte über seine Unterarme.

»Hey, Kumpel«, begrüßte ich ihn. »Haben Sie das Schild nicht gelesen? Diese Dinger sind gefährlich!«

Er fuhr so heftig zusammen, dass eine der Taranteln von seinem Arm abrutschte und zurück ins Terrarium fiel. Er brauchte volle zwei Sekunden, um mich zu erkennen.

»Will!«, rief Ray schließlich. »Bob hat mir gesagt, dass

du kommst. Hätte dich fast nicht erkannt. Meine Güte, du siehst … ähm …«

Angestrengt suchte er nach einer Beschreibung, die ihn nicht in Schwierigkeiten brachte.

»Ja, ich weiß, ich bin heutzutage um einiges sauberer«, befreite ich ihn aus seiner Misere. »Ms. Lillian Pentecost, darf ich Ihnen Ray Nance vorstellen? Schlangendompteur, Herr über die Spinnen und altgedienter Akteur bei H & H.«

»Ich würde Ihnen ja die Hand geben, aber …« Er blickte vielsagend auf die Arachniden herab, die es sich auf seinen Unterarmen gemütlich gemacht hatten.

»Ich verstehe schon«, erwiderte Ms. P. »Wir wollen Sie keinesfalls davon abhalten, sich um Ihre Schützlinge zu kümmern.«

Ray lächelte. »Meine Schützlinge – welch wundervoller Begriff. Genau das sehe ich in ihnen. Will, wärst du so freundlich und würdest in meine linke Westentasche greifen und das Schätzchen füttern, das da gerade meinen Arm hinaufkrabbelt? Ich würde es ja selbst tun, aber ich möchte die anderen nicht abschütteln.«

Also fasste ich in seine Tasche und zog eine lebende, zappelnde Grille daraus hervor. Anschließend streckte ich sie der haarigen Spinne entgegen, die Rays Arm hinaufmarschierte. Direkt vor der Grille blieb sie stehen, spannte sich an und schlug ihre Fangzähne in das Insekt. Sofort erstarrte die Grille und wurde von der Spinne über Rays Arm in das Terrarium geschleppt.

»Ich dachte immer, Taranteln könnten nicht in Gruppen gehalten werden«, stellte mein Boss fest, »da sie Kannibalen sind.«

»Oh, Sie kennen sich mit Spinnen aus!« Ray quietschte beinahe vor Freude, und sein Lächeln wurde noch etwas breiter. »In den meisten Fällen stimmt das auch. Aber werfen Sie mal einen genauen Blick auf das Tier dort auf Höhe meines Ellbogens. Sehen Sie diesen rötlichen Schimmer an seinen Beinen?«

»Ja.«

»Diese Färbung hat *Avicularia avicularia* im Englischen auch den Namen Pinktoe eingebracht«, erklärte er. »Diese Spezies ist um einiges friedlicher als die anderen Arten. Zumindest, solange sie gut gefüttert wird.«

»Füttern Sie all Ihre Spinnen per Hand?«, erkundigte sich Ms. Pentecost.

»Oh nein. Bedauerlicherweise fehlt mir dafür die Zeit.« Sanft löste Ray die haarigen Kreaturen von seinen Armen ab und setzte sie zurück zu ihren Artgenossen in das Terrarium. »Aber hin und wieder bekommen sie eine Extraportion Aufmerksamkeit von mir.«

Er bückte sich und hob ein Schraubglas auf, in dem sich lebende Grillen tummelten. Geschickt öffnete er das Glas und warf eine Handvoll Insekten in das Terrarium. Sofort sprangen die Grillen in alle Richtungen davon. Da ich Ray früher oft zur Hand gegangen war, wusste ich, dass sie nicht mehr lange zu leben hatten.

Die Spinnen krabbelten auf ihre Opfer zu. Jede für sich genommen war lautlos, aber als Gruppe gaben sie ein leises, raschelndes Geräusch von sich wie trockenes Laub auf dem Gehweg.

»Spinnen sind sehr intelligente Wesen«, erklärte Ray, während er den Deckel auf das Terrarium setzte und ihn verriegelte. »Wenn man sie gut behandelt und regelmäßig füttert, verhalten sie sich recht freundlich.«

Oder, anders ausgedrückt: Kommt man ihnen blöd, oder nimmt man es mit den Mahlzeiten nicht so genau, fangen sie an, einander die Köpfe abzubeißen. Eigentlich nicht viel anders als Menschen, wenn man mal darüber nachdenkt.

»Freundlich oder nicht, ich kriege jedes Mal Gänsehaut, wenn ich sehe, wie sie auf dir herumkrabbeln«, gab ich zu und schauderte, was allerdings nur halb gespielt war.

»Sie macht nur Spaß«, versicherte Ray meinem Boss. »Unsere Will hier gehörte zu den besten Assistentinnen, die ich jemals hatte. Meine Kreaturen sind alle gut mit ihr ausgekommen.«

»Obwohl er eigentlich nur selten jemanden brauchte, der ihm assistiert. Ray schläft quasi bei seinen Schlangen.«

»Inzwischen tue ich das tatsächlich.« Grinsend zeigte er zu einer Falltür in der Decke hinauf. »Ich habe Bob dazu gekriegt, dass er mir ein kleines Loft oben auf den Wagen bauen lässt. Jetzt muss ich meine … wie war das noch gleich … meine *Schützlinge* nicht mehr die ganze Nacht allein lassen.«

»Apropos, das mit Bertha tut mir leid«, sagte ich ernst.

Rays Blick trübte sich. »Oh ja. Bertha.«

Er schlurfte an den farbenprächtigen Baumvipern und der doppelköpfigen Kornnatter vorbei, deren Zungen synchron vorschnellten, bis er den größten Glaskasten in der Reihe erreichte. Darin waren nur noch Steine, Moos und Erde auf einer Lage alter Zeitungen zu sehen.

Leicht belustigt stellte ich fest, dass es sich um die *Chicago Tribune* von letzter Woche handelte. Vom Boden des Terrariums blickte mir Ms. Pentecosts Gesicht entgegen, und darunter stand: FEUERTEUFEL VON HARLEM – PROZESSBEGINN NÄCHSTE WOCHE. LILLIAN PENTECOST SOLL … Der Rest war durch Glas und Sägespäne nicht zu erkennen.

»Fünfzehn Jahre war sie bei mir. Länger als alle anderen.«

Am unteren Rand seiner Brille blieb eine Träne hängen. Schnell nahm er die Sehhilfe ab und putzte sie mit seinem Hemd.

»Ist fünfzehn denn ein hohes Alter für eine Boa Constrictor?«, erkundigte sich Ms. P.

»Oh, ich weiß nicht«, schniefte Ray. »Das ist schon ziemlich alt. Sie war schätzungsweise zwei oder drei, als ich sie bekommen habe. Und dann die vielen Reisen, das setzt einem Tier schon zu. Aber trotzdem … ich hätte sie mehr schonen sollen. Es ist meine Schuld.«

»Wenn Sie sagen, Sie hätten sie mehr schonen sollen, meinen Sie damit, dass Ms. Donner sie nicht für ihre Show hätte benutzen dürfen?«

Rubys Name holte Ray aus der merkwürdigen Abwärtsspirale, in die er sich offenbar gerade hineinsteigerte.

»Oh nein!«, rief er. »Ich würde nie … Ich meine, Bertha hat sich wirklich gut mit Ruby verstanden. Und Ruby hat sie geliebt. Hat sie wirklich anständig behandelt. Das hat ihr gutgetan. Bertha, meine ich. Nichts und niemand sollte sein ganzes Leben lang in einem Käfig eingesperrt sein.«

»War Ms. Donner sehr aufgewühlt?«

»Oh ja.« Ray nickte. »Sie war ganz schrecklich aufgewühlt.«

»Und lag das nur am Tod der Schlange, oder gab es noch einen anderen Grund dafür?«

»Ich verstehe nicht ganz. Was für ein Grund sollte das sein?«

Mein Boss zuckte mit den Schultern. »Es könnte alles sein. Auf jeden Fall etwas, von dem sie fand, Mr. Halloway sollte es wissen.«

Ray dachte einen Moment darüber nach, dann schüttelte er den Kopf. »Da wüsste ich nichts. Nur das mit Bertha. Und ich habe keine Ahnung, warum sie damit zu Bob gehen würde.«

»Wirst du einen Ersatz für sie suchen?«, erkundigte ich mich.

»Na ja, ich werde sie nie *wirklich* ersetzen können. Schlangen haben genauso individuelle Charaktere wie Menschen, wusstest du das? Zumindest, wenn man sie einmal näher kennengelernt hat«, betonte Ray. »Aber ich stehe mit einem Herrn in Kansas City in Kontakt, der einen zweieinhalb Meter langen Python besitzt, von dem er sich eventuell trennen würde. Ich versuche allerdings noch, den Preis zu drücken.«

Ray führte uns zum Ausgang und stieg hinter uns das Treppchen hinunter.

»Du siehst gut aus, Will. Deine neue Laufbahn scheint dir zu bekommen.«

»Manchmal tue ich das, und manchmal ist es wohl so«, sagte ich nickend. »Trotzdem fehlt mir das alles hier.«

Er warf mir einen langen Blick zu, den ich nicht deuten konnte. »Solange du ein Leben führst, in dem du nicht um zu teure Pythons feilschen musst, hast du vermutlich die richtige Wahl getroffen.«

Mit einem Nicken verabschiedete er sich von meinem Boss. »Es hat mich gefreut, Ms. Pentecost.«

Damit verschwand Ray wieder in seiner heißen, dämmrigen Höhle voller tastender Zungen und trockener Raschelgeräusche.

Kapitel 7

WIR SCHLENDERTEN WEITER durch das Spektakulum und kamen an einigen Künstlern vorbei, die erst nach meinem Ausstieg zum Zirkus gestoßen waren. Es gab einen Hindu-Fakir, der sich dreißig Zentimeter lange Nadeln in die Haut bohrte. Hindu war der zwar sicher nicht, aber die Nadeln waren echt. Ein Stück weiter hinten sahen wir Lucy Lichtgestalt, die durch bloße Berührung Glühbirnen zum Leuchten brachte. Das war nach Sonnenuntergang sicher um einiges beeindruckender, dachte ich mir.

An manchen Buden hingen Schilder, dass der Künstler gerade nicht da sei, aber in einer Stunde zurückkäme. Mein Boss fragte, ob es denn üblich sei, dass die Mitglieder des Spektakulums so auf Wanderschaft gingen.

»Viele Künstler im Spektakulum haben auch Nummern im Hauptzelt oder treten einzeln im kleinen Zelt auf«, erklärte ich ihr. »Oder sie holen sich einfach was zu essen. So oder so: Wenn ein Besucher sie unbedingt sehen will, muss er eben später wiederkommen und noch mal was abdrücken.«

Wir machten einen Abstecher in das Kuriositätenkabinett, das ebenfalls in einem umgebauten Bahnwaggon untergebracht war. Dort verbrachte Ms. Pentecost ganze fünf Minuten damit, das zweiköpfige Baby anzustarren, um herauszufinden, welcher Schädel des kleinen Skeletts nun echt war und welcher falsch.

»Ich denke, keiner von beiden ist echt«, raunte sie mir schließlich verstohlen zu, um den wenigen anderen Besuchern nicht den Spaß zu verderben. »Beide Schädel gehören zu älteren Kindern. Was sicher beabsichtigt ist, denn so wirkt das ganze Skelett noch grotesker.«

»Ja, das meiste davon ist Paulies Werk, das ist einer der Clowns. Wir sind an ihm vorbeigelaufen, als wir vorhin Bob ausgequetscht haben. Der mit der Leichenbittermiene. Nebenbei kümmert er sich um die Sachen hier. Mit genügend Zeit kriegt der so ziemlich alles zusammengezimmert.«

Wieder schob sie ihr Gesicht dicht an die Front des Glaskastens heran. »Ja, jetzt sehe ich es. Der Teil der Halswirbelsäule, der sich aufspaltet, besteht aus Gips. Aber eine hervorragende Textur.«

Ich warf einen Blick auf die Uhr und stellte fest, dass der Stundenzeiger schon näher bei der drei stand als bei der zwei.

»Gutes Auge. Sie gewinnen ein Kewpie-Püppchen.« Ich schob sie wenig subtil Richtung Ausgang.

Kurz vor dem Ende des Rundgangs erreichten wir Rubys Bude, vor der auf einer Staffelei ein gerahmtes Foto von ihr aufgestellt und mit Blumen geschmückt worden war. Das Bild zeigte Ruby in einem knappen Zweiteiler, der ungefähr neunzig Prozent ihrer Tätowierungen zur Schau stellte. Auf ihrem Gesicht lag ein verruchtes Lächeln – die auf ewig festgehaltene Botschaft an das Publikum: Ihr könnt es gerne versuchen, aber eure Chancen stehen schlecht.

Das Foto löste ein schmerzliches Ziehen in meiner Brust aus, und ich wandte mich schnell ab.

Schräg gegenüber von Rubys Bude lag der letzte Halt, bevor das Spektakulum seine Besucher wieder auf das Zirkusgelände spuckte: ein winziges Zelt in grellen Regenbogenfarben, dessen Eingang von einem Perlenvorhang verdeckt wurde. Das Schild darüber behauptete MADAME FORTUNA KENNT EURE ZUKUNFT!, und ein kleinerer Hinweis, der an einem Nagel neben dem Perlenvorhang hing, versicherte MADAME IST BEREIT, was heißen sollte, dass die Wahrsagerin im Moment keinen Kunden bediente.

Wir hatten kaum noch Zeit, aber ich konnte das Spektakulum nicht verlassen, ohne kurz Hallo zu sagen.

»Kommen Sie«, wandte ich mich an meinen Boss, »hier ist noch jemand, den Sie kennenlernen sollten, wenn wir schon einmal hier sind. Es dauert nur eine Minute, und danach fahren wir zum Gefängnis.«

Ich schob den Perlenvorhang beiseite und betrat Madame Fortunas Salon. Mein Boss und ich hatten es schon einmal mit einer Wahrsagerin zu tun bekommen, allerdings war es beim letzten Mal ziemlich mies gelaufen. Aber das würde Ms. P Madame Fortuna sicher nicht ankreiden.

Drinnen lagen dicke Pseudo-Perserteppiche auf der nackten Erde. Die Zeltwände waren dünn genug, um ein wenig Sonnenlicht durch die helleren Streifen des Regenbogens schimmern zu lassen. Der Platz reichte gerade für einen runden, mit mitternachtsblauem Samt verhüllten Tisch und drei Stühle, wobei der Platz gegenüber der Tür bereits besetzt war.

Ich musterte die bauschige Frisur, deren Kupferbraun

aus der Flasche stammte und in die winzige Glöckchen eingeflochten waren, die rote Seidenrobe, die schlanken Hände, die flach ausgestreckt auf der Samttischdecke ruhten. Sah, dass die langen, mit Ringen geschmückten Finger durch die Arthritis langsam ihre Form verloren.

»Nur herein, nur herein, hier ist jeder willkommen.« Die Frau verpasste ihren Vokalen diesen pseudo-europäischen Klang, den man sonst nur in Filmen hörte. Sie musterte uns durch zwei Brillengläser, die man ebenso gut als Kristallkugeln hätte benutzen können. Ich wusste, dass sie aus ungeschliffenem Glas bestanden und einzig dazu dienten, Madame Fortunas Augen noch allsehender wirken zu lassen.

»Kommen Sie, meine Damen. Lassen Sie die Gegenwart am Eingang zurück und setzen Sie sich, damit wir über Ihre Zukunft sprechen können. Werden Sie die große Liebe finden? Ihre wahre Bestimmung? Das Glück? Kommen Sie, nehmen Sie Platz.«

Ich ließ mich auf einen der Stühle gegenüber von ihr fallen, der so wackelig war, dass ich beinahe umgekippt wäre.

»Glück und Bestimmung gut und schön«, meinte ich, »aber eigentlich würde ich einfach nur gerne einen echten New Yorker Bagel finden. Was meinst du, Maeve? Gibt es die hier draußen auf dem Land irgendwo?«

Auf Madame Fortunas Gesicht zeigte sich nicht ein Hauch von Überraschung. Sie wusste, wie man eine undurchdringliche Miene aufsetzte. Doch als sie antwortete, war der Akzent verschwunden, und sie ließ das Mädchen aus Staten Island durchklingen, das sie einmal gewesen war.

»Gottverdammt, Will. Wie oft habe ich dir gesagt, dass dieser Name während der Geschäftszeiten tabu ist? Dieser Vorhang ist nicht schalldicht, klar? Herr im Himmel, kaum ist sie eine halbe Minute weg, schon vergisst sie alles, was ich ihr beigebracht habe.«

Sie bedeutete Ms. Pentecost, sich auf den letzten verbliebenen Stuhl zu setzen, was diese auch tat – wesentlich eleganter als ich, sodass sie nicht umzukippen drohte, als sie ihren Gehstock quer über ihren Schoß legte.

»Lillian Pentecost, dies ist Maeve Bailey, besser bekannt als Madame Fortuna.«

»Es ist mir eine Freude«, versicherte Maeve, wobei sie den Akzent wieder überstreifte wie einen gut eingetragenen Lieblingsmantel.

»Die Freude ist ganz meinerseits«, antwortete mein Boss. »Ich habe schon einiges von Ihnen gehört.«

»Nur Gutes, hoffe ich.«

»Viel Gutes, ja. Will hat besonders Ihre Beobachtungsgabe gelobt.«

Maeve nickte. Sie war schon immer schnell von Begriff gewesen.

»Wenn Sie Fragen zu dem haben, was mit Ruby passiert ist, immer raus damit. Auch wenn ich nicht weiß, ob ich eine große Hilfe sein kann.«

»Waren Sie am Abend von Ms. Donners Tod hier?«, fragte mein Boss.

»Ja, das war ich. Genau hier.«

Ms. Pentecost drehte sich um und sah zu dem Perlenvorhang hinüber.

»Sie haben hier zwar keine freie Sicht auf ihre Bude, aber einen Teil davon kann man einsehen.«

Maeve nickte. »Wenn sie sich zur Seite gelehnt hat, konnte sie mir zuwinken.«

»Ist an jenem Abend irgendetwas Ungewöhnliches vorgefallen? Also, ungewöhnlich für diese Umgebung, meine ich?«

Maeve dachte einen Moment nach, dann schüttelte sie den Kopf.

»Es war eigentlich ein ganz normaler Abend«, erklärte sie. »Am Eröffnungstag läuft es immer etwas holprig, auch wenn jeder sein Bestes gibt, um alles festzuzurren und die Maschine ausreichend zu schmieren.«

»Wirklich gar nichts Auffälliges?«, hakte mein Boss nach. »Nichts, was Ms. Donners Verhalten an diesem Abend erklären könnte?«

»Welches Verhalten?«

»Nun, sie ist ihren Pflichten bei der Abendvorstellung nicht nachgekommen, weil sie etwas mit Mr. Halloway besprechen wollte. Und sie ist durch den Ring gegangen, anstatt den direkten Weg zu nehmen.«

»Falls etwas vorgefallen ist, hat sie es mir gegenüber jedenfalls nicht erwähnt«, versicherte Maeve. »Aber während der Arbeit reden wir auch nicht viel. Wenn die Attraktionen des Spektakulums zusammen rumlungern, ruiniert das die mystische Aura.«

Mein Boss überlegte sich schon die nächste Frage, als Maeves mit Ringen beladene Hand plötzlich in die Höhe schoss.

»Moment, da war *doch* etwas. Oder vielleicht auch nicht. Kommt darauf an, wie man es sieht.«

»Erzählen Sie«, forderte Ms. Pentecost sie auf.

Maeve schloss die Augen und legte den Kopf in den

Nacken – genau diese Pose nahm sie immer ein, wenn sie »in die dunklen Tiefen der spirituellen Welt« eintauchte. Allerdings saß ihr Akzent nicht einwandfrei, als sie begann: »Ich hatte gerade eine Kundin, eine Hausfrau Mitte dreißig. Ziemlich prüde, aber leicht angeschickert, was sie wohl etwas aufgelockert hat. Ihr Mann war in Übersee gefallen, und sie wollte Kontakt zu ihm aufnehmen, um sicherzugehen, dass er nicht gelitten hat. Aber eigentlich wollte sie nur, dass ihr jemand die Erlaubnis dazu gibt, etwas mit ihrem Nachbarn anzufangen. Oder das fortzusetzen, was da schon war. So vage, wie sie die Sache dargestellt hat, bin ich mir ziemlich sicher, dass sie dem Bett schon ziemlich nah gekommen oder auch schon ganz drin gelandet waren.«

Maeve hob den Kopf wieder und öffnete die Augen.

»Als diese Witwe sich setzte, hat sich Ruby gerade an ihrer Bude mit jemandem unterhalten. Und zwar mehrere Minuten lang, denn ich weiß noch, dass sie immer noch nicht fertig war, als ich ein zweites Mal rübergeschaut habe.«

»War das denn ungewöhnlich?«, wollte Ms. P wissen.

»Eigentlich nicht«, gab Maeve zu. »Vor allem Männer drücken sich gerne in ihrer Nähe herum. Umso mehr, wenn sie kein Mädchen dabeihaben, das sie weiterschleift.«

»Und warum ist es Ihnen dieses Mal aufgefallen?«

Maeve dachte nach.

»Es war wohl die Art, wie sie geredet hat. So voller Nachdruck. In dem Moment habe ich mir nichts dabei gedacht, denn ich musste mich ja um die lebensfrohe Witwe kümmern. Aber irgendwie kam es mir so vor, als wollte sie ihren Gesprächspartner möglichst schnell loswerden.«

»Vielleicht ein Besucher, der Stress gemacht hat?«, überlegte ich.

»Wäre es nur das gewesen, hätte sie die Glocke geläutet.«

»Die Glocke?«, fragte mein Boss.

»In jeder Bude gibt es eine große Handklingel«, erklärte ich ihr. »Wenn irgendetwas schiefläuft, läutet der Künstler mit dieser Glocke. Ein Klingeln ruft den Schwätzer herbei, der den Störenfried dann verscheucht. Hält das Klingeln an, ruft das alle auf den Plan. Das geschieht normalerweise, wenn es zu körperlicher Gewalt kommt.«

»Und um welche Uhrzeit haben Sie das beobachtet?«, wollte Ms. P wissen.

»Kurz vor Schluss«, antwortete Maeve. »Das heißt so gegen halb elf.«

»Wie sah diese Person aus?«

»Das ist es ja eben, ich habe ihn nicht gesehen. Ruby habe ich eigentlich auch nicht gesehen, nur ein kleines Stück von ihr. Im Prinzip habe ich nur ihre Stimme gehört.«

»Und haben Sie die Stimme der anderen Person auch gehört?«

Maeve schüttelte so nachdrücklich den Kopf, dass die Glöckchen in ihrer gefärbten Föhnfrisur klimperten. »Tut mir leid. Aber da war jemand, und er ist ungewöhnlich lange geblieben. Ich denke nicht, dass Ruby ihn dort haben wollte.«

Ms. P neigte fragend den Kopf.

»Dann denken Sie also, es war ein Mann?«

Auch darüber dachte Maeve kurz nach.

»Ja«, sagte sie dann. »Vermutlich schon.«

»Wie kommen Sie darauf?«

»Na ja, ich habe Ruby nicht komplett sehen können, aber ihr Kopf war leicht erhoben, als würde sie mit jemandem sprechen, der deutlich größer war als sie. Außerdem wird es wohl ein Mann gewesen sein, weil ich seine Stimme nicht hören konnte. Frauenstimmen sind höher, die dringen stärker durch den Hintergrundlärm. Aber es hätte ebenso gut eine Frau mit leiser Stimme und hohen Schuhen sein können.«

Ich beschloss, meinem Boss die Mühe zu ersparen, und stellte die offensichtliche Frage: »Könnte es Val gewesen sein?«

Diesmal klangen die Glöckchen traurig, als sie den Kopf schüttelte.

»Tut mir leid, Schätzchen. Ich weiß es einfach nicht.«

»Hast du der Polizei von dem mysteriösen Fremden erzählt?«, fragte ich weiter.

»Ach, Kindchen, die haben doch gar nicht mit mir gesprochen. Und es ist mir auch gerade eben erst wieder eingefallen.«

Also hatte Chief Whiddle es versäumt, mit der einzigen Person zu sprechen, die fast den gesamten Dienstag über in Hörweite von Ruby gewesen war. Hätte ich nicht sowieso schon den Verdacht gehabt, dass hier mit gezinkten Karten gespielt wurde – spätestens jetzt wäre ich darauf gekommen.

Es gab also einen mysteriösen Mann, der sich eine knappe halbe Stunde vor ihrer Ermordung länger mit Ruby unterhalten hatte. Vielleicht war es ja jemand aus

Rubys Jugendzeit, der noch eine Rechnung mit ihr offen gehabt hatte. Oder ein Fremder, der sie angebaggert und »Verpiss dich« als Antwort nicht akzeptiert hatte.

»Wissen Sie, worüber sich Ms. Donner und Mr. Kalishenko an jenem Tag gestritten haben?«, fragte Ms. P weiter.

Das hielt ich für Zeitverschwendung. Ruby und Val hatten sich ständig in den Haaren gelegen; wenn wir dazu Näheres erfahren wollten, mussten wir Val direkt fragen. Nervös sah ich auf die Uhr. Doch gerade als ich meinen Boss daran erinnern wollte, dass wir noch zum Gefängnis mussten, bevor der gesamte Sand durchgelaufen war, präsentierte uns Maeve eine glatte Lüge.

»Tut mir leid«, wiederholte sie. »Ich habe keine Ahnung. Diese beiden sind sich ständig gegenseitig an die Gurgel gegangen. Ich achte schon seit Jahren nicht mehr darauf, worum es dabei geht. Vermutlich war es einer ihrer standardmäßigen Showobjekt-gegen-talentierter-Künstler-Streits. An diesem alten Knochen haben sie sich mindestens einmal im Monat abgearbeitet.«

Maeve verdiente im Prinzip ihren Lebensunterhalt damit, dass sie log, weshalb es an ein Wunder grenzte, dass ich sie diesmal dabei ertappte. In dieser Hinsicht gab es bei ihr nur ein verräterisches und gleichzeitig so unauffälliges Zeichen, dass es eigentlich nicht zählte: Wenn sie eine wirklich große Nummer abzog, sah sie einen über ihre Brille hinweg an, anstatt durch die Gläser zu blicken.

Was nicht nur hieß, dass Maeve sehr wohl wusste, worum sich der Streit gedreht hatte, sondern auch, dass es sich um etwas handeln musste, das sie nicht preisgeben wollte. Ich nahm mir vor, sie später noch einmal in die Zange zu nehmen. Vielleicht war sie ja etwas gesprächiger, wenn mein Boss nicht dabei war.

Nun sah ich erst einmal prüfend zu Ms. P hinüber, um herauszufinden, ob sie die Lüge ebenfalls registriert hatte. Falls dem so war, ließ sie es sich nicht anmerken.

Sie stemmte ihren Gehstock auf den Teppich und stand auf.

»Es war mir ein Vergnügen, Ma'am.«

Maeve erhob sich ebenfalls und kam hinter dem Tisch hervor, um ihr die Hand zu geben.

»Ganz meinerseits«, versicherte sie. Sie packte mich am Oberarm wie die Hexe aus dem Märchen, die testen will, ob ich einen leckeren Eintopf abgäbe.

»Es ist wirklich schön, dich wiederzusehen, Kleine. Hoffentlich schafft ihr zwei es, diese Misere aufzuklären.«

Während wir den Perlenvorhang beiseiteschoben und das Zelt verließen, fragte ich mich unwillkürlich, ob dieser fromme Wunsch nicht ebenfalls eine Lüge gewesen war.

Kapitel 8

NACH DEM AUFENTHALT in Maeves regenbogenbuntem Zelt fühlte sich die Augustsonne draußen irgendwie schal an.

Sobald wir außer Hörweite waren, teilte ich Ms. Pentecost meinen Verdacht mit, dass die Wahrsagerin uns etwas vorenthielt.

»Wir werden noch einmal mit ihr sprechen müssen. Vielleicht, wenn wir eine konkretere Vorstellung davon haben, was sie uns verschweigen könnte«, entschied mein Boss.

Dem konnte ich nur zustimmen. Maeve war gerissen. Bevor ich sie als Lügnerin bezeichnete, wollte ich erst ein besseres Blatt auf der Hand haben.

Wir liefen die letzten Meter der Gasse entlang, die das Spektakulum beherbergte. Hier gab es eigentlich nur noch Werbebanner der Hauptakteure zu sehen. Vor dem Plakat der Fliegenden Sabatinis blieb ich stehen und zog es beiseite, um meinem Boss den dahinter verborgenen Zugang zum Ring zu zeigen.

»Führt dieser Weg um das gesamte Zirkusareal herum?«, fragte Ms. Pentecost.

»Nein, nicht um das ganze«, erklärte ich. »Er fängt hier an, führt am Haupt- und am Nebenzelt vorbei und endet zwischen dem Fresszelt und den Wohnwagen der

Truppe. Wenn wir also sagen, Manuel hat eine Einzelshow im kleinen Zelt und will sich etwas zum Mittagessen besorgen, ohne dabei zwanzigmal stehen bleiben zu müssen, weil alle den Echsenjungen begaffen wollen, dann kann er den Ring benutzen.«

»Wie wahrscheinlich ist es, dass jemand, der nicht für den Zirkus arbeitet, von der Existenz dieses Weges weiß?«

»In einer perfekten Welt wäre das so gut wie ausgeschlossen. In der Realität gehen die Künstler hier aber ständig ein und aus, es wäre also nicht schwer, einen von ihnen dabei zu erwischen. Und die meisten Zugänge zum Ring sind so wie dieser hier, es kann also jeder einfach reingehen. Wenn jemand ein Auge auf Ruby geworfen hatte und ihr gefolgt ist …«

Ich musste den Satz nicht beenden.

Am Ende der Gasse beförderte uns eine Tür, die sich nur in eine Richtung öffnen ließ, aus dem Spektakulum zurück auf das Zirkusgelände. Inzwischen war etwas mehr los, weshalb ich Ms. Pentecost in eine halbwegs ruhige Ecke neben einem Popcornwagen zog.

»Wie wäre es, wenn ich schon mal zum Wagen gehe und den Motor warm laufen lasse? Nur um sicherzugehen, dass er nicht einfach abgefallen ist«, schlug ich vor. »Wenn wir nicht auf irgendwelche Straßensperren stoßen, sollte uns noch eine halbe Stunde bleiben, um Val zu besuchen.«

Ms. P ließ ihren Blick frustrierend lange über den umliegenden Bereich des Zirkusgeländes wandern.

»Wo genau steht der Wohnwagen von Ms. Donner?«

»Boss, wir haben nicht genug Zeit, um ihn gründlich

zu durchsuchen, wenn wir es noch zur Besuchszeit ins Gefängnis schaffen wollen.«

Sie sah mich wortlos an, und endlich fiel bei mir der Groschen.

»Sie wollen heute gar nicht mit Kalishenko sprechen.« Wie eine Frage klang das aus meinem Mund nicht, eher wie ein Vorwurf.

»Wir werden Mr. Kalishenko aufsuchen, sobald das Gefängnis es morgen erlaubt.«

»Wenn Sie herausfinden wollen, was am Abend des Mordes passiert ist, sollte er ganz oben auf Ihrer Liste stehen.« Mein Versuch, ruhig und leise zu sprechen, scheiterte kläglich.

»Er steht sicher nicht im unteren Bereich«, konterte mein Boss. »Aber angeblich kann sich Mr. Kalishenko nicht mehr an die Ereignisse erinnern, die mit Ms. Donners Tod endeten, wodurch er nur sehr eingeschränkt als Zeuge zu gebrauchen ist. In der Zwischenzeit würde ich mir gerne ansehen, wo unser Opfer gewohnt hat.«

»Der Mord liegt bereits drei Tage zurück. Falls jetzt noch etwas in ihrem Wagen zu finden ist, wird es heute Abend oder morgen auch noch da sein.«

Nun warf sie mir einen Blick zu, bei dem das gesunde Auge und das Glasauge sich an Kälte zu übertreffen versuchten. Ich bemühte mich, ihn entsprechend zu erwidern, gab es aber auf. Stattdessen kam mir ein nicht jugendfreies Wort über die Lippen. Natürlich ging genau in diesem Moment eine Frau mit zwei kleinen Kindern vorbei, die mich prompt böse anstarrte und die Kleinen von uns wegzerrte.

Ms. Pentecost holte tief Luft und setzte eine Miene

auf, die sie normalerweise für unseren guten Freund Lieutenant Lazenby reservierte, wenn der sich mal wieder besonders begriffsstutzig zeigte.

»Je mehr ich über unser Opfer weiß, desto besser werde ich meine Zeit mit Mr. Kalishenko nutzen können«, erklärte sie mir. »Im Moment kenne ich Ms. Donner noch nicht gut genug, um die richtigen Fragen zu stellen.«

»Aber *ich* kenne sie«, protestierte ich beinahe weinerlich, was mir selbst zuwider war. »Kannte sie. Und ich kenne ihn und ...« Hastig unterbrach ich mich selbst, bevor ich mich noch mehr verrannte.

Natürlich mussten wir mehr über Ruby erfahren. Verdammt, wir mussten mehr über alles und jeden hier erfahren. Wenn man Lillian Pentecost einen Modus Operandi zuschreiben wollte, dann war es wohl dieser: Verstehe das Opfer, dann verstehst du vielleicht seine Handlungen. Gelingt dir das, kannst du vielleicht herausfinden, wodurch es einem Mörder in die Quere geraten ist.

Eigentlich scheint das ganz offensichtlich zu sein, aber im Laufe einer normalen Mordermittlung – wenn man so etwas überhaupt jemals als normal bezeichnen kann – geht das Opfer oft im Gemenge unter. Plötzlich dreht sich alles nur noch um den Täter: Schuhabdrücke, Eintrittswinkel, Vorgehensweise und Motiv. Bis man demjenigen, der es getan hat, einen Namen zuordnen kann, ist das Opfer zu einer Requisite in der Geschichte des Täters geworden.

Und wenn es sich bei der Leiche um eine Frau handelt, wird ihr in der Hälfte aller Fälle das Etikett des tragischen Zufallsopfers aufgedrückt. Oder es heißt, sie sei ja selbst schuld gewesen. Keine Kunst zu erraten, auf welcher Seite Ruby gelandet wäre.

»Wenn du Mr. Kalishenko allein besuchen möchtest, kannst du das gerne tun«, fuhr mein Boss fort. »Nimm das Auto. Ich werde Sam Lee suchen, der soll mich zu Rubys Wohnwagen führen.«

Ich war stark in Versuchung, das Angebot anzunehmen, dann aber sah ich sie mir genauer an. Sie stützte sich schwer auf ihren Stock, und fingerbreite braune Strähnen hatten sich aus ihrer Flechtfrisur gelöst. Der Maßanzug hing schlaff und zerknautscht an ihr herab – was wie ein Leuchtsignal Auskunft darüber gab, wie erschöpft seine Trägerin war.

Wie sollte es auch anders sein? Immerhin waren wir seit Tagesanbruch unterwegs, hatten vier Bundesstaaten und die Hauptstadt durchquert, einen Tag beim Zirkus verbracht und zudem noch eine lange Woche mit Prozessvorbereitungen hinter uns.

Verschlimmert wurde das Ganze noch dadurch, dass Ms. Ps Multiple Sklerose sich nicht sonderlich gut mit der Augusthitze vertrug. Während die Frau selbst den Sommer jederzeit dem Winter vorzog, sorgte zu viel Zeit in der Sonne dafür, dass sich ihre Symptome sprunghaft verschlimmerten.

Noch war es wohl nicht so weit, aber viel fehlte sicherlich nicht mehr.

Nachdem ich ihre Erschöpfung bemerkt hatte, konnte ich sie nicht mehr aus meinem Kopf löschen. Natürlich wollte ich nicht, dass Val noch einen Tag allein in seiner Zelle schmoren musste, aber ich würde Ms. P keinesfalls mitten in einer Ermittlung hängen lassen. Schon gar nicht, wenn ihr Tank so gut wie leer war.

Mir wurde bewusst, dass ich die Hände zu Fäusten geballt hatte. Mühsam lockerte ich meine Finger wieder; meine Nägel hatten bereits kleine Sicheln in meine Handfläche gegraben.

»Dann los«, sagte ich nur. »Schauen wir uns Rubys Bude mal an. Vielleicht haben wir ja Glück und stoßen auf ein Tagebuch mit dem Eintrag: ›Wer mich vermutlich umbringen wird.‹«

Nachdem wir uns bei den Zirkusleuten durchgefragt hatten, fanden wir schließlich Rubys Wohnwagen. Er stand ganz in der Nähe von Big Bobs Unterkunft, nur einen kurzen Fußmarsch von dem Duschzelt entfernt, das eindeutig aus alten Armeebeständen stammte. Ob diese neuen Duschen wohl warmes Wasser hatten? Zu meiner Zeit hatte es das nämlich nicht gegeben.

An der Tür des Wohnwagens hing ein glänzendes neues Vorhängeschloss, sicherlich eine Aufmerksamkeit des Stoppard Police Departments. Ich war zwar nie bei den Pfadfindern, bin aber trotzdem gerne allzeit bereit. Meine Dietriche machten kurzen Prozess mit dem Ding. Wir gingen hinein und schlossen die Tür hinter uns.

Rubys Wagen war um die Hälfte länger als Big Bobs, und da sie ein vollwertiges Mitglied der Zirkustruppe war, musste sie ihn mit niemandem teilen. Ausgestattet war er mit dem üblichen Klappbett, Klapptisch und einer Truhe mit Schubladen, außerdem gab es eine Hängestange für jene Kostüme, die nicht knittern sollten.

Es war nicht zu übersehen, dass hier alles durchsucht worden war: Überall lagen Klamotten herum, das Bettzeug war in eine Ecke geworfen worden, und alles, was nicht festgenagelt war, war verrückt worden.

Eine halbe Stunde verbrachten wir damit, uns den winzigen Raum anzusehen. Jetzt, da ich nicht mehr drängelte, konnte ich den Job auch ordentlich machen. Aber wir fanden rein gar nichts, was als Hinweis getaugt hätte. Mal abgesehen von ein paar zerlesenen Krimis und einigen Filmzeitschriften gab es hier überhaupt nichts, was Rückschlüsse auf Rubys Charakter zugelassen hätte.

Da hätte mehr sein müssen.

Das wusste ich so genau, weil ich früher einige Male in Rubys Wohnwagen gewesen war. Mein erster Besuch hier war sicher der einprägsamste gewesen, doch mit dieser Erinnerung hielt ich mich nicht gerne auf, denn bei dieser Gelegenheit hatte ich in mehr als einer Hinsicht blankgezogen.

Damals war ich jung und nicht sonderlich aufgeweckt, wenn es um Romantik ging. Ich war erst seit ein paar Monaten beim Zirkus und wusste noch nicht genau, wie der Hase lief. Außerdem war ich noch nicht daran gewöhnt, von Menschen umgeben zu sein, die sich wirklich etwas aus mir machten. Bei denen ich nicht ständig wie auf rohen Eiern laufen musste, weil es sonst Prügel gab.

Ruby schenkte mir Aufmerksamkeit, stellte Fragen, lächelte, sah mich auf eine Art und Weise an, in die ich mehr hineininterpretierte als von ihr beabsichtigt. Außerdem war sie wunderschön, weltgewandt – zumindest nach meinem damaligen Standard – und erwachsen, aber so, dass es anziehend wirkte, nicht einschüchternd.

Das alles war vor meiner Zeit mit Schlangenmenschen beiderlei Geschlechts, und meine Erfahrung mit dem Thema Sex beschränkte sich im Wesentlichen auf Bobby Newberrys Hand unter meinem Shirt beim Knutschen hinter dem Kuhstall seines Vaters. Mein Wissen über Frauen hatte ich einem Stapel Schundhefte entnommen, die ich im Gasthaus meiner Tante entdeckt hatte, als ich dort zu Besuch gewesen war. Selbst als Teenager hegte ich ernste Zweifel an der Authentizität dieser Machwerke.

Man könnte also sagen, dass ich mich im hormonellen Blindflug befand, als ich mich eines Abends nach der letzten Vorstellung in Rubys Wagen schlich und in ihr Bett kroch, um sie dort zu überraschen.

Und überrascht war sie wirklich.

Nachdem ich ein wenig herumgestammelt hatte, erklärte mir Ruby ruhig und mitfühlend, dass sie zwar sehr geschmeichelt sei, aber eben einfach nicht auf Mädchen stehe. Und selbst wenn, habe die Erfahrung gezeigt, dass es besser sei, nicht innerhalb der Truppe anzubandeln.

Sie half mir, mich zu beruhigen, und ließ mich erst gehen, nachdem ich aufgehört hatte zu weinen. Dann brachte sie mich zu dem Wohnwagen, den ich mir mit einem der Showgirls teilte.

Sicherlich kein Moment, auf den ich sonderlich stolz bin. Aber ich weiß noch, dass ich, als ich bibbernd vor Angst in Rubys Bett lag, wesentlich mehr persönlichen Krimskrams in diesem Wagen gesehen hatte als bei unserer jetzigen Durchsuchung.

Natürlich war es möglich, dass die Polizei alles ausgeräumt hatte, aber ich zweifelte daran. Wenn sie davon überzeugt waren, in Val ihren Täter gefunden zu haben, gab es keinen Grund, Rubys Habseligkeiten mitzunehmen. Und sollte jemand ihre Sachen zusammengepackt haben, um sie ihren Angehörigen zu übergeben, hätte derjenige alles mitgenommen, auch ihre Kleidung.

Das hier sah mehr nach einer Säuberungsaktion aus, und ich hatte auch schon eine Ahnung, wer dahinterstecken könnte.

Kapitel 9

NACHDEM WIR IN Rubys Wagen fertig waren, schoben wir uns durch die Menge zum Haupteingang. Inzwischen war es fast vier, langsam fand sich das Feierabendpublikum ein.

Auf dem Weg zu unserem geliehenen Wagen war ich in Gedanken so damit beschäftigt, darauf zu hoffen, dass der Parkwächter ordentlich auf unser Gepäck aufgepasst hatte, dass ich beinahe eine Frau umrannte, die mir ein Flugblatt entgegenstreckte.

»Hat Gott bereits Einlass in Ihr Herz gefunden?«, fragte sie und hielt mir den Zettel so dicht unter die Nase, als sollte ich mich damit schnäuzen, anstatt ihn zu lesen.

»Tut mir leid«, antwortete ich, »da drin ist es schon ziemlich voll.«

Sie blinzelte ein paarmal, und ihr Lächeln geriet kurz ins Wanken, fing sich dann aber wieder. Ich schätzte sie auf knapp vierzig, denn ihr langes Haar wies bereits graue Strähnen auf. Ihrem Gesicht sah man an, dass sie viel in der Sonne war, trotzdem wirkten ihre Züge irgendwie fahl. Noch dazu hatte jemand tiefe Sorgenfalten hineingegraben und bei der Gelegenheit auch gleich ihre Lippen mitgehen lassen. Sie trug ein verwaschenes Blümchenkleid, das so lang war, dass der Rocksaum beinahe den Boden streifte.

Wenn Ruby voll und ganz Technicolor gewesen war, dann war diese Frau fest in Schwarz-Weiß verwurzelt.

Die Hand mit dem Flugblatt schob sich noch weiter vor.

»Hier. Da stehen unsere Gottesdienstzeiten drauf. Jeder ist willkommen. Gott hat Platz für Sie, auch wenn Sie keinen Platz für ihn haben.«

Ich gab auf und nahm ihr das Flugblatt ab. Auf der Vorderseite prangte ein Bild von Jesus als Hirte einer Lämmerherde. Darüber stand: DAS BLUTENDE LAMM GOTTES.

In Schwester Flugblatt erkannte ich den Typ Bibelfanatiker, dem ich bereits während meiner Kindheit begegnet war. In solchen Gemeinschaften mochte man seine Frauen wie seine Cocktails – schwach, wenn nicht sogar komplett jungfräulich.

»Verteilen Sie Ihre Flugblätter hier schon, seit der Zirkus sein Gastspiel begonnen hat?«, erkundigte sich Ms. P bei ihr. Irgendwie schaffte sie es, Ehrfurcht gebietend über der Frau aufzuragen, obwohl sie nur wenige Zentimeter größer war.

»Oh, äh … ja«, stammelte Schwester Flugblatt. »Ich meine, nicht ich persönlich, aber einer von uns ist immer hier, von dem Moment, wenn sie aufmachen, bis sie abends schließen.«

»Und war auch am Dienstagabend jemand hier?«

Nun begriff ich, worauf mein Boss hinauswollte.

»Ich glaube, Bruder Carl war an dem Abend hier.«

»Und auch noch eine Zeit lang, nachdem die Zirkusleute geschlossen hatten?«

»Ich denke schon.«

Die Frau stellte sich auf die Zehenspitzen und rief über die Köpfe der Menge hinweg: »Bruder Carl!«

Am Ende der Warteschlange am Eingang drehte sich jemand um. Sie winkte, und der Mann – vermutlich Bruder Carl – kam zu uns herüber.

Jedem seiner Schritte wohnte die Selbstsicherheit Christi inne, als der über die Fischgründe seiner Apostel marschiert war, um die frohe Botschaft zu verkünden. Äußerlich erinnerte Bruder Carl allerdings eher an Johannes den Täufer als an Jesus, eine Art Waldschrat, den man in einen hellblauen Anzug gestopft hatte. Dazu war er gute eins achtzig groß und hatte die Statur eines Raufbolds. Seine militärisch kurzen Haare waren mehr grau als schwarz, und sein Bartschatten war eindeutig eine Stunde früher dran als bei den meisten. Die Sonne brach sich funkelnd auf seiner kreuzförmigen Krawattennadel.

»Ja, Schwester Evelyn?« Erstaunlicherweise war sein Tonfall eher sotto voce als forte.

»Diese Dame hat mich gefragt, ob wir Dienstagabend jemanden hierhatten. Und da warst du doch hier, oder?«

Anstatt nur den Kopf zu drehen, wandte er sich mit einer kompletten Körperdrehung meinem Boss zu; als hätte er nur einen Schwenkpunkt, der von der Hüfte aus gesteuert wurde.

»Ich war hier, Mrs. …«

»Pentecost. Ms. Lillian Pentecost.«

Dieser Name war ihm offenbar völlig unbekannt. Vielleicht hatte man beim Blutenden Lamm Gottes ja etwas gegen Zeitungen.

»Carl Engle«, stellte er sich vor und streckte die Hand aus. »Ich stehe dem Blutenden Lamm Gottes als Pastor vor.«

Es folgte allgemeines Händeschütteln. Erst als Ms. P ihm erklärte, dass wir »von Mr. Halloway engagiert wurden, um den unglücklichen Tod von Ruby Donner zu untersuchen«, schien ihm etwas zu dämmern.

»Bert hat etwas davon gesagt, dass der Zirkus einen Detektiv hinzuziehen werde. Ich dachte nur nicht ...«

Ich hatte zwar keine Ahnung, wer dieser Bert war, dafür wusste ich aber genau, wie dieser Satz enden würde: »... dass dieser Detektiv eine Frau sein könnte.«

Mein Boss machte sich sein kurzes Zögern zunutze. Sie ließ sich nie eine Gelegenheit entgehen, um Fragen zu stellen.

»Sind Sie schon lange der Pastor des Blutenden Lammes?«

»Habe das Versammlungshaus mit eigenen Händen errichtet, und das schon 1921«, berichtete Bruder Carl mit einem stolzen Lächeln.

»Ein ziemlich großer Schritt vom Holzfäller zum Prediger«, stellte Ms. P fest. »Warum haben Sie Ihre Kirche hier gegründet und nicht näher an den Great North Woods?«

Carl warf Evelyn einen fragenden Blick zu, die aber nur achselzuckend den Kopf schüttelte. Nein, sie hatte nicht aus dem Nähkästchen geplaudert.

»Ihr Akzent, Mr. Engle«, erklärte ihm mein Boss. »Auch nach fünfundzwanzig Jahren schimmert da noch ein Hauch von Maine durch. Die Struktur und Anordnung der Narben an ihren Händen lassen darauf schließen, dass Sie früher viel mit der Handsäge gearbeitet haben. Und dann Ihr Rücken ... ein typisches Leiden in der Holzindustrie. Es rührt von den immer gleichen Bewegungsabläufen her, die beim Sägen und Schleppen ausgeführt werden.«

Bruder Carl klatschte grinsend in die Hände. »Das ist wirklich erstaunlich!«

Ms. Pentecost zog diese Sherlock-Holmes-Nummer nicht oft ab, aber wenn sie es tat, dann mit allen Mitteln. Ihrer Meinung nach waren Zeugen, die einen für allwissend hielten, weniger geneigt, einem eine Lüge aufzutischen.

Nachdem Carl und Evelyn nun angemessen beeindruckt waren, begann sie mit der eigentlichen Befragung.

»Kannten Sie Ruby Donner?«

»Oh ja«, sagte der Pastor eifrig nickend. »Ihre Eltern gehörten unserer Glaubensgemeinschaft an.«

»Und Ruby ebenfalls?«

Schwester Evelyn und er wechselten einen Blick.

»Sie war … verloren«, sagte Evelyn dann. »Schon bevor sie fortging.«

»Verloren?«

»An den Teufel«, antwortete Evelyn vollkommen selbstverständlich.

In den »allsehenden« Augen meines Bosses blitzte etwas auf. Ihre Lippen verzogen sich zu einem grimmigen Lächeln, das sie aber schnell unterdrückte.

»Dann muss sie ja eine schlimme Sünderin gewesen sein«, stellte sie fest, »wenn man sie schon in so jungen Jahren als verloren betrachtet hat.«

Man musste dem Pastor zugutehalten, dass er die Fallgrube bemerkte, die Evelyn vor ihnen ausgehoben hatte, und nun mit einem eleganten Sprung darüber hinwegsetzte.

»Niemand ist so verloren, dass er nicht gerettet werden könnte«, versicherte er uns. »Weder Tod noch Leben, weder Engel noch Mächte noch Gewalten, weder Gegenwärtiges noch Zukünftiges, weder Hohes noch Tiefes noch eine andere Kreatur kann uns scheiden von der Liebe Gottes.«

Der Vers brach aus ihm hervor wie eine Woge, und jeder, der von ihr erfasst wurde, schaute sich nach ihm um. Man kann sagen, was man will: Prediger verdienen ihr Geld durch ihre Show, und die Besseren unter ihnen sind sich dessen vollauf bewusst.

»Römer 8,38«, stellte Ms. P gelassen fest. Ich hatte meine Bibel gerade nicht dabei, aber Bruder Carls Gesichtsausdruck verriet mir, dass sie ins Schwarze getroffen hatte.

»Nun, deswegen sind wir hier«, fuhr er nach einem Moment fort. »Um den Verlorenen eine helfende Hand zu reichen. Oder um jene aufzuhalten, die Gefahr laufen, einen Weg einzuschlagen, der sie von Gott fortführt.«

Ms. P musterte die Menschen, die auf das Zirkusgelände wanderten: fröhliche Familien; lächelnde, Händchen haltende Paare; aufgedrehte Kinder, die von der Musik und dem Duft der Zuckerwatte angezogen wurden.

»Ist der Zirkus denn tatsächlich so böse?«

»Oh, nicht im eigentlichen Sinne böse«, schränkte er ein. »Er ist mehr eine Metapher. Ein Mikrokosmos, der nur dazu erschaffen wurde, die Sinne zu verführen. Um die Menschen abzulenken mit seinen Lichtern, seinem Lärm und seinen Gaumenfreuden. Eine eigene kleine Welt, die den Gelüsten des Fleisches gewidmet ist – des

Fleisches, das letztlich den Weg alles Irdischen gehen wird. Zu Asche und Staub zerfallen wird.«

Metapher? Mikrokosmos? Offenbar hatte ich den Pastor falsch eingeschätzt. Gut möglich, dass er einige Zeit in der Wildnis verbracht hatte, aber dabei war ihm eindeutig mal ein Wörterbuch in die Hände gefallen.

Interessant war auch Schwester Evelyns Gesichtsausdruck. Ihre Antwort auf die Frage nach der Bösartigkeit des Zirkus wäre eindeutig anders ausgefallen und hätte die Worte »ja« und »sehr« enthalten.

»Haben Sie Ms. Donner vor ihrem Tod gesehen?«, fragte Ms. P weiter.

Carl schüttelte den Kopf. »Nein, tut mir leid.«

»Waren Sie am Dienstagabend hier, bis der Zirkus zugemacht hat?«

»Sogar noch ungefähr eine halbe Stunde länger«, behauptete er. »Mir ist klar, dass nur wenige Menschen nach einem Zirkusbesuch ein offenes Ohr für das Wort Gottes haben, aber wenn ich auch nur einen von ihnen erreichen kann, ist es die Mühe wert.«

»Und ist Ihnen irgendetwas Ungewöhnliches aufgefallen? Ist jemand hineingegangen oder herausgekommen?«

Irgendwelche blutverschmierten Gestalten, die vom Tatort flohen, meinte sie damit.

Bruder Carl schüttelte den Kopf. »Leider nicht. Es war ja auch schon dunkel. Und wenn ich die frohe Botschaft verkünde, versuche ich immer, mich ganz auf meinen Gesprächspartner zu konzentrieren.«

»Gibt es in der Stadt vielleicht jemanden, den Ms. Donner eventuell …«

Ein lautes Hupen unterbrach sie, und ein eiförmiger Kopf mit einem Allerweltsgesicht schob sich durch das offene Seitenfenster eines Autos. Der Wagen hielt den gesamten Verkehr auf dem Parkplatz auf, weshalb der Parkwächter ihm bereits finstere Blicke zuwarf.

»Carl! Es ist schon nach vier. Wir müssen Tempo machen, wenn wir bis heute Abend noch alle Besuche schaffen wollen.«

Carl winkte ihm zu.

»Ich komme gleich, Bert!«

Dann wandte er sich wieder uns zu.

»Es tut mir leid, aber ich muss mich nun verabschieden«, erklärte er uns in einem Tonfall, der klarmachte, wie wenig er das bedauerte. »Freitags mache ich Hausbesuche bei den alten und kranken Mitgliedern der Gemeinde.«

»Außerdem verteilen wir im ganzen Bezirk Nahrungsmittel und Kleidung«, schaltete sich Schwester Evelyn eifrig ein. »Die Zeit der Rationierung hat viele Menschen hart getroffen. Sie haben sich noch immer nicht davon erholt.«

Ein weiterer Blick auf den Wagen zeigte mir, dass die Rückbank bis unter das Dach mit Pappkartons vollgestellt war. Inzwischen stieg aus der Autoschlange der ungeduldigen Zirkusbesucher ein wahres Hupkonzert auf.

»Dann werde ich Sie nun Ihren Aufgaben überlassen«, versicherte Ms. Pentecost dem Pastor. »Allerdings würde ich mich gerne noch einmal in Ruhe mit Ihnen über Ms. Donner unterhalten. Vor allem würde ich gerne mehr über ihr Leben hier in Stoppard erfahren.«

»Sonntags finden Sie mich von Sonnenauf- bis Sonnenuntergang in unserem Versammlungshaus. Außerdem feiern wir zwei Gottesdienste.« Bruder Carl deutete mit dem Kopf auf das Flugblatt in meiner Hand. »Einen um zehn Uhr morgens und einen um sechs Uhr abends. Sie sind uns zu beiden herzlich willkommen.«

»Vielen Dank, Mr. Engle«, sagte Ms. P artig, »allerdings fürchte ich, dass unsere Arbeit hier in Stoppard uns sehr auf Trab halten wird.«

»Für Gott ist immer Zeit, Ms. Pentecost.«

Damit warf er sich wieder mit dem gesamten Körper herum und marschierte zu dem wartenden Wagen hinüber. Schwester Evelyn verabschiedete sich knapp und eilte ebenfalls davon, angeführt von ihren Flugblättern.

Als wir zu unserem Wagen weitergingen, drehte ich mich zu meinem Boss um.

»Das war ein hübscher Trick mit dem Prediger, wie Sie ihn als Holzfäller identifiziert haben. Und dann auch noch der Bibelvers. Wie gut, dass auch der Teufel aus der Bibel zitieren kann.«

»Mein Vater hat uns jeden Abend nach dem Essen aus der Bibel vorgelesen. Das war einer seiner Lieblingsverse.«

»Ihr Dad war ein Fan vom Buch der Bücher?«

»Davon sollte man ausgehen.« Sie suchte sich vorsichtig einen Weg durch das aufgewühlte Feld, das nun als Parkplatz diente. »Immerhin war er ein Geistlicher.«

*

Es dauerte zehn Minuten, den Pick-up von dem sich schnell füllenden Feld herunter zu manövrieren, aber nur eine halbe Minute auf der Landstraße, bis wir in den Kiesweg einbogen, der zum Haus der Familie Donner führte. Und ich verbrachte die gesamten zehneinhalb Minuten damit, Ms. Pentecost mit Fragen zu bombardieren, allerdings ohne Erfolg. Ich konnte ihr nicht einmal entlocken, welcher Religionsgemeinschaft ihr Herr Papa angehört hatte.

Die biografischen Details aus dem Leben der Ms. Pentecost (bevor sie so berühmt wurde, dass die *New York Times* über sie berichtete) waren spärlich gesät. Nach knapp vier Jahren Zusammenarbeit wusste ich noch immer so gut wie nichts über sie.

Als wir den Kiesweg entlangfuhren, kam uns ein Krankenwagen entgegen; wir mussten uns auf der schmalen Straße so dicht aneinander vorbeiquetschen, dass sich beinahe unsere Spiegel berührten. Da man sich nicht sonderlich beeilte, ging ich nicht davon aus, dass dort drin gerade jemand verblutete.

Das Haus der Donners sah genauso aus wie Hunderte andere, an denen wir auf dem Weg von Fredericksburg hierher vorbeigekommen waren: ein zweistöckiges Farmhaus mit nicht mehr wirklich weiß getünchter Fassade, einer mit Fliegengittern versehenen Veranda und einer großen Scheune. Das dichte Unkraut, das vor der mit einem Vorhängeschloss gesicherten Scheunentür wuchs, ließ vermuten, dass die Scheune schon länger nicht mehr genutzt wurde.

Ich parkte den Zirkus-Pick-up neben einem ähnlich schrottreifen Wagen, dessen Farbe nicht mehr zu erkennen war. Beim Aussteigen knallte ich möglichst laut die Wagentür zu, um Rubys Onkel eine kleine Vorwarnung zu geben. Wenig später öffnete sich auch tatsächlich die Haustür, und eine Vogelscheuche trat auf die Veranda: groß, dünn, Latzhose und Karohemd, dazu buschiges Haar, das ebenso gut aus Stroh hätte sein können, wenn es denn graues Stroh gegeben hätte. Dazu ein Bart, in dem eine ganze Spatzenfamilie hätte unterkommen können. Das runde Gesicht wies so tiefe Falten auf, dass man sich in ihnen verlaufen konnte, und auf der Nase hing in leichter Schräglage eine Lesebrille mit Drahtgestell.

»Oh, tut mir leid«, sagte die Vogelscheuche und öffnete die Fliegentür an der Veranda. »Ich habe ein Auto gehört und dachte, diese Männer kämen zurück. Die Krankenträger? Pfleger? Tut mir leid, ich weiß nicht, wie man die heute nennt. Und ich weiß auch nicht, warum ich mich die ganze Zeit entschuldige.«

Steifbeinig stieg er die Verandatreppe herab.

»Ich bin ein bisschen … na ja … betrunken, um ehrlich zu sein. Tut mir leid. Da, jetzt entschuldige ich mich schon wieder. Kann ich Ihnen helfen?«

»Ich glaube, man hat es so eingerichtet, dass wir hier wohnen sollen«, sagte mein Boss vorsichtig.

»Genau, genau … die Detektive. Tut mir leid. Ich bin Pat Donner. Aber Sie können mich ruhig Doc nennen, das machen hier alle so.«

»Lillian Pentecost. Das ist meine Geschäftspartnerin, Will Parker.«

Als er meinen Namen hörte, breitete sich ein Lächeln auf seinem Gesicht aus, das jede Ähnlichkeit mit einer

Vogelscheuche schlagartig zunichtemachte. Wer ein so strahlendes Lächeln hatte, machte einfach niemandem Angst. Nicht einmal Vögeln.

»Sie haben meine Nichte gekannt, richtig?«

»Ja, ich kannte sie. Vor langer Zeit einmal.«

»Ist bei mir auch so.« Das Lächeln erstarb. »Vor langer Zeit einmal …«

Abrupt schüttelte er den Kopf und wandte sich ab.

»Dann kommen Sie mal rein und schauen Sie sie sich an. Man hat sie gerade hergebracht.«

Kapitel 10

ER FÜHRTE UNS in eine kleine Küche und weiter in einen engen, düsteren Flur, durch den man in den hinteren Teil des Hauses gelangte. Gerade hergebracht? Vermutlich hatte Docs Verstand sein Verfallsdatum bereits überschritten.

Dann öffnete er die Tür am Ende des Flurs.

Wie versprochen erwartete uns dort Ruby. Sie lag auf einem Bett, das kaum groß genug war für sie, in einem Zimmer, das kaum groß genug war für das Bett, und mit einem Nachttisch, der kaum groß genug war für ein Taschenbuch. In der Mitte des Raumes hing eine nackte Glühbirne von der Decke und tauchte die verblasste Rosentapete, die sauberen weißen Laken und den Leichnam darauf in grelles Licht. Sie trug ein langärmliges blaues Baumwollkleid, das ihr bis zu den Knöcheln reichte, sodass nur Hände, Füße und Gesicht freilagen. Links vom Bett befand sich ein kleines Fenster, das einen Spaltbreit offen stand. Ein vergilbter Spitzenvorhang bewegte sich im Wind.

Zu dritt quetschten wir uns in das Zimmer und stellten uns am Fuß des Bettes in einem Halbkreis auf.

Unter dem Körper leuchteten rote Flecken hervor, sodass ich anfangs dachte, sie würde immer noch irgendwie bluten. Doch dann sah ich genauer hin und erkannte, dass ungefähr zwei Dutzend rote Wärmflaschen zwischen Leichnam und Laken gelegt worden waren.

»Die sind mit Eis gefüllt«, stammelte Doc. »Sie wurde nicht … einbalsamiert. Äh … und bei der Hitze … Jedenfalls haben sie gemeint, mit dem Eis würde sie … äh …«

Was ihm nicht über die Lippen kommen wollte, war wohl der Begriff »sich besser halten«. Und ich brachte es nicht über mich, ihm da auszuhelfen.

Ich wandte den Blick ab. In der Ecke links neben der Tür stand ein hüfthohes Bücherregal, in dem ich Titel wie *Der kleine Schmusehase*, *Mary Poppins*, *Mord im Orient Express*, *Blondinen bevorzugt* und einen dicken Wälzer mit dem Namen *Die Sprache der Blumen* entdeckte, den ich für einen Gedichtband hielt.

Erst jetzt wurde mir klar, dass wir in Rubys ehemaligem Kinderzimmer standen. Und in diesem Regal fand sich eben das, was man bei einem heranwachsenden Mädchen erwartete, das sich in eine größere, opulentere Welt hinaus wünschte.

Offenbar waren meine Gedanken zusammen mit meinem Blick abgeschweift, denn als ich wieder zuhörte, befand sich Doc bereits mitten in einem Monolog.

»– bei Demblin aufbahren. Das ist das Bestattungsinstitut«, fügte er erklärend hinzu. »Dan Demblin ist persönlich vorbeigekommen und meinte, sie würden sich gut um sie kümmern. Dass ich mich nicht mit den Details belasten solle. Aber ich habe abgelehnt. Ich möchte nur … Sie ist alles, was mir an Familie geblieben ist. Deshalb wollte ich sie selbst beerdigen. Und sie sollte nicht noch weiter aufgeschnitten werden als jetzt.«

»Mr. Halloway hat uns gesagt, die Beisetzung soll morgen stattfinden?« Bei Ms. P klang es beinahe wie eine Feststellung, weniger wie eine Frage.

»Mr. …? Ach ja, der kleine Kerl. Ja, er meinte, er würde den Sarg spendieren. Und Sargträger organisieren und so. Wir haben hinten einen Familienfriedhof. Da liegen auch ihre Eltern. Und unsere Eltern und …«

Er verstummte. Nun war es so still, dass wir die Musik, die Schreie und das Gelächter hören konnten, das vom Zirkus herüberwehte.

Da ich die Stille nicht ertragen konnte, vertrieb ich sie hastig.

»Das ist doch nie und nimmer eins von ihren Kleidern.«

Doc lachte leise. »Nein. Das Krankenhaus hat es aus einer Spendenkiste genommen. Es hieß, ihre eigenen Sachen seien jetzt Beweismittel.«

»Sie hätte es gehasst«, stellte ich fest.

»Mr Halloway … also, Bob, er will heute Abend ein paar Sachen vorbeibringen. Etwas, worin wir sie beerdigen können. Also, wenn er das getan hat, dann … als Ihre Freundin … und als Frau … es wäre vielleicht angemessener, wenn … Falls es Ihnen nichts ausmacht …«

»Na klar.« Es war nicht schwer, sich diesen Gedanken zusammenzupuzzeln. »Ich werde sie zurechtmachen.«

Ich versprach es mit einem Lächeln, doch in mir drin krampfte sich etwas zusammen. Ob nun Magen oder Herz, konnte ich nicht sagen. Das alles kam mir so unwirklich vor. Vollkommen abgespalten von der Realität.

Ms. P wandte sich noch einmal an Doc.

»Mr. Donner? Würde es Ihnen etwas ausmachen, uns kurz mit ihr allein zu lassen?«

»Aber nein«, antwortete er leicht verwirrt.

Und ganz plötzlich setzten sich die Zahnrädchen der Welt wieder in Bewegung. Das hier war ein Mordfall. Wir hatten einen Job zu erledigen.

Zum Glück schien Doc das ebenfalls zu verstehen.

»Ist gut«, sagte er. »Ich werde so lange Ihr Gepäck nach oben bringen und die Betten beziehen. Lassen Sie sich ruhig Zeit.«

Dann überließ er uns unserer Arbeit.

Zunächst versuchten wir, ihr das Kleid abzustreifen, aber Ruby war kein zartes Reh, und man nennt es ja nicht umsonst toter Ballast. Letztendlich gab ich es auf und rückte dem hässlichen blauen Ding mit meinem Messer zu Leibe. Die Überreste ließ ich achtlos zu Boden fallen.

Falls die werten Leser bislang noch nie einen obduzierten Leichnam gesehen haben, empfehle ich dringend, es dabei zu belassen. Dieser Y-Schnitt ist wirklich nicht schön. Und da man davon ausgeht, dass es außer dem Bestatter sowieso niemand sieht, gibt man sich beim Zunähen auch nicht gerade viel Mühe. Ach ja, und die unglücklichen Ermittler natürlich.

Dieser Schnitt hier war sogar noch schlimmer, weil er sich durch ungefähr zwei Dutzend Tätowierungen zog. Einer Meerjungfrau schnitt er den Schwanz ab, einem Adler einen Flügel, einem Segelschiff den Mast. Durch die schlechte Naht waren sie leicht versetzt wieder zusammengefügt worden. Und ein paar von den kleineren Bildern waren komplett zerstört.

Ich hatte früher auch schon hin und wieder eine Leiche mit Tätowierungen gesehen, doch das waren immer nur Einzelbilder auf der Brust oder den Armen gewesen, und meistens bei Männern, wo sie mit entsprechend viel Haar bedeckt waren. Da sie nun nicht mehr durchblutet wurde, hatte Rubys Haut die fahle Blässe des Todes angenommen. Und ohne die rosige Hintergrundwärme stach die Tinte unter der Haut beinahe grell hervor, die Bilder schienen auf ihr zu schwimmen wie Blätter auf einem Teich.

Wenigstens hatten sie den Schädel nicht geöffnet. Zum ersten Mal war ich dankbar für die Faulheit eines Gerichtsmediziners.

Wir rollten sie herum, wobei einige zu Boden fielen.

Da war die Stichwunde, links oben an ihrem Rücken. Verglichen mit dem Y-Schnitt wirkte sie fast zart. Ms. P beugte sich so tief über den Leichnam, dass ihre Nase beinahe den im Sprung gestreckten Tiger auf Rubys Schulterblatt berührte.

»Messer«, befahl sie.

Ich reichte ihr mein Springmesser.

Widerwillig sah ich zu, wie sie die Klinge in die Wunde schob und so den Weg der Waffe nachverfolgte, die Ruby getötet hatte.

»Was siehst du?«, fragte sie mich.

»Es wurde eindeutig nicht geworfen. Dieser Abdruck hier stammt vom Griff. Eine geschleuderte Klinge dringt nicht so tief ein, ganz egal, wie gut der Wurfarm auch sein mag.«

Ich musterte den Winkel des Springmessers.

»Von rechts und abwärts gerichtet«, fuhr ich fort.

»Also ist unser Täter vermutlich Rechtshänder. Und auch wenn er kein Riese sein muss, ist er sicher nicht besonders klein.«

Ich strich mit den Fingern über die Wundränder.

»Und kein Schwächling«, ergänzte ich. »Zwischen den hinteren Rippen hindurch, bis zum Heft. Dazu braucht man Kraft. Habe ich etwas vergessen?«

Ms. Pentecost schüttelte den Kopf.

»Soweit ich sehe, nicht, nein.« Sie zog das Springmesser aus der Wunde und gab es mir zurück. Einen Moment lang war ich versucht, es auf dem nächsten Müllhaufen zu entsorgen, überlegte es mir dann aber anders. Stattdessen hob ich einen Fetzen von dem Kleid auf und wischte es daran ab.

Während der nächsten halben Stunde suchten wir den Leichnam nach weiteren Spuren ab, was aufgrund der vielen Tinte unter der Haut gar nicht so einfach war. Doch abgesehen von ein paar rasurbedingten Verletzungen, die bei einer Frau, die ihre Arbeit in einem Badeanzug verrichtete, zu erwarten waren, fanden wir nichts Auffälliges.

Ms. P allerdings nutzte die Gelegenheit, um sich Rubys Tattoos genauer anzusehen.

»Viele scheinen bis zu einem gewissen Grad verblasst zu sein«, stellte sie wie im Selbstgespräch fest. »Vermutlich handelt es sich dabei um jene, die sie in diesem ersten Jahr angesammelt hat. Die anderen sind frischer, strahlender. Und sie zeugen auch von größerer Handwerkskunst.«

»Ja, als die Leinwand langsam zur Neige ging, wurde Ruby wählerischer. Sie wollte Motive, die man nicht auf jedem x-beliebigen Seemann findet.«

Das Glanzstück der Sammlung war sicherlich die Schlange, die sich um ihr komplettes linkes Bein wand und sich über Becken und Hüfte reckte, sodass der Bauchnabel zu ihrem Auge wurde.

Ein Kunstwerk, das – wie ich wusste – mehrere Sitzungen bei einem Tätowierer in Brooklyn erfordert hatte. Es war so groß, dass der Künstler sogar einzelne Schuppen hatte einarbeiten können, deren unterschiedliche Grüntöne es so aussehen ließen, als würde der Schlangenleib schimmern und glänzen.

Dazu hatte Ruby sich einen Nabelring mit einem kleinen Glasstein stechen lassen. Im richtigen Licht – und Ruby hatte stets gewusst, wie sie sich ins richtige Licht rücken konnte – schien einem die Schlange regelrecht zuzuzwinkern.

Nun war der Nabelring verschwunden, und die Schlange wirkte so leblos wie ihre Meisterin.

Ms. Pentecosts Aufmerksamkeit wurde allerdings von einem Bild über Rubys linker Brust angezogen: eine Rose, ungefähr so groß wie meine Handfläche. Auffallend daran war, dass es genau das absolut nicht war. Die Linien waren verwackelt, die Farben trüb und dunkel. Wären wir nicht so verdammt nah dran gewesen, hätte ich es vermutlich nicht einmal als Rose erkannt.

»Es gibt auf ihrem gesamten Körper nichts Vergleichbares«, stellte mein Boss fest. »Ich frage mich, was sie damit überdeckt hat.«

»Sind Sie sich sicher, dass es etwas verdeckt? Vielleicht hat auch einfach nur der Tätowierer Mist gebaut.«

Sie schüttelte den Kopf.

»Sieh mal, hier und hier überlappt es sich mit seinen

Nachbarn. Es wurde also erst später hinzugefügt. Außerdem ist diese Rose so … prosaisch.«

Da musste ich ihr zustimmen. Der Platz direkt über dem Herzen war eine absolute Toplage. Warum sie also an so etwas verschwenden?

Was hatte die Rose demnach ersetzen sollen?

Ms. P strich mit den Fingern über die Blüte, als könnte sie sie abwischen, um zu sehen, was darunter war.

»Die hatte sie schon, als wir uns kennenlernten«, erklärte ich ihr. »Ich habe sie direkt bemerkt, als wir einander vorgestellt wurden. Aber … ich meine, diese Frau hatte eine riesige Schlange an ihrem Bein, da kommt man doch nicht drauf, nach einer schnöden Rose zu fragen. Glauben Sie denn, das könnte relevant sein?«

»Alles ist relevant«, rief Ms. P mir nicht zum ersten Mal ins Gedächtnis. »Wenn es für das Opfer wichtig war, ist es auch für uns wichtig.«

Nachdenklich setzte sie sich auf das Fensterbrett.

»Einige der Alteingesessenen in der Zirkustruppe könnten etwas darüber wissen«, überlegte sie. »Andererseits vielleicht aber auch nicht. Und sie soll morgen bereits beerdigt werden …«

Stirnrunzelnd musterte sie den Leichnam.

»Während des Sendak-Falls habe ich etwas darüber gelesen, dass durch Feuer zerstörte Tätowierungen wiederhergestellt werden können. Möglicherweise könnte uns diese Technik hier weiterhelfen. Dazu müsste ich allerdings Hiram anrufen.« Gemeint war unser alter Freund bei der Gerichtsmedizin von New York City. »Vielleicht kann er mir die Vorgehensweise erklären. Ich fürchte allerdings, dazu müsste diese Hautpartie herausgeschnitten werden.«

Sie warf mir einen mitfühlenden Blick zu.

»Da sie deine Freundin war, wirkt das sicherlich sehr pietätlos, deshalb habe ich vollstes Verständnis dafür, wenn du dich an dieser Aufgabe nicht beteiligen möchtest. Wenn Hiram mich anleitet, kann ich den Eingriff sicher alleine durchführen. Und die benötigten Chemikalien dürften vor Ort auch schwer zu bekommen sein … vielleicht in Richmond. Wir müssten jemanden losschicken, der –«

Erst jetzt fiel ihr auf, dass ich abwehrend mit der Hand wedelte, und haute die Bremse rein.

»Ja?«

»Mir ist schon klar, wie gerne Sie sich auf ein neues Wissenschaftsprojekt stürzen möchten«, versicherte ich ihr, »aber vielleicht sollten wir es zunächst mit einer simpleren Vorgehensweise versuchen. Einer, bei der die Leiche des Opfers nicht noch weiter zerschnitten wird.«

»Hast du denn eine Idee?«

Ja, die hatte ich.

Kapitel 11

ICH STELLTE MICH in die Schlange vor dem kleinen Nebenzelt. Es war kurz nach Mitternacht, und die Lichter auf dem Zirkusgelände waren gelöscht. Nun drang nur noch ein goldener Schimmer durch die Zeltklappe, wann immer ein Besucher dem Türsteher einen Dollar in die Hand drückte.

Ein blinkender Morsecode als Lockmittel.

Bei dieser Show gab es keinen Schwätzer. War auch nicht nötig. Wer interessiert war, hatte unter der Hand oder durch die Flugblätter davon erfahren, die in den richtigen Bars und Herrenclubs aufgehängt worden waren. Zwar standen auch ein paar Frauen in der Schlange, doch die Mehrheit der Wartenden war männlich. Und sie waren alle weiß. Aber das ließ sich bei fast allen Gastspielen südlich der Mason-Dixon-Linie sagen, und nördlich davon noch gut bei der Hälfte.

Ich war etwas überrascht, dass die Mitternachtsmatinee nach dem Mord überhaupt noch stattfand. Ganz zu schweigen von den Vertretern des Blutenden Lamms, die ja jede Sünde auszumerzen versuchten.

Denn während der normale Zirkusbetrieb noch als saubere Familienunterhaltung bezeichnet werden konnte, hatte die Mitternachtsmatinee so gar nichts Sauberes mehr an sich. Weshalb sich hier auch trotz der Flüsterpostankündigung immer die längsten Schlangen bildeten.

Der Türsteher sah mich erst, als ich direkt vor ihm stand. Mit fast fünfzig besaß Paulie weiterhin die Energie eines Zwölfjährigen (den Humor übrigens auch), verpackt im Körper eines irischen Preisboxers. Er trug lediglich ein weißes Unterhemd unter seinen Hosenträgern und eine leicht ramponierte Kreissäge auf dem Kopf, dafür war sein Gesicht noch komplett geschminkt.

Paulie hatte mir einmal die Philosophie erklärt, die hinter dem Clown-Make-up stand. Das Ziel war, mit Farbe einen möglichst neutralen Gesichtsausdruck zu kreieren um dann durch die eigene Mimik zu bestimmen, wie das Publikum einen wahrnahm. In entspanntem Zustand war Paulies Gesicht von Natur aus mürrisch. Deshalb war er für die Zuschauer immer »der traurige Clown«.

Das bedeutete aber auch, dass jedes Lächeln von ihm ein echtes Naturereignis war. Ein wahres Spektakel.

»Sieh an, sieh an, sieh an! Wenn das nicht Will ›Glitzerhöschen‹ Parker ist«, begrüßte er mich strahlend.

»Das werde ich bis in alle Ewigkeit von dir zu hören kriegen, oder, Paulie?«

»Hey – du hast das Höschen nun mal getragen!«

»*Ein* Mal«, zischte ich. »Es war eine einzige, verdammte Show, und ich habe es nur getan, weil Frieda zwei Wochen damit verbracht hatte, mir den Shimmy beizubringen, und ich ihr nicht in den Rücken fallen wollte.«

»Oh, du bist sicher nicht gefallen, und Frieda auch nicht«, erwiderte er. »Dein Rock, deine Hosenträger und mindestens eine von den Troddeln ist gefallen – aber du und Frieda nicht.«

»Hier.« Ich drückte ihm einen Dollar in die Hand. »Kann ich dich damit zum Schweigen bringen?«

»Nö.« Er grinste breit unter seinem Make-up. »Aber du erkaufst dir eine Pause.«

Damit öffnete er die Zeltklappe, und ich schlüpfte hindurch. Drinnen war es stickig, auch wenn ein Großteil der Hitze durch die offenen Lüftungsklappen an der Zeltspitze entwich. Die sonst in einem Dreiviertelkreis angeordneten Stühle standen nun in einem dichten Rund zusammen. Überall hingen bunte Lichter, und ein einzelner Scheinwerfer beleuchtete die Mitte des Kreises. Auf dem Boden lagen ägyptische Teppiche, vermutlich in Dayton zusammengeschustert.

Es sollte eindeutig ein exotischer Eindruck erweckt werden, was bestimmt super funktionierte, wenn man West Virginia als Gipfel des Globetrottertums betrachtete.

Ich sicherte mir einen Platz an dem schmalen Gang auf der anderen Seite des Zelts, durch den die Künstler hereinkamen. Eines der Showgirls – so um die achtzehn, also nach meiner Zeit – kam herein und gab die Süßkramverkäuferin. Ich wurde einen weiteren Dollar los und bekam dafür einen handverpackten Schokoriegel.

»Tritt Frieda heute auf?«, fragte ich.

»Ja, sie hat heute mehrere Nummern«, antwortete das Mädchen mit hörbarem Jersey-Akzent. Sie trug eine etwas abgewandelte Variante des Kostüms, das sie sonst wohl bei den Vorstellungen im großen Zelt präsentierte. Allerdings setzte diese Version tiefer an und endete weiter oben.

»Könntest du ihr sagen, dass Will sie einen Moment sprechen möchte, wenn es möglich ist?«

Das Mädchen runzelte irritiert die Stirn; vermutlich hielt sie mich für eine Verehrerin.

»Wir sind befreundet«, fügte ich deshalb hinzu und trennte mich von einem dritten Dollar, der irgendwo zwischen ihren nur spärlich verhüllten Brüsten verschwand.

»Wie du meinst.«

Sie drehte noch eine Runde und verschwand dann wieder durch die Zeltklappe neben mir. Ich wickelte inzwischen vorsichtig meinen Schokoriegel aus, um mir den Grund für den unverschämt hohen Preis anzusehen: ein Foto, das zwischen die Schokolade und die Folie geschoben worden war.

Es war eine Aufnahme von Lucy Lichtgestalt im Brieftaschenformat. Ohne ihre Glühbirnen hätte ich sie fast nicht erkannt. Eigentlich war sie komplett ohne alles, von ihrem Lächeln mal abgesehen.

Ich steckte das Foto ein und verschlang den Schokoriegel. Immerhin hatte ich seit dem Mittagessen nichts mehr gehabt. Ob in der Kantine wohl noch etwas zu kriegen war? Ich konnte zwar allein von Süßigkeiten leben, aber Ms. Pentecost ganz bestimmt nicht.

*

Nachdem wir die Untersuchung von Rubys Leichnam abgeschlossen hatten, packten wir das Eis zurück an seinen Platz und deckten den Körper mit einem Laken zu. Dann machten wir uns auf die Suche nach Doc, der gerade oben unsere Zimmer vorbereitete. Ms. Pentecost bekam ein sonnendurchflutetes Schlafzimmer im vorderen Teil des Hauses mit einem breiten Doppelbett, einem Schrank und einem Schreibtisch. Der Geruch von Mottenkugeln hing in der Luft. Das Schlafzimmer von Rubys Eltern.

Unser Gepäck war in einer Ecke aufgestapelt. Ich half Ms. P dabei, ihren Koffer auf das Bett zu hieven, dann nahm ich meine eigenen, viel zu schweren Taschen und folgte Doc in ein Schlafzimmer weiter hinten. Es war nicht ganz so klein wie das, in dem Ruby lag, aber allzu viel größer war es auch nicht. Hier gab es nur ein schmales Bett, eine ramponierte Truhe, die offenbar als Kommode diente, und einen Nachttisch mit einer Sturmlampe. In diesem Raum roch es nach mit Whiskey durchtränktem Schweiß und Holzpolitur.

»Habe es irgendwie nie geschafft, Stromleitungen hier rein zu legen«, erklärte Doc. »Ist übrigens mein Zimmer. Ich schlafe so lange auf dem Sofa im Wohnzimmer.«

»Ich will Sie auf keinen Fall vertreiben«, versicherte ich. »Ich kann genauso gut das Sofa nehmen.«

»Oh nein, nicht doch. Sie sollten ein eigenes Zimmer haben. Außerdem komme ich immer erst spät von der Arbeit, da will ich Sie nicht wecken.«

Kurz überlegte ich, ob ich darauf bestehen sollte, ließ es dann aber gut sein. Ich hatte schon schlechtere Schlafplätze gehabt.

»Wo arbeiten Sie denn?«, erkundigte ich mich.

»Im örtlichen Kino, dem Majestic.« Ein zurückhaltendes Lächeln huschte über sein Gesicht. »Besitzer, Betreiber und einziger Angestellter.«

Keine Ahnung, was ich erwartet hatte, aber das ganz sicher nicht.

»Das habe ich gesehen, als wir durch die Stadt gefahren sind. Sie zeigen gerade *Katzenmenschen*?«

Sein Lächeln wurde bitter. »Ruby hat mir eine Postkarte geschickt, auf der sie schrieb, wie sehr ihr der Film gefallen hat. Das hat sie oft gemacht – Karten geschickt und mir geraten, welche Filme ich besorgen soll. Müssten hier irgendwo noch alle rumliegen, die Postkarten.«

Er lachte. Zumindest ging ich davon aus, dass es sich bei dem spröden Geräusch um Lachen handelte.

»Schon irgendwie komisch. Früher einmal war ich derjenige, der die Karten geschickt hat. Von meinen Reisen. Ich wollte ihr ein Gefühl dafür vermitteln, wie die Welt außerhalb von Stoppard ist. Irgendwann hat Abigail – Rubys Mom – mir geschrieben und darum gebeten, ich möge damit aufhören. Es würde Ruby nur Flausen in den Kopf setzen, meinte sie.«

Er schniefte kurz und trat verlegen von einem Fuß auf den anderen.

»Na ja, egal … äh … jedenfalls habe ich *Katzenmenschen* nur ihretwegen besorgt. Dachte mir, es wäre doch schön, wenn wir ihn uns zusammen ansehen.«

Ich wusste nicht, was ich dazu sagen sollte, was wohl auch besser war. Einen Moment später verabschiedete er sich mit der Begründung, in die Stadt fahren und das Kino öffnen zu müssen.

»Ich bin so gegen Mitternacht zurück«, fügte er hinzu. »Falls überhaupt jemand zur Abendvorstellung kommt.«

Die nächsten fünfzehn Minuten verbrachte ich damit, meine Sachen auszupacken; soweit es ging, hängte ich sie in den schmalen Schrank, den Rest legte ich ausgebreitet über die Truhe. Ein paar spezielle Habseligkeiten schob ich unter die Matratze.

Als ich fertig war, sah ich nach Ms. Pentecost. Sie lag fest schlafend auf ihrem Bett. Jacke und Schuhe hatte sie noch abgestreift, aber das war auch schon alles. Da sie seit Tagen auf Hochtouren gelaufen war, würde ich sie auf keinen Fall wecken.

Also zog ich leise die Tür hinter mir zu und machte mich daran, mir das Haus einmal genauer anzuschauen. Doc hatte bestimmt nichts dagegen. Schließlich holt man sich keine Detektive als Übernachtungsgäste ins Haus, wenn man nicht bereit ist, ein wenig Schnüffelei in Kauf zu nehmen.

Es war wesentlich gepflegter, als ich erwartet hatte. Okay, die Polstermöbel waren durchgesessen und die Teppiche ausgebleicht, aber sämtliche Oberflächen waren staubfrei und der Kleinkram ordentlich verstaut. Selbst im Keller – der mit alten Gerätschaften und Regalen bis oben hin mit Konserven angefüllt vollgestellt war – hatte alles ein System.

Auf dem Küchentisch entdeckte ich ein Fotoalbum, also setzte ich mich und fing an zu blättern.

Die ersten Seiten enthielten bereits spröde gewordene Daguerreotypien von mehreren Farmergenerationen. Darauf folgten Dutzende Seiten, auf denen zwei kleine Jungen abgebildet waren, die vom Alter her wohl nur wenige Jahre auseinanderlagen. Beide behielten ihr kindliches Aussehen bis in die Teenagerjahre. Irgendwann war der Ältere in Hut und Talar zu sehen.

Der Jüngere verschwand vorübergehend und tauchte

dann wieder auf, lässig an einen Krankenwagen gelehnt. Hinter ihm war eine karge Landschaft aus zerwühltem Matsch und kaputtem Wald zu sehen. Sein kindliches Aussehen hatte der Junge irgendwann gegen den leeren Blick des schlachtenerprobten Soldaten eingetauscht.

Ich las die verblasste Bildunterschrift.

Patrick Donner.
Verdun, 1916.

Meine Geschichtskenntnisse bezüglich des Ersten Weltkriegs waren etwas eingerostet, aber ich wusste noch, dass Verdun der Schauplatz eines langen, blutigen Gemetzels gewesen war. Dann war Doc also beim Militär gewesen, vermutlich als Sanitäter. Und wenn man ihn so früh nach Übersee geschickt hatte, hatte er sich wahrscheinlich freiwillig gemeldet.

Danach kamen noch einige Bilder von seinem älteren Bruder Charlie mit dessen Ehefrau Abigail im Arm. In dem Album war alles dokumentiert: von der Brautwerbung über die Hochzeit bis zu dem, was danach kam. Ich konnte Spuren von Ruby in den Augen des Mannes und im Kinn der Frau erkennen.

Irgendwann tauchte ein kleines Mädchen an der Seite des Paares auf: lange dunkle Haare, noch dunklere Augen, breites Grinsen. Auf jedem Bild war die Kleine in Bewegung, sie rannte, sprang, zerrte an der Hand ihrer Mutter. Ein Foto zeigte sie zusammen mit anderen kleinen Mädchen bei einem Wettlauf über ein Feld; sie alle trugen Blumen im Haar. Ruby war total verschwommen, so schnell lief sie.

Dann kam die Pubertät, und die Bewegung schwand. Sie wuchs, bekam Kurven, ähnelte nun schon der Frau, die ich später kennenlernen würde. Ihr Lächeln verlor sein Strahlen. Ihr Blick ging nicht mehr direkt in die Kamera, immer sah sie in eine andere Richtung, als suche sie nach einem Ausweg.

Oder vielleicht bildete ich mir das auch nur ein.

Ich ging in mein Zimmer hinauf und legte mich auf das Bett, um nachzudenken. Obwohl ich mich wie erschlagen fühlte, rechnete ich mir keine guten Chancen beim Thema Schlaf aus. Wie sollte ich einschlafen können in diesem finsteren, muffigen Raum, in dem mich nur die Bodendielen und ein wenig Luft von Rubys Leichnam trennten?

Als ich aufwachte, war es dunkel. So viel also zu meinen Rechenkünsten.

Ich zog die Vorhänge auf und sah die Zirkuslichter auf der anderen Seite des Feldes. Selbst durch das kleine Gehölz schimmerten sie. Der Stand des Mondes und meine Armbanduhr verrieten mir, dass es kurz vor elf war.

Ich sah noch einmal nach Ms. Pentecost, die nach wie vor schnarchte. Offenbar war sie zwischendurch kurz zu Bewusstsein gekommen und hatte sich ausgezogen. Nachdem ich mich vergewissert hatte, dass bei ihr alles in Ordnung war, ging ich ins Badezimmer, spritzte mir etwas Wasser ins Gesicht und wanderte in der Hoffnung, mir ein Sandwich machen zu können, in die Küche.

Im Kühlschrank fanden sich nur alter Käse, schimmeliges Brot und eine durchaus bedenkliche Anzahl von Bierflaschen. Draußen vor dem Fenster blitzte die elektrische Beleuchtung des Riesenrads noch einmal auf, dann erlosch sie.

Wenn ich schon nichts zu essen fand, konnte ich wenigstens ein paar Antworten suchen.

*

Und das brachte mich hierher, in das kleine Nebenzelt, wo ich nun darauf wartete, dass die Show begann. Allerdings hätte ich mich besser für ein anderes Outfit entschieden. Ich trug eine enge, hoch taillierte Hose und eine kurzärmlige Baumwollbluse, beides ausgewählt aufgrund der Farbe – Minzgrün und Cremeweiß. Dazu hatte ich eine großzügige Menge Lidschatten aufgetragen, farblich abgestimmt auf die Hose.

Frieda hatte immer gesagt, Grün würde mir stehen.

Dabei hatte ich nicht vor, das längst erloschene Flämmchen zwischen mir und der Schlangenfrau wieder anzufachen. In diesem Punkt war ich Ms. P gegenüber absolut ehrlich gewesen. Das mit uns beiden war nie eine offizielle Sache. Aber es konnte auch nicht schaden, einem Showgirl unter die Nase zu reiben, was ihm alles entging.

Allerdings war die Baumwollbluse bereits ziemlich zerknittert, und die Hose war offenbar so konzipiert, dass sie nicht nur meine Hüften betonte, sondern auch Schweißflecken. Von dem, was die feuchte Luft mit meinen Haaren anstellte, ganz zu schweigen.

Ich war immer noch damit beschäftigt, zu glätten und zu zuppeln, als die Lichter an den Zeltwänden plötzlich ausgingen und Paulie in das Scheinwerferlicht in der Mitte des Kreises trat.

»Guten Abend, verehrte Damen und Herren, meine Herren und Damen, meine Damen, meine Damen und meine Damen. Also eigentlich nur die Damen. Ihr Kerle könnt selbst sehen, wo ihr bleibt.«

Er schlug den überdrehten Tonfall eines Varietésprechers an, oder zumindest die Hollywoodversion davon, in der eine ordentliche Portion Groucho Marx mitschwang. Das Publikum verschlang ihn wie Erdnussbuttertorte.

»Meine Hübschen! Willkommen zur Mitternachtsmatinee. Zu unserer verschwiegenen Erzähl-es-weiter-aber-nur-unter-der-Hand-Show. Zu unserer Verrate-es-nicht-deiner-Frau-Show. Willkommen zur düsteren, schwitzigen Schattenwelt des Mitternachtszirkus!«

Die Menge jubelte.

»Wir sind ein bisschen sexy, ein bisschen spaßig, ein bisschen sündhaft.«

In der ersten Reihe kreischte eine grelle Stimme: »Sündhaft?«

Alle Blicke richteten sich auf Frieda, die nun, ausgestattet wie eine puritanische Hausfrau – lange Ärmel, langer Rock, das Haar unter einer gigantischen Haube verborgen –, in den Lichtkreis trat.

»Sagten Sie da gerade etwas von Sünde?«, fragte sie mit so viel selbstgerechter Empörung, dass ihre Stimme zitterte.

»Nur eine ganz kleine«, versicherte ihr Paulie.

»Eine kleine Sünde?«

Der Clown streckte Daumen und Zeigefinger aus, drückte sie aneinander und zog sie dann zwei Zentimeter weit auseinander. Nachdem er seine Hand einen

Moment lang konzentriert gemustert hatte, erweiterte er die Lücke noch einmal.

»Diese Sünde ist eindeutig zu groß!«, keuchte die puritanische Frieda.

»Nun ja, bisher hat sich noch keiner beschwert, aber ich nehme das mal so hin«, erwiderte Paulie.

Das Publikum johlte. Anscheinend befanden sich keine Anhänger des Blutenden Lamms unter uns, und falls doch, gingen sie damit nicht gerade hausieren.

»Dies ist eine öffentliche Darbietung, Madam«, erklärte der Clown nun streng. »Würden Sie bitte auf Ihren Platz zurückkehren und sich still verhalten?«

»Bei Matthäus 5,15 heißt es, man soll sein Licht nicht unter einen Scheffel stellen.«

»Wie, Sie haben ein Licht in Ihrem Scheff-Fell?«

Geschickt tauchte Paulie unter ihre langen Röcke, was die Zuschauer in lautes Gelächter ausbrechen ließ.

»Ich würde niemals …!«, kreischte Frieda.

Paulies Kopf tauchte zwischen ihren Beinen auf, und er servierte grinsend die Pointe: »Ich glaube, Madam, genau das könnte Ihr Problem sein.«

Von diesem Punkt an ging der Sketch in eine Burlesque-Nummer über, bei der Frieda nach und nach »versehentlich« irgendwelche Kleidungsstücke verlor, bis sie schließlich nur noch einen extrem knappen Zweiteiler trug. Ein Schnalzen, eine Drehung aus dem Handgelenk und aus zwei Teilen wurden eines und ein Paar Troddeln, die sie geschickt kreisen ließ. Von stürmischem Applaus begleitet – an dem ich mich kräftig beteiligte – tänzelte sie von der Bühne.

Das war wohl die neue Nummer, die sie erwähnt

hatte. Nicht schlecht, auch wenn ich so etwas schon in einem Dutzend Variationen gesehen hatte.

Danach kam das Mädchen, das mir den Schokoriegel verkauft hatte, zusammen mit dem Schwätzer vom Spektakulum, der mit einer Violine bewaffnet war. Er spielte zu einer schnellen Jig auf, während sie eine artistische Choreografie mit Rückwärtssalti und Handstand zum Besten gab, bei der mehr als nur ihr athletisches Können zur Schau gestellt wurde.

Ihnen folgte eine schlanke Schönheit mit langem dunklem Haar, die sich bei ihrem Outfit auf eine leuchtend blaue Smokingjacke, eine schwarze Netzstrumpfhose und hohe Stiefel beschränkte. In ihren meergrünen Augen funkelte eine verstohlene Verlockung, während ihr beinahe hinterhältiges Grinsen davor warnte, dieser ungehemmt nachzugeben.

Erst als sie sich als die Atemberaubende Annabelle vorstellte, erkannte ich in ihr die Assistentin, die Mysterio beim Aufräumen geholfen hatte.

Sie präsentierte dem Publikum eine Reihe zunehmend gewagter Zaubertricks. Zum Beispiel fasste sie einem herrlich verlegenen Mann in der ersten Reihe in den Hemdausschnitt und zog eine Kette aneinandergeknoteter bunter Taschentücher daraus hervor, an deren Ende ein ebenfalls sehr farbenprächtiges Seidenhöschen hing.

»Die meisten Männer bevorzugen ja schlichtes Weiß, aber meiner Meinung nach sind das Feiglinge«, verkündete Annabelle, die sich auf den Schoß des Mannes gesetzt hatte. »Ich kann Ihnen nur gratulieren, Sir!«

Hinter diesen Albernheiten verbarg sich allerdings eine sehr geschickte Hand. Ich fragte mich, wie viel davon sie bei Mysterio gelernt hatte. Er war bekannt dafür, extrem verschlossen zu sein, was seine Kunst anging. Nur sehr selten gewährte er seinen Assistentinnen Einblick in die Techniken hinter seinen Tricks.

Auf Annabelle folgte Eddie, der eine abgewandelte Version seiner Nagel-Nummer brachte und die Leute gequält das Gesicht verziehen ließ, als er Fünfkilogewichte an zunehmend sensible Körperstellen hängte.

Danach kam Frieda zurück. Nun trug sie ihren blauen Einteiler und wurde von Carlotta begleitet, der Herrin der Katzen.

Carlotta war in einen Gymnastikanzug mit Leopardenmuster gesteckt worden, der deutlich zeigte, was für eine umwerfende Figur man bekommen konnte, wenn man einen Großteil seiner Zeit damit verbrachte, hundertfünfzig Kilo schwere Tiger zu bändigen. Ihre Kätzchen waren zwar nicht dabei, doch ihre Peitsche hatte sie trotzdem mitgebracht. Jedes Mal, wenn sie damit knallte, brachte Frieda ihren Körper in eine andere, anatomisch unmögliche Position.

Irgendwann tat Carlotta so, als wäre sie mit Friedas Darbietung unzufrieden, packte sie und fing an, sie herumzuwirbeln und um ihren Körper zu wickeln, als wäre sie vollkommen schwerelos. Dazu spielte der Geiger eine rasante Swing-Nummer.

Ich beobachtete nebenbei immer wieder das Publikum, weil ich wissen wollte, wie die zwei bei den Leuten ankamen – vor allem hier im ländlichen Virginia. Carlotta stammte aus Südamerika (Brasilien, würde ich schätzen), aber wer es nicht besser wusste, konnte sie leicht für eine Farbige halten.

Wenn sie also die blonde, blauäugige Frieda mit einer Peitsche herumscheuchte, schwangen da gewisse Untertöne mit. Doch das schien dem Publikum nicht aufzufallen, oder es interessierte die Leute einfach nicht, denn am Ende löste ihre Darbietung nur Applaus aus, keinen Volksaufstand.

Als die beiden hinausgingen, blieb Frieda kurz an meinem Platz stehen.

»Du wolltest reden?«

»Hast du Rubys Wohnwagen leer geräumt?«

Sie wich meinem Blick aus.

»Komm schon«, drängte ich. »Wenn mein Boss und ich Val da raushauen sollen, brauchen wir die Sachen.«

Das ließ sie sich für einen Moment durch den Kopf gehen.

»Frieda, ich bin's! Ich werde keine schmutzige Wäsche waschen, wenn es nicht unbedingt sein muss.«

In diesem Moment betrat Paulie zusammen mit Lucy Lichtgestalt die Bühne, und Frieda nutzte den aufbrandenden Applaus, um sich davonzumachen.

Nun musste ich überlegen, was ich tun konnte, wenn sie sich weigerte. Ich könnte zu Big Bob gehen, damit er sie dazu zwang, die Sachen rauszurücken. Aber der Gedanke war mir zuwider. Erstens gehörte es sich nicht, beim Boss zu petzen. Zweitens müsste ich mir dann eingestehen, dass Frieda mir nicht traute.

Vorne führten Paulie und Lucy ein gespieltes Duell auf, bei dem sie den anderen nicht mit der Klinge durchbohrten, sondern stattdessen die Schwerter schluckten, die mit jeder Runde länger und bedrohlicher wurden.

Als wieder einmal Lucy dran war, bot irgendein Schlaukopf aus den hinteren Reihen an, sie etwas anderes schlucken zu lassen.

»Sollte sie mal Appetit auf ein lasches Buttermesser haben, sind Sie der Erste, an den sie sich wendet«, konterte Paulie gelassen.

Plötzlich tippte mir jemand auf die Schulter. Es war Frieda. Während der Zwischenrufer rot anlief und das Publikum grölte, führte sie mich durch die hintere Zeltklappe nach draußen. Dort zogen sich die Künstler gerade für das große Finale um. Die Atemberaubende Annabelle warf mir einen giftigen Blick zu. Was hatte ich ihr nur getan?

Sobald wir außer Hörweite waren, reichte mir Frieda einen Wäschebeutel aus Leinen. Ich spähte kurz hinein.

»Ist das alles?«

Frieda nickte. »Mehr haben wir nicht mitgenommen.«

»Wir?«

»Maeve hat mir geholfen.«

Die alte Wahrsagerin hatte mir direkt gegenübergesessen, ohne mir auch nur den kleinsten Hinweis zu geben. Zusätzlich zu dieser anderen Lüge, auch wenn ich immer noch nicht wusste, worum genau es sich dabei handelte.

Langsam war ich wirklich beleidigt.

»Hast du das ernst gemeint?«, hakte Frieda nun nach. »Dass du nichts davon weitergibst, solange … es nicht nötig ist?«

»Natürlich. Ruby war auch meine Freundin.«

Das schien sie nicht ganz zu überzeugen. Ich wollte noch etwas Beruhigendes hinzufügen, aber da drang plötzlich donnernder Applaus aus dem Zelt zu uns herüber. Ohne sich zu verabschieden, rannte Frieda zusammen mit den anderen Künstlern hinein.

Mein Wunsch, mir das Finale anzusehen, wurde von meiner Neugier übertrumpft. Ich wollte wissen, was in diesem Beutel war. Also kramte ich ein wenig darin herum. Während ich mich noch fragte, was an diesem Zeug Frieda so beunruhigt hatte, streiften meine Finger einen kleinen Gegenstand, der ganz unten im Beutel versteckt war.

Als ich ihn hervorholte und genauer unter die Lupe nahm, wurde alles, was ich über Ruby zu wissen glaubte, in ein ganz neues Licht gerückt.

Kapitel 12

DIE AUTOS IN der Einfahrt des Donner-Hauses hatten sich vermehrt, als ich zurückkam. Neben der Zirkusschrottkarre und dem anderen Pick-up, der wohl Doc gehörte, hatte sich noch ein Wagen der Stoppard Police hinzugesellt.

Kein sehr erfreulicher Anblick, wenn man bedachte, was sich in dem Wäschesack befand, den ich mir über die Schulter gehängt hatte. Ganz zu schweigen von dieser Überraschung ganz unten, die sich nun in meiner Hosentasche verbarg.

Während ich noch nach einem Versteck für den Beutel suchte, bemerkte ich einen Lichtschimmer, der aus der Scheune drang. Das Vorhängeschloss war entfernt worden, und das Tor stand einen Spaltbreit offen. Als ich näher heranging, hörte ich leises Fluchen, gefolgt von einem metallischen Scheppern.

Lautlos schlüpfte ich durch das angelehnte Tor und stand plötzlich in einem Kreis aus Sturmlampen, die ein Motorrad und einen Mann anstrahlten. Beide waren in einen verbissenen Kampf verstrickt, und so wie es aussah, schien die Maschine den Sieg davonzutragen.

Ich hatte ein wenig Ahnung von Motorrädern und war mir ziemlich sicher, eine Harley Davidson WLA vor mir zu haben. Militärfahrzeug, wenn man nach der Lackierung ging. Und abgesehen davon, dass einige Teile von ihr auf dem Boden verstreut waren, schien die Maschine in gutem Zustand zu sein.

Jenseits des Lichtkreises entdeckte ich haufenweise landwirtschaftliches Gerät – Ackerfräsen, Pflüge und Zeug, das ich nicht kannte –, das sich in unterschiedlichen Stadien der Durchrostung befand. Eine Leiter führte zu einem Heuboden hinauf, über dessen Zustand ich nichts sagen konnte, da er komplett im Dunkeln lag.

Über den Zustand des Mannes konnte ich auch nicht viel sagen, denn er lag auf dem Rücken, und sein Kopf und seine Arme waren unter dem Motorrad verborgen. Füße und Oberkörper waren nackt. Er trug lediglich eine fleckige Kaki-Hose, die vermutlich ebenfalls aus Militärbeständen stammte. In der Scheune war es heiß wie in einer Sauna. Im Licht der Lampen waren deutlich die Schweißperlen zu erkennen, die sich ihren Weg über einen Körper suchten, den selbst der Bodybuilder Charles Atlas anstandslos abgesegnet hätte.

Unter der Maschine drang ein besonders kreatives Schimpfwort hervor, gefolgt von einem Schraubenschlüssel, der mit Schwung über die Holzplanken rutschte. Der Mechaniker streckte seinen linken Arm aus und tastete blind nach dem Werkzeug.

»Hallo, können Sie vielleicht eine helfende Hand gebrauchen?« Ich schob den Schraubenschlüssel mit dem Fuß auf seine suchenden Finger zu.

Der Mann unter dem Motorrad schlug etwas vor, das körperlich sicher extrem unangenehm war.

»Tatsächlich habe ich mal gesehen, wie das jemand gemacht hat. Aber der Typ war ein Schlangenmensch und ziemlich betrunken«, erwiderte ich, ohne genau zu wissen, wodurch ich seinen Zorn auf mich gezogen haben könnte. »Wenn Sie nicht wollen, dass ich Ihnen zur Hand gehe, sagen Sie es einfach.«

Nun kroch er unter der Maschine hervor, und ich begriff: Genau wie bei seinem Motorrad fehlten auch bei ihm gewisse Teile. Genauer gesagt war sein rechter Arm knapp über dem Ellbogen amputiert.

Brauchen Sie eine helfende Hand? Oh mein Gott, Will.

Er setzte zu einer neuen Schimpftirade an, verkniff sie sich aber, als er mich sah. Ich würde ja gerne behaupten, dass mein atemberaubendes Äußeres der Grund dafür war, aber nach einer Stunde in einem überfüllten Zirkuszelt glich meine Bluse einem alten Geschirrtuch, mein Haar machte einem Wischmopp Konkurrenz, und mein dezentes Make-up war nur noch eine verschmierte Erinnerung.

Kurz gesagt: Ich fühlte mich wie ein Arschloch und sah nicht viel besser aus.

Er hingegen hatte ein markantes Kinn und eine hohe Stirn, die gut zu seinem Oberkörper passten. Abgerundet wurde das Ganze durch dichtes hellbraunes Haar, farblich dazu passende Augen und Lippen, die man bei einer Frau wohl als üppigen Schmollmund bezeichnet hätte.

»Tut mir leid«, stammelte ich. »Ich wollte nicht … äh … also, wegen dem Arm … ich wusste ja nicht …« Irgendwann war ich dann doch klug genug, den qualvollen Satz aus seinem Elend zu erlösen.

»Nein … ähm … ist schon okay«, erwiderte er ähnlich eloquent. »Ich muss mich für meine Wortwahl entschuldigen.«

»Kein Problem«, versicherte ich ihm. »In der New Yorker U-Bahn hört man schon zwischen zwei Stationen wesentlich Schlimmeres.«

Diese Information schien bei ihm einen Schalter umzulegen.

»Richtig, die Detektive.«

»Will Parker.« Ich ging auf ihn zu und streckte die Hand aus. Dann wurde mir klar, dass es die Rechte war, ich versuchte, noch umzuschwenken, vergaß dabei aber, dass ich den Wäschesack in der anderen hielt, weshalb der ungebremst auf dem Boden landete. Ein halbes Dutzend Fotos im Brieftaschenformat fiel heraus. Auf allen war Ruby zu sehen, mit nichts weiter bekleidet als einer Schlange und einem betörenden Lächeln.

Als der Mechaniker die Bilder sah, huschte blankes Entsetzen über sein Gesicht. Offenbar wurde durch so viel Nacktheit sein Zartgefühl verletzt.

Hastig bückte ich mich und schob die Fotos zurück in den Beutel. Dann streckte ich ihm in klassischer Die-Show-muss-weitergehen-Manier meine Linke entgegen.

»Will Parker«, wiederholte ich, nun knallrot im Gesicht.

Er hob die Hand und hielt sie senkrecht hoch, um zu zeigen, dass sie komplett mit Öl verschmiert war.

»Joe Engle.«

»Ein Verwandter von Carl?«, riet ich.

Nun wirkte er überrascht, allerdings war da auch noch etwas anderes, das ich nicht entschlüsseln konnte.

»Mein Vater«, antwortete er knapp.

Mehr fiel mir nicht ein, und ihm offenbar auch nicht, denn es folgten fünf Sekunden verlegenes Schweigen.

Ich nutzte die Zeit, um mir sein Äußeres genauer anzusehen: ungefähr eins achtzig, knapp achtzig Kilo, die Nase mindestens einmal gebrochen, ein paar Pockennarben auf der rechten Wange und am Hals. Die Haut über dem Armstumpf war mit einem Geflecht aus Narben bedeckt.

Was auch immer ihm den Arm geraubt hatte, es war keine saubere Sache gewesen.

Als mir bewusst wurde, dass ich ihn unverhohlen anstarrte, wandte ich schnell den Blick ab, der dabei aber dummerweise auf seiner Brust landete, die immer noch genauso ansprechend aussah wie vorhin. Und wer sich jetzt zu der naserümpfenden Feststellung genötigt sieht, dass mein innerer Monolog eher seichter Natur war, sollte wissen, dass ich eine ziemlich lange Durststrecke hinter mir hatte. Und dieser Typ war wirklich lecker.

Endlich gab er sich einen Ruck und beendete das Schweigen.

»Ich will ja nicht unhöflich sein, aber ich zahle Doc jeden Monat fünf Dollar dafür, dass ich seine Scheune benutzen kann, weil ich den Platz und die Ruhe hier brauche. Also … äh … wenn es Ihnen nichts ausmacht?«

Gewollt oder nicht, das war schon unhöflich von ihm, aber das sagte ich ihm nicht.

Stattdessen lächelte ich.

»Oh tut mir leid. Dann überlasse ich Sie mal wieder Ihrem chirurgischen Eingriff. Ist übrigens eine nette Maschine, die Sie da haben.«

Er nickte grunzend, doch es zeigte sich nicht einmal annähernd etwas, das man als Lächeln bezeichnen konnte. Dann griff er nach dem Schraubenschlüssel und verschwand wieder unter seinem Motorrad – wohl darauf vertrauend, dass ich allein hinausfand.

Nachdem ich mir den Wäschesack und mein angeknackstes Ego über die Schulter gehängt hatte, tat ich genau das.

Erst als ich die Stufen zur Veranda hinaufstieg, wurde mir bewusst, dass da noch immer ein Polizeiauto in der Einfahrt stand und ich nach wie vor kein Versteck für den Beutel hatte. Also schaute ich mich danach um, als mir plötzlich ein so unerwartetes Geräusch ans Ohr drang, dass ich den Wäschesack beinahe wieder fallen gelassen hätte.

Lillian Pentecost lachte.

Schnell schob ich den Beutel hinter einen der Verandaschaukelstühle und ging hinein. Dort fand ich meinen Boss am Küchentisch vor, zusammen mit Doc und Big Bob. Alle drei trugen den Einheitslook weißes Unterhemd und Hosenträger, allerdings handelte es sich bei Doc und Bob um die Feinrippvariante, während Ms. P mit französischer Seide aufwarten konnte. Und alle drei hatten ein Einmachglas mit Whiskey vor sich stehen. Zumindest schloss ich das aus der Tatsache, dass in der Mitte des Tisches eine halb leere Flasche Four Roses Bourbon stand. Auf dem Herd köchelte etwas vor sich hin, und in Docs Bart hing etwas, das stark nach Rindfleisch aussah. Die Detektivin in mir folgerte, dass es Eintopf gab.

Doc und Ms. P wurden noch immer von einem Lachkrampf geschüttelt. Big Bob hingegen steckte mitten in einer Geschichte.

»Das Publikum war außer sich, und der Typ wurde knallrot im Gesicht. Ich befürchtete schon, er würde ihr gleich eine verpassen, und unser Rausschmeißer war nirgendwo zu sehen. Aber dann ist er bloß aufgestanden und mit eingekniffenem Schwanz aus dem Zelt gerannt. Und was macht Ruby? Nickt dem Musiker einfach nur zu und macht weiter mit ihrem Tanz. Die Frau hat ihr nach der Show einen Hunni zugesteckt und gemeint, das sei das Komischste gewesen, das sie seit einem Jahr gesehen hat.«

Wieder brechen alle in Gelächter aus. Ich nutze das für meinen Auftritt.

»Darf man sich der Party anschließen, oder ist das eine geschlossene Gesellschaft?«

»Will! Setz dich zu uns!«, rief Big Bob ein wenig zu enthusiastisch. »Ich habe gerade erzählt, wie Ruby damals diesen Zwischenrufer rundgemacht hat. Du weißt schon, der in St. Louis, der meinte, sie solle … na ja, du erinnerst dich bestimmt noch daran, was er gesagt hat, ich will das jetzt nicht wiederholen.«

»Muss vor oder nach meiner Zeit gewesen sein«, meinte ich.

»Stimmt, ja, stimmt. Auf jeden Fall ist es eine verdammt witzige Geschichte.« Er griff nach seinem Einmachglas und leerte es in einem Zug. Sofort schenkte Doc ihm nach.

»Robert hat ein passendes Kleid vorbeigebracht, in dem Ms. Donner bestattet werden kann«, erklärte mein Boss. »Und er und Mr. Donner waren so freundlich, mir einige Fragen zu ihrem Lebensweg zu beantworten.«

Was bedeutete, dass mein Boss nun vermutlich mehr

über meine tote Freundin wusste als ich. Bei Lillian Pentecost war nichts anderes zu erwarten gewesen.

»Wie war die Show?«, fragte sie mich. Übersetzt hieß das: *Hast du erreicht, was du wolltest?*

»Alles genau wie angekündigt.« Übersetzt: *Ja, habe ich.*

Bob zog seine Taschenuhr hervor und blickte stirnrunzelnd auf das Ziffernblatt.

»Ist die Mitternachtsmatinee etwa schon vorbei? Verdammt. Wo ist nur die Zeit geblieben?« Er rutschte von seinem Stuhl. »Hier, Will, kannst meinen haben. Ich muss zurück. Geht morgen wieder früh los.«

»Die Beerdigung ist doch erst um zehn, oder?«, fragte Doc.

»So ist der Plan, ja. Beerdigung um zehn, Totenwache morgen Abend nach der letzten Vorstellung«, nickte Big Bob. »Aber ich muss morgen früh raus, um die Abrechnung von heute zu machen. Und um zu entscheiden, welche Rechnungen gleich bezahlt werden, welche später und welche wohl tragischerweise verloren gehen werden.«

»Ist das Geld wirklich so knapp?«, wollte ich wissen.

»Ja, das Geld ist wirklich so knapp«, antwortete der Zirkusdirektor. »Gelobt sei Barnum für unsere goldene Gans.«

Ich musste die Frage gar nicht stellen, ein Blick genügte.

»Irgendein anonymer Philanthrop hat uns in seinem Testament bedacht«, erklärte mir Bob. »Offenbar war der Kerl ein Riesenfan von unserem Zirkus. Ist mit seinen Kindern zu jedem unserer Gastspiele gekommen. Deshalb hat er einen Fonds für uns eingerichtet, und wir kriegen viermal im Jahr einen Scheck.«

»Kanntest du diesen Geldsack?«, fragte ich.

»Bin mir nicht sicher. Das läuft alles anonym ab. Die Schecks bekommen wir von einer Anwaltskanzlei.«

»Kommen solche großzügigen Gaben in Ihrer Welt häufiger vor?«, erkundigte sich mein Boss.

»Der einzige unerwartete Geldregen bei uns besteht aus den Münzen, die den Leuten im Rotor aus den Taschen fallen«, gab Big Bob zu. »Aber wie hat Mama Halloway immer gesagt: Einem geschenkten Gaul schaut man nicht ins Maul.«

»Obwohl man sich anonym geschenkte Gäule doch lieber genauer ansehen sollte«, fand Ms. P. »Doch woher er auch stammen mag, dieser Fonds scheint sich als Glücksfall erwiesen zu haben.«

»Glücksfall schon, aber reich werden wir dadurch nicht«, schränkte Big Bob ein. »Mittlerer vierstelliger Bereich, manchmal mehr, manchmal weniger. Liegt wohl an diesen Dingsdasprüngen auf dem Markt. Ohne hätte ich jedenfalls schon längst verkaufen müssen. Ich habe ein Angebot von Baxter und Brass auf dem Tisch liegen, aber ich will es nicht annehmen.«

»Zu viele Überschneidungen?«, fragte ich. Während meiner Zeit beim Zirkus hatte ich viele Geschichten von kleineren Betrieben gehört, die von großen geschluckt worden waren. Die pickten sich dann einzelne Teile heraus und ließen den Rest einfach untergehen.

»Ja, eine Menge Doppelungen«, bestätigte Big Bob. »Aber einen Großteil der Künstler würden sie behalten, zumindest mit Saisonverträgen, doch der Rest der Mannschaft müsste fast vollständig gehen. Und du kannst dir ja denken, dass die Saisonverträge auch nicht alle verlängert werden.«

Die verbliebene gute Stimmung verpuffte schlagartig. Der Zirkusbetreiber schüttelte den Kopf und zwang sich zu einem Grinsen.

»Und wenn ich verkaufe, wird mein Name nicht mehr in Leuchtbuchstaben erstrahlen. Ein solches Privileg gibt man nicht kampflos auf.«

Er torkelte Richtung Tür.

»Ich schick dir morgen ein paar Männer mit Schaufeln rüber, Doc«, sagte er noch. »Wir sehen uns dann am Grab.«

Damit ging er hinaus, und ich übernahm seinen Platz am Tisch. Doc wollte mir Whiskey einschenken, aber ich hob abwehrend die Hand.

»Ich trinke Wasser.«

Dass er sich dazu seine eigenen Gedanken machte, konnte ich spüren, doch er ging kommentarlos zum Spülbecken und kam meinem Wunsch nach.

»Ich denke … mhm … ich denke, ich werde jetzt ins Bett gehen. Will morgen schließlich mit dem Grab helfen«, sagte die freundliche Vogelscheuche dann. »Auf dem Herd steht noch Eintopf. Hat die Nachbarin vorbeigebracht, er ist also besser als alles, was ich normalerweise auftische. Morgen fahre ich zum Einkaufen, versprochen.«

Damit wollte er in Richtung Wohnzimmer schlurfen, doch ich hielt ihn auf.

»Hey, Doc, warum steht da eine Copschaukel in der Einfahrt?«

»Eine was?«

»Ein Polizeiauto«, erklärte ich und nutzte die Gelegenheit, den Rest vom Eintopf aus seinem Bart zu zupfen.

»Ach so – oh, danke. Tut mir leid. Äh … das ist Joes Wagen. Ich habe die Scheune an ihn vermietet.«

»Joe ist ein Cop?«

»Tom Whiddle hat ihn eingestellt, als er aus … aus Übersee zurückkam«, erklärte Doc. »Er wohnt bei seinem Vater. Das ist der Prediger von … äh … wie heißen die noch gleich? Blut Gottes? Blut des Lammes? Irgendwas mit Blut jedenfalls. Aber sie haben nicht so viel Platz bei seinem Vater, deshalb habe ich ihm die Scheune überlassen, damit er an seinem Motorrad rumschrauben kann. Ich glaube, manchmal schläft er auch dort. Oben auf dem Heuboden. Aber das stört mich nicht. Ich weiß schließlich, wie es ist als Heimkehrer.«

»Das war sehr nett von Ihnen«, stellte ich fest.

»Na ja, ich nehme Geld von ihm, es ist also keine Tat aus reiner Herzensgüte. Und er und Carl, das ist sein Dad, sie waren früher mit unserer Familie befreundet. Zumindest mit Charlie und Abigail. Joe und Ruby sind in der Highschool sogar eine Zeit lang miteinander ausgegangen. Damals war ich allerdings nicht hier.«

Dann war das Charles-Atlas-Double also ein Gesetzeshüter. Und außerdem gab es eine persönliche Verbindung zu Ruby. Es wäre alles so viel leichter, wenn man zu jedem Menschen gleich eine kurze Vita mitgeliefert bekäme.

Allerdings erklärte das zumindest seine Reaktion auf die Fotos. Alles wie immer, und plötzlich schmeißt ihm jemand Nacktbilder seiner Ex-Freundin vor die Füße.

Doc wünschte uns eine Gute Nacht, und einen Moment später hörten wir, wie er es sich auf seinem improvisierten Sofa-Bett gemütlich machte. Ich holte den Wäschesack von der Veranda, nahm mir eine Portion von dem Eintopf und setzte mich damit wieder an den Küchentisch. Dann begann ich zu essen, während mein Boss und ich schweigend lauschten. Wenig später hallte lautes Schnarchen aus dem Wohnzimmer herüber.

»Werden Sie mir mitteilen, welche Klatschgeschichten Sie Bob und Doc entlocken konnten?«, fragte ich schließlich.

»Selbstverständlich. Aber zunächst …«

»Na klar«, nickte ich. »Eine Hand wäscht die andere.«

Ich fing an, den Beutel auszuräumen: ein paar schlüpfrige Taschenbücher; ein paar Zeitschriften, die man nicht im normalen Handel bekam (vermutlich für Kostümideen); eine Blechdose mit Verhüterlis (die Dose war mindestens zehn Jahre alt, die Kondome hingegen noch frisch); ein Bündel Briefe und Postkarten – viele der älteren waren von Doc –, das wir beiseitelegten, um es uns später genauer anzusehen. Dann holte ich den Stapel Nacktbilder hervor, von denen es auch einige größere Abzüge gab. Ms. Ps Augen leuchteten auf.

»Sieht so aus, als hätte sie alle paar Jahre neue machen lassen«, stellte ich fest. »Das hier ist das älteste.«

Ich reichte ihr ein Bild im Format zehn mal fünfzehn. Es zeigte Ruby, wie sie sich auf einer Chaiselongue rekelte. Anstelle von Bertha hatte sie sich hier eine Federboa umgehängt und so drapiert, dass ihre Bewunderer wirklich viel zu sehen bekamen für ihr Geld.

Ms. Pentecost zog ein kleines Vergrößerungsglas aus

der Hosentasche und beugte sich damit über das Bild. Ich stand auf und schaute ihr über die Schulter. Dieses Foto war gemacht worden, bevor das Rosentattoo überdeckt worden war. Rubys Sammlung umfasste damals noch ein paar Dutzend Körperbilder weniger, und die Schlange an ihrem Bein war erst teilweise fertiggestellt.

»Ich glaube, das sind Margeriten«, stellte Ms. P fest.

Mit zusammengekniffenen Augen starrte ich auf das Foto. Ja, sie hatte recht: Über Rubys linker Brust war ein Strauß Margeriten in die Haut gestochen. Es war ein Schwarz-Weiß-Bild, aber in meiner Vorstellung waren die kleinen Blüten leuchtend gelb, und auch das Band, das sie zusammenhielt, hatte sicher eine fröhliche Farbe.

»Es scheint mir eine äußerst gelungene Tätowierung zu sein«, sagte mein Boss.

»Ja, finde ich auch. Auf jeden Fall besser als der Ersatz.«

Warum also hatte sie es überdecken lassen? Die naheliegendste Antwort war wohl: weil es ihr nicht mehr gefallen hatte. Aber warum? Weil das Bild eine tiefere Bedeutung hatte. Es war mehr als ein einfacher Blumenstrauß.

Ich beschloss, es erst mal mit den Trauben zu versuchen, an die wir leicht herankamen.

»Wir sollten uns ein wenig umhören. Vielleicht gab es ja mal eine Margaret in ihrem Leben. Entweder hier in der Stadt oder während ihrer Anfangszeit beim Zirkus.«

»Eine Geliebte?«, überlegte mein Boss.

»An diesem Ufer hat Ruby nicht gefischt«, wandte ich ein, da mir natürlich wieder meine peinliche Episode in ihrem Bett einfiel. Dann fragte ich mich, ob sie vielleicht gelogen hatte, um mich zu schonen. Ich hatte zwar keine repräsentativen Umfragen gemacht, aber ich war mir ziemlich sicher, dass die Tätowierer in solchen Fällen am häufigsten darum gebeten wurden, den Namen einer ehemaligen Flamme auszulöschen.

Vielleicht hatte Ruby ja doch auf Frauen gestanden. Nur eben nicht auf mich.

»Wir werden uns morgen bei der Totenwache danach erkundigen«, beschloss Ms. P. »Ganz diskret, versteht sich.«

»Na klar, das liegt mir doch total. Ich bin so diskret, dass es mir zu den Ohren rausquillt.«

Ms. P war nicht in der Stimmung für Scherze, und ich eigentlich auch nicht.

»Aber es ist natürlich schon fraglich, ob dieses alte Tattoo überhaupt irgendetwas mit Rubys Ermordung zu tun hat«, wandte ich ein. Ich schob die Hand in die Tasche und holte den Gegenstand hervor, den ich ganz unten in dem Wäschesack gefunden hatte. Schwungvoll warf ich ihn auf den Küchentisch. »Viel wahrscheinlicher ist, dass es um das hier ging.«

Mein Boss nahm das kleine, steife Papierquadrat in die Hand – es ähnelte der dünnen Pappe, die für die Verpackung von Herrenhemden benutzt wurde. Nachdem sie kurz daran gerochen hatte, faltete sie das kleine Päckchen auf. Origami für Dummies, aber es erfüllte seinen Zweck, nämlich den Inhalt sicher aufzubewahren. Gemeinsam starrten wir auf das klumpige braune Pulver. Selbst vom anderen Ende des Tisches aus stieg mir der bittere, an Essig erinnernde Geruch in die Nase.

»Irgendwie hatte ich gehofft, es wäre einfach nur ein schimmeliges Duftsäckchen.«

»Leider nicht«, sagte Ms. P. »Das ist Heroin.«

Kapitel 13

AM SAMSTAGMORGEN WAR es frisch und kühl, nur vereinzelte Wolkenfetzen glitten durch das strahlende Blau. Der perfekte Tag für eine Beerdigung.

Doc und ich waren schon im Morgengrauen auf den Beinen, allerdings wirkte er um einiges verquollener als ich. Wie versprochen schickte Big Bob uns zwei Totengräber: Sam Lee und einen schweigsamen, zotteligen Riesen, der sein tägliches Wortpensum wohl schon dadurch ausschöpfte, dass er sich uns als Clover vorstellte.

Auf halber Strecke zwischen dem Haus und dem kleinen Gehölz, das Zirkusgelände und Felder trennte, ragten einige struppige Bäume auf, in deren Schatten sich ein paar Grabsteine aneinanderreihten. Der älteste von ihnen war von Wind und Wetter glatt geschliffen worden, den Namen darauf konnte man nicht einmal mehr erahnen. Der jüngste gehörte Rubys Eltern, die sich nicht nur einen Stein teilten, sondern auch das Todesdatum.

Sam Lee und Clover maßen zwei Schritt Abstand zum letzten Grab ab und fingen an zu schaufeln. Aus Höflichkeit ließen sie Doc mithelfen, achteten aber darauf, dass er sich nicht übernahm. Ich hielt mich an die Rolle der Limonadenlieferantin – Totengräber gehörte zu den wenigen Jobs, die ich keinesfalls meinem Lebenslauf hinzufügen wollte.

Ms. Pentecost lag noch im Bett. Gestern war es wieder spät geworden. Während Doc auf dem Sofa geschnarcht hatte, waren wir in Rubys Zimmer gegangen und hatten den Leichnam noch einmal untersucht. Das Eis in den Wärmflaschen war geschmolzen. Während Ms. P mit der Untersuchung begann, versuchte ich, die Flaschen mit den Eiswürfeln aus dem Kühlschrank wieder aufzufüllen. Ich schaffte nur zwei von zwei Dutzend; blieb zu hoffen, dass es ausreichte.

Dann half ich Ms. P bei der Suche.

Diesmal brauchten wir deutlich länger, da es eine Menge Stellen gibt, an denen man eine Nadel ansetzen kann. Die viele Tinte in Rubys Haut machte es uns besonders schwer.

Möglicherweise entgingen uns ein oder zwei Einstiche, aber am Ende waren wir uns einig: Sollte Ruby die Droge konsumiert haben, dann zumindest nicht regelmäßig.

Nun hatte ich eine Menge neue Fragen, die ich Frieda stellen musste: Hatte sie je gesehen, wie Ruby sich das Zeug spritzte? Hatte sie unter ihren Sachen auch eine Spritze gefunden und sie entsorgt? Nahm noch jemand anderes in der Truppe Drogen?

Nachdem wir unsere Suche nach Einstichstellen beendet hatten, steckten wir Ruby in das Kleid, das Big Bob vorbeigebracht hatte. Es war smaragdgrün und glänzend, ärmellos und mit einem langen Schlitz, sodass ihre Schlange zu sehen war. Bob hatte nicht gesagt, ob er auch jemanden für Haare und Make-up schicken würde. Wir gingen davon aus, dass Männer an so etwas eher nicht dachten, und übernahmen auch diese Aufgabe.

Während Ms. P Rubys Haare auskämmte und mit kleinen Klammern aufsteckte, holte ich meinen begrenzten Make-up-Vorrat hervor und kümmerte mich um ihr Gesicht. Gegen die Blässe ließ sich nichts machen, aber zumindest konnte ich ihr Lidschatten und Lippenstift auftragen, passend zu dem Kleid, das sie durch die Ewigkeit begleiten würde.

Während wir arbeiteten, berichtete mein Boss, was sie von Doc und Big Bob erfahren hatte.

Ich gebe hier nur die Highlights wieder, in willkürlicher Reihenfolge.

Weil der Zirkus am Sonntag erst so spät eintraf, hatte Doc seine Nichte erst am Montagabend gesehen, als sie zum Abendessen zu ihm ins Farmhaus kam. Ungefähr eine Stunde lang tauschten sie sich über Versäumtes aus, dann ging sie zu Fuß zurück zum Zirkus. Doc war es nicht so vorgekommen, als würde sie irgendetwas belasten.

Falls in der Stadt jemand einen Groll aus alter Zeit gegen seine Nichte hegte, wusste Doc zumindest nichts davon.

Und er bestätigte die Geschichte, warum sie Stoppard eigentlich damals verlassen hatte.

»Ruby hatte immer ein rastloses Wesen«, hatte er meinem Boss erklärt. »Stoppard ließ ihr einfach nicht genug Raum, um sich zu entfalten.«

Was noch dadurch verschlimmert worden war, dass ihre Eltern die Religion für sich entdeckten, aber leider keinen Weg, sie mit ihrer Tochter zu teilen.

»Ehrlich gesagt hat es mich überrascht, dass sie nicht schon früher abgehauen ist«, hatte Doc gesagt.

Bob zufolge hatte Ruby während der letzten Jahre drei Angebote anderer Zirkusbetriebe ausgeschlagen, die sie abwerben wollten. Einer davon hatte einen Vertreter geschickt, der sich ein wenig zu hartnäckig zeigte und schließlich vom Gelände entfernt werden musste. Das lag zwei Monate und acht Städte zurück.

In die Kategorie unerwünschte Hartnäckigkeit fiel auch der Typ aus Pittsburgh, der sie während der Mitternachtsmatinee lieber mit den Händen als mit den Augen bewundern wollte. Auch der wurde hinausbegleitet, wenn auch weniger höflich. Auf dem Weg erwies er sich als äußerst ungeschickt, denn er stolperte wohl und stürzte so unglücklich, dass er am Ende eine blutige Nase und zwei gebrochene Finger hatte.

Es war zwar äußerst unwahrscheinlich, dass dieser Charmebolzen ihr bis nach Virginia gefolgt war, doch um der Gründlichkeit willen behielten wir ihn im Hinterkopf.

Und wie sich herausstellte, handelte es sich bei dem Zeugen, der Val kurz vor Rubys Tod auf dem Ring gesehen hatte, um Nedley Johnson, besser bekannt als der Große Mysterio. Sowohl Big Bob als auch Chief Whiddle gegenüber hatte er Stein und Bein geschworen, dass er den Messerwerfer durch die offene Zeltklappe gesehen hatte, und zwar keine fünf Minuten, bevor seine Assistentin über Rubys Leiche gestolpert war.

»Würde er lügen?«, fragte mich Ms. P.

»Natürlich, er ist ein Magier. Und er wäre verdammt gut darin.«

»Aber würde er lügen, um Mr. Kalishenko etwas anzuhängen? Oder hätte er einen Grund gehabt, Ms. Donner selbst etwas anzutun?«

»Würde ich beides ausschließen. Aber ich habe diese Menschen seit beinahe vier Jahren nicht mehr gesehen. Die Dinge ändern sich.«

Ms. P hatte den Zirkusbetreiber auch danach gefragt, ob in seiner Truppe schon einmal jemand straffällig geworden war. Eine vollkommen normale Frage bei jedem Fall. Big Bobs Antwort allerdings fiel weniger normal aus: »Ach, so ziemlich jeder.«

Ungefähr die Hälfte der Truppe war schon wegen Landstreicherei, ungebührlichen Verhaltens und anderer Vergehen verhaftet worden. Maeve hatte in ihrer Jugend sechs Monate wegen Scheckbetrugs gesessen, und Bob selbst war wegen tätlichen Angriffs zu einem Jahr Zwangsarbeit verurteilt worden.

Selbst der gutherzige Ray hatte eine Strafakte. Das konnte ich kaum glauben.

»Anscheinend hat er fünf Jahre im Stateville Gefängnis in Illinois gesessen, weil er einen Polizisten angegriffen hat«, klärte Ms. P mich auf. »Seine Tierhandlung wurde zwangsvollstreckt, und er hat den Officer mit einem Vogelkäfig geschlagen.«

Okay, das konnte ich schon glauben.

Das alles ließ ich mir noch einmal durch den Kopf gehen, während ich Sam Lee und Clover dabei zusah, wie sie Schaufel für Schaufel das Loch aushoben. Grundsätzlich war ich mit Ms. P einer Meinung, wenn sie sagte, dass man alles miteinbeziehen musste, um einen Menschen wirklich verstehen zu können. Aber in diesem Fall hatten wir ein kümmerliches Häufchen Belanglosigkeiten zusammengetragen, es gab noch immer mehr Fragen als Antworten, und wir hatten rein gar nichts in der

Hand, was uns dabei helfen könnte, Val aus dem Gefängnis zu holen. Wo wir übrigens nach der Beerdigung hinfahren würden. Natürlich wusste ich, dass wir noch keine vierundzwanzig Stunden hier waren, doch selbst das schien mir schon viel zu lang zu sein, wenn mein alter Mentor währenddessen in einer Zelle schmachtete.

Gerade als ich mir überlegte, was ich ihm alles sagen wollte, fuhr einer der Pritschenwagen des Zirkus vor dem Haus vor. Ich ging hinüber, um die Neuankömmlinge zu begrüßen.

Paulie saß auf dem Fahrersitz, während Big Bob auf der Ladefläche hockte, den Rücken gegen die große Fracht gedrückt, die unter einer Plane verborgen war. Beide Männer trugen Jeans und Unterhemd.

»Wollt ihr euch vielleicht Krawatten borgen? Mein Boss hat bestimmt noch ein paar für euch übrig.«

»Wir fahren gleich noch mal zurück und ziehen uns um«, versicherte Paulie, während er aus dem Wagen stieg. »Außerdem ist mein Hals zu dick dafür. Ich muss alle meine Krawatten maßanfertigen lassen.«

Auf der Ladefläche entfernte Big Bob inzwischen die Plane.

Der Begriff Sarg wurde diesem Kunstwerk keineswegs gerecht. Klar, es war eine Kiefernholzkiste in der üblichen Größe. Aber jeder Zentimeter davon war in leuchtend bunten Farben bemalt, mit Blumen und Schlangen und Sternen und Meerjungfrauen. Eben alles, was auch in Rubys Haut eingestochen war, und noch einiges mehr.

Ich sah zu Paulie hinüber, der neben seinen Aufgaben im Kuriositätenkabinett auch als Bühnenbildner der

Truppe fungierte. Er war es auch gewesen, der den Torbogen am Eingang des Spektakulums gestaltet hatte.

»Ist das dein Werk?«

»Nur die Bemalung«, schränkte er ein. »Gebaut wurde er von allen zusammen.« Ich fiel dem streitlustigen Clown um den Hals und drückte ihn an mich.

»Er ist perfekt.«

»Oh Gott, hör auf, mich zu begrabschen, Parker. Du bist jung genug, um meine Schwester zu sein.«

Schnell ließ ich ihn los und half den beiden dabei, die Kiste auf die Veranda zu stellen. Dann zeigte ich ihnen Rubys Zimmer und hatte ein wachsames Auge auf sie, während sie den Leichnam so würdevoll wie möglich durch das Haus trugen und in sein buntes Ruhebett legten.

Paulie wollte den Deckel schließen, aber der Zirkusdirektor hielt ihn davon ab.

»Noch nicht«, befahl Big Bob. »Das bringt Unglück.«

Paulie fügte sich, und die beiden fuhren zurück zum Zirkus, um sich umzuziehen. Ruby blieb auf der Veranda, ein aufgebrezeltes Schneewittchen in seinem Sarg. Doch ihr Märchen würde kein glückliches Ende mehr finden.

Ich ging nach oben, um mich ebenfalls umzuziehen. Ms. Pentecost war bereits aufgestanden und zog gerade einen schwarzen Zweiteiler mit einfach gebundener weißer Krawatte an. Ich half ihr dabei, ihre Flechtfrisur mit einer langen, silbernen Haarnadel zu krönen.

Sie war ein wirklich beeindruckender Anblick – als wäre der Tod persönlich erschienen, nur dass er die Sense gegen einen Gehstock mit Silberknauf eingetauscht hatte.

Ich entschied mich für die einfache Variante. Genau genommen besaß ich nur ein einziges schwarzes Kleid, und genau das zog ich nun an: eine klassische, ärmellose A-Linie, die bis knapp unter das Knie reichte. Schlicht, aber nicht trübsinnig. Als ich fertig war, ging ich hinunter und half Doc mit seiner Krawatte. Sein Anzug war früher wohl einmal schwarz gewesen, wies jetzt allerdings ein paar ausgebleichte Flecken und tiefe Falten an den Gelenken auf.

»Den habe ich seit Charlies und Abigails Beerdigung nicht mehr getragen«, erklärte er mir, während er sein zerzaustes Haar kämmte. »Da hat er auch schon nicht gepasst.«

Um kurz vor neun gingen wir zu dritt hinaus zu dem frisch ausgehobenen Grab. Sam Lee und Clover hatten sich respektvoll ein paar Schritte zurückgezogen, stützten sich auf ihre Spaten und teilten sich eine Zigarette. Man hätte meinen können, jemand habe ihnen gesagt, wie die übliche Pose für Totengräber auszusehen hatte.

Wir mussten nur wenige Minuten warten, dann ertönte hinter den Bäumen plötzlich Musik. Fragend legte ich den Kopf schief. Irgendwoher kannte ich die Melodie, gleichzeitig klang sie merkwürdig fremd.

Dann begriff ich, dass es sich um das Stück handelte, zu dem die Künstler am Anfang der Vorstellung in das große Zelt einzogen. Nur dass es jetzt langsamer und ein wenig schleppend gespielt wurde und Dur gegen Moll ausgetauscht worden war.

Es war die Totenklage des Rummelplatzvolkes.

Wie ein Traumbild kamen sie zwischen den Bäumen hervor, angeführt von Big Bob, ein leuchtender Farbfleck in seinem roten Manegenoutfit. Hinter ihm ging Maeve in regenbogenbuntem Taft und mit klimpernden Glöckchen im Haar. Ihre langen Röcke schleiften hinter ihr auf dem Boden. Frieda war in hautenges Silber gekleidet, ein gewundener Gänseblümchenkranz saß auf ihren kurzen Haaren. Ihr folgte Carlotta, ein wenig traditioneller in schwarzer Spitze, dafür aber mit einer aufgemalten grellbunten mexikanischen Totenmaske im Gesicht.

Ray hatte sich für einen schneeweißen Frack entschieden, der den Betrachter beinahe blendete. Er hielt einen Leinensack in den Armen, der ziemlich schwer zu sein schien. Mysterio – Zylinder, Schwalbenschwänze, leuchtend blaues Cape – ging Arm in Arm mit der Atemberaubenden Annabelle, die in farblich passenden blauen Satin gekleidet war, der oben alles zusammenhielt, aber unten auf beiden Seiten hüfthoch geschlitzt war. Ihre Beine blitzten zwischen den Stoffbahnen auf wie Schaumkronen auf sturmgepeitschten Wellen.

Die Fliegenden Sabatinis erschienen in identischen gelben Satinanzügen mit kurzen Capes. Sie sahen aus wie die Superhelden aus den Comics, die zu Hause unter meinem Bett lagerten. Hinter ihnen schritten Paulie und seine Kollegen, alle in schwarzen Anzügen und mit individueller Clownsbemalung. Sie erinnerten an eine Schar bemalter Amseln.

Den Clowns folgte der Rest des Zirkusvolkes, und sogar die Handlanger, die nicht mehr besaßen als vielleicht zwei Latzhosen, hatten sich für den Anlass Anzüge aus altem Zeltstoff zusammengestichelt.

Ganz hinten marschierte die Kapelle: ein Bläserquartett, begleitet von Lucy Lichtgestalt auf dem Akkordeon und dem Schwätzer, den ich bei der Mitternachtsmatinee gesehen hatte, mit der Geige.

Big Bob, Paulie und drei Sabatini-Brüder gingen zur Vorderseite des Hauses, während der restliche Zirkus sich in einem breiten Halbkreis um das Grab herum aufstellte. Einen Moment später kehrten die Männer zurück, den Sarg auf den Schultern, und schritten unter der Führung von Big Bob würdevoll zum Grab, begleitet von der leiernden Trauermusik.

Ein paar Schritte vor der Grube blieben sie stehen und ließen ihre trübselige Fracht vorsichtig zu Boden gleiten. Jemand brachte eine leere Apfelkiste, und Big Bob kletterte hinauf.

Die Kapelle verstummte.

»Es gibt keine passenden Worte hierfür«, begann er, »aber das hat mich noch nie abgehalten.«

Durch ein kurzes Räuspern versuchte er, die Tränen zurückzudrängen.

»Ruby Donner war ein Zirkusmädchen. Sie war liebenswürdig und freundlich, manchmal fies und immer ein wenig traurig. Sie war eine furchtlose Draufgängerin und stärker als jeder Kerl mit Vorschlaghammer. Sie war so stur wie ich an meinen schlimmsten Tagen und so gerissen wie ich an meinen besten Tagen. Sie wusste, wer sie war, und sie hat sich niemals dafür entschuldigt. Sie war die Beste von uns. Sie war ein Zirkusmädchen durch und durch. Und ich werde sie verdammt noch mal vermissen.«

Mir liefen die Tränen über das Gesicht, das gebe ich offen zu. Und den meisten anderen ging es ähnlich.

Als er fertig war, hüpfte der Zirkusdirektor von der

Kiste, beugte sich über den Sarg und drückte Ruby einen Kuss auf die kalte Wange.

»Wir sehen uns am Ende der Straße, Süße.«

Die Kapelle setzte zu einem neuen Stück an, diesmal etwas Zartes, Leises. Nach und nach trat jeder einzeln an den Sarg heran und verabschiedete sich. Wie auf einem bunten Zifferblatt bewegten wir uns gegen den Uhrzeigersinn vorwärts, als könnten wir so die Zeit zurückdrehen und dem toten Körper in der Holzkiste neues Leben einhauchen.

Einige warfen Blumen in den offenen Sarg, andere gefaltete Zettel. Ray legte seinen Leinensack hinein, in dem sich – wie ich erst jetzt begriff – die tote Boa Bertha befand.

Viele flüsterten: »Wir sehen uns am Ende der Straße.« Ein alter Aberglaube beim Zirkus besagt, dass man sich niemals »Lebewohl« sagen darf, wenn man den anderen längere Zeit nicht sieht – denn Lebewohl bedeutet für immer. Während »wir sehen uns am Ende der Straße« Hoffnung in sich birgt.

Als ich an der Reihe war, fühlte ich mich plötzlich verloren. Stumm blickte ich auf Rubys Gesicht hinunter. Im Licht des späten Morgens wirkte das Make-up, das ich ihr am Abend aufgetragen hatte, schäbig und makaber.

Mir fiel einfach nichts ein, was ich ihr sagen könnte.

Ich bemerkte, dass ihr Kleid hochgerutscht war, also zog ich es zurecht. Dabei klaffte der Schlitz im Rock weiter auf und gab den Blick auf einen Feenvogel frei, der über der letzten Windung des Schlangenkörpers emporstrebte.

Und plötzlich überfiel mich eine Erinnerung: Zigarettenrauch, unterlegt mit Schweiß und Tinte. Das scheppernde Summen der Tätowiernadel, die hellblaue Tinte in zartes Fleisch treibt.

In St. Louis war das gewesen, in einem winzigen Tattooladen, und die Nadel war von einer Frau geführt worden, der Ehefrau des Besitzers, die genügend Bilder auf der Haut hatte, um selbst dem Spektakulum beizutreten. Ruby war ganz gezielt zu ihr gegangen.

Ich war einfach mitgelaufen, und bereits ganz zu Anfang war mir flau im Magen geworden: der Qualm, das Geräusch, das Blut, das über Rubys Oberschenkel tröpfelte. Mehr kann ich nicht anführen als Ausrede dafür, dass ich etwas so Dämliches fragte wie: »Was meinst du, wie die alle aussehen werden, wenn du mal alt bist?«

Die beiden Frauen sahen sich an, dann brach Ruby in Gelächter aus. Bei ihr begann das immer ganz tief unten in der Brust, bevor es schließlich zwischen ihren Lippen hervorquoll. Wie eine leuchtende Klinge durchschnitt es das Summen der Nadel, und sein Klang sorgte dafür, dass sich der Druck in meinem Inneren ein wenig löste.

»Ach, Schätzchen«, hatte Ruby gesagt. »Ich kann's kaum erwarten, das herauszufinden.«

Mit einem Schlag kehrte ich in die Gegenwart zurück.

Plötzlich wurde mir bewusst, dass ich schon eine gefühlte Ewigkeit an diesem Sarg stand und alle mich anstarrten. Wortlos ging ich weiter, und der Kreis nahm seine Bewegung wieder auf.

Am Ende brachten Paulie und ein paar Handlanger den Sargdeckel und nagelten ihn fest. Sie hatten auch ein paar Zeltspannseile mitgebracht, aus denen nun eine Schlinge für den Sarg geknüpft wurde.

Big Bob sprang wieder auf seine Lattenkiste.

»Rubys Onkel …« Er deutete mit dem Kopf auf Doc, der die Brille abgenommen hatte und sich die Tränen abwischte. »Er hat gefragt, ob wir ein Kirchenlied singen könnten. Allerdings nur eins, denn wir müssen einen Zirkus betreiben, außerdem weiß ich, dass ihr alle Heiden seid.«

Auf sein Nicken hin stimmte die Kapelle *Amazing Grace* an.

Big Bob begann, und ungefähr die Hälfte der anderen fiel nach kurzem Zögern mit ein, größtenteils etwas halbherzig und mit einigen Textlücken. Dann schloss sich aus den hinteren Reihen eine neue Stimme dem Chor an, ein kristallklarer Alt, den ich noch nie gehört hatte. Zumindest nicht so.

Lillian Pentecost sang:

*

'Twas grace that taught my heart the fear,
And grace my fears relieved;
How precious did that grace appear
The hour I first believed.

*

Ihre Stimme wirkte wie ein Anker, sie verlieh dem Lied Substanz und stärkte die anderen, bis schließlich alle Trauernden furchtlos und aus voller Kehle mitsangen.

Through many dangers, toils and snares
I have already come;
'Twas grace that brought me safe thus far
And grace will lead me home.

*

So glitten wir durch die Strophen, während die Sargträger nach den Seilen griffen und die bunt bemalte Kiefernholzkiste langsam in die Tiefe sinken ließen.

Während sie dort unten verschwand, stellte ich mir vor, dass sie all meine Trauer, mein Leid, all die versäumten Worte und die verpassten Gelegenheiten mit sich in die Dunkelheit nahm – am Ende blieb nur der Zorn bei mir zurück. Diese brodelnde Wut, die wie ein Messer in meiner Brust brannte.

Ich legte ein stummes Versprechen ab: Wir würden den Täter finden. Und dann würden wir ihn auch in ein Loch stecken.

Kapitel 14

DIE ZIRKUSTRUPPE BEGAB sich im Laufschritt zurück, damit sie pünktlich zur Mittagsstunde die Pforten öffnen konnte. Ms. Pentecost und ich hingegen fuhren auf direktem Weg zum Gefängnis.

Wir machten uns nicht die Mühe, vorher die Beerdigungskluft abzulegen. Falls Chief Whiddle beschloss, wegen der Besuchszeiten Stress zu machen, konnten wir wenigstens die »Wir haben soeben unsere Freundin unter die Erde gebracht«-Karte ausspielen.

Die Polizeiwache von Stoppard war direkt am Marktplatz angesiedelt, nur zehn Schritte vom Gerichtsgebäude und ungefähr hundert Meter vom Majestic entfernt, wo ein Schild verkündete, dass das Kino aufgrund eines Trauerfalls geschlossen blieb.

Unsere Bedenken in Bezug auf Whiddle erwiesen sich als grundlos. Er war nicht einmal da, als wir ankamen. Stattdessen war das Büro mit einer ungefähr siebzigjährigen Sekretärin im grau-braunen Hosenanzug besetzt, deren Cat-Eye-Brille nicht verbergen konnte, dass sie offenbar unter chronischer Missbilligung litt.

Es war bereits zehn vor zwölf, doch sie führte uns trotzdem zu einer an der Wand aufgestellten Bank, auf der wir warten sollten. Dann behielt sie uns von ihrer Geschützposition am Schreibtisch aus genau im Auge.

Um kurz vor zwölf wurden hinter einer offenen Tür am anderen Ende des Raumes Schritte laut.

Ein Mann erschien. Er blinzelte im hellen Licht, das durch die Bürofenster hereinschien. Wenn man sich die strähnigen Haare und die zerknitterten Klamotten wegdachte, die aussahen, als hätte er darin geschlafen, war er nicht einmal unattraktiv. Der Gestank von Zigaretten und Alkohol, den man noch aus zehn Schritten Entfernung an ihm wahrnehmen konnte, führte mich zu dem Schluss, dass er letzte Nacht wohl eine Runde zu viel im Whiskeytank gedreht hatte.

Ihm folgte der einarmige Mechaniker, den ich gestern kennengelernt hatte. Er hatte seine Armeehosen gegen etwas getauscht, das weniger Flecken aufwies, was eindeutig eine Verbesserung darstellte. Allerdings trug er nun auch ein Hemd, wofür ich wieder Punkte abziehen musste.

»Meinst du, du kannst jetzt mal den Ball flachhalten, Leroy?«, fragte er den Trunkenbold.

Entweder hatte Leroy ihn nicht gehört, oder es kümmerte ihn nicht, jedenfalls begab er sich zügig zum Ausgang, wobei er uns einen wachsamen Blick zuwarf. Vielleicht hielt er uns für Abstinenzlerinnen von der WCTU. Schon war er zur Tür raus und auf dem Weg zu einem Ort, wo man ihm bereits um 11:58 Uhr einen Drink servierte.

»Der Russe hat Besuch«, verkündete die Sekretärin energisch.

»Danke, Mrs. Gibson.« Der Mechaniker drehte sich um.

Ich winkte ihm von der Bank aus zu.

»Officer Engle, so sieht man sich wieder.«

»Guten Morgen, Miss … Parker? Dann müssen Sie Lillian Pentecost sein.«

»Die bin ich«, bestätigte mein Boss und streckte ihm ohne dreifache Überlegung die linke Hand hin. Mir fiel auf, dass sein rechter Ärmel so geschnitten war, dass er auf halber Höhe endete. Und der Revolver an seinem Gürtel saß rechtsseitig nach vorne gekehrt, sodass er überkreuz gezogen werden konnte. »Chief Whiddle sagte uns, wir könnten mit Mr. Kalishenko sprechen.«

Sein Blick wanderte zu Ms. Ps Gehstock.

»Kommen Sie mit Treppen zurecht?«

»Solange sie sich im Rahmen halten.«

Wortlos führte er uns durch die offene Tür und anschließend eine schmale Betontreppe hinunter. Kurz bevor ich durch die Tür trat, sah ich noch, wie Mrs. Gibson zum Telefonhörer griff und mit olympischem Tempo zu wählen begann.

In Stoppard wurde das Thema Flurfunk offenbar großgeschrieben.

Am Fuß der Treppe erwartete uns ein niedriger Gang mit drei Zellen auf der einen und einer nackten Betonwand auf der anderen Seite. In jeder Zelle gab es eine an der Wand montierte Pritsche, eine Toilette und ein winziges, vergittertes Fenster knapp über Kopfhöhe. Die Türen der ersten beiden standen offen, nur die dritte war verschlossen. Davor standen zwei hölzerne Klappstühle.

»Dem Gefangenen darf nichts durch die Gitter gereicht werden«, instruierte uns Officer Joe, bevor er wieder nach oben ging. »Sollten Sie irgendetwas brauchen, rufen Sie einfach.«

Als wir vor der dritten Zelle ankamen und hineinsahen, dachte ich im ersten Moment, es läge eine Verwechslung vor. In dieser Zelle saß ein alter, glatt rasierter Mann, der kaum noch Haare auf dem Kopf hatte und sich gerade ein matschiges Sandwich in den Mund schob. Er hatte keinerlei Ähnlichkeit mit Valentin Kalishenko, der immer einen Bart getragen hatte, mit dem er jedem russischen Bären Konkurrenz machen konnte – und auch mit dem entsprechenden Temperament gesegnet war.

Der Mann dort in der Zelle wirkte traurig und kraftlos.

Gebrochen.

Dann blickte er hoch, und ich sah seine Augen. Es waren noch dieselben Augen, die mich über zehn Meter Manege hinweg fixiert hatten, bevor er ein Messer auf Haaresbreite an meine Wange herangeschleudert hatte.

»Val?«

Er lächelte.

»Hallo, Willowjean«, begrüßte er mich. Auch nach drei Jahrzehnten in Amerika hörte man in seinem Tonfall noch die russische Steppe. »Du siehst sehr gut aus.«

»Und du siehst …«

Er winkte ab.

»Ich wollte bartlos sagen.«

»Ah ja.« Er nickte. »Vor ein paar Wochen hatte ich Läuse. Die Medizin dagegen … stinkt fürchterlich. Deshalb habe ich ihn abrasiert.«

Er erhob sich von seiner Pritsche und kam zu uns ans Gitter. Und schon dieses bisschen Bewegung ließ den alten Kalishenko wiederauferstehen. Auch noch mit über fünfzig konnte es dieser Mann in puncto Eleganz mit einem Tiger aufnehmen. Als er die Finger um die

Gitterstäbe schlang, traten die Muskeln an seinen Unterarmen hervor wie Stahlstäbe in frischem Beton.

»Ms. Pentecost.«

»Mr. Kalishenko.«

Die beiden waren sich schon einmal kurz begegnet, als mein Boss mich angeheuert hatte. Damals hatte Val ihr einen Abschiedsbrief und einen Satz seiner besten Messer für mich mitgegeben.

»Tut mir leid, dass wir nicht schon gestern gekommen sind«, entschuldigte ich mich bei ihm. »Es ist ziemlich spät geworden, und …«

Wieder winkte er ab.

»Das ist schon gut. Jetzt seid ihr hier. Es ist schön, dich zu sehen, *padcheritsa.*« Er rang sich ein Lächeln ab. »Aber wie ich Robert bereits sagte: Ich weiß nicht, ob ihr überhaupt etwas für mich tun könnt.«

Ms. Pentecost nahm auf einem der Stühle Platz.

»Das sollten wir wohl besser selbst entscheiden.«

Sie warf mir einen auffordernden Blick zu, und ich setzte mich neben sie. Dann fischte ich ein frisches Notizbuch und einen gespitzten Bleistift aus meiner Tasche.

»Du solltest dich setzen, Val«, meinte ich. »Das kann länger dauern.«

Länger bedeutete in diesem Fall eine gute Stunde. Wir erfuhren eine Menge von ihm. Jedoch nichts, was dem Fall eine neue Wendung gegeben hätte. Eigentlich war nicht einmal ein ordentlicher Hinweis dabei. Allerdings gelang es meiner Detektiv-Mentorin, meinem Messerwerfer-Mentor in gut siebzig Minuten mehr persönliche Informationen zu entlocken, als ich in fünf Jahren aus ihm herausbekommen hatte.

Das meiste davon hielt ich in Kurzschrift in meinem Notizbuch fest.

Hier ist ein Teil dessen, was Ms. P und ich letztlich aus der Schlacke herausgefiltert haben:

*

LILLIAN PENTECOST: Wie lautet Ihr vollständiger Name?

VALENTIN KALISHENKO: Valentin Kalishenko, Klingentänzer, Meister des Feuers, Letzter und Endgültiger Erbe von Rasputin.

LP: Rasputin?

VK: Kleine Ausschmückung.

LP: Wo wurden Sie geboren?

VK: In einem kleinen Dorf, eine halbe Stunde von St. Petersburg entfernt, wenn man ein schnelles Pferd hat.

LP: Und wie sind Sie in die Vereinigten Staaten gekommen?

VK: Ich stand während der Revolution auf der falschen Seite. Habe mir Feinde gemacht. Ich reiste nach Amerika, um … den Menschen loszuwerden, der ich gewesen war. Um mich selbst neu zu erfinden.
Ich traf im September 1919 in San Francisco ein. Habe dort als Leibwächter für einen … ähm … einen *pakhan* gearbeitet. Einen reichen Verbrecher. Einen Geschäftsmann. Zwei Jahre habe ich für ihn gearbeitet, dann haben sich unsere Wege getrennt.

LP: Einvernehmlich?

VK: Eher nicht, nein. Er wurde von einem Konkurrenten getötet. Ich war nicht bei ihm. Wäre ich dort gewesen, wäre er nicht getötet worden. Oder zumindest nicht so leicht. Für diesen neuen *pakhan* wollte ich nicht arbeiten, deshalb bin ich gegangen.

Ich war Mr. Hart in einer Bar begegnet, sein Zirkus war gerade in der Stadt. Ich hatte ein bisschen mit meinen Messern angegeben, und er sagte, falls ich beruflich neue Wege einschlagen wolle, solle ich zu ihm kommen.

In Los Angeles holte ich den Zirkus dann ein, und mein Traum wurde wahr. Ich erfand mich neu: Meister der Klingen, Erbe von Rasputin.

Robert war auch dort, damals war er noch ein einfacher Clown. Aber man konnte da schon sehen, dass er eines Tages mehr aus sich machen würde.

So wie bei dir, Will. Da wusste ich auch, dass mehr aus dir werden würde.

LP: Und seitdem gehören Sie der Truppe von Hart und Halloway an?

VK: Jawohl! Fünfundzwanzig Jahre. Ohne einen einzigen Urlaub. Jede Show. Als Robert Partner wurde, hat er mich gefragt, ob ich fest zur Truppe gehören wolle. Die Entscheidung war einfach. Dort war ich zu Hause. Dort *bin* ich zu Hause. Sie sind meine Familie.

LP: Gehörte Ruby Donner ebenfalls zu dieser Familie?

VK: Natürlich gehörte Ruby zu meiner Familie! Sie war Teil des Zirkus, also war sie Teil meiner Familie.

LP: Aber es gab Unstimmigkeiten zwischen Ihnen?

VK: So sind Familien eben. Da gibt es immer … Unstimmigkeiten.

LP: **Aber auch Konflikte innerhalb der Familie haben einen Grund. Einen Ursprung. Worin war der Konflikt zwischen Ihnen und Ms. Donner begründet?**

VK: Ach, nichts weiter … Darüber möchte ich im Beisein von Will nicht sprechen.

LP: Mr. Kalishenko, Miss Parker mag früher Ihre Assistentin gewesen sein, heute allerdings ist sie meine. Alles, was Sie mir anvertrauen, werde ich über kurz oder lang sowieso an sie weitergeben. Ich kann Ihnen versichern, dass sie eine professionelle Detektivin ist. Was Sie hier sagen, wird einzig und allein dazu verwendet, die Umstände von Ms. Donners Ermordung aufzudecken.

VK: Ruby und ich hatten … eine Beziehung. Als sie neu beim Zirkus war.

LP: Handelte es sich dabei um eine Beziehung romantischer Art?

VK: Wir waren ein Liebespaar, ja.

LP: Wie lange hielt diese Beziehung an?

VK: Nur ein paar Monate. Wir waren sehr diskret. Sie war neu, sie wollte nicht in Verruf geraten.

LP: Woran scheiterte Ihre Beziehung?

VK: Sie fand heraus, dass ich verheiratet war. Es gab Briefe in meinem Wohnwagen. Ruby hat sie gefunden. Sie waren auf Russisch, aber ich hatte Ruby ein paar Worte beigebracht. Deshalb verstand sie genug, um zu erkennen, dass der Inhalt der Briefe … intimer Natur war.

LP: **Sie hatten also eine Ehefrau in Russland zurückgelassen?**

VK: Ja. Meine Frau stammte aus einer großen Familie. Sie wollte sie nicht verlassen. Außerdem war sie mit unserem ersten Kind schwanger. Deshalb glaubte sie, die lange Reise wäre nicht gut für sie.

Sie ging nach Süden, da hatte sie Verwandte. Die wa-

ren mit unserer Heirat nie einverstanden gewesen. Ihr Vater … ich denke, er war froh, als ich verschwand. Ich sagte ihnen, ich würde sie später nachkommen lassen. Wenn ich mir etwas aufgebaut hätte.
Aber dieser Job in San Francisco … das war nicht gut für eine Familie. Das habe ich auch meiner Frau geschrieben. Sie hat es verstanden.

LP: Und als Sie dann zum Zirkus gingen?

VK: Da waren wir schon so lange getrennt – länger als wir vorher zusammen gewesen waren. Ich schrieb ihr, dass das Leben beim Zirkus auch nichts sei für eine Familie. Dass ich ihr Geld schicken würde. Es war … Ich dachte, so wäre es einfacher.

LP: Haben Sie sich jemals scheiden lassen?

VK: Meine Frau ist sehr religiös, dem würde sie niemals zustimmen. Ich habe es Ruby erklärt, habe ihr gesagt, dass wir schon lange keine richtigen Eheleute mehr waren. Schon viele Jahre nicht mehr. Aber sie war wütend. Weil ich ihr nicht gesagt hatte, dass ich verheiratet war. Ich habe ihr versichert, dass es gar keine Rolle spielt, aber … sie war starrköpfig und dumm und …

LP: Und die Überreste dieser Beziehung schwelten dann vor sich hin?

VK: Genau, sie schwelten! Aber bei unseren Streitereien ging es nie darum. Es ging immer nur um dumme Dinge: wie viele Tätowierungen sie hatte, genug davon, mehr als genug, um die Tätowierte Schönheit zu sein. Aber sie wollte immer mehr und mehr. Fast so als ob … sie sich verstecken wollte.

LP: Wissen Sie, welche Bedeutung die Margeriten über Ms. Donners linker Brust hatten?

VK: Margeriten?

LP: Eine Tätowierung, die sie bereits hatte, als sie beim Zirkus anfing, die sie aber später überdecken ließ.

VK: Ach ja, die Rose! Ich weiß noch, dass ich sie deshalb oft aufgezogen habe. Es sah gar nicht aus wie eine Rose. Eher wie … Mist. Aber Mist habe ich nicht gesagt. Die Margeriten waren wirklich hübsch. Deshalb habe ich gestichelt und sie gefragt, warum sie ein hübsches Bild mit etwas so Hässlichem überdeckt.

LP: Und hat sie Ihre Frage beantwortet?

VK: Oh ja. Sie sagte mir, ich solle … etwas nicht sonderlich Feines tun.

LP: Kommen wir zu den Ereignissen, die dem Mord vorausgingen. Angeblich hatten Sie und Ms. Donner am Tag ihres Todes eine lautstarke Auseinandersetzung. Wie kam es dazu, Mr. Kalishenko?

VK: Es ging um meine Tochter. Sie hat mir oft geschrieben, dass sie nach Amerika kommen will. Dass sie sich mit mir treffen will. Ich antworte ihr immer, dass das nicht geht. Dass es kein guter Zeitpunkt sei. Im Krieg … da war das leicht. Ruby wusste davon. Sie wusste, dass meine Tochter herkommen will und dass ich es ihr nicht erlaubt habe.

Am Montag bekam ich einen Brief von meiner Frau, in dem sie mir schrieb, meine Tochter sei auf dem Weg nach Amerika. Dass eine Zirkusfreundin von mir ihr geschrieben habe. Ruby – sie hatte diesen Brief geschrieben. Hatte ihr gesagt, wo der Zirkus gastieren wird. Sie hat sogar das Geld für die Schiffspassage mitgeschickt. Nächste Woche kommt das Schiff an. Meine Tochter wird dann in Charlotte sein. Wird dort auf den Zirkus warten. Auf mich warten.

LP: Haben Sie Ms. Donner damit konfrontiert?

VK: Montagabend habe ich nach ihr gesucht, sie aber nicht gefunden. Irgendwann … irgendwann habe ich mich betrunken und bin eingeschlafen.

Aber Dienstagmorgen habe ich sie dann gefunden. Als sie ihre Bude hergerichtet hat. Ich sagte ihr, dass sie sich nicht hätte einmischen sollen. Dass ich meine Tochter nicht sehen will. Dass sie mich nicht sehen will. Nicht wirklich.

Ich habe viele Dinge gesagt, die ich heute bereue.

LP: War Ms. Donner nach Ihrem Gespräch aufgewühlt?

VK: Ach ja?

LP: Sie sind sich nicht sicher?

VK: Sie wirkte … abgelenkt. Als hätte sie eigentlich keine Zeit, mit mir zu reden. Das hat mich noch wütender gemacht. Dass ich so wenig Bedeutung für sie hatte. Ich war … Ich bin nicht stolz darauf.

LP: Haben Sie Ms. Donner an diesem Tag noch einmal gesehen?

VK: Ich weiß es nicht.

Mittags hatte ich meine erste Vorstellung. Und dann noch eine um zwei. Bei der um vier … war ich nicht mehr ganz zielsicher. Ich habe Mirandas Wange gestreift. Sie meinte, ich sei zu betrunken, um aufzutreten. Dass sie sich nicht sicher fühle. Da habe ich … noch mehr Dinge gesagt, die ich jetzt bereue.

Danach ist meine Erinnerung nur noch bruchstückhaft.

LP: Woran erinnern Sie sich denn noch?

VK: Wie ich über das Zirkusgelände gewandert bin. Ir-

gendwann saß ich in meinem Wohnwagen und habe den Brief von meiner Frau noch einmal gelesen.
Ich wollte die Flasche wegstellen. Aber dann habe ich an Masha gedacht, meine Tochter. Daran, dass ich sie zum ersten Mal sehen werde.
Sie hat von mir nichts als die Briefe und Postkarten. Nichts als die Geschichten. Für sie bin ich nicht mehr als das: eine Geschichte, eine Zirkusvorstellung.
Im echten Leben aber bin ich ein alter Säufer, der weggelaufen ist und seine Familie im Stich gelassen hat. Und als ich darüber nachdachte, habe ich die Flasche doch wieder hervorgeholt.
LP: Können Sie sich noch daran erinnern, ob Sie am Abend auf dem Ring unterwegs waren, kurz nachdem der Zirkus geschlossen hatte?
VK: Nein. Zu diesem Zeitpunkt erinnere ich mich eigentlich an gar nichts mehr. Nur noch an den Wodka.
LP: Bei der Befragung durch die Polizei haben Sie gesagt, Sie könnten sich an nichts mehr erinnern, es sei aber möglich, dass Sie Ms. Donner getötet hätten. Glauben Sie das tatsächlich?
VK: Ich möchte es nicht glauben. Aber ich kann es nicht ausschließen. Ich war wirklich sehr wütend.

*

An dieser Stelle konnte ich mich nicht mehr zurückhalten.

»Schwachsinn!«, rief ich. »Du hast sie nicht umgebracht.«

»Padcheritsa …«

»Komm mir jetzt nicht mit Paddy Rita.« Ich schlug mit meinem Notizbuch gegen das Gitter. »Mir ist vollkommen egal, wie wütend du warst. Du hättest Ruby niemals ein Haar gekrümmt. Niemandem beim Zirkus.«

Er streckte die Hand zwischen den Stäben hindurch, aber ich weigerte mich, sie zu ergreifen.

»Willowjean, ich war sehr betrunken. Unter Alkohol sind Menschen manchmal nicht sie selbst. Du weißt das.«

Ja, ich wusste das. Mein Vater entstammte einer langen Reihe von Trinkern. Wie oft hatte er meine Mutter mit dem Gürtel verprügelt? Und nachdem sie gestorben war, hatte er ihn bei mir zur Anwendung gebracht. In diesem Fall würde ich aber eher sagen, der Alkohol hat noch deutlicher gemacht, wer er war.

Trotzdem konnte ich das nicht gelten lassen.

»Sie wurde von hinten erstochen«, knurrte ich. »Von *hinten.*«

Ms. Pentecost legte eine Hand auf meine Schulter, um mich zu beruhigen. Doch ich schüttelte sie ab. Ich wollte mich nicht beruhigen.

»Meinetwegen kannst du dichter gewesen sein als der Verkehr am Broadway, du würdest so etwas niemals tun.«

Er antwortete nicht, schüttelte nur seinen kahlen Schädel.

»Sind Sie vorher schon jemals verhaftet worden, Mr. Kalishenko?«, fragte mein Boss unvermittelt.

Er nickte. »Ja, mehrmals. In San Francisco.«

»In Zusammenhang mit Ihrer Arbeit als Leibwächter?«

Wieder nickte er.

»Beinhalteten die Vergehen, für die Sie verhaftet wurden, körperliche Gewaltakte?«

»Ja«, gab er zu. »Aber das waren Kleinigkeiten. Wenn die Leute ihre Schulden nicht bezahlt haben. Und da mein Arbeitgeber Einfluss hatte, wurde ich nie verurteilt.«

»Haben Sie im Rahmen Ihrer Tätigkeit in San Francisco Menschen getötet?«

Kurz huschte sein Blick zu mir herüber.

»Nein.«

Ich hielt den Atem an. Hoffentlich ließ sie es damit gut sein. Aber nein.

»Haben Sie jemals einen Menschen getötet, Mr. Kalishenko?«

Wieder sah Val mich an, diesmal eindeutig fragend.

»Hast du es ihr nicht erzählt?«

Ich schüttelte den Kopf.

»Was hat sie mir nicht erzählt?«, hakte Ms. Pentecost nach.

Verdammter Mist.

»Wollen Sie die lange Version hören oder die kurze?«, fragte ich.

»Beides ist mir recht«, antwortete sie leicht gepresst. Also würde sie mich nicht vom Haken lassen.

»Damals war ich knapp ein Jahr beim Zirkus und arbeitete schon regelmäßig als Vals Assistentin. Wir waren irgendwo im Osten von Ohio unterwegs. Wo genau, weiß ich nicht mehr. Der Ort war größer als Stoppard und kleiner als Cincinnati – an mehr erinnere ich mich nicht.«

Beinahe flüsternd erzählte ich ihr das. Zwar war ich mir ziemlich sicher, dass mögliche Lauscher im Erdgeschoss uns nicht würden hören können, aber ich wollte kein Risiko eingehen.

»Val und ich hatten unseren letzten Auftritt des Tages hinter uns und stellten fest, dass uns die … Vorräte ausgingen.«

»Der Wodka«, präzisierte Val. »Ich hatte keinen Wodka mehr. In der Nähe gab es eine Bar, also dachte ich, ich kaufe mir dort eine Flasche. Will hat mich begleitet. Sie dachte, ich würde in Schwierigkeiten geraten, wenn …«

»… wenn man ihn sich selbst überlässt«, übernahm ich wieder. »Also haben wir uns einen Wagen geschnappt und sind zu dieser Kneipe mitten im Nirgendwo gefahren. Erst bin ich mit reingegangen, aber der Barkeeper hat mich sofort angebrüllt, dass ich gefälligst verschwinden soll. Ich war damals erst sechzehn und sah aus wie dreizehn. Also bin ich wieder raus und habe dort gewartet. Es war zu heiß, um im Auto zu sitzen, deshalb habe ich mich auf die Heckklappe gehockt. Nach ungefähr einer Minute kamen ein paar Typen aus der Bar, haben ihre Zigaretten rausgeholt und diese klassische ›Wo-ist-denn-bloß-mein-Feuerzeug?‹-Nummer abgezogen. Dann rief einer von ihnen mir zu, ob ich vielleicht Streichhölzer hätte. Ich sagte Ja, also kamen sie rüber.«

Während ich es aufschreibe, komme ich mir genauso dumm vor wie in dem Moment, als ich es Ms. Pentecost erzählte. Wie hoch stehen denn bitte schön die Chancen, dass zwei Typen Zigaretten dabeihaben, aber keiner von ihnen ein Feuerzeug? Und warum gehen sie nicht einfach zurück in die Bar, wo auf jedem verdammten Tisch Streichholzbriefchen liegen?

Ich war sechzehn Jahre alt und musste noch eine Menge

lernen, deshalb stellte ich keine dieser Fragen. Und deshalb war ich auch vollkommen schockiert, als einer der beiden meinen Arm packte und ihn mir auf den Rücken drehte, während der andere meine Taschen ausräumte.

Von gewissen Dingen hatte ich keine Ahnung, aber ich wusste, wie man sich verteidigt. Also riss ich die Beine hoch, stemmte die Füße gegen den Wagen und drückte. Der Kerl, der mich festhielt, verlor das Gleichgewicht, und wir landeten zusammen im staubigen Kies. Ich schaffte es zwar, mich vor ihm wieder aufzurappeln, aber da wartete sein Freund bereits auf mich.

Er verpasste mir einen fiesen rechten Haken gegen die Leber. Während ich mich krümmte und mein Abendessen auskotzte, packte er mich am Hals und drückte zu.

Ich war schon halb ohnmächtig, als er plötzlich grunzte und mich losließ. Als ich auf dem Hintern landete, stand Val über mir, in einer Hand eine zerbrochene Flasche, in der anderen ein Messer. Der Mann, der mich zuerst gepackt hatte, lag mit dem Gesicht nach unten im Staub. Nun hechtete der Messerwerfer über mich hinweg und stürzte sich auf den zweiten Kerl. Mir spritzte Blut ins Gesicht.

Val packte mich, zerrte mich in den Wagen, und wir rasten davon. Wir verloren kein einziges Wort über diesen Vorfall, auch nicht bei unseren Freunden vom Zirkus.

»Haben Sie diese Männer getötet?«, fragte Ms. P den Messerwerfer leise.

Er zuckte mit den Schultern. »Ich weiß es nicht. Verletzt habe ich sie auf jeden Fall. Schwer. Aber am nächsten Tag ist der Zirkus weitergezogen.«

Ms. P wandte sich mir zu.

»Fünfzig-fünfzig, würde ich sagen«, erklärte ich ihr. »Ich habe nicht nach ihrem Puls gefühlt, bevor wir abgehauen sind. Ich weiß nur, dass nie irgendwelche Cops aufgetaucht sind.«

Mein Boss bekam diesen nachdenklichen Gesichtsausdruck.

»Es spielt auch gar keine Rolle«, hielt ich ihr vor. »Die Polizei hier weiß nichts davon. Und was den Mord an Ruby angeht, ist es vollkommen schnuppe. Nicht relevant.«

Mein Protest fiel ein wenig zu heftig aus, das hörte ich selbst. Für Ms. Pentecost war es sehr wohl relevant, und ich wusste auch, wieso. Löst ein Mensch ein Problem einmal durch einen Mord – auch wenn es in Notwehr geschieht –, wird es ihm beim zweiten Mal wesentlich leichter fallen. Vor allem, wenn er beim ersten Mal davongekommen ist.

Indem sie diese Geschichte aus uns herausgelockt hatte, hatte mein Boss einen Punkt eindeutig bewiesen: In Kalishenko schlummerte die Bereitschaft zu töten.

Wenn er sich selbst oder jemanden, den er liebte, bedroht sah, würde er nicht zögern, die Bedrohung mithilfe eines Messers aus der Welt zu schaffen. Was uns zu der Frage führte: Sah er Rubys Einmischung in sein Familienleben als Bedrohung an?

Und als er durch den Alkohol beinahe weggetreten gewesen war – hatte er es da als Bedrohung empfunden?

War mein ehemaliger Mentor dazu in der Lage gewesen, Ruby Donner umzubringen?

Als wir das Gespräch beendeten, konnte ich diese Frage nicht mehr zweifelsfrei beantworten.

Kapitel 15

WIR VERABSCHIEDETEN UNS von Val, und ich versprach ihm, dass wir ihn über unsere Fortschritte auf dem Laufenden halten würden. Als wir die Polizeistation verlassen wollten, zog Officer Joe mich beiseite, weg von den gespitzten Ohren der Sekretärin.

»Das mit gestern Abend tut mir leid«, entschuldigte er sich. »Sie haben mich irgendwie überrumpelt, und ich war ein wenig … äh …«

»Arschig?«, schlug ich vor. Nach der Befragung dort unten war ich nicht in der Stimmung für Nettigkeiten.

»Eigentlich wollte ich unhöflich sagen, aber das trifft es wohl auch«, gab er zu. »Jedenfalls … äh … arbeite ich an meiner Maschine, um den Kopf freizukriegen. Ich hatte sowieso schon einen miesen Tag, und dann war da noch dieser verdammte Vergaserbolzen. Ich besitze sieben Schraubenschlüssel, und keines von den Mistdingern hat gepasst, und –«

Ich hob abwehrend die Hände. »Kommt da auch irgendwo noch eine Entschuldigung?«

»Ja.« Er lief rot an. »Es tut mir leid. Ich wollte nicht so …«

»… arschig sein.«

»Arschig sein.«

»Na ja.« Demonstrativ musterte ich meine Fingernägel. »Eigentlich waren Sie ja nicht sooo arschig. Machen Sie sich keinen Kopf, Officer.«

»Nennen Sie mich Joe, bitte.«

»Machen Sie sich keinen Kopf, *Joe.*«

»Trotzdem würde ich es gerne wiedergutmachen«, betonte er. »Darf ich Sie zum Mittagessen einladen?«

Wer hätte gedacht, dass ein Pfarrerssohn so rangeht?

»Klar doch. Auch unsereins nimmt Nahrung zu sich. Wann wäre es Ihnen denn recht?«

Er warf einen Blick auf die ramponierte Edelstahluhr an seinem Handgelenk.

»Wie wäre es jetzt gleich?«

Ich sah Richtung Tür, wo mein Boss wartete.

»Ich muss erst Ms. Pentecost zurückbringen. Geben Sie mir eine halbe Stunde?«

»Eine halbe Stunde? Bis zu Docs Haus braucht man gerade mal fünf Minuten.«

Offenbar dachte er, ich würde in meinen Beerdigungsklamotten essen gehen. Männer sind manchmal wirklich putzig.

»Eine halbe Stunde, sonst müssen wir es auf einen anderen Tag verschieben«, beharrte ich.

»Dann also in einer halben Stunde.«

Aus dem Augenwinkel sah ich, wie Mrs. Gibson den Kopf so weit in unsere Richtung streckte, dass sie von ihrem Stuhl zu kippen drohte.

»Kann man denn hier noch irgendetwas anderes essen als das beste Grillhuhn des Staates?«

»In Lions Apotheke gibt es einen Mittagstisch«, erklärte Joe. »Und Sitzecken, wo man relativ ungestört ist.

»Dann sehen wir uns in einer halben Stunde dort«, entschied ich, auch wenn meiner Meinung nach Ungestörtheit auf keiner Karte in Stoppard zu finden war, ganz egal, wo man aß.

»Bis dann.« Er schenkte mir ein Lächeln, mit dem er bei den Mädels hier auf dem Land bestimmt immer ins Schwarze traf. Bei einem erfahrenen Stadtkind wie mir war es allerdings nicht mehr als ein Streifschuss.

*

Im Wagen erzählte ich Ms. P von meinem unverhofften Date.

»Hältst du das wirklich für klug?« Hintergrund ihrer Frage war wohl, dass meine letzte Verabredung mit einer in einen unserer Fälle verstrickten Person kein sonderlich gutes Ende genommen hatte.

»Ruby und er waren mal zusammen, behauptet zumindest Doc«, erklärte ich ihr, während ich den Truck einmal um den Marktplatz lenkte und dann Richtung Zirkus fuhr. »Und Sie wollten, dass wir mehr über ihr Leben hier in Stoppard in Erfahrung bringen. Joe könnte uns da weiterhelfen.«

Skeptisch zog sie eine Augenbraue hoch.

»Er hat mich gebeten, ihn Joe zu nennen«, rechtfertigte ich mich. »Da wäre es unhöflich, es nicht zu tun.«

Ms. P kurbelte ihr Fenster ein Stück herunter. Die heiße Luft fuhr durch die feinen Haarsträhnen, die sich aus ihrer Frisur gelöst hatten.

»Es wird wohl vielmehr so sein, dass er sich Informationen von dir erhofft«, wandte sie ein. »Entweder aus eigenem Antrieb oder im Auftrag von Chief Whiddle.«

»Genau«, maulte ich. »Ein attraktiver Kerl will mit mir ausgehen – da muss er ja darauf aus sein, sich Hinweise zu erschleichen.«

Die große Detektivin antwortete nicht. Wahrscheinlich, weil es auch in dieser Hinsicht einen Präzedenzfall gab. »Zum Glück haben wir ja gar keine Informationen, die er sich erschleichen könnte«, fügte ich zähneknirschend hinzu.

»*Etwas* haben wir schon.«

»Aber ich werde ihm ganz sicher nichts von Vals Vergangenheit mit dem Messer erzählen.«

»Das hätte ich auch nicht gedacht«, sagte sie. »Obwohl ich schon enttäuscht bin, dass du mir nicht früher davon erzählt hast.«

Darauf fiel mir keine andere Antwort ein, als auf das Gaspedal zu drücken – in der Hoffnung, diese nicht gerade angenehme Fahrt um ein paar Sekunden zu verkürzen.

Ms. Pentecost füllte für mich die Lücken: »Du wolltest Mr. Kalishenko schützen.«

»Ja, klar.«

»Aber es ist nicht deine Aufgabe, Mr. Kalishenko zu schützen. Deine Aufgabe besteht darin, den Mörder von Ruby Donner zu finden. Und es ist nicht gerade hilfreich für uns, wenn du Informationen zurückhältst.«

»Mit dieser Geschichte um die Ecke zu kommen hätte uns aber auch nicht weitergeholfen.«

»Mag sein. Möglicherweise aber eben doch.« Sie versuchte vergeblich, die losen Strähnen wieder in die

Flechtfrisur hineinzuschieben. »Und nun muss ich mich zwangsläufig fragen, was du sonst noch verheimlichst.«

Genauso gut hätte sie mir eine Ohrfeige verpassen können. Fassungslos sah ich zu ihr hinüber. Dachte sie wirklich, ich würde sie belügen?

Ich konnte es nicht sagen, denn sie blickte starr aus dem Beifahrerfenster.

»Ich verheimliche ansonsten überhaupt nichts«, versicherte ich ihr. »Das schwöre ich beim Grab meiner Mutter.«

Sie nickte knapp, sah mich aber noch immer nicht an.

Den Rest der Fahrt verbrachten wir schweigend.

*

Als wir bei Docs Haus ankamen, ging ich direkt in mein vorübergehendes Schlafzimmer, um Locken zu entwirren, Lippenstift aufzutragen und ein paar Minuten damit zu verschwenden, etwas gegen die Sommersprossenhaufen zu unternehmen, die die Sonne auf meine Wangen gezaubert hatte. Vergeblich natürlich. Darauf folgte eine erschütternd lange Phase der Unentschlossenheit, da ich nicht wusste, ob ich nun das kurzärmlige blau-weiß karierte Gürtelkleid oder den kanariengelben Hosenanzug anziehen sollte.

Das Kleid passte besser zum Kleinstadtleben, da es gerade noch als unbedenklich durchging. Der Anzug wiederum passte hervorragend zu meinen Augen, meinen Haaren und den immer weiter steigenden Temperaturen, da die Ärmel über dem Ellbogen endeten und die

Hose so umgearbeitet worden war, dass sie nur noch bis zum Knie reichte.

Ich probierte gerade das Kleid vor dem Spiegel an, als es klopfte.

»Herein.«

Ms. P trat ein und schloss mit einem Ruck die Tür hinter sich. Dann kam sie zu mir herüber und setzte sich auf das schmale Bett. Fast rechnete ich damit, nun eine halbherzige Entschuldigung von ihr zu hören, allerdings glaubte das nur der Teil von mir, der meinen Boss nicht kannte.

»Ich meinte das Heroin.«

»Wann? Wie?« Ich zog das Kleid wieder aus.

»In unserem Gespräch vorhin. Als ich sagte, dass wir sehr wohl ein paar Details kennen, die für Officer Engle von Interesse sein könnten. Ich bezog mich dabei auf das Heroin, nicht auf Mr. Kalishenkos kriminelle Vergangenheit.«

Ich streckte ihr beide Outfits entgegen.

»Was meinen Sie? Ich kann mich nicht entscheiden: das Mädchen von nebenan oder Kate Hepburn.«

»Hast du noch Zeit zum Bügeln?«

»Ich habe kaum genug Zeit, es zuzuknöpfen.«

»Dann den gelben Anzug.«

Ich ließ das karierte Kleid fallen und schlüpfte in den Hosenanzug.

»Also ... das Heroin«, setzte mein Boss erneut an. »Vorerst sollten wir alles daran setzen, dieses Wissen für uns zu behalten.«

»Eigentlich wollte ich es mitnehmen«, ätzte ich, während ich den Anzug zuknöpfte. »Wollte Joe mal davon kosten lassen. Ihn fragen, was er von der Rezeptur hält.

Vielleicht bitten wir auch noch Chief Whiddle dazu und lassen ihn –«

»Schon verstanden«, unterbrach sie mich mit einem schweren Seufzer.

»Ich denke, ich werde es gerade noch hinbekommen, diese eine Sache nicht auszuplaudern«, rief ich über die Schulter, während ich in meinem Koffer nach Schuhen suchte, die zu Kanariengelb passten.

»Wobei es natürlich durchaus praktisch wäre, wenn sich eine Gelegenheit ergäbe herauszufinden, ob Ms. Donner auch schon zu rebellischem Verhalten neigte, bevor sie sich dem Zirkus anschloss.«

Ich fand ein Paar weiße Schnürpumps mit Blockabsatz. Nicht besonders praktisch, aber ansonsten hatte ich nichts, was sich mit Gelb kombinieren ließ.

»Sie wollen damit also sagen, ich soll mehr abgreifen, als ich rauslasse«, fasste ich zusammen, während ich meine Füße Größe 39 in die Schuhe quetschte. »Vor allem, wenn sich etwas findet, das uns bei der Lösung dieses Mordfalls helfen könnte.«

Sie warf mir einen ihrer leidgeprüften Blicke zu, dann zupfte sie einen mikroskopisch kleinen Fussel von meiner Schulter.

»Egal, wie du vorgehst – bitte sei vorsichtig.«

»Ich kriege das schon hin«, versicherte ich ihr, während ich mir noch einmal mit der Bürste durch die Haare fuhr. »Außerdem gehört zu den wenigen Informationen, die wir haben, auch die Tatsache, dass Rubys Mörder Rechtshänder ist. Somit dürfte mein Date so ziemlich der einzige Mensch in der gesamten Stadt sein, den wir mit Sicherheit ausschließen können.«

Kapitel 16

DER MITTAGSTISCH IN Lions Apotheke unterschied sich kaum von dem, was man bei uns in New York drei Blocks von unserem Haus entfernt bekam. Okay, vielleicht gab es Unterschiede in Bezug auf die Karte (kleiner und ohne Einbeziehung des Begriffs »kosher«), den Akzent des Mannes hinter dem Tresen (ländlicher als in Brooklyn), die Aussicht (nichts vor dem Fenster, was mehr als zwei Stockwerke hatte) und die Tatsache, dass ich das Unterhaltungsprogramm darstellte. Zumindest schloss ich das aus den wenig subtilen Blicken der Menschen, die in den übrigen Sitznischen hockten.

Joe fiel das ebenfalls auf.

»Tut mir leid, dass die so starren«, entschuldigte er sich zwischen zwei Bissen Krautsalat. »Inzwischen hat sich wohl rumgesprochen, wer Sie sind und warum Sie hier sind.«

»Woran Ihre Sekretärin vermutlich nicht ganz unbeteiligt war.« Ich hob die obere Brotscheibe von meinem Reuben-Sandwich und verzog kurz das Gesicht. Ich hatte schon schlimmere gegessen, allerdings kaum fadere.

»Na ja, sie ist Marty Gibsons Witwe.« Seinem Tonfall nach zu schließen war damit alles erklärt.

Während ich einige Gehirnzellen für die Wahl meines

Outfits verbraten hatte, trug er noch immer seine Uniform. Die ihm allerdings auch wirklich gut stand. Außerdem war er immerhin so höflich gewesen, den Pistolengürtel abzunehmen und neben sich auf die Bank zu legen.

Schließlich sah ich mich gezwungen, die Frage zu stellen: »Wer ist Marty Gibson?«

»Er war vor Tom Whiddle der Polizeichef hier. Ist im Dienst gestorben. Herzinfarkt. Tom war sein Deputy, also wurde er Interimschef. Dann hat der Stadtrat ihm das Amt dauerhaft übertragen, und dabei ist es dann geblieben. Das ist jetzt gute zwanzig Jahre her. Ruth – also Mrs. Gibson – hat zwei Söhne, die damals noch zur Schule gingen, und von der Witwenrente allein konnte sie nicht leben. Deshalb hat er quasi extra für sie diese Stelle geschaffen.«

»Und wie verträgt sich das mit der Tatsache, dass sie Stoppards Antwort auf Hedda Hopper ist?«

»So viel tratscht sie eigentlich gar nicht«, protestierte er wenig überzeugend. »Aber sie ist dem Chief treu ergeben. Sieht sich selbst als eine Art Wachhund. Wenn jemand Unruhe stiftet, nimmt sie das persönlich.«

»Und ich bin ein Unruhestifter?«

»Sie sind … ungewöhnlich.«

Gar nicht mal so schlecht, wie er sich da rauswand.

»Ach so, *ungewöhnlich.*« Dennoch musste ich auf diesem Adjektiv ähnlich lange herumkauen wie auf meinem Sandwich. »Wer will schon clever oder hübsch genannt werden? Ungewöhnlich, das ist heute Trend.«

Man konnte regelrecht sehen, wie er an einer Entschuldigung bastelte, bis er plötzlich misstrauisch die Augen zusammenkniff.

»Sie veräppeln mich, stimmt's?«

»Nicht schlecht. Wenn Sie so weitermachen, wird vielleicht noch ein Detektiv aus Ihnen.«

»Apropos Detektiv, wie kommt ein cleveres, hübsches Mädchen wie Sie eigentlich zu einem solchen Beruf?«

»Ein wenig Zufall gepaart mit meiner Ungewöhnlichkeit.«

Ich schilderte ihm kurz, wie das mit Ms. Pentecost und mir entstanden war. Dabei ließ ich ein paar Details unter den Tisch fallen, etwa die Tatsache, dass ich einem Mann ein Messer in den Rücken gebohrt hatte, als ich Ms. P das Leben rettete.

»Das ist unglaublich«, stellte er fest, als ich fertig war.

»Es ist recht spannend«, gab ich zu, während ich mir ansah, welche Milchshakes hier angeboten wurden. »Und was ist mit Ihnen? Ist Ihr Leben bisher auch spannend verlaufen?«

Damit entlockte ich ihm ein Schmunzeln. »Also, so geschickt hat mich noch keiner gefragt, wie ich meinen Arm verloren habe.«

»Anfangs hätte ich auf Alligatorenringkampf getippt«, meinte ich. »Aber dann habe ich die gesehen.«

Ich deutete mit dem Kopf Richtung Fenster, wo ein ausgeblichenes gelbes Flugblatt hing.

*

Unterstützt unsere Jungs! Kauft Kriegsanleihen!

*

Joe warf nur einen kurzen Blick darauf, dann wandte er sich mit einem angewiderten Schnauben ab.

»Das hat sich einer von der Bank ausgedacht«, erklärte er mir, nachdem er einen Schluck von seinem Rootbeer genommen hatte. »Die haben sogar eine kleine Parade veranstaltet. Für mich und ein paar andere Jungs, die zur selben Zeit zurückgekommen sind. Haben uns hinten in das Chevy-Kabrio des Bürgermeisters gesteckt und sind mit uns über die Hauptstraße gezockelt.«

»Und musstet ihr dafür eure Sonntagskleidchen anziehen?«

Joe verschluckte sich und hustete schnaufend. Jetzt starrte auch noch der Letzte im Laden zu uns herüber.

»Verdammt noch mal«, keuchte er, während er das Rootbeer aus seiner Nase schnaubte. »Der hat mich eiskalt erwischt.«

»Dann versuche ich es eben mal ganz direkt: Wie haben Sie den Arm verloren?«

»In den Ardennen.« Er schnappte sich eine Handvoll Servietten und wischte sich das Gesicht ab. »Während der zweiten Woche des Gegenangriffs. Direkt neben mir ist ein deutsches Artilleriegeschoss hochgegangen. Ich habe erst kapiert, was passiert ist, als ich zwei Tage später im Lazarettzelt aufgewacht bin.«

Die geübte Formulierung zeigte, dass seine Antwort quasi vorgefertigt war. Wie oft war ihm diese Frage wohl schon gestellt worden?

»Und ich schätze mal, Sie waren kein Linkshänder.«

Joe schüttelte den Kopf. »Ich musste alles neu lernen. Allerdings war ich mit links immer schon ziemlich geschickt. Schießen klappt erstaunlich gut. Aber meine Handschrift ist eine Katastrophe. Und wenn ich Berichte tippe, folge ich dem Einfingersuchsystem.«

Daraufhin pries ich die Vorzüge der Stenografie an, besonders geeignet für all jene, deren Handschrift mit der eines Affen vergleichbar ist. Ich dehnte diesen Vortrag so weit aus, dass er sich schön in Sicherheit wiegte und meine nächste Frage ihn ziemlich überrumpelte.

»Ich habe gehört, Sie und Ruby waren mal ein Paar?«

Okay, okay, wirklich überrumpelt hatte ich ihn nicht. Vermutlich hatte er eher darauf gewartet.

»Ja, das waren wir.« In seiner Miene war ungefähr so viel Ausdruck zu finden wie Geschmack in meinem Sandwich. »Ungefähr ein Jahr lang, während unserer Highschool-Zeit.«

»Kein großes Geheimnis, nehme ich an?«

Er schüttelte den Kopf. »Überhaupt nicht. Ich meine, ehrlich jetzt: Sie sind gerade mal einen Tag in der Stadt und wissen bereits Bescheid.«

»Sicher, aber ich bin eine professionelle Ermittlerin. Es ist mein Job, im Leben anderer Leute herumzuwühlen.«

»In diesem Fall braucht man nicht viel zu wühlen.« Er schob sich die letzten Pommes von seinem Teller in den Mund. »Ich war Kapitän des Footballteams, sie galt als heiße Anwärterin auf die Krone der Homecoming-Queen. Unser Bild ist im Jahrbuch, Herrgott noch mal.«

Für diese kleine Ausfälligkeit hätte ich ihm gerne einen Rippenstoß verpasst.

Stattdessen sagte ich: »Klingt nach einer Bilderbuchromanze.«

Seine üppigen Lippen wurden zu einem schmalen Strich.

»Allerdings ohne Happy End«, fuhr er fort. »Ich wusste schon damals, dass sie bereits mit einem Fuß aus der Tür war. Beziehungsweise aus der Stadt. Sie hat nie ein Geheimnis daraus gemacht, sobald sie ihren Abschluss hatte, wollte sie abhauen. Aber es lief so gut zwischen uns, dass ich irgendwie dachte …«

»Ja?«

»Dass ich sie vielleicht dazu überreden könnte, eben doch zu bleiben, verstehen Sie?«

»Kein Glück gehabt?«

»Nein. Sie hat nicht mal bis zum Abschluss gewartet. Eines Tages hat sie einfach ihre Sachen gepackt und ist gegangen – mit dem Bus nach Fredericksburg, dann mit dem Zug weiter nach New York. Ich habe es erst mitgekriegt, als sie schon weg war. Mein Vater hat es mir gesagt. Der hatte es von ihren Eltern erfahren. Ruby hat sich wohl noch mit ihnen gestritten, bevor sie verschwunden ist.«

Wenn man bedachte, dass sie nie zurückgekehrt war – nicht einmal zur Beerdigung –, war »gestritten« vermutlich nicht ganz das passende Wort.

»Drei oder vier Jahre später habe ich dann gehört, dass sie jetzt beim Zirkus arbeitet. Jemand kam aus dem Urlaub zurück und meinte, er hätte sie dort gesehen. Und dass sie von Kopf bis Fuß tätowiert sei. Erst habe ich noch gedacht, das müsse eine Verwechslung sein, aber dann haben sie mir ein Bild gezeigt. So wie die, die Sie gestern Abend dabeihatten.«

»Das muss hart für Sie gewesen sein«, stellte ich fest.

Joe zuckte mit den Schultern. »Eher verwirrend, wissen Sie. Schwer vorstellbar, wie sie von hier nach da gekommen sein soll.«

»Hatten Sie je Gelegenheit, sie danach zu fragen?«

»Nein.«

War diese Antwort nicht ein wenig zu schnell gekommen? Ich wollte gerade noch einmal nachhaken, als die Glocke über der Tür zweimal bimmelte und Schwester Evelyn hereinkam. Sie winkte dem Laborkitteltypen zu, der im hinteren Teil der Apotheke herumwerkelte. Dann wanderte ihr Blick an den Sitznischen entlang, und sie hob in gespielter Überraschung die Brauen.

Sie kam zu uns herüber.

»Joe«, begrüßte sie ihn lächelnd, »was für ein Zufall.«

»Hi, Evelyn.«

Nun wandte sie sich mir zu, und ihr Lächeln verlor deutlich an Strahlkraft.

»Miss Parker, richtig?«

»Ganz genau.«

Der Apotheker im weißen Kittel trat an ihre Seite. Er schien ein friedlicher Mensch zu sein, auf dessen ovalem Schädel nicht genug Haar verblieben war, um ihn zu bedecken. Unter seinem Kittel waren eine schwarze Hose und ein weißes Hemd zu erahnen, alles schon so oft gewaschen, dass es einen erkennbaren Grauschleier hatte.

Erst als Joe ihn mit »Hey, Bert« begrüßte, erkannte ich in ihm den Mann, der tags zuvor als Bruder Carls Fahrer fungiert hatte.

»Hi, Joe«, erwiderte Bert. »Ich wusste gar nicht, dass du hier bist. Sonst hätte ich ja schon längst Hallo gesagt.«

»Kein Problem. Nur ein schnelles Mittagessen mit einer unserer Besucherinnen.« Das Lächeln auf Joes Gesicht war überzeugend, doch die Art, wie er sich an sein

Rootbeer klammerte, verriet mir, dass er von der Stippvisite nicht gerade begeistert war.

Bert streckte mir die Hand hin.

»Bert Conroy«, stellte er sich vor. Auf seinem Gesicht breitete sich das strahlende Lächeln eines Verkäufers aus, der einem einen Chevy andrehen will – »mit nur minimalen Gebrauchsspuren«. »Evelyns Ehemann.«

»Bert ist mein Cousin«, ergänzte Joe.

»Mütterlicherseits. Möge sie in Frieden ruhen«, präzisierte Bert. »Aber Joe und ich haben uns immer so nahegestanden wie Brüder. Und als Kinder waren wir ständig zusammen, nicht wahr, Joe? Haben uns auch oft in Schwierigkeiten gebracht. Da könnte ich Ihnen Geschichten erzählen …«

Die gute Evelyn bohrte ihrem Mann den Ellbogen in die Rippen.

»Wolltest du Joe nicht etwas sagen?«

»Ja, richtig, tut mir leid. Also, Joe, es gibt da etwas, das ich, na ja, worauf ich dich hinweisen muss. In deiner Eigenschaft als Gesetzesvertreter, verstehst du?«

Bert warf mir einen unsicheren Blick zu.

»Ist schon gut«, winkte Joe ab. »Was auch immer du mir sagen willst – in einer halben Stunde weiß sowieso die ganze Stadt Bescheid. Also rück schon raus damit.«

Das schien Bert zwar nicht ganz zu überzeugen, aber er fügte sich.

»Don Perkins hat von seinem Neffen erfahren – nicht von Lou, von dem anderen –, dass gestern Abend … dass in diesem Zirkus … da soll es eine Burlesque-Veranstaltung gegeben haben. Dort sollen Frauen sich … Na ja, Burlesque eben. Du kannst es dir ja sicher vorstellen.«

Flammende Röte überzog nicht nur Berts Wangen, sondern auch seinen kahlen Schädel. Am liebsten hätte ich ihn gefragt, was Burlesque denn bitte sei. Ob er es mir beschreiben könne. Doch wenn ich das tat, würde er vermutlich in Ohnmacht fallen.

»Ich werde mit dem Chief darüber sprechen«, versicherte Joe.

»Okay.« Erschöpft wischte sich Bert den Schweiß von der hohen Stirn. »Ich dachte einfach, du solltest das wissen.«

»Sehen wir uns morgen in der Kirche?«, fragte Schwester Evelyn den Cousin ihres Mannes. Ihr Ton verriet, dass es sich offenbar um eine heikle Frage handelte. »Es ist der erste Sonntag im Monat, da hält Bert die Messe.«

Joe schüttelte den Kopf. »Ich habe eine Zwölfstundenschicht. Vielleicht nächste Woche.«

»Du musst Tommy Whiddle sagen, dass er dich nicht so hart rannehmen soll«, fand Bert. »Ich verstehe nicht, warum du die ganze Zeit Bereitschaftsdienst schieben musst. Ist ja nicht so, als würde hier jemals irgendwas passieren.«

Dann warf er mir einen verlegenen Blick zu und fuhr sich mit der Hand durch die wenigen Haare.

»Also, ich meine … Sie wissen schon … normalerweise. Das mit Ruby ist natürlich schrecklich. Einfach schrecklich.«

»Haben Sie Ruby Donner denn gut gekannt?« Ich hatte von Ms. Pentecost gelernt, mir keine Gelegenheit für eine Befragung entgehen zu lassen.

»Ja, schon recht gut, würde ich sagen«, sagte Bert nickend. »Wir waren ja alle in der Kirche, ungefähr im selben Alter. Da haben wir als Kinder oft zusammen gespielt. Obwohl ich zugeben muss, so eng waren Ruby und ich eigentlich nicht. Aber Evelyn und sie waren gut befreundet, nicht wahr, Liebling?«

Seine Frau sah aus, als hätte sie in eine Zitrone gebissen.

»Als Kinder«, betonte sie. »Nicht mehr, als wir älter wurden. Sie … na ja … sie hatte dann einfach andere Interessen, nicht wahr?«

Ihr war anzumerken, dass sie diese »anderen Interessen« gerne detailliert aufgezählt hätte. Vermutlich standen »Bücher, Filme, kurze Röcke und anderes Teufelszeug« ganz oben auf der Liste. Doch Evelyn sah nur kurz zu Joe hinüber und blieb stumm.

»Na komm, Bert.« Sie griff nach seiner Hand. »Lassen wir die beiden in Ruhe. Ich muss auch zurück in den Blumenladen.«

»Aber natürlich, du hast ganz recht, meine Liebe«, stimmte er zu, während seine Frau ihn langsam mit sich fortzog. »Ich dachte einfach nur, du solltest das wissen … Das, äh, was Dons Neffe erzählt hat. Wir sehen uns dann!«

Evelyn verließ das Geschäft, und Bert kehrte auf seinen Posten am Schalter für rezeptpflichtige Medikamente zurück.

»Wenn das hier ein Schulball wäre, hätten die zwei mit einem Lineal unseren Tanzabstand gemessen«, stellte ich fest.

Joe lachte. »Ja, das war nicht gerade subtil, was?«

»Wie ist das mit Bert?«, erkundigte ich mich. »Ist er auch Prediger?«

»Hilfspastor. Irgendwann wird er wohl das Amt von meinem Dad übernehmen.«

Irgendwie konnte ich mir nicht vorstellen, wie der friedfertige Apotheker Johannes den Täufer ersetzen sollte, und das sagte ich Joe auch.

»Besser er als ich«, meinte er daraufhin nur.

Auf meinen fragenden Blick hin erklärte er: »Eine Zeit lang war ich dazu bestimmt, die Nachfolge meines Vaters anzutreten.«

»Sie? Als Prediger?«

»Meinen Sie etwa, ich hätte nicht das Zeug dazu? Oh Mann, ich sollte sogar Theologie studieren, das volle Programm.«

Meine Skepsis war wohl nicht zu übersehen.

»Okay, das war wohl eher die Vorstellung meines Vaters, nicht meine«, gab Joe zu. »Er war nie auf dem College und hat das immer bereut. Hat mit dreizehn die Schule geschmissen und ist Holzfäller geworden. Fünfzehn Jahre lang hat er in Maine Hartholz gehackt, bis er eines Abends zu so einer Erweckungsveranstaltung eingeladen wurde. Und das war's dann.«

»Was ist denn aus Ihrem Theologiestudium geworden?«, wollte ich wissen.

Joe stemmte den linken Ellbogen auf den Tisch und verlagerte sein Gewicht, als wollte er den rechten folgen lassen. Als ihm bewusst wurde, was er da tat, ließ er sich leicht verlegen gegen die Lehne fallen.

»Ich schätze mal, es ist einfach zu viel passiert. Mein Vater würde wohl sagen, ich habe meinen Glauben verloren.«

»Und was würden Sie sagen?«

Seine Augen waren zwar auf mein Gesicht gerichtet, fixierten aber offenbar etwas, das viel weiter weg war. Es dauerte eine ganze Weile, dann zuckte er mit den Schultern.

»Ich vermute mal, ich würde das ebenfalls sagen.«

Schnell schlug ich einen neuen Kurs ein.

»Wie kam es denn, dass Sie die Bibel gegen die Marke getauscht haben? Das scheint mir doch eine ziemlich abrupte Kehrtwende zu sein.«

Joe schüttelte den Kopf. »Chief Whiddle hat mir den Job angeboten, als ich zurückkam. Aus Mitleid, schätze ich.«

Nun hatte unser Gespräch endgültig den Punkt erreicht, wo die Brücke nicht mehr befahrbar war, aber ich hatte keine Ahnung, wie ich da wieder rauskommen sollte.

»Okay, es gibt eine Menge Dinge, die ich Sie gerne fragen würde«, sagte ich deshalb. »Aber eine Sache treibt mich ganz besonders um.«

»Schießen Sie los.«

»Wie schätzen Sie die Milchshakesituation hier ein?«

*

In Lions Apotheke konnte man vielleicht eine Rattenfalle nicht von einem Sandwich unterscheiden, aber mit Milch kannten die sich echt aus. Ich entschied mich für Erdbeer, während Joe sich an Vanille hielt. Ich versuchte, ihm das nicht anzukreiden.

Gemeinsam schlenderten wir zurück zur Polizeistation. Vor der Eingangstreppe angekommen, stellte ich ihm dann die Frage, die ich die ganze Zeit vor mir hergeschoben hatte.

»Sie sind Ruby beim Zirkus nicht zufällig über den Weg gelaufen?«, wollte ich wissen. »Vielleicht so eine Stunde, bevor sie starb?«

Er blieb so abrupt stehen, dass sein Shake überschwappte. Mühsam versuchte er, irgendwie an sein Taschentuch heranzukommen, während er gleichzeitig den Becher festhielt. Schließlich holte ich meins heraus und wischte ihm die Vanillemilch von den Fingern.

»Das ist aber doch sehr konkret. Warum fragen Sie?«

»Jemand hat gesehen, wie sie sich an dem Abend mit einem Mann unterhalten hat. Und die Beschreibung passt auf Sie.«

Maeve hatte gesagt, es sei wahrscheinlich ein Mann gewesen – technisch gesehen war das also korrekt.

»Nein.«

»Nein?«

»Nein, ich war nicht beim Zirkus, und nein, ich war nicht dieser Mann.«

»Ihre alte Flamme kehrt in die Stadt zurück, nachdem sie einfach so verschwunden ist, und Sie gehen nicht zu ihr?«, hakte ich nach. »Welch beeindruckende Willensstärke.«

»Wer will mich denn angeblich dort gesehen haben?«, hielt er dagegen. »Bei unseren Befragungen wurde nichts dergleichen erwähnt.«

Er war sauer und machte sich nicht die Mühe, es zu verbergen.

»Dass Sie es waren, habe ich nie behauptet. Nur, dass es ein Mann war.«

»Aber wer sagt das?«

Schweigen.

»Schon klar. Sie sind ja die Detektivin aus der großen Stadt. Da können Sie einem Hinterwäldlercop natürlich nicht trauen.«

Er warf seinen Shake in den nächsten Mülleimer, doch der Becher prallte am Rand ab und verspritzte überall weiße, klebrige Milch.

»Verdammter Mist.«

Joe stieg die Eingangstreppe zur Polizeistation hinauf, blieb oben aber noch einmal stehen und drehte sich um.

»Hören Sie, ich weiß, dass Sie mit dem Russen befreundet sind. Und dass Sie nicht wollen, dass er es war. Das verstehe ich. Aber uns – also dem Chief und mir – Informationen vorzuenthalten, wird ihm nicht helfen. Wir sind hier auch persönlich betroffen. Wir wollen die Wahrheit ebenso dringend aufdecken wie Sie.«

Ich spürte, wie ich rot wurde. Prima, diese Befragung hatte ich an der Ein-Yard-Linie verkackt.

»Es tut mir leid. Ich wollte nicht –«

»Nein, mir tut es leid. Ich wollte nur nett sein. Ich dachte mir … Keine Ahnung, was ich gedacht habe. Und es tut mir auch leid, dass sämtliche Indizien auf Ihren Freund hindeuten. Er hat mir ihr gestritten. Es war sein Messer. Er streitet es nicht ab. Sie können mich durch die Mangel drehen, sooft Sie wollen, das wird nichts daran ändern.«

Damit wandte er sich ab und ging auf die Eingangstür zu.

Ich rief ihm hinterher: »Ich wollte Sie nicht durch die Mangel drehen. Also, nicht wirklich.«

»Und wie Sie das wollten«, rief er zurück. »Das ist schließlich Ihr Job.«

Er musste sich halb drehen, um die Tür mit der Linken öffnen zu können, aber er bekam es hin. Und das mit dem Zuknallen bekam er sogar noch besser hin.

Kapitel 17

AUF DEM WEG zurück zur Farm ging ich unser Gespräch im Kopf noch einmal durch, nahm es auseinander und setzte es wieder zusammen, um sämtliche Informationen herauszufiltern – aber auch das, was ich noch nicht wusste, und das, was ich hätte besser machen können.

Letztlich lief es auf »wenige«, »eine ganze Menge« und »den Teil, wo ich ihn einen Lügner genannt habe« hinaus. In genau dieser Reihenfolge.

Na ja, dachte ich mir, als ich auf das Haus zufuhr. Ein Hingucker mag er ja sein, aber er ist eben immer noch ein Gesetzeshüter. Er musste mich nicht mögen. Vor allem nicht, da ich die feste Absicht hatte, Kalishenkos Unschuld zu beweisen und damit auch die Tatsache, dass Joes Boss ein beschränkter Südstaatentrottel war.

Ich machte mich dafür bereit, das gesamte Gespräch an meinen Boss weiterzugeben, doch die werte Dame verweigerte die Zusammenarbeit, indem sie schlichtweg nicht da war, als ich ankam. Stattdessen fand ich Doc am Küchentisch vor, der angestrengt bemüht war, seine Biervorräte zu dezimieren. Vor ihm lag ein Haufen Postkarten.

»Ihr Boss ist zum Zirkus rübergegangen«, informierte er mich. »Ich glaube, sie wollte zur Zwei-Uhr-Vorstellung im großen Zelt.«

So wie ich Ms. P kannte, hatte sie inzwischen eins und eins zusammengezählt, den Mörder entlarvt und ihm bis zum Schlussapplaus auch schon die Handschellen angelegt. Doch für den Fall, dass dem nicht so war, konnte es nicht schaden, in der Zwischenzeit weiterzuarbeiten.

»Sind das die von Ruby?«, fragte ich also und zeigte auf die ausgebreiteten Karten.

»Ja, ich … äh … hab sie rausgekramt«, erklärte Doc. »Ich musste … ein paar von Ihren Sachen wegtun, um dranzukommen. Hab sie zurückgelegt, aber … na ja … tut mir leid, wenn ich …«

Was genau ihm leidtat, wurde mir nicht ganz klar, und anscheinend wusste er es selbst nicht. Ich zählte die leeren Flaschen, die er an der Wand aufgereiht hatte. Ein paar mehr, und meine Finger würden nicht mehr zum Zählen reichen.

»Hey, Doc, es war ein langer Tag, und heute Abend steht noch die Totenwache an«, begann ich vorsichtig. »Wie wäre es mit einem Nickerchen? Ich werde nach oben gehen und auch eins machen.«

Mit glasigem Blick sah er mich an.

»Meinen Sie?«

»Ja, meine ich.«

Ich führte den alten Mann ins Wohnzimmer hinüber. Als er sich auf dem Sofa ausstreckte, packte er plötzlich mein Handgelenk.

»Das Kino. Das Majestic«, rief er. »Ich muss das Majestic aufmachen.«

Ich löste seine Finger von meinem Unterarm. »Heute ist geschlossen«, rief ich ihm in Erinnerung. »Sie haben doch ein Schild rausgehängt.«

Sein Gehirn musste drei Sekunden aufholen, dann erinnerte er sich. »Stimmt«, murmelte er. »Wegen dem Begräbnis. Geschlossen wegen …«

Damit war er weg.

Leise wie eine Katze schlich ich zurück in die Küche, sammelte die Postkarten ein und nahm sie mit nach oben. Bei jedem Ächzen und Knirschen der alten Treppenstufen zuckte ich zusammen. Auf halbem Weg wurde mir allerdings klar, dass diese Geräusche Doc sicher nicht wecken würden. Ging man nach dem dröhnenden Schnarchen, das aus dem Wohnzimmer heraufdrang, hätte der Erzengel Gabriel neben ihm seine Posaune schmettern können, ohne dass er aufgewacht wäre.

Als ich mein Schlafzimmer betrat, wurde mir klar, wofür Doc sich bei mir entschuldigt hatte. Er hatte meine Kleidung wirklich wieder auf die Kiste geräumt. Und wenn ich »geräumt« schreibe, meine ich »gestopft«. Ich versuchte, die Sachen so gut es ging glatt zu streichen, dann holte ich den Wäschebeutel unter meinem Bett hervor. Zum Glück hatte sich Docs Suche auf die Truhe beschränkt. Es hätte ihm bestimmt nicht gefallen, seine Nichte nackt zu sehen. Und vor allem wollte ich nicht, dass er sich an dem zu schaffen machte, was ich zwischen Matratze und Lattenrost versteckt hatte. So blau wie er war, hätte er sich leicht einen Zeh wegschießen können.

Ich setzte mich auf das Bett und versuchte, Docs Postkarten in eine grobe zeitliche Reihenfolge zu bringen, so wie wir es auch mit denen aus Rubys Wohnwagen gemacht hatten. Die frühesten stammten von Doc selbst, und Teenager Ruby hatte nur knapp geantwortet.

Offenbar war er nach dem Krieg ziemlich weit herumgekommen: Baltimore, New York, Boston, Portland, Maine. Irgendwann wurde es ihm dort wohl zu kalt, denn er zog Richtung Westen: Oakland, Los Angeles, San Diego, dann für eine Weile runter nach Mexiko, um schließlich in Denver zu landen, wo er ganze zwei Jahre blieb.

Von jedem dieser Orte zeichnete er ein so schillerndes Bild, als wäre er das beste Reiseziel, das man sich nur vorstellen konnte; er beschrieb Gebäude, Menschen und Essen. Fast so, als wollte er den bunten Bildern auf der Vorderseite der Karten gerecht werden.

Damit will ich nicht sagen, dass Doc ein Lügner war. Die Kunst der Auslassung macht uns schließlich alle zu Schwindlern. Es war nicht zu übersehen, dass er seine Reisen sozusagen filterte und nur die saftigsten Happen präsentierte.

Auch seine Jobs beschrieb er – am Fließband, als Putzkraft, auf dem Schrottplatz, bei der Obsternte, am Hafen –, und keiner von ihnen konnte finanziell so bedeutend gewesen sein, dass man deswegen nach Hause schrieb. Erste-Klasse-Tickets waren damit auch nicht drin, vermutlich nicht mal ein Platz auf dem Zwischendeck. Ich stellte mir vor, dass er in seiner Vergangenheit vermutlich oft heimlich in Güterzügen mitgefahren war. Doch bei jeder einzelnen Postkarte, die er Ruby geschickt hatte, waren die Ecken ausgefranst. Jede von ihnen war zerknittert, bei jeder war die Tinte an den Stellen, wo Ruby sie gehalten hatte, verblasst, war das Papier von ihren Daumen beinahe durchgescheuert.

Natürlich hatten ihre Eltern verlangt, dass er ihr nicht mehr schrieb. Solange sie noch ein Kind war, war das ja alles schön und gut gewesen, da konnte sie ruhig die märchenhaften Abenteuer von den Reisen ihres Onkels zu hören bekommen. Doch als sie älter wurde? Alt genug, um sich an diesem engen, kleinen Zimmer, an diesem engen, kleinen Leben zu stören?

Als Ruby fortging, stellten sich ihre Eltern vermutlich vor, dass sie wie ihr Onkel in Güterzügen durch das Land streifte. Auf der Straße schlief, durch Bettelei irgendwelche Jobs ergatterte. Den Pfad zur Hölle beschritt.

Aber die Postkarten, die sie an Doc schickte, erzählten eine andere Geschichte.

»Hoffentlich hast du es schön warm in Denver. Du hast vermutlich schon gehört, dass ich aus Stoppard abgehauen bin. Und wie du aus dem Bild des Empire State Building auf dieser Karte schließen kannst, bin ich in New York gelandet! Es geht mir gut hier. Ich wohne mit ein paar anderen Mädchen zusammen. Die zeigen mir, wie das hier läuft, sodass ich hoffentlich schon bald aufregende Neuigkeiten für euch haben werde. Grüß Mom und Pa von mir. Deine Lieblingsnichte Ruby.«

Und ein paar Monate später:

»Hi, Onkelchen. Nage mich immer noch durch den Big Apple. Ich arbeite jetzt als Schneiderin. Wie gut, dass ich mir früher immer meine Sachen selbst genäht habe. Größtenteils ist es langweilig, aber manchmal darf ich bei den Kostümen für die Broadway-Shows helfen! Erinnerst du dich noch daran, wie du mir die Geschichte von deinen Kriegskameraden erzählt hast, die sich alle dieses Tattoo haben stechen lassen, nur du nicht, weil du Angst vor Nadeln hast? Und wie lustig sie das fanden? Tja, du hattest schon recht, was den Schmerz angeht. Ja, du hast richtig gehört. Ich habe mich tätowieren lassen! Aber keine Sorge, das war nicht in irgend so einem Schuppen wie bei deinen Freunden damals. Vielleicht solltest du das trotzdem besser nicht erwähnen, wenn du meinen Eltern das nächste Mal schreibst. Alles Liebe, Ruby.«

Ich rechnete kurz nach und kam zu dem Schluss, dass sie schon mehr als eine Tätowierung gehabt haben musste, als sie diese Karte schrieb. Vermutlich wollte sie ihren Onkel schonend an das Thema heranführen.

Auf der nächsten Postkarte war der Zirkus abgebildet – zwei stolze Tiger im Vordergrund, hinten das Zelt.

Diesmal begann sie mit: »Du wirst nie drauf kommen, wo ich gerade bin, Onkel Pat!«

Nun folgte eine Reihe von Karten, die viel Ähnlichkeit mit denen ihres Onkels hatten; fröhliche Berichte von unterwegs. Allerdings hatte Ruby nicht alle Schlaglöcher auf dem Weg unter den Tisch fallen lassen.

»Männer können solche Idioten sein – nicht persönlich gemeint! Immer meinen sie, alles besser zu wissen, wo sie in Wahrheit doch keine Ahnung haben.«

Eine Reaktion auf die Trennung von Val? Könnte sein. Diesen Schwanz konnte man einer ganzen Herde von Eseln anheften.

»Habe die letzte Nacht zusammen mit ein paar von den Mädels im Knast verbracht, auf Einladung des örtlichen Sheriffs. Anscheinend gibt es in diesem Bezirk öffentliche Verordnungen, in denen festgelegt ist, wie viel Haut man zeigen darf, und Tinte gilt bei denen nicht als Kleidung. Aber mach dir keine Sorgen, Bob hat uns am Morgen gleich rausgeholt.«

Wenig später folgten drei Telegramme, die Doc an Ruby geschickt hatte.

»Ruby – Eltern hatten Autounfall. Beide tot. Kehre nach Stoppard zurück. Telegrafiere dir bald. Mein Beileid.«

»Ruby – C&As Wagen in Blitzeis geraten. Haben nicht gelitten. Müssen alles arrangieren. Kann dir Geld für Zugticket schicken.«

»Ruby – Trauergottesdienst nächsten Sonntag bei Blutendem Lamm. Könnten verschieben, falls nötig. Kann dir Geld anweisen für Fahrkarte nach Hause. Alles Liebe, dein Onkel.«

Rubys Antworttelegramm an ihren Onkel umfasste nur wenige Sätze.

»Schrecklich das mit Mom und Pa. Gut, dass sie nicht gelitten haben. Werde es leider nicht zur Beerdigung schaffen. Schreibe dir bald. Alles Liebe, Ruby.«

Danach vergingen Monate bis zur nächsten Postkarte. Sie berichtete von Städten, in denen sie gewesen war, von Filmen, die sie gesehen hatte. Kein Wort über ihre Eltern. Keinerlei Pläne, nach Hause zu kommen und Blumen auf ihr Grab zu legen. Unwillkürlich suchte ich nach einem Grund dafür.

Vielleicht hatte sie den guten Leuten von Stoppard nicht ihre neue Haut präsentieren wollen. Vor dem Publikum der Mitternachtsmatineen fühlte sie sich vermutlich sicherer als mittags bei Lions. Eine andere Möglichkeit war natürlich, dass es noch zwingendere Gründe für sie gegeben hatte, überhaupt erst wegzugehen. Dass die geistige Enge nicht das Einzige gewesen war, was an ihrem Zuhause nicht stimmte. Hatten sich ihre Eltern vielleicht dem alten Leitspruch »wer die Rute schont, verdirbt das Kind« verschrieben? Oder Schlimmeres?

Die Leute glauben immer, in einer Kleinstadt sei es schwerer, ein Geheimnis zu bewahren, weil sich ständig jeder in die Angelegenheiten der anderen einmischt. Aber das stimmt nicht immer. Vor allem nicht in Gemeinden wie Stoppard, wo mehr Leute fernab vom Schuss leben als direkt an der Dorfstraße.

Ich war so aufgewachsen – weit weg von der nächsten Verkehrsampel, ohne Nachbarn in Rufweite. In diesen Häusern weit draußen können schreckliche Dinge geschehen. Und selbst wenn jemand etwas ahnt, wird oft nicht darüber gesprochen. Kleinstädte können wie Rettungsboote sein: Jeder kämpft ums Überleben. Man bringt das Boot nicht zum Schaukeln, wenn es nicht unbedingt sein muss.

Es gab keinerlei Beweis dafür, dass Ruby so etwas zugestoßen war. Doch eine bestimmte Postkarte aus Docs Sammlung lenkte meine Gedanken in diese Richtung. Dort schrieb Ruby zwischen Begrüßung und Abschiedsfloskel: »Bei unserem letzten Gastspiel haben wir eine kleine Tramperin mitgenommen. Sie behauptet, sie wäre achtzehn, aber wenn sie auch nur einen Tag älter ist als sechzehn, fresse ich eine Ladung von Rays Heuschrecken. Dee hat Bob gesagt, wir hätten weder genug Platz noch genug Kohle für sie und dass wir sie beim nächsten Halt loswerden müssen. Da habe ich ein paar von den Mädels überredet, sie in ihrem Wohnwagen aufzunehmen, und habe Dee gesagt, dass sie meine Trinkgelder aus der Mitternachtsmatinee dazu verwenden soll, sie zu bezahlen. Vermutlich habe ich einfach ein Herz für

Streuner. Irgendjemand hat diesem Mädchen Schlimmes angetan. Sie hat furchtbare Blutergüsse am Rücken. Da konnte ich sie doch nicht dahin zurückschicken.«

Wieder und wieder las ich diese Zeilen, bis alles vor meinen Augen verschwamm. Ruby hatte sich für mich starkgemacht, und ich hatte nie etwas davon erfahren. Ohne sie läge ich heute vielleicht schon unter der Erde.

Ruby Donner hatte mir das Leben gerettet, und ich hatte nie die Chance, ihr dafür zu danken. Das Einzige, was ich jetzt noch für sie tun konnte, war, ihren Mörder zu fassen.

Kapitel 18

»DAS WAR'S AUCH schon, mehr oder weniger. Falls irgendjemand in Stoppard einen Groll gegen Ruby hegte, hat sie davon jedenfalls nichts erwähnt. Was nichts heißen muss. Schließlich hat sie kaum schmutzige Wäsche vor ihrem Onkel ausgebreitet. Insgesamt habe ich nicht viel herausfinden können. Mal abgesehen davon, dass man in Lions Apotheke einen ziemlich guten Erdbeermilchshake bekommt.«

Ms. Pentecost und ich spazierten langsam über den schmalen, gewundenen Pfad unter den Bäumen, die zwischen Docs Haus und dem Zirkusgelände aufragten.

Ich blickte starr zu Boden, während ich sprach. Es war kurz vor Mitternacht, und das bisschen Mondlicht, das zwischen den Ästen schimmerte, schaffte es nicht ganz, alle Wurzeln und Erdhörnchenlöcher sichtbar zu machen, in denen meine schweren Stiefel hängen bleiben konnten.

Auch der Rest meiner Garderobe sah nun anders aus: Das Männerunterhemd war eher grau als weiß, der Jeansoverall an den Gelenken bereits fadenscheinig. Doch das waren die einzigen Klamotten, die aus meiner Zirkuszeit übrig geblieben waren, und sie passten noch. Mehr oder weniger.

Dank Mrs. Campbells gnadenloser Verwendung von

Butter hatte ich fast fünf Kilo zugelegt. Das hatte zur Folge, dass der Overall sich nun an Stellen verlagerte, wo er früher nicht gewesen war, und ich mich davon abhalten musste, ständig daran herumzuzerren. Trotzdem war er meiner Meinung nach das passende Outfit für die Totenwache.

»Ich sehe das anders«, erwiderte Ms. P, während sie mit ihrem Stock einen renitenten Distelzweig beiseiteschob. »Meiner Meinung nach sind die Auslassungen in ihrer Korrespondenz höchst verräterisch.«

»Okay, ich beiße an. Was verraten sie uns denn?«

»Die einzige Person, der sie regelmäßig geschrieben hat oder die ihr wichtig genug war, um ihre Karten aufzubewahren, war ihr Onkel. Wir haben keine Briefe von Freunden gefunden, nichts von anderen Familienmitgliedern. Ihre Verbindungen nach Stoppard scheinen stark begrenzt gewesen zu sein. Oder der Vergangenheit anzugehören.«

»Was nicht heißen muss, dass sie niemand anderem geschrieben hat«, hielt ich dagegen. »Vielleicht hat hier noch irgendjemand stapelweise Karten von ihr rumliegen.«

»Und wer sollte das deiner Meinung nach sein?«

»Ein heimlicher Liebhaber. Oder eine alte Freundin. Suchen Sie es sich aus.«

»Und dieser Jemand hat nie zurückgeschrieben? Oder war für Ms. Donner so unwichtig, dass sie all seine Briefe weggeworfen hat?«

Leider erinnerte ich mich erst später daran, was Ms. P immer gerne sagte: »Das Fehlen von Beweisen ist noch kein Beweis an sich.« Wäre es mir rechtzeitig eingefallen, hätte ich das Zitat an dieser Stelle angebracht und mich richtig toll gefühlt.

So allerdings ließ ich Ms. P wortlos vorausgehen, während ich meine Gedanken ordnete. Selbst im Dunkeln konnte ich sie kaum verlieren, denn sie leuchtete praktisch in ihrer strahlend weißen, ärmellosen Bluse, die sie über einer ebenfalls weißen Leinenhose trug.

Dasselbe Outfit hatte sie auch schon tagsüber während ihres Zirkusbesuchs getragen und es geschafft, ohne den kleinsten Fleck zurückzukehren. Wäre ich in diesem Ensemble losgezogen, hätte ich nach spätestens fünf Minuten Schmutz an den Manschetten und Kaffee am Kragen gehabt.

Während ich mit Officer Joe gegessen und später die Postkarten sortiert hatte, war sie den Nachmittag über in die Rolle des Landeis geschlüpft: Bis zum frühen Abend war sie über das Zirkusgelände geschlendert, hatte sich die Shows und Attraktionen angesehen und sich mit jedem aus der Truppe unterhalten, den sie erwischen konnte, ohne dass der Rest allzu nervös wurde.

Unter normalen Umständen wäre das mein Job gewesen: durch die Gegend ziehen, überall meine Nase reinstecken, mit jedem und allen über jedes und alles reden, um am Ende meinem Boss Bericht zu erstatten. Aber hier waren die Umstände nun mal nicht normal. Wir waren losgelöst vom Büroalltag, Fremde in einem fremden Land, und so war die übliche Routine hier vergessen.

Ich denke, Ms. Pentecost genoss es, mal hinter dem Schreibtisch hervorzukommen und sich die Ermittlerbeine zu vertreten. Wie sie mir wieder und wieder vor

Augen führte, hatte sie diesen Job schon ziemlich lange gemacht, bevor ich aufgetaucht war, und ihr Talent, Leute zum Reden zu bringen, war unübertrefflich.

Sie war erst nach Einbruch der Dunkelheit zum Farmhaus zurückgekehrt. Da uns bis zur Totenwache noch ein paar Stunden Zeit blieben, setzten wir uns auf die Veranda, und sie präsentierte mir die neuesten Fakten.

»Es ist faszinierend«, stellte sie fest. »Der Zirkus ist für diese Menschen Arbeitgeber und Heimat zugleich. Und ihre Beziehung zueinander ist eine Mischung aus Kollegialität und Familie, wenn auch in verschiedenen Abstufungen. Rivalitäten, Romanzen, kleinere Kränkungen, die durch das Zusammenleben auf so engem Raum entstehen – das alles ist untrennbar miteinander verbunden. Und trotzdem scheinen die täglichen Abläufe des Zirkusbetriebs dadurch nicht beeinträchtigt zu werden.«

»Dysfunktional funktional. Das hätte ich Ihnen vorher sagen können«, meinte ich. »Was auch immer du gerade mit deinem Nebenmann laufen hast, die Show muss weitergehen.«

»Aber all die Gefühle verschwinden dadurch nicht. Und das bei sowieso schon sehr leidenschaftlichen Menschen«, führte mein Boss weiter aus. »Zum Beispiel habe ich heute herausgefunden, dass Ray und Paulie offenbar eine alte Fehde wegen ihrer Positionierung im Spektakulum ausfechten, da Mr. Pagliano der Meinung ist, sein Kuriositätenkabinett habe den hervorstechenden Platz verdient, auf dem jetzt das Reptilienhaus steht.«

»Olle Kamellen. Das geht schon seit Jahren so.«

»Die jüngste Tochter der Sabatinis wollte den Zirkus verlassen und mit einem jungen Mann aus der Zeltmannschaft nach New Orleans ziehen. Ich nutze hier die Vergangenheitsform, weil ihre Brüder wohl ein langes Gespräch mit dem jungen Mann geführt haben, der daraufhin am nächsten Tag den Zirkus verließ – allein.«

Ich fragte mich, ob der Kerl bei seiner Abreise noch zwei gesunde Arme und Beine gehabt hatte.

»Und einige Mitglieder der Truppe – darunter auch mehrere Künstler – hegen Bedenken wegen der Beziehung zwischen der Schlangenfrau und der Tigerdompteurin.«

»Frieda und Carlotta sind ein Paar?«

»Schon seit fast einem Jahr.«

Das ließ die Nummer mit der Peitsche in einem ganz anderen Licht erscheinen.

»Lassen Sie mich raten: Diese Bedenken haben nichts damit zu tun, dass es sich um zwei Frauen handelt.«

»Korrekt. Allerdings ist der Begriff *Rassenmischung* mehrmals gefallen.«

Ich spürte einen Anflug von Scham in mir. Selbst beim Zirkus, wo so viele unterschiedliche Menschen und Neigungen vertreten waren, reichten Liebe und Verständnis nicht über die alteingesessene menschliche Ignoranz hinaus.

»Ich will damit auf Folgendes hinaus«, fuhr Ms. P fort. »Die Fehde zwischen Ms. Donner und Mr. Kalishenko war offenbar nichts Ungewöhnliches. Verstrickungen dieser Art gibt es hier vermutlich dutzendweise, wobei viele nicht allgemein bekannt sein dürften. Höchstwahrscheinlich gibt es also jemanden – wobei dieser Begriff auch mehrere Personen umfassen kann –, der Ms. Donner schaden wollte. Und vielleicht sogar bereit war, einen Mord zu begehen.«

An diesem Punkt unseres Gesprächs fiel mir auf, dass die Zeiger meiner Uhr sich langsam der Zwölf näherten. Wir unterbrachen also unsere Überlegungen und machten uns auf den Weg Richtung Zirkus. Hierbei berichtete ich Ms. P von den Postkarten, was in unserer Auseinandersetzung über Beweise und fehlende Beweise gipfelte.

Ich grübelte noch immer darüber nach, als wir auf das freie Feld hinaustraten, das sich zwischen dem Gehölz und dem Zirkus erstreckte. Das Gelände war größtenteils in Dunkelheit getaucht, nur in der Nähe der Wohnwagen leuchtete flackernder Feuerschein. Wir hielten darauf zu.

»Wissen Sie«, nahm ich den Faden von vorhin wieder auf, »der Zirkus hat die geheimen Fehden nicht für sich gepachtet. Ebenso gut könnte in der Stadt etwas vor sich hin köcheln: jemand, der sie gehasst hat und kein Geld für Briefmarken ausgeben wollte, um ihr das mitzuteilen. Ruby wiederzusehen könnte da etwas ausgelöst haben.«

Ms. P nickte zustimmend, während ihr gutes Auge zwischen den Zirkuswagen und den steinigen Hindernissen auf dem Weg vor ihr hin- und herhuschte.

»Das ist sicherlich auch eine Möglichkeit«, gab sie zu. »Falls eine solche verborgene Beziehung existiert, wird unser kleiner Schachzug morgen sie vielleicht ans Licht bringen.«

Ich setzte schon dazu an, mich zum ungefähr zwanzigsten Mal gegen diesen »kleinen Schachzug« auszusprechen, ließ es dann aber bleiben. Sie hatte sich das in den Kopf gesetzt, und einen Pentecost-Plan abwenden zu wollen war die Mühe meistens nicht wert.

Als wir bei den Wohnwagen ankamen, sahen wir, dass mehrere Ölfässer in einem Kreis aufgestellt, mit Holzresten gefüllt und angezündet worden waren. Ungefähr hundert schattenhafte Silhouetten bewegten sich im Feuerschein, lachten, sangen, hockten auf Klappstühlen oder machten Musik. Jeder versuchte, im Schatten des Todes möglichst viel Spaß zu haben.

Die zahlreichen Flaschen, die herumgereicht wurden, waren da sicher auch eine Hilfe.

»Wie sollen wir es angehen?«, fragte ich meinen Boss.

»Versuch, mit Frieda allein zu sprechen. Du weißt, welche Fragen du ihr stellen musst.«

»Und was machen Sie?«

Wir traten in den flackernden Lichtkreis und entdeckten Big Bob, der mit Doc und Maeve in ein angeregtes Gespräch vertieft war; die Whiskeyflasche in seiner Hand diente ihm zur optischen Bekräftigung seiner Worte.

»Ich denke, ich werde mir einen Drink genehmigen«, antwortete Ms. P. »Und dabei hübsch die Ohren spitzen.«

Sie ging zu dem Trio hinüber, und schon zehn Sekunden später hatte Bob ein Glas für sie organisiert und schenkte ihr ein.

Ich wühlte in einer Kühlbox voller Flaschen herum, bis ich eine Limo fand, öffnete sie ploppend und ging auf Wanderschaft.

Ich erspähte Frieda schließlich vor der Tür eines Wohnwagens. Carlotta saß auf der Stufe hinter ihr, und

Frieda lehnte sich gegen ihren Bauch, die Arme über die Schenkel der Raubtierdompteurin gelegt. Den blauen Ganzkörperanzug hatte sie für heute weggepackt und trug stattdessen ein weißes Sommerkleid, das die besten Partien ihrer elastischen Glieder präsentierte.

»Hey, Frieda, hast du mal eine Minute?«

»Ja, klar doch«, antwortete sie leicht verunsichert. »Worum geht's?«

»Nur ein paar Fragen.« Ich nickte Carlotta zu. »Dauert nicht lange.«

»Lasst euch ruhig Zeit«, meinte Carlotta gelassen, dann schlang sie die Arme um Friedas Bauch und küsste sie. Ich werde mich nicht dazu äußern, ob Zungen beteiligt waren, aber ausschließen lässt es sich nicht.

Carlottas Botschaft war eindeutig: Plaudert, so lange ihr wollt, aber am Ende geht sie mit mir nach Hause.

Zusammen mit Frieda entfernte ich mich von dem Feuer und den Feiernden, bis wir schließlich zwischen leeren Spielbuden und Verkaufsständen im Mondlicht auf und ab wanderten.

»Du weißt, was ich dich fragen werde«, sagte ich und dachte dabei natürlich an das kleine Briefchen, das ganz unten in Rubys Wäschebeutel gelegen hatte.

»Ja«, gab die Schlangenfrau zu. »Aber ich weiß nicht, was sie damit gemacht hat.«

»Wo war es denn versteckt?«, wollte ich wissen.

»Überhaupt nicht. Es lag ganz offen auf ihrer Truhe.«

Das ergab ja mal gar keinen Sinn. Privater Wohnwagen hin oder her, man lässt sein Heroin nicht einfach offen herumliegen.

»Und das Fixerbesteck?«, fragte ich weiter, womit

Spritze, Löffel, Feuerzeug und alles andere gemeint waren, was ein Junkie brauchte, um sich einen Schuss setzen zu können.

Frieda schüttelte den Kopf. »Da war nichts Derartiges. Wenn wir so etwas gefunden hätten, wäre es in dem Beutel gewesen, den ich dir gegeben habe.«

»Bist du dir ganz sicher?«

»Ja, ich bin mir sicher.« Sie blieb stehen und sah mich an. »Warum sollte ich dir das Dope geben und alles andere unterschlagen?«

Gute Frage, auf die mir keine Antwort einfiel.

»Glaubst du, sie hat das Zeug genommen?«

»Scheiße, nein.«

»Nimmt es sonst jemand hier beim Zirkus?«

Wieder blieb sie abrupt stehen.

»Willst du mich verarschen? Du weißt doch, wie es hier läuft: Alkohol, ein bisschen Pot, klar. Aber nicht dieses Dreckszeug.«

»Einstichstellen lassen sich leicht verbergen«, gab ich zu bedenken.

»Aber Entzugserscheinungen nicht. Wenn jemand hier was Hartes einwirft, weiß das jeder sofort.«

Damit hatte sie recht. Heroinsucht würde nicht nur auffallen, sie würde auch nicht toleriert. Saufen war eine Sache. Kalishenko war nicht der Einzige bei H & H, den man als Gewohnheitstrinker bezeichnen konnte. Aber an der Nadel hängen, das war etwas vollkommen anderes. Ganz abgesehen davon, dass eine solche Sucht schwer zu befriedigen war, wenn man ständig quer durchs Land tingelte.

Die Tatsache, dass wir an Rubys Leichnam keine Einstichstellen gefunden hatten, und Friedas Behauptung, das Heroin habe offen herumgelegen, deuteten darauf hin, dass es ihr untergeschoben worden war. Aber von wem? Und warum? Ich versuchte es mit einem anderen Ansatz.

»Wie stand es um ihr Familienleben? Hat Ruby je darüber gesprochen? Gab es jemanden, an den sie öfter gedacht hat und mit dem sie in Kontakt geblieben ist?«

Frieda schüttelte den Kopf.

»Oder wollte sie sich hier vielleicht mit alten Freunden treffen? Einer alten Flamme?«

»Tut mir leid. Wenn sie mit jemandem darüber gesprochen hat, dann nicht mit mir.«

Also eine Sackgasse. Ich machte eine Kehrtwende.

»Wenn du einen Menschen bei H & H nennen müsstest, bei dem du es für am wahrscheinlichsten hältst, dass er Ruby ein Messer in den Rücken rammt, wer wäre das?«

Fassungslos starrte sie mich an.

»Ist das dein Ernst? Hast du mir wirklich gerade diese Frage gestellt?«

Abwehrend hob ich die Hände, auch um eine Ohrfeige abfangen zu können, falls es nötig wurde.

»Hey, das ist mein Job, okay? Deswegen bin ich hier. Ist nichts Persönliches.«

Das Feuer in ihren Augen brannte nun noch wilder.

»Für mich ist das sehr wohl persönlich«, fauchte sie. »Mag sein, dass das dein *Job* ist. Aber es ist meine *Familie.*«

Keine Ohrfeige, sondern ein Schlag in die Magengrube. *Dein* Job. *Meine* Familie. Ganz klar getrennt.

Eigentlich hatte ich mich noch immer als Teil der H & H-Familie gesehen. Auch wenn ich das traute Heim verlassen hatte, konnte ich doch trotzdem zu den Feiertagen nach Hause kommen, oder?

Aber offenbar war es nicht so. Natürlich war ich kein Teil der Familie mehr. Wie Ms. P ganz richtig festgestellt hatte: Der Zirkus war eine Welt für sich. Und wer nicht dazugehörte, gehörte nun mal nicht dazu.

»Tut mir leid«, entschuldigte ich mich. »Das war eine dämliche Frage, und ich bereue es aufrichtig, sie gestellt zu haben.«

Nach langem Zögern nickte Frieda und nahm meine Entschuldigung an.

Eine warme Sommerbrise fuhr durch mein Haar, und vom anderen Ende des Hauptwegs drang ein tiefes Ächzen zu uns herüber. Wir drehten uns zu dem Riesenrad um, das wie ein schemenhaftes Skelett im Mondlicht aufragte. Seine Gondeln schaukelten sanft hin und her und riefen einen schrillen Chorgesang hervor, der aus dem Zirkus ein riesiges Spukhaus machte. Das Geräusch jagte mir einen Schauer über den Rücken.

Wir gingen weiter, und ich bog in den Ring ab. Denn eigentlich tat es mir nicht leid, die Frage gestellt zu haben. Es musste einfach sein. Und wenn wir nun an der Stelle vorbeigingen, wo Ruby erstochen worden war, brachte das Frieda vielleicht so weit aus dem Gleichgewicht, dass sie doch noch antwortete.

Ja, es war ein mieser Trick. Aber wenn ich nicht mehr zur Familie gehörte, konnte ich genauso gut anfangen, mich wie eine Detektivin zu verhalten. Als wir dann aber an dem Eingang zum kleinen Zelt vorbeikamen, brannte dort Licht. In der Mitte des Zelts stand jemand: die Atemberaubende Annabelle, Mysterios Assistentin.

Sie hatte einen Tisch mit Seidendecke aufgebaut, auf der verschiedene Requisiten verstreut lagen.

»Welche Geschichte hat sie zu bieten?«, fragte ich Frieda verstohlen.

Die Schlangenfrau zuckte die Achseln. »Keine Ahnung. Sie ist jetzt seit einem Jahr dabei, hält es aber offenbar nicht für nötig, hier Freunde zu finden.«

»Schwierige Persönlichkeit?«

»Klar, sie ist ein Miststück, aber das sind ja die meisten von uns«, gab Frieda offen zu. »Bei ihr ist das irgendwie so … Da dreht sich alles nur um den Job, die ganze Zeit. Wenn sie nicht gerade auftritt, trainiert sie. Und wenn sie nicht trainiert, vergräbt sie sich in irgendwelchen Büchern.«

Ich beobachtete, wie Annabelle einige schnelle Kartentricks übte, darunter ein kompletter Austausch des Decks, der zumindest von Weitem absolut perfekt aussah.

Frieda trat nervös von einem Fuß auf den anderen.

»Wenn wir fertig sind, würde ich gerne zurück auf die Party gehen«, sagte sie.

»Eine Sache wäre da noch.« Ich zog sie ein Stück vom Zelteingang weg – weit genug, um meiner Meinung nach außer Hörweite zu sein. »Also … du und Carlotta.«

Ich sah, wie sie sich verkrampfte. Was für eine Frage erwartete sie wohl?

»Ist das was Ernstes mit euch beiden?«

Nun entspannte sie sich, und zum ersten Mal an diesem Abend erschien ein Lächeln auf ihrem Gesicht. »Ernst genug für's Zirkusleben.«

»Macht euch jemand Kummer?«

Ihr Lächeln gewann an Schärfe.

»Nie offen und direkt.«

Mich trieb noch etwas um. Ich wusste, dass ich die Frage besser unausgesprochen ließ, aber ich konnte nicht anders.

»Meinst du, das mit uns hätte auch etwas Ernstes werden können? Wenn ich geblieben wäre?«

Ihr Blick verriet die Antwort, noch bevor sie den Mund aufmachte.

»Ich weiß es nicht, Will. Wir hatten viel Spaß miteinander, aber … ich glaube nicht, dass es funktioniert hätte.«

Da lauerte noch mehr, also schwieg ich, damit sie das auch noch loswerden konnte. Frieda biss sich auf die Unterlippe, zögerte noch einen Moment, dann sagte sie: »Da war einfach zu viel Wut, verstehst du?«

Keine Ahnung, was ich erwartet hatte, aber das ganz sicher nicht.

»Wut? Hör mal, ich weiß, dass ich ziemlich launisch sein kann, aber ich hätte doch nie …« Ich wusste selbst nicht, wie dieser Satz enden sollte.

»Ich rede hier nicht von Launen«, widersprach sie. »Ich meine, klar, die hast du definitiv. Damit habe ich kein Problem. Aber du hast immer eher dich selbst verletzt als mich.«

Als ich nicht darauf einging, wurde sie konkreter: »So wie damals, als Rita Sabatini meinte, du würdest dir bestimmt in die Hosen scheißen, wenn du aufs Hochseil müsstest. Weißt du das noch?«

Ich nickte. Das würde ich niemals vergessen. Ich

konnte Höhe auf den Tod nicht ausstehen. Das hatte Rita herausgefunden und mich damit gepiesackt. Also fing ich am nächsten Tag an, auf dem Seil zu trainieren – zwei Wochen lang, jeden Tag. Vermutlich kostete mich das die Nerven von fünf Lebensjahren, aber am Ende schaffte ich es einmal bis ans andere Ende.

Ich hatte es Rita gezeigt.

»Jeden Abend kamst du zitternd und schwitzend an und wärst am liebsten gestorben«, fuhr Frieda fort. »Du hast gelitten wie ein Hund, aber du hast einfach nicht aufgehört.«

»Ach, komm schon. Ich wollte ihr bloß etwas beweisen.«

»Du warst wütend auf jeden, der dir gesagt hat, du könntest etwas nicht tun. Oder sein. Oder nicht mit jemandem zusammen sein. Und du hast diese Wut regelrecht kultiviert. Hast sie gehegt und gepflegt. Wie oft haben wir zusammen im Bett gelegen, und du hast dich darüber aufgeregt, dass der oder jener dies oder das gesagt hat? Ich kenne diesen Typ Frau. Habe einige dieser Frauen geliebt. Frauen, die von Wut angetrieben werden. Bis es sie dann irgendwann auffrisst. Bis sie sich darin verlieren, bis diese Wut sich losreißt und …«

Stirnrunzelnd blickte Frieda zu den Sternen hinauf. Sie blieb eine ganze Weile so stehen; offenbar überlegte sie, wie sie fortfahren sollte. Oder vielleicht suchte sie auch nach einem Sternbild.

»Jedenfalls wollte ich mir das nicht noch einmal antun.«

Nun kehrte ihr Blick zur Erde zurück, zu mir.

»Jedes Mal, wenn wir irgendwo gastieren, wo man an

die *Times* herankommt, besorge ich mir ein Exemplar und suche nach dem Namen deiner Chefin«, erklärte sie mir. »Ich habe alles darüber gelesen, wie du dabei geholfen hast, diese Mörder und Brandstifter zu fassen, und es macht mich froh. So weiß ich, dass du noch ganz bist. Dass es dich noch nicht aufgefressen hat.«

Sie beugte sich vor und küsste mich auf die Wange. Ihr Duft stieg mir in die Nase. Frieda trug nie Parfüm, da war nur der vertraute Geruch ihrer Haut, ihrer Haare, ihres Atems.

»Falls du dich dadurch besser fühlst: Mir gefällt diese neue Version von dir«, sagte sie. »Diese Detektivsache steht dir gut zu Gesicht.«

Damit drehte sie sich um und ging, zurück in die Richtung, wo gesungen wurde.

Kapitel 19

ICH WAR IMMER noch leicht mitgenommen von Friedas Worten, als ich plötzlich hochblickte und sah, dass die angehende Magierin mich durch die offene Zeltklappe beobachtete.

Ich winkte ihr zu und fragte mich, ob sie etwas von unserem Gespräch mitbekommen hatte. Oder was sie – falls nicht – von dieser Pantomime halten mochte.

»Brauchst du vielleicht einen Freiwilligen aus dem Publikum?«, rief ich ihr zu. In diesem Moment wäre mir alles recht gewesen, um mich abzulenken.

Sie schwieg einen Moment, dann gab sie mir durch ein Nicken zu verstehen, dass ich zu ihr hineinkommen sollte.

Heute trug sie dasselbe Outfit wie bei der Mitternachtsmatinee: glitzernde Weste für die Präsentation der Auslage, hautenge Shorts, schwarze Netzstrumpfhose. Bei dieser Probe war sie allerdings barfuß. Wenn ich an die extrem hohen Stiefel zurückdachte, die sie bei der Matinee getragen hatte, konnte ich das gut verstehen.

Sie hielt ein Kartenspiel hoch. Mit einer kurzen Bewegung ihres Daumens schob sie die Herzdame hervor.

»Die Herzdame, schön und mutig. Anders als alle anderen.« Sie schob die Karte zurück in den Stapel und begann zu mischen. »Meistens sieht man sie, wenn sie sich mit all den anderen schönen Menschen herumtreibt.«

Nun breitete sie die Karten fächerförmig auf dem Tisch aus. Die Bildkarten lagen alle zusammen, mit der Herzdame in der Mitte. Sie nahm sie wieder auf und mischte erneut.

»Allerdings hat sie fast immer das Gefühl, vollkommen allein auf der Welt zu sein.«

Ein anderer Fächer, bei dem die Herzdame im Zentrum lag, die restlichen Bildkarten an beiden Enden.

Aufnehmen, mischen.

Während der folgenden Runden wanderte die Herzdame überall in dem Fächer herum. Mal lag sie mit dem Herzkönig zusammen, mal mit einer anderen Dame, dann wieder mit ein paar Buben.

Sicher, es war nicht mehr als ein aufgemotztes Kümmelblättchen, aber sie präsentierte es mit großer Eleganz.

»Irgendwann ist unser Mädchen das Spiel leid. Es verschwindet, um sich einen Herzenspartner zu suchen.«

Ein letzter Fächer, in dem keine einzige Bildkarte auftauchte.

»Und ohne sie gibt es keine Party mehr.«

Ich applaudierte und sagte vollkommen aufrichtig: »Nicht übel. Ist das das Ende?«

»Kein gutes Ende?« Sie rümpfte die schiefe Nase.

»Im Prinzip hast du so nur zwei Elemente. Erstens: Hier ist sie. Zweitens: Jetzt ist sie weg. Und bei Verschwindenummern lechzt das Publikum immer nach einer Auflösung.«

Sie streckte die Hand aus und drehte sie hin und

her, um mir zu zeigen, dass sie leer war. Dann griff sie in die Tasche meines Overalls und zog eine Karte heraus.

»Die Pikdame?«

»Auf mich wirkst du wie ein Pik. Immerhin waren das ursprünglich mal Dolche.«

Dann war ihr also durchaus bewusst, wer ich war und welche Geschichte mich mit H & H verband.

Eine kurze Drehung aus dem Handgelenk, und die Karte verschwand. Mir war klar, dass sie sich auf der Kehrseite der Hand befinden musste, festgehalten von einer geschickten Fingerdrehung. Aber sehen konnte ich nichts davon.

Ebenso schnell kehrte die Pikdame in ihre Hand zurück, diesmal zusammen mit den anderen Bildkarten. Sie legte sie auf dem Tisch ab und bereitete das Kartenspiel erneut vor.

Ich merke, wenn man Spielchen mit mir treibt, und normalerweise habe ich gar nichts dagegen, vor allem nicht, wenn der Spieler eine Netzstrumpfhose trägt. Aber irgendetwas sagte mir, dass Flirten hier nicht auf dem Programm stand.

Und da ich das Geschäftliche immer gerne mit so ziemlich allem vermische, fragte ich: »Hast du eigentlich an dem Dienstag mit Mysterio hier aufgeräumt, als er Val vorbeigehen sah?«

Ohne vom Tisch aufzublicken, nickte sie.

»Und hast du ihn auch gesehen?«

Ein knappes Kopfschütteln. »Ich stand mit dem Rücken zum Eingang.«

»Hm.«

Nun hob sie den Blick. Ihre Augen funkelten bedrohlich.

»Wenn er ihn gesehen hat, dann hat er ihn gesehen«, betonte sie. »Für's Lügen gibt's keine Prozente.«

Genauso hatte sie mich auch angesehen, als sich unsere Blicke bei der Mitternachtsmatinee getroffen hatten. Wieder fragte ich mich, warum sie so feindselig auf mich reagierte.

»Wenn du das sagst«, erwiderte ich gedehnt, um sie weiter zu ködern.

Doch sie schien mein Manöver zu durchschauen, denn sie unterdrückte die Gefühle, die kurz in ihr hochgekocht waren.

»Ja, das sage ich«, bestätigte sie so trocken wie eine Scheibe Brot vom Vortag.

»Und als du über die Leiche gestolpert bist, hast du sonst niemanden gesehen?«

»Nur sie. Und das Messer, das aus ihrem Rücken ragte.«

Mit geschickten Bewegungen mischte sie ihre Karten.

»Wenn es dir nichts ausmacht – das geht alles von meiner Zeit ab.«

Ich wusste, wann ich unerwünscht war. Also dankte ich ihr und ging zum Ausgang. Von einem undefinierbaren Impuls getrieben, drehte ich mich noch einmal zu ihr um.

»Du solltest auf die Party gehen«, riet ich ihr. »Ob es dir nun passt oder nicht, das sind deine Leute.«

Auch wenn ich nicht mehr zur Familie gehörte, konnte ich ihr doch einen schwesterlichen Rat mit auf den Weg geben. Allerdings schien Annabelle keinerlei schwesterliche Gefühle für mich zu hegen. Ihr Lächeln konnte man eigentlich nur noch als abfälliges Grinsen bezeichnen.

»Du denkst, das da wären meine Leute? Clowns und Showgirls, deren Talent sich über die Körbchengröße definiert?«

Demonstrativ blickte ich auf ihre tief ausgeschnittene Weste.

»Das Mädchen im Glaskorsett sollte besser nicht mit Steinen schmeißen.«

Sie fasste sich mit beiden Händen an die Brüste und schob sie zurecht.

»Das ist nicht meine Nummer, Schätzchen«, sagte sie. »Wenn meine Titten mir die Tür öffnen, okay. Nehme ich mit. Aber wenn ich erst mal drin bin, sorgt *das* dafür, dass ich es auch bleibe.«

Sie drehte ihre scheinbar leere Hand, und wie in einem Wasserfall fielen die Karten in hohem Bogen zu Boden. Ein ganzes Spiel erschien wie aus dem Nichts, und jede Karte davon sah gleich aus. Zweiundfünfzig rote Damen fielen herab und landeten vor den in Netzgewebe gekleideten Füßen der Magierin.

Kapitel 20

ALS ICH ZUR Totenwache zurückkehrte, fand ich Ms. Pentecost in einem Liegestuhl vor, beide Hände um ein Glas geschlungen. Die Flüssigkeit darin schimmerte im Schein des Feuers wie pures Gold.

Mein Boss bildete den Scheitelpunkt eines Halbkreises aus Stühlen, auf denen Big Bob, Maeve, Ray, Paulie, der älteste Sabatini Vincente, der leise schnarchende Doc und Sam Lee Platz genommen hatten. Letzterer stützte den Kopf auf die Hände und lauschte andächtig wie ein Kind, dem man am Lagerfeuer Gruselgeschichten erzählt.

Da zwischen Ray und Paulie noch ein Platz frei war, setzte ich mich dazu. Offenbar war der Clown gerade dabei, seine Geschichte von Gimlet Jerry zu beenden.

Ich war Jerry nie persönlich begegnet, kannte aber etliche Anekdoten über ihn. Er war ein Clown gewesen, der es für den höchsten Daseinszweck des Menschen hielt, andere zum Lachen zu bringen. Nur leider hatte er selbst so gar kein Talent dafür. Keine Balance, keinen Rhythmus, kein Gefühl für das richtige Timing. Jonglierte er mit Keulen, rutschten sie ihm durch die Finger; schlug er ein Rad, ging es in die Hose; riss er einen Witz, vermasselte er die Pointe.

Allerdings war er so schlecht, dass er schon wieder

gut war. Wollte man Größe an der Anzahl der Lacher messen, dann war Jerry wahrscheinlich der größte Clown, den es bei H & H je gegeben hatte.

»Die Leute dachten, das wär gewollt«, erklärte Paulie meinem Boss. »Sie dachten, er wäre absichtlich so schlecht. Also hielten sie ihn für brillant und haben sich schlappgelacht.«

Ms. P nippte an ihrem Whiskey und nickte nachdenklich.

»Was uns zu der Frage führt«, fuhr Paulie fort, »war er trotz seiner technischen Unfähigkeit wahrhaft erfolgreich? Darüber streiten Bob und ich jetzt schon seit zwanzig Jahren. Meine Devise lautet: Das Ergebnis zählt.«

Ms. P wandte sich dem Zirkusdirektor zu, der mit angezogenen Beinen, offener Weste und offenen Haaren auf seinem Klappstuhl saß.

»Was sagen Sie dazu, Robert?«

»Er wollte diese eine Sache unbedingt gut machen, hat es aber einfach nicht hingekriegt. Klar, das Publikum wusste das nicht, aber er eben schon. Und darauf kommt es an.«

Der Zwerg nahm einen Schluck aus seinem Flachmann, bevor er hinzufügte: »Und im Gegensatz zum Publikum weiß ich, wie es mit ihm zu Ende ging – in einer schäbigen Absteige in Cleveland, mit einem Strick um seinen Hals.«

Ein Satz, der uns alle verstummen ließ.

Wir lauschten der Musik und den Gesprächen der anderen Grüppchen, deren Schatten übergroß auf den Wänden der Wohnwagen tanzten. Da ich Schweigen schon in seiner besten Form nur schwer ertragen konnte, beschloss ich, die Stimmung wieder ein wenig anzuheben.

»Hey, Ray.« Ich stieß den Schlangendompteur mit dem Ellbogen an. »Was musste ich von dir hören? Du hast einen Cop mit einem Vogelkäfig verprügelt?«

Noch nie zuvor hatte ich gesehen, wie jemand am ganzen Körper errötete. Ray schaffte das.

»Oh, das war ein schreckliches Missverständnis«, erwiderte er. »Der Vermieter hatte mir zugesagt, dass er warten würde, bis ich für all meine Tiere ein Zuhause gefunden hätte. Es ging mir gar nicht darum, sie zu verkaufen. Ich wollte nur, dass sie in Sicherheit waren. Und dann tauchte plötzlich dieser Polizist mit einem Vorhängeschloss auf und behauptete, ich müsse den Laden sofort verlassen. Ich habe versucht, ihm zu erklären, dass dann ja niemand die Tiere füttern könne, dass sie verhungern würden, aber er hat mir nicht zugehört, und … na ja, ich habe äußerst unüberlegt gehandelt … und den Preis dafür gezahlt.«

Der Schmerz in seiner Stimme sagte mehr als tausend Worte. Seine Zeit in Stateville war sicher hart gewesen, vor allem für einen so liebevollen und mitfühlenden Menschen wie Ray.

»Nie wieder«, murmelte er mehr an sich selbst gerichtet als an uns. »Nie wieder werde ich zulassen, dass so etwas passiert.«

Erneut breitete sich Schweigen aus, und diesmal ließ ich es eine Weile andauern.

Schließlich schreckte Doc mit einem lauten Schnarchen aus dem Schlaf hoch. Es dauerte einen Moment, bis er begriff, wo er sich befand. Er entschuldigte sich, dankte Bob für die Organisation der Feier und torkelte Richtung Zuhause.

Ich behielt ihn im Auge, bis die Dunkelheit ihn verschluckte. Vermutlich war es nicht das erste Mal, dass er sturzbetrunken allein nach Hause finden musste.

Paulie und Vincente schlenderten irgendwann zu den Musikern hinüber und schlossen sich den Kneipenchorälen an. Wenig später verabschiedete sich auch Sam Lee.

»Muss morgen früh raus, um die Ställe auszumisten«, erklärte er. »Sie würden nicht glauben, wie viel bei dem kleinen Jingles hinten rauskommt. Obwohl, Sie vielleicht schon, Miss Parker, Sie haben hier ja selbst schon ausgemistet. Ich wünsche eine Gute Nacht.«

Nachdem die Gespräche in der nun deutlich kleineren Gruppe wieder in Gang gekommen waren, wandten sie sich schnell dem Lieblingsthema aller Zirkusleute zu: den guten alten Zeiten, und wie sehr sich alles verändert hatte.

»Früher haben wir ein zweistündiges Programm auf die Beine gestellt, in dem kein Künstler zweimal aufgetreten ist, von den Clowns mal abgesehen«, erzählte Big Bob. »Heute muss jeder noch eine Zugabe drauflegen, sonst schreien die Leute gleich Betrug.«

Bei der Beerdigung war ich zu sehr mit meiner eigenen Gefühlslage beschäftigt gewesen und hatte deshalb nicht gezählt, doch nach dieser Erklärung fiel mir auf, dass unter den Trauergästen einige vertraute Gesichter gefehlt hatten.

»Was ist passiert?«, wollte ich wissen.

»Das Übliche«, antwortete Bob. »Einige haben sich größeren Veranstaltern angeschlossen, die besser zahlen. Andere sind einfach alt geworden. Bart hat sich in Arizona zur Ruhe gesetzt, er will da eine Ferienranch aufmachen. Dee ist nach Florida geflüchtet. Und ich bin mir ziemlich sicher, dass Vincente auch bald aufhört. Hat wohl die Schnauze voll.«

Sofort plagte mich das schlechte Gewissen. Auch ich hatte den Zirkus verlassen, weil ich ein lukrativeres Angebot bekommen hatte. Okay, Big Bob hatte mich selbst dazu gedrängt, aber von mir war auch nicht gerade viel Gegenwehr gekommen.

»Wir ziehen auch nicht mehr so viel Publikum an«, fuhr der Zirkusbetreiber fort. »Vor zehn Jahren noch … Selbst kurz vor dem Krieg sind bei uns bestimmt doppelt so viele Leute aufgetaucht.«

Maeve wedelte mit der ringgeschmückten Hand.

»Stoppard ist ein Nest, mein Lieber. Du kannst hier nicht so viel Publikum erwarten wie in Chicago«, protestierte sie mit hörbar schwerer Zunge. »Ich finde, es läuft ganz … pima … ähm, prima.«

»Das glaubst du nur, weil du den ganzen Tag in deinem Zelt sitzt und deine Kunden einzeln empfängst«, widersprach Bob. »Da ist es logisch, dass du nicht mitkriegst, wie die Menge schrumpft. Und hör mir bloß auf mit Chicago. Wir haben es seit Jahren nicht mal mehr in die Nähe von Chicago geschafft. Und auch nicht nach Cincinnati oder Baltimore. Jetzt ja nicht einmal mehr nach Richmond. Die Großen drängen uns raus. Ich war ehrlich überrascht, dass wir Pittsburgh diese Saison noch halten konnten.«

Er schüttelte die letzten Tropfen aus seinem Flachmann.

»Orte wie Stoppard sind unsere Zukunft«, prognostizierte er düster. »Falls wir überhaupt noch eine haben.«

Ray erhob sich ächzend und mit knackenden Gliedern von seinem Stuhl.

»Ich bin raus«, verkündete er und strich sich die Weste glatt. »Wenn über die Qualen des Geldes gesprochen wird, muss ich mich verabschieden.«

»Ach, komm schon, Ray«, jammerte Maeve. »Die Nacht ist noch jung!«

»Es ist bereits Morgen, Maeve. Lange nach meiner Schlafenszeit. Meine Kleinen werden sich schon wundern, wo ich abgeblieben bin.«

Damit schlurfte Ray Richtung Spektakulum davon, zurück zu seinen achtbeinigen und beinlosen Freunden.

»Für mich war's das dann wohl auch«, murmelte Maeve. »Muss ja … wie war das noch? Vernünftig sein.«

Big Bob sprang auf und half ihr, sich vom Stuhl hochzustemmen.

»Na komm, meine Liebe. Ich bringe dich ins Bett.«

»Schön brav bleiben, Bobby«, mahnte sie scherzhaft. Ihr Lidschatten klebte wie bröselige alte Spachtelmasse an ihrer Haut. Nun sah man Maeve an, wie viele Jahre sie schon auf dem Buckel hatte, und vielleicht sogar noch einige mehr.

»Brauchen Sie mich noch?«, wollte Bob von uns wissen, bevor er ging. »Ich würde ja fragen, ob Sie schon Glück hatten, aber ich fürchte mich vor der Antwort.«

Mein Boss ließ sich tiefer in den Liegestuhl sinken,

ihre Lider hingen auf Halbmast. Träge strich sie mit dem Finger über den Rand ihres beinahe leeren Glases.

»Glück würde ich es nicht nennen«, antwortete sie. »Allerdings haben sich ein paar interessante Ermittlungsansätze ergeben.«

Das war unsere Standardantwort, wenn Klienten nach Fortschritten fragten. Diesmal war es allerdings kein reines Ausweichmanöver, denn Heroin konnte man schließlich durchaus als interessanten Ansatz bezeichnen.

»Eine Frage hätte ich noch«, fuhr sie fort. »Sie haben mir gesagt, viele in der Truppe hätten eine polizeiliche Vorgeschichte. Schließt das auch Betäubungsmittel mit ein?«

Verwirrt zog Big Bob eine Augenbraue hoch.

»Betäubungsmittel? Meinen Sie Kokain?«

»Kokain, Opium, Heroin ... sämtliche Substanzen jenseits von Alkohol und Marihuana.«

»Falls jemand ein Problem in dieser Richtung hat, weiß ich zumindest nichts davon«, sagte er. »Maeve, wüsstest du da jemanden?«

Abrupt fuhr Maeve zu ihm herum. Hätte Bob sie nicht abgefangen, wäre sie wohl umgekippt.

»Weiß ich jemanden wofür?«

»Jemanden mit einer Drogenvergangenheit. Also, hartes Zeug.«

Sie schüttelte den Kopf. Es dauerte eine Weile, bis er aufhörte zu wackeln.

»Nö«, nuschelte sie. »Heißt aber nicht, dass hier niemand so was nimmt. Ich habe in meiner Jugend so viel Pot geraucht, dass ich Mabel Normand Konkurrenz machen könnte. Warum fragen Sie?«

Mein Boss antwortete nur mit einem gelassenen Achselzucken.

»Ich habe die Erfahrung gemacht, dass Drogenkonsum oft Hand in Hand mit gewalttätigem Verhalten geht«, erklärte sie dann. »Oder, wie Will es ausdrücken würde: Ich versuche lediglich, an alles zu denken.«

Kein schlechtes Ausweichmanöver, das Maeve ihr wohl auch abkaufte – Big Bob allerdings nicht. Er warf mir einen Blick zu, in dem neben Neugier vor allem Widerwille aufblitzte, wohl weil er außen vor blieb.

»Wie dem auch sei«, sagte er dann, »ich kenne jedenfalls niemanden. Aber ich werde mich umhören. Jetzt komm, Maeve, stecken wir dich ins Bett. Gute Nacht, die Damen.«

Wir wünschten eine Gute Nacht und sahen zu, wie er die alte Wahrsagerin zu ihrem Wohnwagen brachte. Auch die anderen Grüppchen lösten sich langsam auf, darunter die Musiker. Irgendwann war nur noch der Mann mit der Violine übrig, der eine alte Klezmer-Melodie spielte, die Hiram hin und wieder pfiff, wenn er sich um seine Schützlinge in der Gerichtsmedizin kümmerte.

Ms. Pentecost griff nach der Whiskeyflasche, die zu ihren Füßen stand, und schenkte sich noch einen Fingerbreit ein. Ich verkniff mir die Frage, wie sie sich fühlte. Es gab nur eines, was sie noch mehr hasste als ihre Multiple Sklerose – wenn ich ihr deswegen auf die Nerven ging.

»Möchten Sie hier reden, oder sollen wir zum Haus zurückgehen? Sie scheinen es da ja recht bequem zu haben.«

Sie sah sich um, um herauszufinden, wer noch in

Hörweite war. Nirgendwo jemand zu sehen. Andererseits standen hier überall Wohnwagen, in denen leicht jemand am Fenster lauschen konnte.

»Wir sollten wohl besser zum Haus zurückkehren«, beschloss sie also. »Wozu das Risiko von unerwünschten Zuhörern eingehen?«

Nachdem sie ihr Glas in einem Zug geleert hatte, gab sie mir durch ein Nicken zu verstehen, dass ich ihr aus dem Liegestuhl aufhelfen sollte. Da sie fünfzehn Zentimeter größer und gute zehn Kilo schwerer war als ich, kam es zu diesem kritischen Moment, in dem wir beinahe umgefallen wären. Letztlich schaffte ich es aber, sie in die Senkrechte zu ziehen.

Wir hatten vielleicht fünfzig Meter des angrenzenden Feldes hinter uns gebracht, als ich plötzlich das Splittern von Glas und eine Art tiefes, lautes Husten hörte. Als ich mich umsah, erwartete ich, einen betrunkenen Handlanger zu sehen, der nach Hause torkelte.

Stattdessen entdeckte ich ein flackerndes Licht am anderen Ende des Zirkusgeländes, ein orangerotes Glühen, das mit jeder Sekunde heller wurde.

Ms. Pentecost sah es ebenfalls.

»Ist das …?«

»Jawohl.«

Ich rannte los, außen an dem mit Stoffbahnen verhängten Zaun entlang. Ms. P folgte mir, so schnell sie konnte.

Als ich mein Ziel schon halb erreicht hatte, stieß mein Boss hinter mir einen Fluch aus, den man definitiv nicht abdrucken sollte. Ich wirbelte herum und sah sie auf dem Boden liegen. Doch sie winkte mich weiter.

»Los, lauf!«

Ich gehorchte.

Inzwischen hallte der Ruf »Feuer!« über das Gelände, und ich sah mehrere Leute, die sich zwischen den Zaunabschnitten hindurchquetschten und in dieselbe Richtung hetzten wie ich: zu einer Stelle am Rand des Zirkusgeländes, wo sich nun eine wahre Feuerwand in den Nachthimmel reckte.

Das Spektakulum stand in Flammen.

Kapitel 21

DIE STOFFBAHNEN AM Zaun hatten auf einer Länge von fünf Metern Feuer gefangen, und auch die Rückwände der Buden dahinter brannten. Es bildete sich bereits eine Eimerkette, die an dem großen Wassertank bei den Tiergehegen ihren Anfang nahm.

Bei Hart & Halloway wurde wie bei jedem anderen Schausteller sorgfältig für solche Ernstfälle geprobt. In einer reisenden Stadt, die fast nur aus Holz und Stoff bestand, gehörte Feuer zu den größten Ängsten überhaupt. Ob Clown, Schlangenmensch oder Süßigkeitenverkäufer – sobald der Alarm ertönte, schleppten sie alle Wasser.

Und zwar so schnell, dass der Brand in wenigen Minuten gelöscht sein würde. Um mich ebenfalls nützlich zu machen, sprintete ich auf eine Lücke in der Menschenkette zu und hätte dabei beinahe Paulie umgerannt, der vollkommen reglos auf die Flammenwand starrte.

»Ray!«, schrie er plötzlich. »Hat irgendjemand Ray gesehen?«

Unser Reptilienfreund war nirgendwo zu sehen. Und dann begriff ich, was Paulie so in Panik versetzt hatte: Das Haus des Giftigen Getiers befand sich mitten im Zentrum des Feuers. Zwar hatten die Flammen nicht auf den Hauptkörper des alten Eisenbahnwaggons übergegriffen, aber dafür brannte die Rückseite von Rays Anbau auf dem Dach bereits lichterloh.

Bevor ihn jemand aufhalten konnte, schob sich Paulie zwischen den brennenden Stoffplanen hindurch und rannte in das Spektakulum hinein.

Und bevor mich jemand aufhalten konnte, sprintete ich hinterher.

Gemeinsam liefen wir zur Vorderseite des ausrangierten Waggons und in das Reptilienhaus hinein. Paulie schnappte sich einen Hocker, stellte ihn unter die Dachluke und stieg hinauf.

In den Terrarien krabbelte und schlängelte es wild, da die Bewohner die Gefahr spürten.

»Ray? Bist du da oben, Ray?«, brüllte der Clown.

Er drückte gegen die Luke, die sich zwar ein wenig rührte, aber nicht öffnen ließ.

»Ray schläft in einem Klappbett«, erklärte Paulie. »Ich glaube, das Ding steht direkt auf der verdammten Luke.«

Was bedeuten musste, dass Ray dort oben in seinem Bett lag und aus irgendeinem Grund nicht antworten konnte.

Wir stürmten wieder nach draußen. In der kurzen Zeit, seit wir reingegangen waren, hatte sich das Feuer bis auf das Dach des Aufbaus ausgebreitet und fraß sich nun zu den Seitenwänden vor. Bald würde das gesamte Ding in Flammen stehen.

Die uns zugewandte Seite, in der sich auch das kleine Fenster befand, war noch fast unberührt. Das Fenster stand offen, doch es war keinerlei Bewegung im Inneren zu erkennen.

»Wir brauchen Wasser! Hier drüben!«, brüllte Paulie.

Hinter dem Zaun ertönte eine Antwort, die ich allerdings nicht verstand. Paulie und ich sahen uns an, und ich erkannte, dass wir dasselbe dachten: Sie würden es nicht rechtzeitig hierher schaffen.

Von Verzweiflung getrieben, sprang der Clown hoch und klammerte sich an die brennende Kante des Waggondachs. Das morsche Holz gab unter dem Druck nach, und er schlug hart auf dem Boden auf.

Taumelnd kam er auf die Füße; in seine Handflächen hatten sich zwei rote Linien eingebrannt.

Als ich ihn in dieser Position sah – halb geduckt, die Hände nach vorne gestreckt –, kam mir eine grauenvolle Idee.

»Nummer drei!«, schrie ich.

»Was?«

»Wir machen die Nummer drei. Mit extra viel Soße!«

Es ist Paulie hoch anzurechnen, dass er nicht eine Sekunde zögerte. Ohne ein weiteres Wort zu verlieren, verschränkte er die Finger zur Räuberleiter.

Während meiner Zeit beim Zirkus hatte ich eine Zeit lang auch mit den Clowns trainiert. Um die Luftakrobaten zu ärgern, die sich immer pompöse Namen für ihre Flugsprünge ausdachten, betitelten sie ihre Nummern wie die Gerichte auf chinesischen Speisekarten.

Die Nummer drei war normalerweise auf das Sprungnetz im großen Zelt ausgerichtet. Diesmal war mein Zielpunkt allerdings wesentlich unnachgiebiger.

Ich nahm Anlauf und sprang beim letzten Schritt mit dem rechten Fuß in Paulies Hände. Der richtete sich ruckartig auf und katapultierte mich bis auf das Dach des Eisenbahnwaggons. Mir gelang es sogar, bloß mit der Schulter gegen den Aufbau zu knallen und nicht mit dem Kopf.

Unsicher ließ ich mich auf alle viere fallen und kroch mit dem Kopf voran durch das kleine Fenster.

Drinnen war ich schlagartig blind, ich hustete, keuchte, bekam keine Luft mehr. Die kleine Kammer war voller Rauch. Schnell ließ ich mich auf den Bauch fallen und fand direkt über dem Boden noch ein paar Zentimeter sauerstoffhaltige Luft.

Da stand das Bett. Ich kroch darauf zu und streckte den Arm aus, packte den reglosen Körper, der auf der Liege lag. Mit aller Kraft zerrte ich Ray zu mir auf den Boden hinunter. Ich drückte den Kopf gegen seine Brust. Nach einem gefühlt endlosen Augenblick spürte ich einen kraftlosen Atemzug.

Da Ray es offenbar vorzog, nur in Boxershorts zu schlafen, war es nicht ganz einfach, ihn zu packen. Als ich ihn endlich bis zum Fenster geschleift hatte, konnte ich kaum noch unterscheiden, ob ich wegen des Qualms so schlecht sah oder ob es die heraufziehende Dunkelheit einer Ohnmacht war. Verzweifelt schnappte ich nach Luft und sog zusammen mit dem spärlichen Sauerstoff auch eine Ladung Glut und Asche in meine Lunge.

Kleine Flämmchen leckten bereits am Fensterrahmen. Ich kroch hinaus, schob dann beide Arme wieder hinein und unter Rays Achseln und zog. Ganz am Rande bekam ich mit, dass eines meiner Hosenbeine Feuer gefangen hatte, und ein Teil meines Gehirns beschäftigte sich mit der Frage, wie lange es wohl dauern würde, bis die Flammen den Stoff verzehrt hatten und sich meinem Fleisch zuwandten.

Allerdings wurden diese Überlegungen zum Glück überflüssig, da eine volle Wasserladung auf meinen Rücken klatschte, was nicht nur die Flammen erstickte, sondern auch noch das letzte Quäntchen Luft aus meiner Lunge trieb.

Schon bekam ich noch eine Ladung ab.

Und noch eine.

Zwei kräftige Arme schoben sich plötzlich an mir vorbei und packten Ray. Als ich mich umdrehte, sah ich Clover, der auf einer langen Leiter stand. Er zog Ray so mühelos durch das Fenster, als wäre er eine Stoffpuppe.

Dann warf er ihn sich über die Schulter und stieg mit ihm die Leiter hinunter. Sobald er weg war, kletterte ich ebenfalls hinab.

Ungefähr ein halbes Dutzend Leute hatte sich zu Paulie gesellt, und sie waren alle dabei, mit ihren Wassereimern den letzten Flammen den Garaus zu machen. Irgendwo in der Ferne kreischten Sirenen.

Ray lag ausgestreckt auf der Erde. Seine Lider flatterten, dann fing er an zu husten, rollte sich auf die Seite und kotzte sein Abendessen aus.

Ich holte tief Luft, was allerdings nur zur Folge hatte, dass ich mich krümmte und mir die halbe Lunge aus dem Leib hustete. Paulie kam zu mir und schlang mir einen kräftigen Arm um die Schultern.

»Verdammt noch mal, Parker. Das war ja ’ne Nummer.«

Ich wollte gern antworten: »Habe eben beim Besten gelernt«, aber leider kam nur die zweite Hälfte meiner Lunge heraus.

Sobald ich wieder einigermaßen atmen konnte, schleppte ich mich zwischen den verkohlten Zaunteilen hindurch und ging auf die Suche nach Ms. Pentecost. Schließlich entdeckte ich sie am Rand der Menge, gestützt von Sam Lee.

»Geht es Ihnen gut?«, wollte ich wissen, während ich zu ihr hinüberstapfte.

»Ich hab sie drüben auf dem Feld gefunden«, erklärte Sam Lee und überreichte mir ihren Gehstock. »Ihr Knöchel ist verstaucht, glaube ich.«

Die Detektivin schüttelte den Kopf. »Höchstens ein wenig gezerrt«, behauptete sie und wand sich aus dem Griff des jungen Zirkushelfers. Sofort geriet sie aus dem Gleichgewicht, weshalb Sam Lee sie geschickt wieder auffing.

»Semantische Spitzfindigkeiten hin oder her«, widersprach ich. »Ihre Tanzkarte werden Sie wohl eine Zeit lang im Täschchen lassen müssen.«

Wir beobachteten, wie ein Feuerwehrauto über das Feld heranrumpelte. Wenig später folgte ein Streifenwagen der Polizei.

»Kannst du sie noch ein wenig halten?«, bat ich Sam Lee.

»Klar doch, Miss Parker«, versicherte der. »Ich hab sie.«

An meinen Boss gewandt fuhr ich fort: »Würden Sie sich netterweise bereit erklären, sich stützen zu lassen, damit Sie Ihren Knöchel nicht noch weiter ruinieren?«

Ihr Blick machte deutlich, dass ich ihr jetzt besser nicht zu nahe kommen sollte. Deshalb begab ich mich zügig zu der immer größer werdenden Gruppe von Helfern hinüber.

Die Einsatzkräfte der Freiwilligen Feuerwehr sprangen aus ihrem Wagen, nur um festzustellen, dass der Brand so gut wie gelöscht war und sie eigentlich nur noch die letzten Glutnester zertrampeln mussten. Auch der Streifenwagen hatte angehalten, die Tür öffnete sich, und Joe stieg aus. Er trug sein Uniformhemd über einer fleckigen Latzhose – als hätte er sich im Dunkeln angezogen, ohne sich darum zu kümmern, ob die einzelnen Elemente auch zusammenpassten.

Big Bob hatte ihn ebenfalls entdeckt. Der Zirkusdirektor stürmte auf ihn zu und wedelte mit etwas vor seiner Nase herum, das ich schließlich als einen abgebrochenen Flaschenhals identifizierte. Joe starrte mit verquollenen Augen und verständnisloser Miene auf das Ding. Da ich befürchtete, dass der junge Polizist gleich aufgeschlitzt werden könnte, beschleunigte ich meine Schritte.

»Moment mal … Jetzt beruhigen Sie sich doch, Mr. Halloway«, sagte er gerade, als ich die beiden erreichte. »Sie müssen ruhig bleiben.«

»Ruhig bleiben? Ich soll ruhig bleiben?«, brüllte Bob. »Jemand hat versucht, meinen verdammten Zirkus abzufackeln!«

Joe ließ seinen Blick über das organisierte Chaos schweifen, als wäre er auf der Suche nach dem entscheidenden Hinweis. Ich musste mir erst wieder bewusst machen, dass er die Marke ja noch nicht sonderlich lange trug und dass es im verschlafenen Städtchen Stoppard wohl eher selten so hektisch zuging.

Ich warf ihm eine Rettungsleine zu.

»Die Trauerfeier ging gerade zu Ende, als jemand beschloss, das Spektakulum anzuzünden. Dort drüben«, erklärte ich. »Hätte Ray beinahe das Leben gekostet.«

Dass bei der Sache fast jemand gestorben wäre, ließ ihn augenblicklich aufwachen.

»Wurde viel getrunken? Könnte es ein Unfall gewesen sein?«

»Ein Unfall? Heilige Scheiße noch mal!«, schrie Big Bob. »Riechen Sie mal. Na los, riechen Sie!«

Joe nahm den Flaschenhals entgegen und schnupperte vorsichtig daran. Was auch immer seine Nase ihm sagte – es vertrieb nun endgültig die Benommenheit aus seinem Gehirn.

»Riechen Sie das?«, fragte Big Bob triumphierend. »Wir vertragen hier wirklich eine Menge, aber keiner von uns kippt sich Benzin rein.«

Dann zeigte er auf den verkohlten Stofffetzen, der noch an dem Flaschenhals hing.

»Ich denke, jemand hat die Flasche damit gefüllt, einen Lumpen als Lunte reingestopft, ihn angezündet und –«

Joe unterbrach ihn: »Ein Molli.«

»Ein was?«

»Ein Molotow-Cocktail. Die Dinger habe ich im Krieg gesehen«, erklärte er. »Ich bin mir nicht sicher, ob sie wirklich von den Russen erfunden wurden, aber die haben sie auf jeden Fall perfektioniert.«

»Da haben Sie's!«, rief Big Bob.

Nun meldete auch ich mich wieder zu Wort.

»Ich glaube, ich habe gehört, wie er losgegangen ist. Splitterndes Glas und dann so ein merkwürdiges Geräusch, das die Benzinexplosion gewesen sein könnte.«

Joe musterte mich, als würde er mich zum ersten Mal sehen. Während sein Blick einmal die komplette Runde machte, fragte ich mich, wie schlimm ich wohl aussah.

»Okay«, sagte er schließlich und legte den kaputten Flaschenhals vorsichtig auf die Motorhaube des Streifenwagens. »Das nehme ich mit, als Beweismittel. Und ich werde mit allen sprechen müssen, die in der Nähe waren. Ihre Aussagen aufnehmen. Vielleicht sollten Sie den Zirkus morgen besser nicht öffnen. Aus Sicherheitsgründen.«

»Sicherheitsgründe, Sicherheitsgründe«, wütete Big Bob. »Genau das will der, der das getan hat, doch – dass wir dichtmachen! Glauben Sie ernsthaft, ich ziehe einfach den Schwanz ein und gebe ihm, was er will?«

Joe hielt der Tirade des kleinwüchsigen Mannes besser stand als die meisten.

»Wir wissen nicht, ob Sie dadurch abgeschreckt werden sollten«, hielt er in dem bemüht ruhigen Tonfall dagegen, den man immer dann anwendet, wenn man jemanden von der Dachkante wegholen will.

»Wozu sollte diese Nummer denn sonst gut sein?«, wollte der Zirkusdirektor wissen und umfasste mit einer ausholenden Geste sowohl den verkohlten Zaun als auch das halb verbrannte Reptilienhaus dahinter.

Ja, wozu wohl?, fragte auch ich mich.

An diesem Teil des Zauns hatten die Plakate gehangen, auf denen die Attraktionen des Spektakulums abgebildet waren. Einige waren vollkommen zu Asche verbrannt, doch am Rand waren noch ein paar angesengte Reste geblieben. Ein nacktes Bein war zu erkennen, mit grünen Schuppen bemalt. Und darunter das Wort *Haut.*

Entdecken Sie, welche Geheimnisse für immer auf ihrer Haut verewigt sind!

Kapitel 22

NACHDEM ICH JOE noch einmal ausführlich meine Wahrnehmung der Ereignisse geschildert hatte, brachte ich Sam Lee dazu, uns zum Farmhaus zu kutschieren. Dort angekommen, weckte ich Doc auf, damit er mir half, Ms. Pentecost ein neues Quartier im Erdgeschoss einzurichten – in dem Schlafzimmer, in dem bis vor Kurzem noch unser Mordopfer untergebracht gewesen war. Ihr Knöchel war bereits kräftig angeschwollen.

Während ich meinen Overall gegen etwas eintauschte, das nicht angesengt war, kramte Doc seinen alten Erste-Hilfe-Kasten hervor. Die Metallschachtel sah aus, als hätte er sie aus dem Krankenwagen in Verdun mitgehen lassen. Aber die schmerzstillende Salbe und das Verbandsmaterial schienen frisch zu sein. Damit entließ ich ihn, und er kehrte ins Wohnzimmer zurück, um weiter seinen Rausch auszuschlafen.

Während ich den Fuß meiner Chefin einrieb und bandagierte, diskutierten wir darüber, welchen Zusammenhang es zwischen dem Mord und dem Brandanschlag geben könnte.

»Das kann kein Zufall sein«, beharrte ich. »Die haben genau auf die Stelle gezielt, wo Rubys Bild hing.«

»Es ist mir zuwider, das Element des Zufalls zu sehr zu strapazieren«, entgegnete Ms. P, »aber was wurde durch diese Tat denn schon erreicht? Außer … den Täter in Gefahr zu bringen. Selbst wenn das Ganze, wie Robert angedeutet hat, dazu gedacht war, die Zirkusleute einzuschüchtern … mutet es doch allemal halbherzig an. Es wirkt wie … ein Akt der Verzweiflung, hat jedoch … kaum Resultate gezeigt.«

»Mal abgesehen davon, dass Ray beinahe getötet wurde«, wandte ich ein.

»Das stimmt. Mr. Nance … hatte Glück … dass du dort warst.«

Ihr stockender Sprachrhythmus zeigte mir, dass sie fast am Ende ihrer Kräfte war. Die Krankheit machte irgendetwas mit der Muskulatur in ihrer Kehle, die für die Lautstärkeregelung zuständig war. Dieses Symptom kam und ging unkontrolliert und machte sie beinahe wahnsinnig. Ich fand es auch nicht gerade toll, hatte aber schon früh gelernt, dass es nur in Streit endete, wenn ich deswegen anfing, sie zu bemuttern.

Also ignorierte ich es und fuhr fort.

»Glauben Sie denn, unser Mörder verliert langsam die Fassung? Oder war sein Nervenkostüm von Anfang an nicht das Beste?«

»Ich glaube … dass unsere … immensen Wissenslücken … keine Hypothesen zulassen … die die Mühe wert wären.«

Sie zuckte kurz zusammen, als ich die stinkende Salbe mit festen Strichen in ihren Knöchel einmassierte.

»Apropos Wissenslücken. Was … hast du … heute Abend … alles herausgefunden?«

Ich lieferte ihr eine Zusammenfassung meiner abendlichen Aktivitäten, wobei ich den letzten Teil meines

Gesprächs mit Frieda allerdings unterschlug. Weil er nicht sachdienlich sei, redete ich mir ein. Aber eigentlich wollte ich mich einfach nicht näher damit befassen.

»Und … glaubst du ihr?«, hakte Ms. P in Bezug auf Friedas Behauptung, das Heroin habe offen herumgelegen, nach.

»Sie arbeitet im Showgeschäft, und sie ist gut in ihrem Job«, erwiderte ich. »Es kann also immer sein, dass sie Geschichten erzählt. Doch falls dem so ist, wüsste ich nicht, wozu das hier gut sein sollte. Es ergibt doch alles nur einen Sinn, wenn jemand das Heroin in Rubys Wohnwagen platziert hat. Keine besonders ausgefeilte Intrige, aber immerhin. Ich habe nur absolut keine Ahnung, wer es gewesen sein könnte – und warum.«

Mein Boss gab ein nichtssagendes Brummen von sich.

»Dieses … andere … Mädchen … diese Magierin. Sie scheint … dich nicht besonders gut … leiden zu können.«

»Frieda meinte, sie wäre allen gegenüber ziemlich kratzbürstig. Wobei ihr extremer Arbeitseifer durchaus logisch ist, wenn man ihr Geschlecht und ihr Metier bedenkt. Ich könnte die Namen großer Magierinnen an null Fingern abzählen.«

»Könnte sie denn … eine werden?«

Ich dachte über diese Frage nach, während ich den Verband abrollte und ein ordentliches Stück abschnitt.

»Bisher habe ich noch zu wenig von ihrer Arbeit gesehen, um das beurteilen zu können«, meinte ich schließlich und wickelte den Stoff erst um Ms. Ps Knöchel, dann um ihren Fuß. »Aber Mysterio lässt ihr wesentlich mehr Handlungsspielraum, als es für ihn typisch ist. Als ich seine Assistentin war, hat er mir zwar auch ein paar Tricks beigebracht, aber die zielten immer nur darauf ab, ihn besser dastehen zu lassen. Normalerweise würde ich sagen, Annabelle revanchiert sich mit einer ganz bestimmten Gegenleistung, aber dafür scheint sie mir nicht der Typ zu sein. Also muss er wohl ein gewisses Potenzial in ihr sehen.«

Ich verknotete den Verband und begutachtete mein Werk.

»In den nächsten Tagen werden Sie Ihren Stock-mit-Schwert wohl etwas häufiger einsetzen müssen als sonst.«

Ms. P ließ sich in die Kissen zurücksinken und stieß ein paar wenig damenhafte Schimpfworte aus.

»Okay, Sie sind dran«, bestimmte ich und setzte mich ans Fußende des Bettes. »Was konnten Sie dem Abend alles abringen?«

Mein Boss hielt nichts von Auslassungen, also präsentierte sie mir das ganze Paket – nicht wortwörtlich, aber beinahe. Um Zeit, Platz und Farbband zu sparen, werde ich mich hier auf das Wesentliche beschränken.

In Bezug auf aktive Ressentiments gegen Ruby gab es nichts Neues, zumindest hatte niemand etwas Derartiges eingestanden. Was wenig überraschend war. Immerhin war es ihre Totenfeier gewesen. Nicht einmal mein Boss schaffte es, Trauernde bei einem solchen Anlass dazu zu bringen, schlecht über den Verstorbenen zu sprechen.

Allerdings war es Ms. P gelungen herauszufinden, wann Ruby sich das hässliche Rosen-Tattoo hatte stechen lassen: gegen Ende ihres ersten Jahres bei Hart & Halloway. Der Zirkus war damals in der Winterpause, irgendwo in Florida. Ruby und ein paar andere Mädchen waren losgezogen, um eines der Showgirls zu verabschieden. Die Kleine musste heiraten, und sie wollten ihr noch einmal einen unvergesslichen Abend bereiten.

Als sie an einer Tätowierstube vorbeikamen, überredete Ruby die Ausscheidende dazu, sich eine dauerhafte Erinnerung an ihre Zeit beim Zirkus zuzulegen. Die zukünftige Braut entschied sich für eine Meerjungfrau an einer Stelle, die vermutlich nur ihr Gatte zu sehen bekommen würde. Im letzten Moment bat Ruby darum, die Tätowierung auf ihrer Brust mit einem neuen Bild zu überdecken. Den Grund dafür kannte niemand. Und von den Mädchen, die damals dabei waren, war heute keines mehr bei der Truppe.

Außerdem hatte Maeve bestätigt, dass sie den Grund für den Streit zwischen Ruby und Kalishenko doch gekannt hatte: Ruby hatte sich in Kalishenkos Familienangelegenheiten eingemischt.

»Sie sagte, sie habe … nicht die schmutzige Wäsche anderer Leute … vor uns ausbreiten wollen.«

»Was für ein Blödsinn«, befand ich. »Maeve ist genauso eine Tratschtante wie alle anderen. Sie wollte Val beschützen. Hat uns nicht genug vertraut, um uns die Wahrheit zu sagen.«

Genauer gesagt: Sie hatte *mir* nicht genug vertraut, um die Wahrheit zu sagen. Wieder ein Nadelstich ins Herz.

»Nicht gerade eine fette Goldader«, stellte ich fest, als mein Boss den Bericht beendet hatte.

»Mag sein.« Sie fing an, die hundertundeins Nadeln zu lösen, die ihre Frisur an Ort und Stelle hielten. »Auch wenn es … nützlich war … mir ein genaueres Bild … der verschiedenen … Persönlichkeiten zu machen.«

»Und jetzt haben wir auch noch einen Feuerteufel mit in der Gleichung. Irgendwie haben wir ein Händchen für die.«

Sie stieß einen Laut aus, der ebenso Belustigung wie Entrüstung auszudrücken vermochte. Dann schüttelte sie ihre Haarpracht aus, bis sich die graue Strähne aus ihrem kastanienbraunen Gefängnis befreite. Nachdem sie vor zur Bettkante gerutscht war, belastete sie vorsichtig ihren verletzten Knöchel, stand auf und humpelte zu ihrem Koffer hinüber.

Ich hätte ihr ja meine Hilfe angeboten, war aber zu sehr mit Nachdenken beschäftigt. Die Anspielung auf Sendak hatte mir wieder in Erinnerung gerufen, was wir den Geschworenen präsentiert hatten. Das Tier in ihm. Und das wiederum führte mich zu dem, was Frieda gesagt hatte. Welch eine schräge Meinung sie über mich hatte.

»Gibt es sonst noch etwas zu berichten?«, fragte Ms. P.

»Hm? Was sollte das sein?«

»Dich scheint … etwas zu … beschäftigen.«

Warum ich nie mit Lillian Pentecost Poker spiele? Weil ich nicht gerne verliere.

»Nein, es ist nichts unerwähnt geblieben«, log ich.

Sie warf mir einen unergründlichen Blick zu.

»Hey, ich bin gerade erst in ein brennendes Gebäude gesprungen. Da kann man doch wohl mal einen Moment über das wankelmütige Wesen der Sterblichkeit nachgrübeln, oder?«, fügte ich hinzu. »Wobei mir einfällt, dass ich mir heute Abend unbedingt noch die Haare waschen muss, sonst stinke ich morgen immer noch nach Rauch.«

Ms. P nickte. Sie holte das Nachthemd aus ihrem Koffer, warf es aufs Bett und fing an, sich die Bluse aufzuknöpfen.

»Dann … sollten wir uns wohl … zu Bett begeben«, schlug sie vor. »Wir müssen ja ausgeruht sein … für unseren Termin … morgen.«

»Jawohl, Ma'am.«

Damit ließ ich sie allein.

Oben im ersten Stock stellte ich mich unter die Dusche und schrubbte mich, bis die altersschwachen Rohre kein warmes Wasser mehr ausspuckten. Am Ende roch ich immer noch, als wäre ich in ein Lagerfeuer gefallen, aber nun musste man schon bis auf Kussdistanz an mich herankommen, damit es auffiel.

Bis ich mich abgetrocknet hatte, war es fast fünf Uhr morgens. Erschöpft brach ich auf meinem Bett zusammen, doch Schlaf fand ich keinen. Stattdessen warf ich mich hin und her und dachte über Friedas Worte nach. Dass ich im Grunde von meinem Zorn angetrieben wurde und mich das viel eher umbringen würde als eine Kugel, eine Klinge oder ein brennendes Haus.

Psychogeschwätz, redete ich mir ein. Ich tat, was ich tat, weil ich es so wollte. Und ganz sicher nicht, weil ich es der verdammten Welt dort draußen zeigen wollte.

Denn genau wie Frieda kannte auch ich solche Menschen. Männer und Frauen, die das Gefühl hatten, von dieser Welt betrogen worden zu sein, und das bei jedem Schritt mit sich herumschleppten. Bei denen sich dieser

Zorn ein gemütliches Plätzchen geschaffen hatte, wo er nun mietfrei hauste.

Frieda hatte recht. Solche Menschen waren am Ende tot oder im Knast oder hingen an der Flasche oder an der Nadel. Oder sie vegetierten einfach in den Ruinen ihres zerstörten, ausgehöhlten Lebens vor sich hin.

Solche Menschen kannte ich nur zu gut. Und ich war keiner von ihnen. Nein, Ma'am, ganz sicher nicht.

Nein.

Am beunruhigendsten fand ich allerdings ihren Kommentar, durch die Zeitungsartikel habe sie sich versichert, dass der Zorn mich noch nicht aufgefressen habe. *Noch* nicht. Als ließe sich das vielleicht hinauszögern, aber nicht wirklich abwenden.

In dieser Nacht war ich definitiv von Zorn getrieben. Als ich schließlich einschlief, waren meine Fäuste in die Bettdecke gekrallt, so wütend war ich auf Frieda, weil sie mich dermaßen aus dem Konzept gebracht hatte. Und auf meinen Verstand, der mich nicht schlafen ließ. Und auf den unbekannten Mörder, der schuld daran war, dass mein Boss und ich überhaupt hierhergekommen waren, wo mich die Geschichte wieder einholen konnte mit ihrem ganzen Gefühlschaos.

Ich war sogar wütend darüber, dass ich wütend war. Schließlich ist Zorn eine Sünde.

Und am nächsten Morgen wollten wir in die Kirche gehen.

Kapitel 23

OFFENBAR TRAF MAN sich sonntagmorgens gerne beim Blutenden Lamm Gottes, denn es saßen ungefähr hundert Kirchgänger Schulter an Schulter in den schmalen Bänken.

Das Gebäude selbst war eine Landkirche wie aus dem Bilderbuch: frisch geweißte Fassade, spitzer Giebel mit grob gezimmertem Holzkreuz. Der Innenraum bestand hauptsächlich aus einem großen Versammlungssaal. Vor dem guten Dutzend Bankreihen ragte eine kleine Empore auf, gerade groß genug für eine Kanzel, die denselben rauen Charme versprühte wie das Kreuz auf dem Dach. Dazu ein paar Stühle und ein schäbiges Klavier, das aussah, als hätte man es aus einem Westernsaloon gerettet. Im staubigen Dachgebälk schoben drei träge Deckenventilatoren die stickige Luft herum.

Ms. Pentecost und ich waren bereits früh gekommen und hatten so Plätze in der zweiten Reihe ergattert, direkt am Mittelgang. Folglich schmorten wir noch zwanzig Minuten im eigenen Saft, bis die Messe endlich begann. Ich spürte, wie mein Schweiß von dem dünnen Polster auf der Bank aufgesogen wurde.

Als ich am Morgen meine mitgebrachte Garderobe durchgegangen war, hatte ich kurz überlegt, ob ich ein kurzärmliges blaues Kleid anziehen sollte, dessen Rock auf einer komischen Höhe irgendwo zwischen Knie und Knöchel endete. Es war vollkommen schmucklos und hätte sicher gepasst. Doch eine Mischung aus Eitelkeit und Sturheit sorgte dafür, dass ich es zurück in den Koffer stopfte.

Eitelkeit, weil sich eine hässliche Reihe von Blutergüssen von meiner rechten Schulter bis über den Oberarm zog und ich nicht in der Stimmung war, sie der Welt zu präsentieren. Sturheit, weil ich gar nicht erst versuchen wollte, mich beim Blutenden Lamm Gottes einzufügen. Die sollten mich gefälligst so nehmen, wie ich war, was eben auch einen maßgeschneiderten Einreiher aus leichter grauer Wolle über einer hellblauen Bluse und marineblauer Krawatte beinhaltete – Letztere beide aus italienischer Seide gefertigt.

Vervollständigt wurde mein Outfit durch eine lederne Clutch, in die gerade mal mein Notizbuch und eine Pistole passten. Allerdings zwang mich Ms. Pentecost, die Pistole unter dem Bett zu lassen.

Ja, ich wollte vor diesen Bibelheinis angeben, und das gelang mir auch verdammt gut. Außerdem lief ich Gefahr, zu einer riesigen Schweißpfütze zu zerfließen.

Mein Boss hingegen hatte sich passender gekleidet. Ihr üblicher Maßanzug war einem sandfarbenen Jackett mit passendem Rock und einer pfirsichfarbenen Bluse gewichen. Dieses Ensemble holte sie nur äußerst selten aus dem Schrank, denn es untergrub ein wenig die Strenge, mit der die große Detektivin normalerweise aufzutreten pflegte.

Obwohl kein Modetrick dieser Welt ihre Miene hätte

entschärfen können; so muss ein Scharfschütze aussehen, wenn er sein Ziel anvisiert.

Die Messe begann pünktlich um zehn mit ein paar Lobpreisungen zum Mitsingen. Schwester Evelyn spielte das nur leicht verstimmte Klavier, wobei sie von einem kräftig gebauten Kerl mit dem sonnenverbrannten Gesicht eines Farmers auf der Gitarre begleitet wurde. Nach dem Gesang trat Bert vor und sprach ein Gebet, bei dem ich es mir nicht verkneifen konnte, einen verstohlenen Blick auf meine Armbanduhr zu werfen. Wenn ein Gebet sich schon dermaßen hinzog, wollte ich mir gar nicht ausmalen, wie erst seine Predigt werden würde.

Das sollte ich allerdings gar nicht erfahren, denn nach dem »Amen« zog sich Bert zurück, und Bruder Carl trat an die Kanzel. Er umfasste das raue Holz, als hätte er Angst, jemand könnte sie ihm wegreißen. Und obwohl er schwarze Wolle in drei Schichten trug, war nirgendwo an ihm ein Schweißtröpfchen zu entdecken.

Ein wahrhaftiger Mann Gottes sollte wenigstens den Anstand haben, mit uns anderen zusammen zu schwitzen, dachte ich mir.

»Ich möchte heute mit dem Brief an die Römer beginnen, Kapitel 5, Vers 8: *Gott aber erweist seine Liebe zu uns darin, dass Christus für uns gestorben ist, als wir noch Sünder waren.*«

Dieses Zitat nutzte er als Ausgangspunkt für eine Rede über die Zerbrechlichkeit des Menschen, Vergebung und irgendetwas darüber, dass man seinen Nachbarn lieben solle. Eigentlich hatte ich mich auf Feuer und Schwefel eingestellt. Stattdessen bekamen wir etwas zu hören, das beinahe von Thornton Wilder stammen konnte – hausgemacht, direkt und mindestens doppelt so lang wie nötig.

Am Ende fasste er es noch einmal zusammen.

»Gott rationiert seine Liebe nicht. Sie ist ewig. Sie wird niemals zur Neige gehen.«

Jetzt wurde es meiner Meinung nach etwas kitschig, aber dem restlichen Publikum schien es zu gefallen.

An keinem Punkt der einstündigen Predigt wurde Rubys Tod auch nur ansatzweise erwähnt, obwohl es genügend Anknüpfungspunkte gegeben hätte.

Als er fertig war, folgten noch ein paar Lieder, dann fragte Bruder Carl: »Gibt es jemanden unter euch, der gerne hier heraufkommen und Zeugnis ablegen möchte? Hat jemand etwas über Gottes Gnade zu sagen?«

Edna May Currant ging hoch und dankte Gott und ihren Nachbarn für ihren Beistand, als sie den Verlust ihres Sohnes hatte verkraften müssen, der in Übersee gefallen war.

Homer DeCambre dankte Bruder Bert und Bruder Carl für die Essenslieferungen und seine neuen Schuhe. Außerdem schickte er einen dankenden Gruß an Gott, weil der wohl seine Arthritis geheilt hatte. Wenn ich mir allerdings ansah, wie er von der Kanzel humpelte, konnte das keine sooo wirksame Heilmethode gewesen sein.

So ging es eine Weile weiter, bis Bruder Carl schließlich fragte: »Sonst noch jemand?«

Ms. Pentecost hob die Hand.

»Dürfte ich zu der Gemeinde sprechen?«

»Selbstverständlich – bei uns ist jeder willkommen.«

Und da ich dem Mann nicht grundsätzlich unrecht tun

möchte, gehe ich einfach mal davon aus, dass er es aufrichtig meinte.

Mein Boss stand auf und humpelte nach vorne zur Empore. Dabei stützte sie sich schwer auf ihren Stock und setzte mit Bedacht einen Fuß vor den anderen. Als sie dann hinter der Kanzel stand, nahm sie sich einen Moment Zeit, um sich zu sammeln.

»Guten Morgen«, begrüßte sie die Anwesenden. »Mein Name ist Lillian Pentecost. Ich denke, die meisten von Ihnen wissen, warum ich hier bin.«

Da ich so weit vorne saß, konnte ich nur am Geräusch herumrutschender Körper ablesen, dass sie offenbar wirklich wussten, wer sie war und wozu sie in die Stadt gekommen war. Am liebsten hätte ich mich umgedreht, um mir die Gesichter anzusehen.

»Als ich das letzte Mal vor einem Publikum stand und Zeugnis ablegte, geschah das in einem Gerichtssaal, und es diente der Gerechtigkeit. Heute ist es anders. Zum einen gehe ich davon aus, dass die meisten von Ihnen nicht vorgeladen werden mussten.«

Das brachte ihr ein paar Lacher ein. Sie neigte den Kopf, als müsse sie sich die nächsten Worte erst noch zurechtlegen. Zwar hatte sie nicht in meinem Beisein geprobt, aber ich kannte meinen Boss gut genug, um zu wissen, dass ihr gesamter Auftritt wohldurchdacht und komplett durchgeplant war.

»Aber vielleicht ist der Unterschied auch gar nicht so groß«, fuhr sie schließlich fort. »Denn auch heute stehe ich hier vor ihnen, um der Gerechtigkeit zu dienen.«

Sie stützte sich auf beide Ellbogen und beugte sich vor, eine Haltung, die sie auch oft an ihrem wuchtigen Eichenholzschreibtisch einnahm. Heute ließ ihre Stimme sie nicht im Stich, ganz im Gegenteil: Sie war klangvoller als die ihrer Vorredner, erhob sich bis hinauf zu den Deckenbalken, um dann mit Wucht wieder herabzuströmen und auch noch in der letzten Reihe mit absoluter Klarheit gehört zu werden.

»Mein Vater war ein Geistlicher, nicht viel anders als Mr. Engle. Seine Gemeinde war nicht viel anders als diese hier. Die Menschen kamen und gingen, einige verließen die Stadt, manche kehrten nie wieder zurück. Doch wie lange sie auch fortblieben, mein Vater sah sie immer noch als Teil seiner Gemeinde an. Selbst dann, wenn sie fortgingen, weil sie nicht länger glaubten. Sprach man ihn darauf an, erwiderte er stets: ›Von Gott kann man sich nicht abwenden. Es gibt keinen Ort auf dieser Welt, der nicht von seinem Licht berührt wird. Welchen Weg man auch wählt, man wird immer auf dieses Licht stoßen, denn dieses Licht trägt jeder Mensch in sich.‹

Und heute bin ich hier bei Ihnen, weil Ihrer Gemeinde ein Mensch entrissen wurde. Ruby Donner ist hier aufgewachsen. Sie hat hier gelernt, gelacht und geliebt. Vielleicht sind Sie mit ihr zusammen zur Schule gegangen. Vielleicht war sie einmal Ihre Freundin. Ja, sie ist fortgegangen. Sie hat einen anderen Weg gewählt. Sie hat ein anderes Leben geführt – eines, das Ihnen sehr fremd vorkommen muss. Aber sie hat trotzdem geliebt und gelacht. Sie war trotzdem eine von Ihnen. Eine verlorene Tochter, die keine zwei Tage nach ihrer Heimkehr hinterrücks erstochen wurde.«

Nun ließ sie ihren Scharfschützenblick über die versammelte Gemeinde schweifen, und ich stellte mir vor, wie sie auf ihren Bänken zusammenzuckten, wenn er sie erfasste.

»Die Behörden haben einen Verdächtigen festgenommen. Ich habe jedoch Grund zu der Annahme, dass übereilt gehandelt wurde. Meiner Ansicht nach läuft dort draußen noch immer ein Mörder frei herum, und ich brauche Ihre Unterstützung, um diesen Menschen aufzuspüren.«

Das nervöse Rascheln hinter mir wurde lauter. Offenbar hatten sie nicht damit gerechnet, zum Hilfssheriff gemacht zu werden. Ob der Brandstifter wohl auch irgendwo dort hinten saß? Wäre das hier meine Show gewesen, hätte ich jeden Einzelnen am Eingang aufgehalten und an seinen Fingern geschnüffelt, um verräterische Benzindämpfe auszumachen.

»Vermutlich ist es ganz leicht, sich einzureden, dass Sie ja gar nicht betroffen sind. Schließlich hatten Sie Ruby seit vielen Jahren nicht gesehen. Und Sie haben Ihre eigenen Probleme, Ihre eigene Last zu tragen. Deshalb möchte ich mich an dieser Stelle auf etwas beziehen, das Mr. Engle in seiner Predigt sagte: Gott rationiert nicht. Er rationiert weder seine Liebe noch seine Vergebung. Und auch die Gerechtigkeit nicht. Und da wir alle uns so oft von unseren Schwächen überwältigen lassen, müssen wir uns doch umso mehr anstrengen, wenn es darum geht, unsere Nächstenliebe, Selbstlosigkeit und Tapferkeit unter Beweis zu stellen.«

Gut improvisiert an dieser Stelle. Fehlte nur noch der letzte Stupser, um die Botschaft in ihren Köpfen zu verankern.

»Es ist also unser aller Pflicht – nicht nur meine, sondern die jedes Einzelnen hier –, Ruby Donner Gerechtigkeit widerfahren zu lassen. Doch um das zu tun, muss ich mehr über sie erfahren. Hatte sie noch Kontakte hier in der Stadt? Hat sich jemand mit ihr getroffen oder mit ihr gesprochen in der kurzen Zeit zwischen ihrer Rückkehr nach Stoppard und ihrem tragischen Dahinscheiden? Welche Sorgen plagten sie, als sie noch hier lebte? Was waren ihre Vorlieben?«

Sie ließ diese Fragen für einen Moment im Raum stehen.

»Ich wohne zurzeit in Patrick Donners Haus, wo ich jederzeit gerne Besucher empfange. Sollte es Ihnen unangenehm sein, mich persönlich aufzusuchen, bin ich auch telefonisch erreichbar. Vielen Dank.«

Damit war die Sonntagspredigt beendet.

Kapitel 24

WIR TRIEBEN UNS noch eine Weile draußen auf dem Parkplatz herum, als die Kirchgänger zum üblichen Händeschütteln und Small Talk herauskamen. Ms. Pentecost wurde mit ein paar freundlichen Nickern bedacht, die nervösen Seitenblicke überwogen aber deutlich.

Irgendwann löste sich Bruder Carl von den ihn umschwärmenden Gemeindemitgliedern und kam zu uns herüber. Sein Lächeln wirkte aufrichtig, trotzdem verbarg sich etwas dahinter – eine tiefsitzende Emotion kreiste unter der stillen Wasseroberfläche.

Oder vielleicht sah ich auch Fische, wo gar keine waren.

»Vielen Dank, dass Sie gekommen sind«, begann er und schüttelte uns mit seinen Holzfällerpranken die Hände.

»Nun, ich habe mir Ihre Einladung zu Herzen genommen«, erklärte Ms. Pentecost. »So konnte ich mir ein Bild von etwas machen, das ja sicher ein wesentlicher Bestandteil von Ms. Donners Kindheit war.«

Der Prediger nickte. »Ja, das waren wir wohl.«

»Umso mehr überrascht es mich, dass Sie sie nicht in Ihrer Predigt erwähnt haben«, stichelte ich.

Okay, Ms. P hatte verlangt, dass ich mich von meiner besten Seite zeigen solle, aber diesen Seitenhieb konnte ich mir einfach nicht verkneifen.

Ob er ihn nun erwartet hatte oder nicht – der Prediger steckte ihn jedenfalls mühelos weg.

»Eigentlich sollte Bruder Bert heute die Predigt halten, und er wollte durchaus darauf eingehen«, erklärte er mir und rieb sich das stoppelige Kinn. »Aber mir kam das wie eine Ausschlachtung vor. Ich hatte kein gutes Gefühl dabei, sie so auf den Präsentierteller zu zwingen. Sie hat in ihrem Leben genug durchmachen müssen. Also habe ich deswegen gebetet und wurde von dem Drang erfasst, eine neue Predigt zu schreiben.«

Ich nickte so eifrig, als würde ich jedes Wort davon glauben.

»Denken Sie denn wirklich, unsere Gemeinde könnte dabei helfen, etwas aufzudecken, das der Polizei entgangen ist?«, fragte er weiter.

»Es ist eine Möglichkeit, die man nicht ungenutzt lassen sollte«, erwiderte Ms. P.

»Bei Ihnen klang es so, als glaubten Sie, der Grund für ihre Ermordung sei in Stoppard zu finden.«

Ich hätte ihm geantwortet: »Worauf Sie Gift nehmen können.«

Mein Boss allerdings beschränkte sich auf ein unverbindliches Achselzucken, das sie jederzeit gerne zur Anwendung brachte, bevor sie hinzufügte: »Ich bin der Ansicht, ein Leben, das zu Rache inspiriert, ist ein Leben, das zu durchschauen sich lohnt.«

Diese Feststellung ließ ihn überrascht die Brauen heben. Vermutlich hatte er nicht erwartet, dass Schnüffler auch philosophisch werden können.

»Nun, ich wünsche Ihnen jedenfalls viel Erfolg«, verkündete er, dann schloss er sich einer Gruppe Kirchgänger an, zu denen auch Schwester Evelyn gehörte. Die Gute musterte uns, als wären wir zwei streunende Hunde, die sich in ihrem Garten breitgemacht hatten.

Da mein Boss vollkommen unempfindlich war gegenüber solchen Starrattacken, humpelte sie gelassen zu unserem Wagen, dessen grellbuntes Banner zwischen den prüden Pick-ups und lahmen Limousinen hervorstach wie eine fette Eiterbeule.

»Irgendwas stimmt mit diesem Typen nicht«, behauptete ich. »Und bevor Sie davon anfangen: Ich weiß, dass ich grundsätzlich etwas gegen Bibelfanatiker habe, und nein, ich glaube nicht, dass es daran liegt.«

»Du hast recht«, stimmte sie mir zu. »Aber ist es fallrelevant oder nur eine der üblichen Begleiterscheinungen?«

Sie bezog sich damit auf ein Phänomen, das in unserem Beruf häufig auftrat: Nur sehr wenige Menschen bekommen es direkt mit einem Ermittler zu tun, ob er nun eine Marke trägt oder nicht. Folgerichtig schießen ihnen, wenn es denn dazu kommt, sofort ihre tiefsten und dunkelsten Geheimnisse durch den Kopf, und sie geraten ganz schön ins Schwitzen, auch wenn eigentlich gar kein Grund dazu besteht. Oder zumindest kein Grund, dessen Entschlüsselung von unserem Honorar gedeckt würde.

Gehörte der brave Prediger vielleicht auch zu diesen Leuten?

Ich riss die Beifahrertür auf und hielt Ms. Ps Stock, während sie sich auf den Sitz hievte.

»Ich würde auf fallrelevant tippen«, beschloss ich. »Wie relevant, bleibt allerdings abzuwarten.«

Nachdem ich um den Wagen herum marschiert war, schwang ich mich auf den Fahrersitz. Der Motor hustete wie ein Kettenraucher, ließ sich dann aber doch noch überreden. Während ich vom Parkplatz fuhr, musterte Ms. P die tratschenden Gemeindemitglieder.

»Was meinst du, wie viele werden sich melden?«

»Da setze ich mein Geld ganz klar auf Zero.«

Wir erreichten die Straße, und ich bog in die Richtung ab, die uns zu unserem zeitweiligen Zuhause brachte. Mein Boss lehnte den Kopf gegen die Kunstledernackenstütze und schloss die Augen.

»Oh, ihr Kleingläubigen.«

*

Ich setzte die Heilige Pentecost am Farmhaus ab. Sie wollte den Nachmittag im Bett verbringen, wo sie ihren Knöchel schonen konnte, während sie alles durchging, was wir bislang zusammengetragen hatten.

Noch bevor ich die Zimmertür hinter mir zuzog, war sie in tiefen Schlaf gesunken.

Mir wurde bewusst, wie anstrengend die Woche gewesen war, und sie war noch nicht vorbei. Trotzdem hatte ich gehofft, dass Ms. P ihre umfangreiche Hirnmasse dazu nutzen würde, einen Ermittlungsansatz für uns zu erarbeiten. Denn bislang konnte ich nirgendwo einen entdecken.

Oder eigentlich waren es viel zu viele. Unser letzter wirklich komplizierter Fall hatte sich in einem verschlossenen Raum abgespielt. Motive hatte es zuhauf gegeben, und auch wenn die Liste der Verdächtigen nicht gerade kurz gewesen war, so war sie doch überschaubar geblieben.

Bei Rubys Mord traf genau das Gegenteil zu. Ungefähr tausend Leute hatten die Gelegenheit gehabt, sie zu töten. Blieb also die Frage: Wer hatte es tun *wollen*?

Während mein Boss im Traumland spazieren ging, fuhr ich noch einmal in die Stadt zurück, um kurz im Gefängnis vorbeizuschauen. Val sollte zumindest einmal am Tag ein freundliches Gesicht sehen.

Als ich die Polizeistation betrat, wirkte sie vollkommen verlassen, allerdings hallten Stimmen aus dem Zellengang im Keller empor, also stieg ich die Treppe hinunter. Unten angekommen, stellte ich überrascht fest, dass Chief Whiddle auf dem Stuhl vor Vals Zelle Platz genommen hatte und in ein Gespräch mit seinem Gefangenen vertieft zu sein schien.

Gar nicht gut.

»Tut mir leid, wenn ich bei der Vernehmung störe«, sagte ich schnell.

»Oh, das war keine Vernehmung.« Whiddle erhob sich. »Nur ein kleiner Plausch.«

Er drückte beide Hände ins Kreuz, was eine ganze Reihe von Knacksern und Knirschgeräuschen auslöste. Was auch immer hier gelaufen war, es hatte offenbar eine Weile gedauert.

»Vielleicht sollten Sie vor dem nächsten Plausch besser diesen Anwalt aus Richmond anrufen«, schlug ich vor. »Nur damit dem Gesetz Genüge getan wird, im wörtlichen wie im übertragenen Sinne.«

Falls es ihn störte, auf diese Weise von mir zitiert zu werden, zeigte er es nicht.

»Außerdem könnten Sie sich vielleicht einen Moment Zeit nehmen, um herauszufinden, wer letzte Nacht versucht hat, den Zirkus abzufackeln«, fügte ich hinzu. »Dabei wäre fast ein Freund von mir draufgegangen.«

»Keine Sorge, Miss Parker, wir werden den Schuldigen aufspüren«, versicherte er mir. »Auch wenn Sie vielleicht anderer Meinung sind: Es gibt hier nicht viele Menschen, die bereit wären, eine Brandbombe zu werfen.«

Kurz überlegte ich, diesen Punkt mit ihm auszudiskutieren, entschied mich dann aber dafür, ausnahmsweise dem Grundsatz zu folgen, dass man seine Schlachten weise wählen sollte.

»Falls Sie mich brauchen, finden Sie mich in meinem Büro«, erklärte er mir noch, zog seine Hose zurecht und verschwand nach oben.

Sobald er außer Hörweite war, setzte ich mich auf den noch warmen Stuhl, beugte mich vor und flüsterte: »Was war das denn? Was wollte er von dir?«

»Er hat mich nach meiner Zeit in San Francisco gefragt«, antwortete Kalishenko ebenso leise. »Er wusste, dass ich dort für einen … Geschäftsmann gearbeitet habe.«

Mir rutschte eines meiner Lieblingsschimpfwörter heraus. Das waren keine guten Neuigkeiten. Sollte der Fall jemals vor Gericht kommen, konnte es nur schaden, wenn die Geschworenen erfuhren, dass Val ein ehemaliger Berufsschläger war.

»Und nach meiner Tochter«, ergänzte er.

»Wie bitte?«

»Er hat mich nach meiner Tochter gefragt. Ob ich wüsste, wo in Charlotte sie abgestiegen sei.«

»Und was hast du ihm erzählt?«

»Gar nichts! Überhaupt nichts habe ich ihm gesagt, zu beidem!« Ein Hauch von Panik schlich sich in seine Stimme. »Will … Woher weiß er das alles? Hat er dich danach gefragt? Oder deinen Boss?«

Ich versicherte ihm, dass wir nicht mit Whiddle gesprochen hatten. Wobei mich ärgerte, dass das überhaupt nötig war.

»Glaubst du wirklich, wir würden so etwas ausplaudern?«

Er wurde rot. »Tut mir leid«, entschuldigte er sich. »Ich kann nicht mehr klar denken. Natürlich hättet ihr ihm nichts gesagt.«

»Ist schon gut«, sagte ich beschwichtigend, auch wenn ich nicht wirklich davon überzeugt war. »Vertrauen ist heutzutage wohl überall dünn gesät.«

Nun berichtete ich ihm, dass Maeve dichtgehalten hatte wegen seines Streits mit Ruby und dass Frieda ebenfalls sehr geizig war, was Details anging. Und ich schilderte ihm Friedas Ansprache bezüglich meiner Person, der Wut und in mir eingesperrter Dinge.

»Es war fast so, als hätte sie Angst vor mir«, erklärte ich ihm. »Oder vielleicht auch *um* mich. Davor, dass ich, wenn ich mich weiter vom Zorn antreiben lasse … keine Ahnung. Irgendwann explodiere? Implodiere? In tausend Teile zerfalle?«

Nun würde Val gleich etwas sagen, das mir dabei half, das Problem wegzulachen. Ganz bestimmt. Doch da kam nichts. Stattdessen lehnte er sich irgendwann auf seiner Pritsche zurück und seufzte.

»Was glaubst du, warum ich dich unterrichtet habe?«, fragte er.

»Weil ich ein Messer auf dein Gesicht schleudern konnte, ohne dich zu treffen.«

»Viel wichtiger ist, dass du es schleudern *wolltest.* Du hattest Gründe dafür. Das Messer in deiner Hand zu spüren … das hat dir gefallen.«

Ich dachte zurück an unsere erste Trainingsstunde. Die, bei der ich das Ziel um Längen verfehlt hatte.

Stell dir jemanden vor, der es verdient hat, dieses Messer abzubekommen, hatte er gesagt.

Val fuhr fort: »Ich … also ich bin wütend auf mich selbst. Deshalb trinke ich. Aber du nicht. Ich glaube nicht, dass du auf dich selbst wütend bist. Was du da jetzt machst, Mörder jagen. Frieda hat recht. Das ist gut für dich. Es ist gut, ein Ziel zu haben. Sonst …«

Sonst was? Sonst erging es mir am Ende wie diesen anderen Mädchen, von denen Frieda gesprochen hatte? Würde ich mich dann selbst verletzen? Oder vielleicht jemanden, der es gar nicht verdient hatte?

»Ihr irrt euch, alle beide«, widersprach ich ihm. »Ich bin nicht wütend. Also, nicht grundsätzlich.«

Val antwortete nicht. Stattdessen sah er mich einfach nur an mit seinen dunklen Augen, unter denen sich Tränensäcke wölbten, die für fünf Jahrzehnte schwerer Lasten standen.

Dieser Blick und die Tatsache, dass er überhaupt nichts sagte, zerrten an meinen Nerven. Dabei wusste ich eigentlich gar nicht, warum es mich so auf die Palme brachte.

Na ja, zum Teil wohl, weil es eben doch wahr war. Ich wusste das.

Mir fiel wieder ein, wie ich mich gefühlt hatte, als

Ruby beerdigt wurde. Da war diese unglaubliche Wut gewesen. Wie ein Messer hatte sie in mir gebrannt, das ich herausziehen und jemandem in den Bauch rammen konnte.

Oder vor ein paar Monaten, als ich in diesem Mietshaus in einen Ehestreit hineingeplatzt war. Ich hatte den Mann umgehauen und ihm ein Messer an die Kehle gehalten. Der Typ hatte schon am Boden gelegen, doch ich hatte ihm als Zugabe noch die Schneidezähne ausgeschlagen.

An diese Episode dachte ich nicht gerne zurück. Was nicht daran lag, dass ich mich für das schämte, was ich getan hatte. Aber danach hatte ich mich einfach viel zu gut gefühlt.

Mühsam kehrte ich in die Gegenwart zurück, zu Kalishenko und seiner kahlen Zelle. Irgendwo kramte ich ein Lächeln hervor und knipste es an.

»Ist ja auch egal«, sagte ich. »Hier geht's nicht um mich. Es geht um den Mord an Ruby. Am wichtigsten ist jetzt, dass wir ein paar Antworten bekommen. Wir kriegen dich hier schon raus.«

Für die Überzeugungskraft, mit der ich das sagte, hätte ich eine Auszeichnung bekommen müssen. Ungefähr zehn Minuten lang sprachen wir über Belanglosigkeiten, dann versprach ich ihm, am nächsten Tag wiederzukommen, und bat ihn, bis dahin die Ohren steif zu halten.

Oben im Erdgeschoss ging ich nicht Richtung Ausgang, sondern spazierte schnurstracks zu Whiddles Büro, riss die Tür auf und stürmte hinein. Der Möchtegern-Pat-Garrett saß mit einem Bleistift in der Hand über der Sonntagsausgabe der *Times* und kämpfte mit dem Kreuzworträtsel.

»Sind die Zellen hier verwanzt, oder haben Sie Mrs. Gibson oben an der Treppe lauschen lassen, als wir ihn befragt haben?«

Vollkommen gelassen packte er seinen Stift weg und legte die breite Stirn in fragende Falten.

»Ich fürchte, das müssen Sie mir genauer erklären, Miss Parker.«

»San Francisco? Seine Tochter? Was für ein krummes Ding drehen Sie hier eigentlich?«

Ich schwöre, dass ich es nicht auf einen Streit angelegt hatte. Wirklich nicht.

Er reagierte mit diesem nervtötend langsamen Nicken, das ich bereits kannte. Dann öffnete er eine Schublade, griff hinein und zog mehrere Briefe samt Umschlägen heraus. Wie ein Kartendeck fächerte er sie auf der Schreibtischplatte auf.

Die Briefe waren zerknittert und abgegriffen, als wären sie seit Jahren immer wieder hervorgeholt worden. Auf den Umschlägen fanden sich viele Briefmarken, und die Adressen waren in ungeübten, sorgfältig gemalten Druckbuchstaben geschrieben.

»Die haben wir bei der Durchsuchung von Mr. Kalishenkos Wohnwagen gefunden«, erklärte Whiddle. »Wie Sie sehen können, sind sie in Kyrillisch verfasst – also der Schrift, die in Russland gebräuchlich ist.«

»Ich weiß, was Kyrillisch ist«, fauchte ich ihn an.

»Nun, ich wusste es nicht«, gestand er. »Dazu musste ich erst eine Professorin am College von Fredericksburg anrufen. Die hat mir dann den Begriff beigebracht und angeboten, die Briefe für uns zu übersetzen. Noch ist sie nicht ganz durch, hat aber schon ein paar interessante Details für uns aufgetan.«

Er lehnte sich zurück und legte die Hände auf seinem breiten Wanst ab.

»Momentan versuche ich noch herauszufinden, welches Motiv Mr. Kalishenko gehabt haben könnte, als er Ruby Donner ermordete. Aber seine Reaktion auf meine Fragen und die Tatsache, dass sowohl seine kriminelle Vergangenheit als auch seine familiären Verstrickungen bei seinem Gespräch mit Ihnen und Ms. Pentecost Thema waren, lassen mich vermuten, dass ich auf der richtigen Spur bin.«

Mir rutschte das Herz in die Hose. Nicht nur war ich sozusagen mit gezogener Waffe hier reingestürmt, ich hatte diesem Hinterwäldlersheriff auch noch frische Munition geliefert.

»Wenn Sie wirklich auf der Suche nach der richtigen Spur sind, ist Ihnen dann vielleicht mal in den Sinn gekommen, welch unglaublicher Zufall es ist, dass sie ermordet wird, kurz nachdem sie in ihre Heimatstadt zurückgekehrt ist?«, schoss ich zurück.

Wieder gab er sich einem fünf Sekunden andauernden Nicken hin. Am liebsten wäre ich über den Schreibtisch gesprungen und hätte ihn geschüttelt.

»Ja, das ist mir in den Sinn gekommen«, behauptete er, als sein Kopf wieder normal ausgerichtet war. »Und wenn Sie mir einen Verdächtigen bringen, der auch nur halb so überzeugend ist wie Ihr Freund dort unten, verspreche ich, dass ich ihn sehr genau unter die Lupe nehmen werde.«

Er unterbrach sich, als wollte er mir die Möglichkeit geben, hier und jetzt jemanden zu benennen. Da gab es nur ein Problem: Ich hatte niemanden vorzuweisen.

Als von mir keine Vorschläge kamen, beugte sich der Polizeichef vor und fing an, die Briefe sorgfältig wieder einzusammeln.

»So oder so wird er nicht mehr lange mein Problem sein. Der Bezirksstaatsanwalt macht gerade die Papiere fertig. Ihr Freund wird wohl am kommenden Dienstag vor Richter Berry erscheinen müssen. Danach wird er bis zum Prozess ins Bezirksgefängnis verlegt. Es sei denn natürlich, ihm wird eine Kaution gewährt, was ich allerdings stark bezweifeln möchte.«

Er legte das Bündel mit Kalishenkos Korrespondenz zurück in seine Schreibtischschublade.

»Wenn das alles war, Miss Parker … Das Kreuzworträtsel in der Sonntagsausgabe gehört zu den wenigen Vergnügungen, die ich mir gestatte.« Er griff wieder zum Stift. »Aber zögern Sie nicht, Bescheid zu sagen, falls Sie noch irgendetwas brauchen.«

In meinem Kopf kristallisierte sich ebenfalls ein Kreuzworträtselbegriff heraus: Synonym für Ödipus, zwölf Buchstaben (engl.). Wütend fuhr ich herum und ging.

Kapitel 25

BOGART HIELT BACALL fest umschlungen, beugte sich über sie, ihre Lippen berührten sich fast. Die beiden drohten, in das Grab der Mumie zu stürzen, dessen uralter Wüstenstaub auf King Kongs Kopf hinabrieselte. Der Riesenaffe schlug mit einer Hand nach den ihn umschwirrenden Flugzeugen, mit der anderen hatte er es auf Lou Costello abgesehen.

Falls sich unter den unzähligen Plakaten und Vorankündigungen in der Lobby des Majestic noch eine Tapete befand, hätte es wohl einen Archäologen gebraucht, um sie freizulegen. Das Lichtspielhaus war seit gut zwanzig Jahren im Geschäft, und offenbar hatten seine Projektoren sämtliche Filme abgespielt, die hier an die Wände gekleistert worden waren.

Bis zur Mittagsmatinee blieben mir noch ein paar Minuten Zeit. Doc hatte eine offene Einladung ausgesprochen, und zwei Stunden in einem dunklen Saal konnten bei meiner momentanen Laune nur hilfreich sein.

Die Lobby war klein und spärlich beleuchtet, ausgestattet mit einem Ticketschalter, an dem zugleich auch die Süßigkeiten verkauft wurden. Hier gab es Papiertüten mit frischem Popcorn, Lakritzstangen in allen möglichen Geschmacksrichtungen und einen Kasten mit Erfrischungsgetränken auf Raumtemperatur.

Hinter diesem Schalter stand Doc, mampfte Popcorn und nippte immer wieder an einer Colaflasche, während er durch seine Drahtbrille den Haupteingang fixierte – wie eine umgekehrte Vogelscheuche, die eine Schar von Filmfans anlocken wollte, die sein Feld leer fressen sollten.

Nur drei Leute saßen bisher im Kinosaal: ein älterer Herr, der Doc klipp und klar gesagt hatte, er käme nur wegen der Klimaanlage, und ein Teenagerpärchen, das an den Schultern zusammengewachsen zu sein schien. Ihre ständig auf Wanderschaft gehenden Hände ließen vermuten, dass es ihnen eher um zwei Stunden ungestörtes Beisammensein ging als um die Erkenntnisse der Filmkunst, die sich aus dem Film *Katzenmenschen* ziehen ließen.

»Ist sonntags immer so wenig los?«, erkundigte ich mich.

»Sonntags, montags … eigentlich an jedem Tag der Woche.«

»Gibt wohl nicht viele Filmfans in Stoppard?«

»Oh doch. Aber die meisten gehen in das große Kino in Fredericksburg. Bei denen laufen die neuen Sachen immer zuerst. Ich muss ungefähr einen Monat warten, bis ich sie mir leisten kann.«

Er strich über seinen Bart und kämmte mit den Fingern ein paar Krümel heraus.

»Aber natürlich habe ich von Anfang an gewusst, dass ich damit nicht reich werde.«

»Warum haben Sie es dann gemacht?«, wollte ich wissen.

»Als ich von Stadt zu Stadt gezogen bin, hatte ich oft

keine richtige Unterkunft. Kinos boten einem ein trockenes Plätzchen, an dem man sich gut aufwärmen konnte. Und wenn nicht viel los war und die Platzanweiser ein Auge zudrückten, konnte man sich dort den ganzen Tag aufhalten. Außerdem habe ich die Filme geliebt. Durch sie schien die Welt irgendwie … sicherer zu sein. Normal.«

Ich beobachtete, wie er den Blick über die Plakate an den Wänden schweifen ließ. Zwar war ich mir nicht ganz sicher, ob *Ich folgte einem Zombie* ein gutes Beispiel für »normal« war, aber im Grunde verstand ich, worauf er hinauswollte.

»Nach Charlies und Abigails Tod bin ich ja dann hierher zurückgekommen, wusste aber eigentlich nichts mit mir anzufangen. Kannte kaum noch jemanden hier, und wenn doch, dann waren die alle dreißig Jahre älter, als ich sie in Erinnerung hatte. Also bin ich öfter hergekommen. Fühlte sich ein bisschen an wie zu Hause.«

Er popelte mit dem Daumennagel ein Stück Mais zwischen seinen Zähnen hervor.

»Nach Pearl Harbor wollte ich mich wieder freiwillig melden. Witzig, oder? Zumindest war der Anwerber der Armee dieser Meinung. Irgendwann fand ich dann heraus, dass der alte Besitzer das Majestic verkaufen wollte. Ich habe Interesse angemeldet, was der irgendwie auch ziemlich komisch fand. Aber wenn ich in der Stadt bleiben wollte, brauchte ich einfach etwas, womit ich mich beschäftigen konnte.«

Ich legte einen Nickel auf den Tresen und fischte fünf schwarze Lakritzstangen aus dem großen Glas.

»Warum sind Sie überhaupt geblieben?«, fragte ich

ihn. »Warum haben Sie nicht einfach das Land verkauft und sind gegangen?«

»Das Land gehört mir nicht«, erklärte der alte Mann, während er den Nickel in seine Geldkassette warf. »Ruby ist die Eigentümerin. Oder war es. Ich habe es nur für sie verwaltet.«

»Aber wollte sie es denn überhaupt behalten?« Ich knabberte an meiner Lakritze herum.

»Es blieb ihr gar nichts anderes übrig«, meinte Doc. »Es stand so in Charlies Testament. Sie durfte nicht verkaufen, weder das Haus noch die zwanzig Hektar, auf denen es steht. Beim Rest des Landes sieht es anders aus. Da habe ich nach und nach schon was verkauft, um den Laden hier am Laufen halten zu können.«

»Warum hat er das so verfügt? Haben ihre Eltern denn wirklich geglaubt, sie würde irgendwann zurückkommen und hier leben?«

»Ja, vielleicht schon. Ich glaube, auf diese Weise wollten sie sie dazu zwingen, sesshaft zu werden.«

»Scheint nicht funktioniert zu haben«, stellte ich fest.

»Nö. Sie ist kein einziges Mal hergekommen. Nicht einmal zu ihrer Beerdigung.«

»War die Stadt der Grund dafür, dass sie sich ferngehalten hat, oder waren es eher ihre Eltern?«

Doc schüttelte unbestimmt den Kopf.

»Ich kenne meinen Bruder. Er war sicher kein einfacher Mensch. Aber Abigail und er haben sie geliebt. Verstanden haben sie Ruby vielleicht nicht, aber sie haben sie geliebt. Ich … ich kann mir nicht vorstellen, dass sie aus reinem Trotz nicht zu ihrer Beerdigung gekommen ist.«

»Hat sie denn nie etwas dazu gesagt?«

Natürlich hatte ich alle ihre Postkarten durchgesehen, aber zwischen denen gab es immer wieder zeitliche Lücken. Außerdem hatte ich das Gefühl, dass weder Ruby noch ihr Onkel alles aufgehoben hatten.

»Nein, nie. Ich war immer der Meinung, es läge daran, dass sie so lange gebraucht hatte, um das Schloss an ihrem Käfig zu knacken. Und dass sie deshalb nie wieder einen Fuß in diesen Käfig hineinsetzen wollte.«

Das ließ ich mir einen Moment durch den Kopf gehen. Auch ich war dem Käfig meiner Kindheit entkommen, und auch ich würde niemals freiwillig dorthin zurückkehren. Nicht in diesem Leben.

Ich lenkte unser Gespräch von diesen emotionalen Untiefen fort.

»Was passiert denn jetzt mit dem Haus?«, fragte ich. »Gelten diese Bestimmungen auch noch nach Rubys Tod?«

Nach ungefähr fünf Sekunden wartete ich noch immer auf eine Antwort.

»Doc?«

»Hm? Oh, das Haus!« Ruckartig kehrte er zu mir zurück. Hatte er seiner Cola vielleicht etwas Stärkeres beigemischt? »Da habe ich mit dem Familienanwalt drüber gesprochen. Der meinte, wenn sie es testamentarisch nicht anders verfügt hat, geht es wohl an mich. Ich könnte es also verkaufen, wenn ich das will.«

Sein Blick glitt hoch zur Wanduhr, die fünf Minuten nach zwölf anzeigte. Doc setzte ein gezwungenes Lächeln auf.

»Gehen Sie besser rein und suchen Sie sich einen

Platz«, forderte er mich auf – als ob es sonst knapp werden könnte für mich.

Er stellte ein Glas mit etwas Wechselgeld auf den Tresen. Wer zu spät kam, war seinem Ehrgefühl verpflichtet. Dann machte er sich auf den Weg zur Projektorkabine, während ich den Saal betrat.

Dort ging ich an ungefähr hundert leeren Sitzen vorbei, deren Bezüge in unterschiedlichen Ausprägungen von schäbig erstrahlten. Meine Schuhe verfingen sich in dem abgewetzten Teppichboden. Der Alte saß schnarchend in einer Ecke, und die Teenager hatten es sich in der letzten Reihe gemütlich gemacht und ließen schon mal die Motoren warm laufen.

Ich entschied mich für einen Platz in der zweiten Reihe, schön weit in der Mitte. Dort drang das Schnarchen nicht ganz so zu mir vor, und ich war weit genug von den Turteltäubchen entfernt, um sie in Runde zwei nicht zu stören.

Kurz nachdem ich mich gesetzt hatte, wurde das Licht abgedunkelt, und der Projektor erwachte zum Leben. Der Hauptfilm war zwar schon ein paar Jahre alt, doch die Nachrichten davor waren aktuell.

Die Großen Vier kamen in Paris zusammen, um die Welt unter sich aufzuteilen, da Hitler ja nur noch Wurmfutter war.

Die Vereinigten Staaten hatten vor den Marshallinseln eine nukleare Unterwasserbombe gezündet – einfach, um zu sehen, was passieren würde.

Das FBI begrüßte vierundachtzig frischgebackene Gefolgsleute von J. Edgar Hoover in seinen Reihen. Bei ihrer Graduierungszeremonie hielt der charismatische

Kongressabgeordnete Daniel Ellis eine flammende Rede darüber, wie die Rekruten »an vorderster Front kämpfen und sich dem Kommunismus entgegenstellen werden, um die Unterwanderung der Grundsätze zu verhindern, auf die Amerika …«

Ich hörte nicht länger zu und ließ die Nachrichten über mich hinweggleiten wie Steine, die über einen Teich hüpfen. Beunruhigenderweise wollten meine Gedanken zu dem zurückkehren, was Val gesagt hatte. Über die Wut.

Was mit einer weiteren Überlegung verknüpft war, bei der meine Kindheit eine gewisse Rolle spielte – und Dinge, die durch das Blut an einen weitergegeben werden konnten.

Ich verdrängte all das und machte mich lieber daran, unseren Fall noch einmal durchzugehen.

Wir wussten, dass Ruby unbedingt mit Big Bob über irgendetwas Wichtiges hatte sprechen wollen, dann aber ermordet worden war, bevor sie an seine Tür klopfen konnte.

Wir wussten, dass in ihrem Wohnwagen ein Briefchen mit Heroin gefunden worden war, das vermutlich nicht ihr gehört hatte und höchstwahrscheinlich dort platziert worden war. Aber warum und von wem? Keine Ahnung.

Dann wussten wir noch, dass Ruby kurz vor ihrem Tod ein längeres Gespräch mit einem Mann geführt hatte. War das Joe gewesen? Vielleicht. Aber warum sollte er deswegen lügen? Selbst wenn er es gewesen war, brachte uns das bei der Tätersuche nicht weiter, da der Mörder Rechtshänder war und Joe ganz eindeutig nicht.

Dann fiel mir wieder ein, wie Bruder Carl reagiert hatte, als Rubys Name fiel. Und wie sehr er darauf bedacht gewesen war, dass ihr Tod bei der Messe unerwähnt blieb.

Könnte Carl Engle der Besucher an Rubys Bude gewesen sein? Hatte sich in ihm vielleicht ein gewisser Groll aufgestaut, weil Ruby seinen Sohn sitzen gelassen hatte?

Ziemlich schwaches Konstrukt, das musste ich zugeben.

Also versuchte ich, es etwas auszubauen. Ich malte mir ein Szenario aus, in dem Carl Engle selbst scharf war auf die Freundin seines Sohnes. Wenn die jüngere Version von Ruby der Frau, die ich gekannt hatte, auch nur ansatzweise ähnelte, hätte sie ihm die grabschenden Pfoten abgebissen.

Kein schlechter Gedanke. Dieser merkwürdige Gesichtsausdruck des Predigers, als wir auf dem Parkplatz mit ihm gesprochen hatten … das hätte gut auch Scham sein können.

Mir wurde bewusst, dass hier weit mehr Fantasie als Fakten im Spiel war, und ich versuchte, mich zusammenzureißen. Wer hätte denn von Rubys Tod profitiert?

Mit Sicherheit wusste ich das nur von Rubys Onkel. Doc konnte nun das alte Haus verkaufen und mit dem Erlös tun, was immer er wollte.

Menschen wie er waren mir schon öfter begegnet. Rastlose Wanderer, die sich in einer Abwärtsspirale befanden und keine Ahnung hatten, wie sie da wieder rauskommen sollten. Das Majestic war sozusagen sein Rettungsboot, doch es war bereits im Sinken begriffen. Und verzweifelte Menschen griffen oft zu verzweifelten Mitteln.

Doch ich konnte mir Doc einfach nicht als Mörder vorstellen. Es sei denn vielleicht, er hatte die Tat während eines alkoholbedingten Blackouts begangen, wie es Kalishenko unterstellt wurde. Aber Doc schien mir eher ein trauriger Säufer zu sein, nicht der aggressive Typ Trinker. Solange bei ihm also kein extremer Fall von Jekyll und Hyde vorlag, glaubte ich nicht daran.

Die Nachrichten gingen zu Ende, und der Hauptfilm begann. Kurz überlegte ich, ob ich nicht einfach gehen sollte. Wie konnte ich denn überhaupt ins Kino gehen, während Val im Knast festsaß?

Dann beschloss meine andere Gehirnhälfte, es zumindest zu versuchen. Schließlich hatte ich nicht einmal eine heiße Spur, der ich dringend folgen musste.

Nachdem ich mir die erste Hälfte des Films angesehen hatte, kam ich zu dem Schluss, dass er mich nicht von den Socken haute. Klar, da war diese Frau, die glaubte, sich in eine menschenmordende Wildkatze zu verwandeln, wann immer sie von Erregung gepackt wurde. Aber ich kannte mehrere Bars in New York, wo man mindestens drei Damen dieser Art finden konnte, und dazu noch einige mehr, die gegen Bezahlung so taten als ob.

Und Ruby hatte diesen Film geliebt? Wieso bloß? Ich konnte sie mir so gar nicht in der Rolle der verängstigten, getriebenen Protagonistin vorstellen, hier gespielt von Simone Simon. Wenn überhaupt hatte Ruby Ähnlichkeit mit der Kollegin des Ehemannes, dem unverstellten Mädchen, das sich nur schwer mit der Rolle der anderen Frau abfindet.

Vielleicht hatte sie ja Mitgefühl gehabt mit der Frau,

die verzweifelt versuchte, ein ganz normales Leben zu führen, und letztlich doch daran scheiterte. Oder der Film hatte ihr einfach ganz gut gefallen, und sie hatte gedacht, ihrem Onkel könnte er ebenfalls Spaß machen. Bei der Detektivarbeit war es immer verhängnisvoll, wenn man zu viel in Kleinigkeiten hineindeutete, denn dadurch bekamen winzige Details plötzlich ein Gewicht, das ihnen gar nicht zustand.

Ich sah mir den Film nicht bis zum Schluss an. Das tragische Ende war abzusehen, so etwas konnte ich im Moment wirklich nicht gebrauchen.

Das echte Leben war schon tragisch genug.

Kapitel 26

ALS ICH HINAUSGING, stellte ich überrascht fest, dass plötzlich ein Zuschauer mehr im Publikum saß. Der Nachzügler schob seine Kappe tief ins Gesicht und verkroch sich in seinem Sitz, der direkt am Mittelgang lag. Ich schlüpfte in die Reihe hinter ihm, beugte mich vor und flüsterte ihm ins Ohr: »Hi, Sam Lee, wie geht's denn so?«

»Ach, ganz gut eigentlich, Miss Parker«, antwortete er in dem Versuch, sich gelassen zu geben. Er scheiterte kläglich.

»Gefällt dir der Film?«

»Nicht so sehr. Ich mag eher Komödien.«

»Kann ich verstehen. Wie wäre es, wenn wir auf einen Sprung in die Lobby gehen? Ich spendiere dir eine Cola.«

Wir gingen in die leere Vorhalle hinaus. Auf dem Weg dorthin unterbrachen die beiden Teenager ihre Grabbelattacken und warfen uns einen neugierigen, gleichzeitig beinahe feindseligen Blick zu.

»Also, was ist los?«, wollte ich wissen, sobald wir allein waren. »Und sag jetzt bloß nicht, du wärst so ein Riesenfilmfan. Ein eingefleischter Zirkusmensch wie du schwänzt wegen so etwas doch keine Wochenendvorstellung.«

Er schob die Hände in die Gesäßtaschen seiner Latzhose und trat verlegen von einem Fuß auf den anderen. Aber wenigstens schaffte er es, mir weiterhin in die Augen zu sehen.

»Na ja, Miss Parker, Big Bob hat gesagt, dass es jemand auf den Zirkus abgesehen hat. Weil er doch versucht hat, ihn abzufackeln, und dabei fast Mr. Ray umgebracht hätte. Da habe ich mir gedacht, das muss doch bestimmt derselbe sein, der auch Miss Ruby getötet hat, oder? Und Sie und Miss Pentecost stellen hier überall Ihre Fragen, und wenn der Täter bereit ist, alles und jeden einfach abzufackeln, was würde der dann wohl Ihnen antun? Also habe ich Big Bob vorgeschlagen, dass Sie vielleicht ... na ja ... eine Art Beschützer brauchen könnten. Ich war zuerst bei Ihrer Unterkunft, da hat Miss Pentecost mir dann gesagt, dass Rubys Onkel Sie eingeladen hat, sich bei ihm einen Film anzusehen, und ... hier bin ich nun.«

Es dauerte einen Moment, bis meine Ohren alles verarbeitet hatten, was aus seinem Mund hervorsprudelte.

»Einen Beschützer?«

»Jawohl, Ma'am. Jemanden, der auf Ihren Hintern aufpasst.« Der Moment, in dem ihm klar wurde, wie doppeldeutig das klang, ließ sich exakt in seiner Miene festhalten. »Also, natürlich nicht *Ihren* Hintern im Speziellen. Aber, Sie wissen schon ... Jemanden, der Sie deckt. Der Ihnen den Rücken freihält.«

»Schon klar.«

Ich gab mir alle Mühe, ihm schonend beizubringen, was ich von dieser Idee hielt: »Also, ich weiß den Gedanken wirklich zu schätzen. Aber ich wollte jetzt sowieso zum Farmhaus zurückfahren. Und solange mir unterwegs nicht irgendein Hinweis in den Weg springt, werde ich dort sicher auch eine ganze Weile bleiben. Ich weiß also nicht, ob ich tatsächlich eine Eskorte brauche.«

»Läuft es denn nicht gut?«, wollte Sam Lee wissen.

»Nicht gut genug.«

»Sie beide werden sich bestimmt etwas einfallen lassen«, erklärte er mir strahlend. »Ich habe alles über diesen Brandstifterfall von Ihnen gelesen. Wenn Sie den knacken konnten, schaffen Sie das hier mit Sicherheit auch.«

Welch Paradebeispiel von jugendlichem Optimismus. Ließe sich der in Flaschen abfüllen, könnte ich mich zur Ruhe setzen.

»Bei dem Sendak-Fall war ehrlich gesagt auch eine Menge Glück mit im Spiel, Sam Lee. Womit ich nicht sagen will, dass wir ihn letztendlich nicht geschnappt hätten. Aber wäre er uns nicht schon so früh über den Weg gelaufen, hätte er vielleicht noch ein oder zwei Mietskasernen mehr angezündet.«

Das Strahlen auf seinem Gesicht trübte sich ein, wenn auch nur ein wenig.

»Aber Miss Pentecost ist ein Genie«, trumpfte er auf. »Und Sie sind auch echt clever. Sagt zumindest Big Bob, und alle anderen auch. Ich wette, Sie kennen einen Haufen Tricks, mit denen man Hinweise finden und die Leute zum Reden bringen kann. Und was Sie eben sonst noch so machen müssen.«

Oh ja, wir kannten einige Tricks. Aber die waren weniger in der Kategorie Taschenspieler anzusiedeln als eher beim schweren Waffenarsenal. Das erklärte ich nun auch Sam Lee.

»Vor einer Weile hatten wir zum Beispiel mal einen Fall, bei dem wir jemanden suchen mussten. Wir wussten, dass sie sich wahrscheinlich in einer gewissen Region aufhielt, dort aber unter einem anderen Namen bekannt war. Also habe ich sämtliche Bibliothekarinnen und Dorftratschen in einem Umkreis von zweihundert Meilen abtelefoniert, um so jemanden zu finden, auf den ihre Beschreibung passte. Nachdem ich das zwei Tage lang gemacht hatte, wäre mir beinahe der Wählfinger abgefallen.«

»Aber hat es denn funktioniert?«, fragte er. »Haben Sie die Frau gefunden?«

Ich nickte. »Am Ende schon. Aber auch da hatten wir Glück.«

Sam Lee runzelte die Stirn. »Ich finde nicht, dass das ein Glückstreffer war. Klingt eher so, als hätten Sie einfach die richtigen Leute gefragt.«

Da hatte er nicht ganz unrecht. Ehre, wem Ehre gebührt, da sollte ich öfter mal dran denken. Vor allem, wenn diese Ehre mir selbst gebührt.

»In Stoppard gibt es eine Bibliothek«, fuhr Sam Lee eifrig fort. »Ich meine, falls das irgendwie nützlich wäre.«

»Wohl eher nicht«, sagte ich zweifelnd. »Das hat damals nur funktioniert, weil wir nach einer bestimmten Person gesucht haben. Man kann schließlich nicht einfach in die Bibliothek marschieren und sich danach erkundigen, wer …«

Ein halb ausgegorener Gedanke brachte mich aus dem Konzept.

»Wer *was*, Miss Parker?«

Eigentlich hatte ich sagen wollen: »… wer in Stoppard dazu fähig wäre, Ruby Donner ein Messer in den Rücken zu rammen.« Höchst unwahrscheinlich, dass die Bibliothekarin dazu ein passendes Buch im Regal stehen hatte. Aber jemand anders eventuell schon.

»Ich hätte da eine Idee«, sagte ich schnell. »Aber das muss ich alleine durchziehen.«

Sam Lee wollte protestieren, doch ich ließ ihn nicht zu Wort kommen.

»Dein Angebot ist wirklich lieb. Ehrlich. Und wenn ich mal einen Leibwächter brauche, stehst du ganz oben auf meiner Liste. Aber jetzt fährst du am besten zurück zum Zirkus und hältst dort Augen und Ohren offen. Wer auch immer diesen Brandsatz geworfen hat, will sich vielleicht noch eine zweite Runde gönnen.«

Ganz überzeugt war er wohl nicht, begriff aber, dass ich es ernst meinte. Draußen vor dem Kino behielt ich ihn so lange im Auge, bis ich mir sicher sein konnte, dass er wirklich Richtung Zirkus fuhr. Dann ging ich noch einmal zur Polizeistation.

Whiddle war zum Glück nicht da, aber am Tisch im Vorzimmer saß Joe und quälte die Schreibmaschine. Als ich hereinkam, blickte er von seiner Arbeit auf und begrüßte mich lächelnd.

»Na, wenn das mal nicht Wonder Woman ist.«

Heute schien er ungefähr zehnmal wacher zu sein als letzte Nacht. Und beinahe fröhlich.

»Wonder Woman hätte am nächsten Tag nicht so einen Muskelkater.«

»Tja, ich schreibe hier jedenfalls gerade den Bericht«, erklärte mir Joe, »und ich habe schon zweimal den

Begriff *beeindruckend* verwendet. Jedes Mal falsch geschrieben, aber es steht drin.«

Er zog das Blatt so schnell und elegant aus der Maschine, wie ich es nicht einmal mit zwei Händen hinbekommen hätte.

»Möchten Sie Ihren Freund sehen?«, erkundigte er sich und warf einen Blick auf die Wanduhr. »Die Besuchszeit ist fast vorbei. Ich würde ja ein Auge zudrücken, aber in diesem Punkt ist der Chief extrem streng.«

»Eigentlich hatte ich auf ein Pläuschchen mit Mrs. Gibson gehofft.«

Damit hatte er offenbar nicht gerechnet. »Worüber wollen Sie denn mit ihr sprechen?«

»Ich versuche, mich in die Gegend hier einzufühlen«, behauptete ich, was ja nur zum Teil gelogen war. »Und da schien sie mir die richtige Ansprechpartnerin zu sein.«

»Na ja, sie hat sonntags frei.«

»Und wo wohnt die gute Dame?«, wollte ich wissen.

»Am westlichen Rand der Stadt, ganz hinten in der Plymouth Avenue. Einfach am ehemaligen Krämerladen vorbei und dann … Ach, ich zeichne es Ihnen am besten auf.«

Er nahm sich ein neues Blatt und fing an, eine entsprechende Skizze anzufertigen.

»Wie ich gehört habe, waren Sie heute Morgen in der Kirche«, sagte er nebenbei. »Ihr Boss hat ziemlich Eindruck gemacht.«

»Darum ging es ja.«

»Und glauben Sie wirklich, das bringt etwas? Wenn tatsächlich jemand über relevante Informationen verfügt – warum sollte er sie dann eher an Ihren Boss weitergeben als an uns?«

Achselzuckend erwiderte ich: »Manchmal ist es einfacher, sich einem Fremden anzuvertrauen.«

Er überreichte mir die Karte, ich bedankte mich und ging zur Tür.

»Hey, Will?«

Ich drehte mich noch einmal um. Er hatte seine Hand in der Gesäßtasche seiner Hose vergraben und kaute nervös auf seiner vollen Unterlippe herum.

»Haben Sie … äh … heute Abend schon was vor?«

»Nö. Ist das eine allgemeine Umfrage, oder hatten Sie etwas Spezielles im Sinn?«

»Keine Ahnung, ob Sie es wussten, aber es ist gerade ein Zirkus in der Stadt, und ich war noch gar nicht dort. Also, außer in offizieller Funktion.«

Noch mehr Fraternisierung mit dem Gesetz. Kurz wog ich das Für und Wider ab. Das Wider hatte eindeutig mehr auf der Hand, dafür konnte das Für aber mit diesen Grübchen auftrumpfen.

»Holen Sie mich bei Doc ab? So um sieben?«

»Besser um acht. Heutzutage dauert es eine Ewigkeit, bis ich mein Hemd zugeknöpft habe.«

Ich schenkte ihm noch ein (hoffentlich) neckisches Lächeln, bevor ich mich abwandte. »Hemd ist nicht unbedingt nötig, Herr Gesetzeshüter. Wünschen Sie mir Glück bei Mrs. Gibson.«

»Viel Glück!«, rief er mir hinterher. »Sie werden es brauchen!«

Kapitel 27

NACH DREIMAL RECHTS, viermal links und einem U-Turn, bei dem die Vorderräder des Trucks beinahe im Graben landeten, erreichte ich schließlich mein Ziel.

Ruth Gibson lebte am Ende einer Sackgasse in einem Wohnviertel knapp hinter der Stadtgrenze. Ich parkte ungefähr zwei Häuser entfernt; sicher war Mrs. Gibson nicht besonders scharf darauf, eine solche Schrottkarre vor ihrem Haus zu haben – vor allem nicht, wenn das noch mit weiterführender Aufmerksamkeit einherging.

Außerdem war es eine Art Vorwarnung. Hier saßen einige Menschen in ihren Vorgärten, um die leichte Sommerbrise zu genießen – da wurde sie bestimmt von einem halben Dutzend Anrufern über meine Ankunft informiert.

Während ich also den von Unkraut durchsetzten Bürgersteig entlangschlenderte, überlegte ich mir, wie ich die Sache am besten angehen sollte. Als ich ihren Briefkasten erreichte, hatte ich mir eine Strategie zurechtgelegt.

Ich stand vor einem einstöckigen Haus mit weißer Holzverkleidung und winziger, von Fliegengittern geschützter Veranda und einem Vorgarten, der in Blumen zu ertrinken drohte. Alles war sehr gepflegt: Die Blumen standen in voller Blüte, der Rasen war gemäht, die Hausfassade strahlte, als wäre sie gerade erst geschrubbt worden. Hätte ich eine Leiter gehabt und die Dachrinne inspiziert, hätte ich dort vermutlich nicht einmal ein Staubkorn gefunden.

Makellos.

Ich hatte den Vorgarten schon halb durchquert, als sich die Vordertür öffnete und die Hausherrin auf die Veranda heraustrat. Wachsam schob sie die Fliegentür auf, die perfekt geölt und lautlos hinter ihr wieder zufiel. Anstelle des braunen Hosenanzugs trug Mrs. Gibson heute einen Jeansoverall und einen blauen Kittel. Auf beidem waren Schmutz- und Schweißflecken zu sehen. Ihre bläulich grauen Locken waren allerdings genauso perfekt frisiert wie im Büro. Und der Blick, den sie mir durch ihre Cat-Eye-Brille zuwarf, war auch ebenso missbilligend.

»Miss Parker? Sind Sie …? Kann ich Ihnen helfen?«

»Ja, Mrs. Gibson, das können Sie. Ich hätte gerne kurz mit Ihnen gesprochen. Es gibt da einige Fragen, bei denen Sie mir, denke ich, gut behilflich sein könnten.«

»Polizeiliche Angelegenheiten dürfen leider nicht –«

Ich unterbrach sie mit einer beschwichtigenden Geste.

»Es geht dabei nicht um polizeiliche Angelegenheiten, Ma'am. Ich möchte explizit mit Ihnen sprechen. Darf ich reinkommen?«

Demonstrativ wischte ich mir den Schweiß von der Stirn.

»Selbstverständlich.« Die guten Manieren einer Südstaatenlady standen über allem.

Sie hielt mir die Fliegentür auf, und ich trat durch die Vordertür ins Haus, wo ich direkt im Wohnzimmer landete.

»Ich war gerade beim Unkrautzupfen«, erklärte mir

Mrs. Gibson. »Möchten Sie etwas trinken? Wasser? Eistee?«

»Ein Eistee wäre wunderbar.«

Immer noch leicht verwirrt verschwand sie in der Küche, sodass ich mich ein wenig genauer umsehen konnte.

Drinnen war es ebenso ordentlich und sauber wie draußen. Ich befand mich in einem leicht beengten, aber gepflegten Wohnzimmer. Um einen Couchtisch waren zwei Ohrensessel und ein dick gepolsterter Zweisitzer angeordnet. Eine Wand bestand aus einer großen Fensterfront zum Vorgarten, an einer anderen hingen jede Menge gerahmter Fotos. Ein Großteil dieser Schnappschüsse zeigte in Momentaufnahmen, wie zwei pummelige kleine Jungen zu hochaufgeschossenen Männern heranwuchsen. Auf den wenigen kinderfreien Bildern war Mrs. Gibson mit einem großen, attraktiven Kerl zu sehen, der gut in einen John-Ford-Film gepasst hätte. Er trug auf nahezu jedem Bild einen Cowboyhut und grinste trocken in die Kamera.

Und auf fast jedem Foto berührte sich das Paar – sie hielten Händchen oder hatten sich untergehakt. Wo sie mit ihm zusammen war, lächelte die Dame strahlend, was bewies, dass die grimmige Miene nicht chronisch sein konnte. Oder zumindest nicht schon immer chronisch gewesen war.

Mrs. Gibson kehrte mit zwei Gläsern Eistee zurück.

»Bitte schön. Hoffentlich ist er Ihnen nicht zu süß. Ich weiß, dass man ihn im Norden anders trinkt.«

Ich nahm einen Schluck und versicherte lächelnd: »Er ist wundervoll, vielen Dank.«

Sie nahm auf dem kleineren Sessel Platz und wies mir mit einem Nicken den Zweisitzer zu. Kaum saß ich, versank ich ungefähr zehn Zentimeter tief in den weichen Polstern. Schnell schob ich mich bis zur Sitzkante vor.

Vom zweiten Sessel aus hätte ich mich leichter mit ihr unterhalten können, aber den Platz zu wechseln wäre unklug gewesen.

In meinem Elternhaus war ein Stuhl in der Küche der feste Platz meiner Mutter gewesen. Er hatte ein rot-weiß kariertes Kissen gehabt, das sie selbst genäht hatte. Nach ihrem Tod hatte weder mein Vater noch ich diesen Stuhl jemals wieder benutzt. Wir sprachen kein einziges Mal darüber, dieser Stuhl war einfach tabu. Deshalb hatte ich ein Auge für Gedenkorte, die sich als Möbelstücke tarnten.

»Ich wüsste nicht, wie ich Ihnen helfen könnte«, begann Mrs. Gibson nun. »Wie gesagt: Über polizeiliche Angelegenheiten darf ich nicht sprechen.« Sie hielt ihr Glas mit beiden Händen umfasst – ein Element der Vertrautheit in einer ungewohnten Situation, über deren Ausmaß sie sich nicht ganz klar war.

»Das verstehe ich natürlich, Ma'am. Und ich werde versuchen, die offizielle Seite außer Acht zu lassen«, versicherte ich ihr.

»Dann ist mir ehrlich gesagt schleierhaft, was wir überhaupt zu besprechen hätten, Miss Parker.«

Nach einer Kindheit, in der Ehrlichkeit einem oft genug Prügel einbrachte, nach fünf Jahren beim Zirkus und fast ebenso viel Zeit als Detektivin hatte ich eine gewisse Kunstfertigkeit in der Gesprächsführung entwickelt.

Oder, anders ausgedrückt: Ich konnte lügen, ohne rot zu werden, Meistertitel inklusive.

Sicher hätte es ein halbes Dutzend Wege gegeben, ihr die Informationen zu entlocken, die ich brauchte. Doch ich war inzwischen auch recht gut darin, mein Gegenüber einzuschätzen, und bei Ruth Gibson sagte mir diese Fähigkeit, dass meine beste Waffe hier absolute Ehrlichkeit war.

»Lassen Sie mich ganz offen sein, Mrs. Gibson: Ich weiß, dass Sie Chief Whiddle treu ergeben sind«, begann ich. »Und er ist davon überzeugt, den Richtigen erwischt zu haben. Ich werde nicht versuchen, Sie davon zu überzeugen, dass er sich irrt. Aber selbst er gibt zu, dass seine Theorie gewisse Schwächen aufweist. Und die größte ist wohl die, dass Ruby sich über zehn Jahre nicht blicken lässt, und kaum ist sie wieder zu Hause, ist sie tot. Das ist doch nun wirklich ein riesengroßer Zufall.«

Ich unterbrach mich, um Mrs. Gibson die Gelegenheit zu geben zu protestieren. Oder mich rauszuwerfen. Sie tat nichts davon, doch ihre finstere Miene hellte sich auch nicht auf.

»Und dann sind da noch die Geschehnisse von letzter Nacht. Ich nehme an, Sie haben von dem Brandanschlag gehört.«

Bei dem Wort »Brandanschlag« blinzelte sie kurz, nickte dann aber.

»Ob der Brandsatz von derselben Hand geworfen wurde, die Ruby Donner das Messer in den Rücken stach, ist noch offen. Tatsache ist aber, dass gestern Nacht beinahe ein Mann gestorben wäre. Ein Freund von mir.«

Diesmal sprang sie darauf an.

»Ich habe gehört, was Sie getan haben«, sagte sie. »Das war … nun, das war sehr mutig von Ihnen.«

Ein Lob, das ich unbedingt in meinen offiziellen Lebenslauf aufnehmen musste.

»Wären wir hier in New York City, hätte ich eine lange Liste von Verdächtigen«, fuhr ich fort. »Menschen mit einem Motiv und der entsprechenden Wesensart. Oder zumindest wüsste ich, wo ich mit der Suche anfangen müsste. Aber hier weiß ich das nicht. Stoppard ist mir völlig fremd. Doch Joe hat mir gesagt, dass niemand besser über die Vorgänge in dieser Stadt im Bilde ist als Sie. Also frage ich Sie ganz direkt: Wer hier ist Ihrer Meinung nach dazu fähig, eine Brandbombe zu werfen?«

»Niemand!«, rief sie sofort. »Ich kenne ganz sicher niemanden, der so etwas tun würde.«

Sie zeigte mit ausgestrecktem Arm auf das Panoramafenster, als gelte das nicht nur für die Nachbarschaft dort draußen, sondern auch für die Stadt und den gesamten Bezirk.

»Das hier ist eine gute Stadt. Hier leben gute Menschen.«

Nickend trank ich noch einen Schluck von dem stark gesüßten Tee. Ich konnte regelrecht spüren, wie sich der Zucker in meine Zähne fraß.

»Nichts für ungut, Ma'am, aber das ist völliger Blödsinn.«

»Wie bitte?«

Beschwichtigend hob ich die Hand.

»Damit meine ich nicht, dass in dieser Stadt nicht eine ganze Menge guter Menschen leben. Sicherlich haben neunundneunzig Prozent von ihnen einen Heiligenschein unter ihrem Kopfkissen versteckt. Aber es gibt eben auch immer diese ein, zwei Leute, die eine Mistgabel im Garderobenschrank bereithalten. Das wissen Sie doch genau.«

Ich sah zu den Fotos an der Wand hinüber. Unwillkürlich folgte sie meinem Blick. Ihr Cowboy lächelte ihr von der Wand aus zu.

Natürlich sprach nichts dagegen, der absoluten Ehrlichkeit ein wenig emotionale Erpressung beizumischen.

»Mir ist klar, dass Sie keinerlei Grund haben, mir zu vertrauen«, sagte ich also. »Sie fühlen sich dieser Stadt verpflichtet. Aber Ruby war meine Freundin. Ich fühle mich ihr verpflichtet. Ihr und der Wahrheit, wie auch immer sie aussehen mag.«

Vielleicht waren es die Erinnerungen an ihren Ehemann, den Gesetzeshüter. Vielleicht hörte sie aber auch, wie nahe mir die Sache ging. Emotionen, die ich nur ein klein bisschen hatte aufblasen müssen. Was es auch war, plötzlich zerfloss ihre finstere Miene wie eine Kugel Eis im August.

»Nun ja … schwarze Schafe gibt es natürlich immer.«

Ich nickte eifrig und zog unauffällig das Notizbuch aus meiner Handtasche.

Sie nannte einige Namen, alles Stammgäste in den Zellen im Keller der Polizeistation. Es waren vor allem Säufer, Frauenschläger oder Taugenichtse, die sich auf kleinere Diebstähle spezialisiert hatten. Zwar glaubte ich nicht, dass jemand mit dem Titel »Hühnerdieb von Sheffield Valley« ein geeigneter Kandidat für die Stelle des Mörders und Brandstifters war, aber ich schrieb mir seinen Namen trotzdem auf.

»Und wie sieht es mit Drogen aus?«, fragte ich während einer kurzen Gesprächspause.

»Drogen?«

Hier musste ich nun wirklich raffiniert vorgehen, denn ich konnte ihr ja schlecht sagen, was in Rubys Wohnwagen gefunden worden war. Immerhin hatten wir Chief Whiddle nichts davon erzählt. Also machte ich es wie mein Boss.

»Ich habe festgestellt, dass kriminelles Verhalten der einen Art oft zu kriminellem Verhalten einer anderen Art führt, wobei Drogen sich häufig als Ausgangspunkt entpuppen. Wenn wir also nach jemandem suchen, der Marihuana raucht oder, sagen wir mal, Heroin konsumiert, solche Dinge eben – wo sollte ich dann mit der Suche beginnen?«

»Das kommt hier bei uns eigentlich kaum vor«, behauptete sie. Gleichzeitig war das »aber« schon deutlich spürbar. »Aber …«

»Ja?«

»Da wären die DeCambre-Jungs.«

»Jungs? Brüder also?«

»Brüder, Onkel, Neffen – alles eine Familie, deshalb nennen wir sie kurz die DeCambre-Jungs.«

Der Name kam mir irgendwie bekannt vor. Dann fiel es mir wieder ein: der Alte beim Gottesdienst, der Gott für die nicht ganz gelungene Heilung seiner Arthritis gedankt hatte. Ich beschrieb Mrs. Gibson, wie er ausgesehen hatte.

»Das ist Homer«, erklärte sie mir, »sozusagen das weiße Schaf der Familie. Na ja, vielleicht eher das graue Schaf, wenn ich ehrlich sein soll. Früher hat er kräftig Alkohol geschmuggelt. Er hat einen Sohn, Culpepper, und zwei Enkel, Luke und Leroy. Culpepper hat Homer früher oft bestohlen. Momentan sitzt er irgendwo in der Nähe von Baltimore im Gefängnis – bewaffneter Raubüberfall. Also wird Homer jetzt von seinen Enkeln beklaut. Sie stehlen seine Rentenschecks und seine Lebensmittelmarken. Eine Schande ist das. Jeder weiß es, aber er will sie einfach nicht anzeigen. Und sie haben noch einen Haufen Cousins, die alle auf die eine oder andere Art Ärger machen. Ein Familienstammbaum, der …«

Sie suchte nach dem richtigen Begriff.

»… recht verkrüppelt ist?«, schlug ich vor.

Mrs. Gibson nickte. »Könnte man sagen, ja. Sie haben eine Bar, draußen an der Razor Strap Road. Nicht viel mehr als eine Bretterbude, zusammengehalten durch Optimismus und Spucke. Liegt außerhalb des Zuständigkeitsbereichs unserer Ortspolizei. Und der Bezirkssheriff kommt nur selten zu uns raus.«

»Gehören denn auch Drogen zum Geschäftsfeld der DeCambres?«, erkundigte ich mich.

»Nun, festgenommen wurden sie deshalb noch nie«, betonte sie. »Aber angeblich fahren die Jungs von der Highschool immer wieder dort raus. Wenn sie zurückkommen, sind sie betrunken … oder auch mehr.«

Nun kehrte die Missbilligung mit voller Kraft zurück.

»Einer dieser Jungs hat mal seine Freundin dorthin mitgenommen. Während sie im Vollrausch waren, hat Leroy oder Luke – aber ich würde auf Leroy tippen –, jedenfalls hat einer der beiden … Nun ja, das Mädchen selbst wollte nichts sagen, aber ich habe von der Mutter erfahren, dass er … übergriffig wurde gegenüber der Kleinen.«

Sie trank einen großen Schluck Tee, als müsste sie einen schlechten Geschmack im Mund loswerden.

»Chief Whiddle hat die State Trooper dazu gebracht, dort aufzutauchen. Sie haben aber nichts gefunden. Offensichtlich hatten sie den Laden vorher sauber gemacht. Und das Mädchen wollte nicht aussagen, also …«

Also blieben die DeCambre-Jungs auf freiem Fuß und hielten sich nun wahrscheinlich für unbesiegbar.

Damit kamen wir doch langsam einen Schritt weiter; zumindest gab es hier Hinweise auf Drogen. Und wer eine Frau vergewaltigte, hatte vermutlich auch wenig Hemmungen, eine zu töten.

»Gibt es eine Verbindung zwischen den DeCambres und Ruby Donner?«, fragte ich weiter.

»Oh mein Gott, natürlich«, rief Mrs. Gibson, als wäre ihr das gerade erst eingefallen. »Daran hatte ich noch gar nicht gedacht. Vermutlich, weil es so lange her ist. Ruby ist mit Leroy und Luke zur Schule gegangen. Vor allem mit Leroy, denke ich, denn Luke hat die Schule ziemlich früh abgebrochen. Leroy und sie waren etwa ein Jahr auseinander, schätze ich. Während der Schulzeit war er lange Zeit hinter Ruby her. Sie war ja recht hübsch, und Leroy … nun ja, manche sagen, er hätte einen gewissen Charme.«

»Aber Sie sind anderer Meinung?«

»Er ist sicherlich ein attraktiver Mann«, gab sie zu. »Und er weiß, wie man mit Frauen reden muss. Allerdings funktioniert das nur, wenn sie betrunken sind oder sehr … ich werde höflich bleiben und es ›naiv‹ nennen. Aber jeder, der nur einen Funken Verstand hat, merkt, wie verdorben er ist. Ich meine, Sie scheinen mir doch eine kluge Frau zu sein. Wie hat er denn auf Sie gewirkt?«

»Auf mich?«, fragte ich verwirrt. »Wie meinen Sie das?«

»Sie waren doch gestern da, als Joe ihn aus der Zelle geholt hat.«

Der Kerl frisch aus dem Whiskeytank, der uns diesen nervösen Blick zugeworfen hatte. Ich versuchte, mir sein Gesicht ins Gedächtnis zu rufen, doch meine Erinnerung beschränkte sich hauptsächlich auf den Geruch.

»Das war Leroy DeCambre?«

»Jawohl. Er hatte sich mit jemandem von außerhalb angelegt, deshalb hat Chief Whiddle ihn über Nacht dabehalten, damit er sich wieder beruhigen konnte.«

»So wie er gerochen hat, war ich von übermäßigem Alkoholkonsum und ungebührlichem Verhalten ausgegangen.«

Sie schüttelte den Kopf. »Der Junge riecht immer so. Durch die Arbeit in der Bar.«

Welche Art von Nervosität hatte dieser Blick von ihm widergespiegelt? Das normale Misstrauen gegenüber Fremden? Oder hatte er genau gewusst, wer wir waren?

»Sie sagten, Leroy sei hinter Ruby her gewesen. Hat er sie denn irgendwann gekriegt?«

Mrs. Gibson schüttelte den Kopf.

»Oh nein. Sie hat immer sehr deutlich gemacht, dass sie kein Interesse an ihm hatte. Das war … na ja, fast schon ein endloser Scherz mit den beiden: Er rennt ihr hinterher, sie gibt ihm einen Korb. Alle haben es gewusst, auch die Erwachsenen. Dann kam sie irgendwann mit Joe zusammen, und die Sache hatte sich von allein erledigt.«

Junge Männer – vor allem die Exemplare mit einer grausamen Ader – haben es gar nicht gern, wenn sie zur Witzfigur gemacht werden. Leroy hatte das sicher nicht gefallen, da ging ich jede Wette ein. Wie lange der damit verbundene Groll wohl angehalten hatte?

Gespannt beugte ich mich vor.

»Mrs. Gibson, wo genau finde ich denn dieses nette Etablissement an der Razor Strap Road?«

Kapitel 28

»RECHTS AUF DIE Red Toad Road, dann links auf die alte Route Five – nicht zu verwechseln mit der neuen Route Five. An der dicken Eiche mit den zwei Stämmen rechts auf die Razor Strap abbiegen. Nach ungefähr drei Meilen stoßen Sie dann auf die Hogshead Tavern. Obwohl alle den Laden nur Pig's Hole nennen. Man fragt sich, wieso.«

Ich klappte mein Notizbuch zu und lehnte mich in meinem Schaukelstuhl zurück.

»Ein Königreich für ein Rastersystem.«

Ms. Pentecost, ebenfalls im Schaukelstuhl und den geschwollenen Knöchel auf eine leere Apfelkiste gestützt, enthielt sich jeglichen Kommentars. Stattdessen nippte sie an dem alten Einmachglas mit Limonade, das sie in der Hand hielt, und spähte durch die Fliegengitter nach draußen. Die Sonne hing tief über den Maisfeldern und überzog die staubige Einfahrt ebenso mit orangerotem Licht wie das Gesicht meiner Chefin.

Da sich in ihrem Gepäck kaum Freizeitkleidung finden ließ, hatte sie sich eine Latzhose von mir geliehen und sie durch ein rotes Flanellhemd ergänzt, das Doc in einem alten Schrankkoffer im Keller aufgetan hatte. Wenn sie sowieso Ruhe halten musste, wurde so wenigstens keiner ihrer guten Anzüge zerknittert.

Wie sie so dort saß – barfuß, Hemdsärmel hochgekrempelt, Flechtfrisur mehr als ramponiert –, wäre sie locker als Farmersfrau durchgegangen, die in entspannter Kontemplation die letzten Stunden der Sonntagsruhe genießt. Bis auf diesen Ausdruck in ihren Augen, der meilenweit von sonntäglicher Entspannung entfernt war.

»Wir müssen die Sache sehr vorsichtig angehen«, beschloss sie. »Fremde fallen dort sicher auf. Wir sind hier schließlich nicht in New York City.«

»Was Sie nicht sagen.«

»Vielleicht sollten wir Mr. Halloway um Unterstützung bitten. Er könnte uns ein paar Helfer mitgeben, die wenigstens so aussehen, als würden sie ein Etablissement mit dem Namen Pig's Hole aufsuchen. Männer, die sich diskret danach erkundigen, ob man dort Heroin kaufen kann.«

»Clover wäre da gut«, stellte ich fest. »Und Paulie ist sicher auch dabei, wenn Sie ihn nett bitten. Sie müssten ja nicht einmal einen Hehl daraus machen, dass sie vom Zirkus sind. Morgen Abend müsste es gehen, da bleibt der Zirkus geschlossen. Freier Abend, auf der Suche nach ein bisschen Spaß, ein Vögelchen hat ihnen gezwitschert, dass dort etwas zu holen ist. Könnte funktionieren.«

Sie überdachte den Plan noch einen Moment lang, dann erteilte sie ihm mit einem zufriedenen Grunzen ihren Segen. Anschließend ließ sie ihren Schaukelstuhl nach hinten wippen und tippte mit dem gesunden Fuß gegen einige Kassenbücher, die neben ihr aufgestapelt waren – die letzten fünf Finanzjahre von H & H. Big Bob hatte sie am Nachmittag vorbeigebracht. Bei meiner Rückkehr hatte Ms. P sie noch eifrig studiert.

»Wollen Sie jetzt einen eigenen Zirkus aufmachen? Oder ist Ihnen einfach nur langweilig?«, fragte ich sie beim Anblick der Bücher.

»Mir ist bewusst geworden, dass ich extrem wenig darüber weiß, wie ein Zirkusbetrieb eigentlich funktioniert«, erklärte sie mir. »Und ich war es unseren Ermittlungen schuldig, mich genauer darüber zu informieren.«

Sie schlug gezielt eine Seite auf.

»Weißt du, wie viel es kostet, einen ausgewachsenen Tiger einen Monat lang zu ernähren?«, fragte sie mich. »Das ist erstaunlich.«

»Was denken Sie denn, was sie mit all den kleinen Ausreißern machen, die sich dem Zirkus anschließen wollen?«, scherzte ich. »Ich wäre auch zu Katzenfutter geworden, wenn ich nicht eine so umwerfende Persönlichkeit hätte.«

»Du scherzt, aber der Fleischpreis – selbst der von Innereien – ist in den letzten Jahren förmlich explodiert. Und das ist nur ein finanzieller Posten, den Mr. Halloway bewältigen muss. Gäbe es da nicht diesen großzügigen Zuschuss aus dem anonymen Fonds, hätte er den Betrieb vermutlich schon vor Jahren abstoßen müssen.«

Sicherlich gab es eine Menge Leute, die den Marktpreis von Innereien äußerst spannend fanden, ich gehörte allerdings nicht dazu. Deshalb hatte ich mir erst einmal ein Glas Limonade geholt und mich dann zu ihr gesetzt, um das Hirn meiner Chefin wieder in die richtigen Bahnen zu lenken, indem ich ihr einen umfassenden Tagesbericht vorlegte.

Dieser beinhaltete meine Auseinandersetzung mit Chief Whiddle, die Tatsache, dass er Kalishenkos Briefe übersetzen ließ, meinen Plausch mit Doc im Kino und eine Kurzfassung meines Gesprächs mit Mrs. Gibson.

Nachdem ich all diese Informationen losgeworden war und zumindest einen groben Plan für den Besuch im Pig's Hole im Kopf hatte, beschloss ich, mir eine ordentliche Mahlzeit zu gönnen. Immerhin war ich heute noch nicht über Lakritz, Limonade und süßen Tee hinausgekommen.

Doch als ich aufstand, um die aktuelle Vorratslage zu prüfen, sagte Ms. P unvermittelt: »Es sind einige Anrufe gekommen, während du unterwegs warst.«

Sofort setzte ich mich wieder hin.

»Potenzielle Heiratskandidaten, oder war auch etwas Fallrelevantes dabei?«

»Es handelte sich um Reaktionen auf die Bitte, die ich heute Morgen an die Kirchengemeinde gerichtet habe.«

Was übersetzt so viel hieß wie: Ich habe es dir ja gesagt.

»Irgendetwas Brauchbares dabei?«, wollte ich wissen.

»Es waren insgesamt vier Anrufer, alle weiblich«, begann Ms. P. »Zwei von ihnen gaben an, zusammen mit Ruby hier in Stoppard aufgewachsen zu sein. Eine weitere war schon älter, sie hat wohl früher an der örtlichen Highschool Englisch unterrichtet. Sie selbst gehört nicht der Gemeinde des Blutenden Lammes an, aber ihre Schwester, und die hat ihr – in der Annahme, dass sie sich dafür interessieren würde – von meiner Bitte erzählt. Ruby war ihre Schülerin. Alle drei Frauen haben nach Rubys Weggang noch Postkarten und Briefe von ihr erhalten.«

»Mit welchem Inhalt?«

»Beteuerungen, dass es Ruby gut gehe. Beschreibungen ihrer Aktivitäten während ihrer Anfangszeit in New York. Die Tätowierungen hat sie nur ihrer ehemaligen Lehrerin gegenüber erwähnt, und auch da schreibt sie lediglich, wie sie zu ihrer ersten gekommen ist.«

»Das ist interessant«, fand ich. »Man sollte doch meinen, dass sie so etwas eher einer Gleichaltrigen anvertraut.«

»Vielleicht lag es daran, dass Ms. Lamplough, die heute in Chapel Hill lebt, nicht der Kirche angehört. Das gab Ruby möglicherweise die nötige Sicherheit, um ihr dieses spezielle Detail anzuvertrauen«, erklärte Ms. P. »Außerdem schien Ms. Lamplough mir eine recht aufgeschlossene Dame zu sein. Sie hat sich sehr offen mit mir unterhalten und bemerkenswert oft geflucht.«

»Klingt so, als wäre die Dame ganz auf meiner Wellenlänge.«

»Bei dieser ersten Tätowierung, die Ruby in ihrem Brief erwähnt, handelt es sich um einen Strauß Margeriten«, fuhr mein Boss fort. »Und bevor du fragst: Nein, sie hat nicht erklärt, was es mit diesem Motiv auf sich hat, und Ms. Lamplough hat auch keine Vermutung darüber geäußert.«

Meine Enttäuschung hielt sich in Grenzen, denn ich kam immer mehr zu der Überzeugung, dass die Margeriten aus einer Laune heraus überdeckt worden waren, ohne dass ein entscheidendes biografisches Detail dahintersteckte.

»Sonst noch etwas Lohnenswertes?«, wollte ich wissen.

»Alle drei Frauen waren sich darin einig, dass Ruby die Stadt zwar sehr plötzlich verlassen hatte, es aber keineswegs unerwartet kam. Ms.Lamplough war sich wohl schon lange vorher sicher gewesen, dass Ruby nicht in Stoppard bleiben würde. Allerdings war sie sich auch sicher gewesen, dass Ruby unbedingt noch ihren Abschluss machen wollte, bevor sie ging.«

Diese Geschichte kam mir sehr bekannt vor. Meine Flucht von zu Hause war ganz ähnlich abgelaufen: erst lange Träumereien und dann der plötzliche Entschluss, nun abzuhauen.

»Ich nehme einmal an, keine von ihnen hat Leroy DeCambre erwähnt.«

»Das ist richtig«, bestätigte Ms. P. »Doch ich habe sie alle gefragt, ob Ruby Alkohol oder Drogen konsumiert hat. Äußerst subtil natürlich.«

»Das versteht sich von selbst. Und?«

»Die beiden jüngeren Frauen waren davon überzeugt, dass Ruby sich von derlei Dingen komplett ferngehalten habe. Ms. Lamplough konnte dazu nichts Konkretes sagen, meinte aber, nichts dergleichen bei ihr bemerkt zu haben.«

Ja, aber wie hätte sie es auch bemerken sollen? Als ihre Englischlehrerin hatte die gute Dame Ruby vielleicht eine Stunde am Tag gesehen. Und vor den Kirchenleuten geht man mit wo etwas ja auch nicht gerade hausieren. Dass sie keine Anhängerin der Abstinenzbewegung war, wusste ich schließlich mit absoluter Sicherheit. Ruby hatte so manchen unter den Tisch getrunken.

»Was noch?«, bohrte ich weiter.

»Ich habe die drei auch nach alten Unstimmigkeiten gefragt, einem Streit oder Groll, der dafür sorgen könnte, dass jemand Ruby Böses wollte. Und sie haben mir alle drei versichert, dass ihnen da absolut niemand einfiele.«

»Schon klar, das sagen die Leute doch immer, oder? Den Gedanken, der Nachbar in der Kirchenbank könnte ein Killer sein, lässt doch kaum jemand zu.«

»Ich habe in diesem Punkt auch nicht lockergelassen, aber ohne Erfolg. Allerdings meinten die beiden jüngeren Frauen, dass in den letzten Wochen vor Rubys Weggang aus Stoppard etwas vorgefallen sein könnte. Offenbar zog sich Ruby damals von ihren Freunden zurück, vor allem von jenen, die der Kirche angehörten.«

»Inwiefern?«

»Sie wirkte wohl sehr still und nachdenklich.«

»Besorgt?«

»Dieses Wort haben sie nicht benutzt.«

Sehr interessant. Klar, vielleicht hatte Ruby einfach nur ihre Flucht geplant, aber was wäre, wenn jemand anders ihr dazu den Startschuss gegeben hatte?

Irgendetwas beschäftigt sie, dann verschwindet sie aus der Stadt, kehrt ein halbes Leben später zurück. Wieder bedrückt sie etwas, und keine vierundzwanzig Stunden später ist sie tot. Aus dem richtigen Winkel betrachtet, ließ sich da ein Zusammenhang erkennen.

Ich fragte mich, ob sie sich beide Male über dieselbe Sache den Kopf zerbrochen hatte. Oder über dieselbe Person. Zum Beispiel über einen alten Verehrer, der gerne mal Drogen nahm und Frauen vergewaltigte. Ich legte Ms. P meine Theorie dar.

»Ich muss dir insofern zustimmen, als auch ich denke, dass es Ähnlichkeiten gibt zwischen Rubys Verhalten vor ihrem Weggang und dem nach ihrer Rückkehr«, befand Ms. P. »Aber viel wahrscheinlicher ist doch, dass sie sich von ihren Freunden zurückzog, weil sie bereits ihre Flucht nach New York plante. Und ebenso wahrscheinlich war ihre Sorge nach ihrer Rückkehr auf beunruhigende Vorgänge im Zirkus bezogen.«

In diesem Punkt musste ich ihr recht geben, schlug aber trotzdem vor, die drei Frauen noch einmal anzurufen und nach Leroy DeCambre zu fragen. Nur so zum Spaß. Mein Boss war einverstanden.

»War das dann alles?«, fragte ich.

»Von diesen drei Frauen schon, ja.«

Mir fiel der Beginn unseres Gesprächs wieder ein, und ich rechnete kurz nach.

»Moment mal … Sie haben vier Anrufer erwähnt, alle weiblich. Wer war die vierte?«

Ein kaum wahrnehmbares Lächeln huschte über Ms. Ps Gesicht.

»Sie hat mir ihren Namen nicht genannt. Und sie sprach mit einem fast schon überbetonten ländlichen Akzent.«

»Und was hatte diese geheimnisvolle Dame zu sagen?«

»Sie sagte: ›Ruby Donner war eine Isebel und hat nur bekommen, was sie verdient hat.‹«

»Wortwörtlich?«

»Wortwörtlich.«

»Muss ich mir jetzt eine Bibel suchen?«

»Isebel war eine Königin von Samaria, die mit dem Propheten Elija in Konflikt geriet«, erklärte mir Ms. P. »Er sagte ihren gewaltsamen Tod voraus, und dass ihr Leichnam von wilden Hunden gefressen würde – was letztlich auch so geschah.«

»Klingt wie eine Geschichte aus einem Schundblättchen.«

»Für uns relevant ist vielmehr, dass der Name Isebel abwertend auf Frauen angewendet wird, die viel Wert auf ihr Äußeres legen, Make-up benutzen oder sich freizügig kleiden. Obwohl Isebels Hang zu Make-up und feiner Kleidung, der im Buch der Könige erwähnt wird, wohl eher der Demonstration von Macht und Würde diente als der Verführung, was auch vollkommen zu ihrer Rolle als –«

Ich unterbrach ihren Vortrag mit einem ungeduldigen Wedeln der Hand.

»Sie sind die Tochter eines Predigers, schon klar, auch wenn ich das immer noch nicht wirklich glauben kann. Trotzdem sollten wir uns die Bibelstunde für später aufheben. Viel entscheidender ist doch die Frage, ob Sie ihre Stimme erkannt haben.«

Ms. P schüttelte den Kopf, doch gleichzeitig huschte wieder dieses Lächeln über ihr Gesicht.

»Ihre Nachricht umfasste nur dreizehn Worte, und der aufgesetzte Akzent war sehr ausgeprägt.«

»Und warum sehen Sie dann aus wie eine Katze, die den Kanarienvogel erwischt hat?«

»Überleg doch mal: Sie wusste, dass ich um Informationen gebeten habe. Sie greift auf einen biblischen Vergleich zurück. Und sie hatte das Bedürfnis, ihre Stimme zu verstellen.«

Man muss mir zugutehalten, dass ich nur ungefähr fünf Sekunden brauchte, bis der Groschen fiel.

»Hm. Das ist *wirklich* interessant.«

»Zumindest sollten wir dem nachgehen.«

Ich warf einen Blick auf meine Armbanduhr: Der Stundenzeiger war gerade an der sieben vorbeigerutscht.

»Jetzt brauche ich erst mal etwas zu essen, und dann fange ich an, mich fertig zu machen.«

Fragend zog Ms. P eine Augenbraue hoch.

»Ich dachte, du wärst erst in einer Stunde mit Officer Engle verabredet?«

Demonstrativ stand ich auf und präsentierte ihr mein knittriges, verschwitztes Kirchenoutfit vom Morgen.

»Ich muss mir etwas Frisches zum Anziehen raussuchen, duschen, mir die Beine rasieren und herausfinden, wie ich das Verbrechen rückgängig machen kann, das die Luftfeuchtigkeit hier an meinen Haaren verübt hat.«

»Du hast mein aufrichtiges Mitgefühl«, erwiderte Ms. P, ohne eine Miene zu verziehen. Sie schien sich in der geborgten Kleidung äußerst wohlzufühlen.

»Ja, ich weiß.« Mit einem schweren Seufzer ging ich Richtung Küchentür. »Es ist nicht leicht, eine Isebel zu sein.«

Kapitel 29

DIE SONNE HATTE zwar einen Abgang gemacht, aber die Hitze blieb weiter im Ring. Hinzu kamen die Abwärme von Lampen, Fahrgeschäften und Popcornmaschinen und die Körperwärme von ein paar Hundert Menschen, die sich zwischen den Attraktionen hindurchschoben. Alles in allem drohte sich das Ergebnis meiner Puder- und Pinselaktivitäten sehr schnell zu verflüchtigen. Ich konnte regelrecht spüren, wie mein Rouge zerlief und meine Haare in ihren naturgegebenen, krausen Zustand zurückfielen.

Aber wenigstens verlor ich nicht einen Liter Schweiß pro Minute, denn ich hatte den Sonntagsstaat gegen ein kurzärmeliges Kleid mit Blumendruck eingetauscht, das in der Taille schmeichelhaft eng saß und dessen Rocksaum gerade so meine Knie umspielte. Am unteren Ende trug ich ein Paar rote Slingpumps, deren Absätze ich hatte kürzen lassen. Bei der Gelegenheit hatte sie mir der Schuster auch gleich um eine halbe Größe geweitet. Und sie baumelten so hübsch anzüglich an meinem Fuß, wenn ich die Beine übereinanderschlug.

Joe hatte sich ebenfalls herausgeputzt, auch wenn das bei ihm vermutlich nur fünf Minuten gedauert hatte. Er trug eine weiße Leinenhose und ein kurzärmliges, braun-gelb gestreiftes Hemd. Die beiden obersten

Knöpfe waren offen und gewährten gewisse Einblicke in seine wohlgeformte Brustregion.

Auf Make-up hatte er verzichtet, sich dafür aber rasiert. Rechts hatte er sich geschnitten, sodass sich nun eine feine rote Linie in seine herrlich vollen Lippen hineinzog. Das fiel vermutlich in die Kategorie Alltagsrisiko, wenn man sich mit der schwächeren Hand rasieren musste.

Wobei ich da besser ganz still sein sollte. Ich verfügte über zwei gesunde Hände und hatte es trotzdem geschafft, mich ein halbes Dutzend Mal zu schneiden. Während wir über das Zirkusgelände wanderten, überkam mich das ungute Gefühl, dass ich möglicherweise ein blutiges Fetzchen Klopapier an der Rückseite meines Oberschenkels vergessen haben könnte, weshalb ich immer wieder unauffällig über mein Bein strich, um das zu prüfen.

Blutige Papierfetzchen hin oder her, Joe war jedenfalls anständig genug, mir für mein Outfit ein Kompliment zu machen, als wir uns trafen. Oder zumindest fast.

»Nicht schlecht«, meinte er, nachdem er mich von Kopf bis Fuß gemustert hatte. »Wer hätte gedacht, dass Sie auch Kleider tragen? Ich fühle mich geehrt.«

»Glauben Sie wirklich, ich hätte das Ihretwegen angezogen?«, spottete ich. »In neun von zehn Fällen entscheide ich mich für etwas mit Taschen. Aber Virginia hat mich geschafft. Wir haben gefühlte hundert Grad hier. Sie würden auch so etwas tragen, wenn Sie die Möglichkeit dazu hätten.«

»Ich glaube nicht, dass ich die richtigen Beine dafür habe«, gab er zu bedenken.

»Die habe ich auch nicht, aber das hält mich trotzdem nicht davon ab«, schoss ich gut gelaunt zurück.

Nicht gerade Tracy und Hepburn, aber man muss nehmen, was man kriegen kann.

Joe kaufte mir Zuckerwatte, dann gingen wir den Hauptweg hinunter, wobei wir beide mehr die Menschen um uns herum beobachteten als die eigentlichen Attraktionen.

Er schlug vor, dass wir uns Mysterios Show ansehen sollten, doch ich lehnte ab.

»Kein Fan von Zauberei?«, fragte er.

»Die Zauberei ist kein Fan von mir«, erwiderte ich knapp. Ich fand es klüger, Annabelle gar nicht erst in Versuchung zu führen. Wenn sie mich als »Freiwillige« aus dem Publikum erwählte, endete ich vielleicht noch als zersägte Jungfrau. Oder zumindest zersägt.

Inzwischen kamen wir schon zum dritten Mal am Eingang des Spektakulums vorbei, waren uns aber ohne lange darüber reden zu müssen einig, dass wir auch das auslassen würden. Vor uns ertönte immer wieder ein lautes Rauschen, gefolgt von einem mechanischen Ächzen. Schrille Schreie ergänzten das Klanggeschehen: der Rotor.

»Wie stabil ist Ihr Magen?«, erkundigte ich mich und deutete mit dem Kopf zu der Attraktion hinüber, die eigentlich kaum etwas anderes war als eine Waschmaschine für Menschen.

»Stabil genug«, behauptete er grinsend.

Wir warteten, bis sich die Fahrt verlangsamte und der Rotor seine benommene menschliche Fracht ausspuckte. Ausspucken trifft es hier genau, denn in der Truppe trug diese Attraktion auch den Spitznamen Kotz-ator. Bei ungefähr jeder zehnten Runde wurde der Grund dafür offenbart, sodass der Pechvogel, der gerade Dienst hatte, regelmäßig zu Wischmopp und Eimer greifen musste.

Diesmal musste nicht geputzt werden, sodass wir bei der nächsten Runde direkt mitfahren konnten. Zusammen mit einem Dutzend weiterer Fahrgäste wurden Joe und ich an den Wänden der runden Trommel platziert. Man kann es sich wie eine riesige hölzerne Kuchenform vorstellen, die in der Mitte von einem Motor angetrieben wird und mit Halteriemen an den Wänden ausgestattet ist.

»Gut festhalten, bis wir die volle Geschwindigkeit erreicht haben!«, rief die Aufsicht. Dann sprang der Mann ab und stellte den Rotor an. Die sich anfangs nur träge drehende Trommel beschleunigte mehr und mehr, und bald wurden wir durch die Zentrifugalkräfte an die Wände gepresst. Sobald die nötige Geschwindigkeit erreicht war, setzten sich gigantische Hebel am Fuß des Fahrgeschäfts in Bewegung und kippten die Trommel um fünfundvierzig Grad zur Seite.

Die Schwerkraft verabschiedete sich, unsere Mägen richteten sich neu aus, und wir bekamen eine Ahnung davon, wie man sich wohl in einer Spitfire fühlte, die in den Sturzflug überging.

Das klingt furchtbar, doch das war es eigentlich gar nicht. Alle lachten und schrien, Joe und mich eingeschlossen. Der Rotor machte mit meinem Kleid, was solche Maschinen eben mit Kleidern machen, und Joe bekam eine Menge Bein zu sehen. Was aber eigentlich nur fair war, immerhin hatte ich ihn schon ohne Hemd bewundern dürfen.

Als wir leicht schwankend das Fahrgeschäft verließen, beugte er sich zu mir rüber und raunte mir zu: »Haben Sie etwa eine Waffe dabei?«

»Ach, Mist, hat man das gesehen? In der Anzeige hieß es, dieses Holster verrutscht nicht. Aber vermutlich war da der Rotor nicht mit eingerechnet.«

»Sie bringen zu einem Zirkusbesuch eine Waffe mit?«

Achselzuckend erwiderte ich: »Nur eine kleine. Es ist eine Baby Browning, Kaliber .25.«

»Nur?«

Wir stolperten weiter und hielten auf die Schießbude zu, wo ein Haufen Zwölfjähriger mit Luftgewehren auf Blechverbrecher losging.

»Nehmen Sie es nicht persönlich«, bat ich ihn. »Aber bei meinem letzten richtigen Date hatte ich nichts dabei, und es endete damit.« Ich zeigte auf die Narbe in meinem Gesicht.

»Na, der Typ hat hoffentlich kein zweites Date gekriegt.«

»Nein, nein, die habe ich nicht von ihr verpasst bekommen.«

Die Worte hatten meinen Mund verlassen, bevor mir klar wurde, was ich da sagte. Diese Art von Information gebe ich normalerweise nicht so früh preis, schon gar nicht gegenüber Männern. Musste wohl am Rotor liegen – und vermutlich auch daran, dass ich ziemlich aus der Übung war.

Ich gab vor, mich voll und ganz auf die Jungs an der Bude zu konzentrieren, die sich jedes Mal lachend auf die Schulter klopften, wenn ihnen ein Treffer gelungen war. Würde Joe das weibliche Pronomen ignorieren? Glaubte er vielleicht, sich verhört zu haben? Oder machte er jetzt eine große Sache daraus?

Nach drei extrem trägen Sekunden deutete er mit dem Kinn auf die Jugendlichen.

»Glauben Sie, Sie können das besser?«, fragte er mich grinsend.

Ignorieren also.

»Besser als diese Jungs oder besser als Sie?«

»Besser als ich.«

»Ich denke, das kommt auf den Versuch an.«

»Sollen wir es ein wenig spannender machen?«

»Oh, das geht leider nicht.« Ich klopfte auf meine kleine Handtasche. »Wegen der Hitze mussten die Spendierhosen im Schrank bleiben.«

Übertrieben nachdenklich sah er mich an.

»Wie wäre es damit: Wer siegt darf die nächste Attraktion aussuchen.«

»Okay«, stimmte ich nickend zu. »Aber wenn ich gewinne, gehen wir sofort noch mal in den Rotor.«

»Und wenn ich gewinne, drehen wir eine Runde mit dem Riesenrad.«

Übersetzt hieß das: Dann schweben wir dreißig Meter über dem Boden, wo man sich ungestört näherkommen kann.

»Abgemacht.«

Den Jungs war inzwischen die Munition ausgegangen, und Joe reichte dem Mann in der Bude (den ich nicht kannte) ein paar Münzen.

»Möchte die Lady auch schießen?«, fragte der.

»Worauf du Gift nehmen kannst«, erwiderte ich und nahm das Gewehr entgegen. Nachdem ich mir das zerschrammte Daisy Red Ryder genau angesehen hatte, beugte ich mich vor und raunte dem Mann zu: »Hör mal, wir haben unsere eigene Wette laufen, du kannst deine Viecher also behalten, egal, wie viele Treffer wir landen.« Gemeint waren die Plüschtiere, die über den Zielscheiben an der Wand hingen. »Aber wir wären dir wirklich dankbar, wenn du uns einen Tipp geben könntest, wie stark eure Gewehre verzogen sind.«

»Werte Dame, unsere Gewehre sind kerzengerade. Alles geprüft und zertifiziert, und zwar von Blackheart Bart persönlich. Wer richtig zielt, kann damit einer Fliege ein Auge ausschießen. Oder einem Würfel. Diese –«

Ich kürzte das Ganze ein wenig ab.

»Bart hätte diese Gewehre nicht mal mit der Kneifzange angefasst«, unterbrach ich ihn.

Dann griff ich in meine Handtasche und zog unauffällig einen Dollarschein daraus hervor. Unbemerkt von den Jungs, die uns aufmerksam beobachteten, schob ich dem Mann den Schein hin. Der ließ ihn ebenso unauffällig in seiner Westentasche verschwinden.

Dann beugte er sich zu mir und flüsterte: »Beim Gewehr der Dame fünf Zentimeter nach links unten, beim Herrn ungefähr sieben nach rechts.« Wesentlich lauter fügte er hinzu: »Ich wünsche viel Glück!«

Routiniert drückte ich den Gewehrkolben gegen meine Schulter und legte an, wobei ich ein wenig zu weit nach rechts oben zielte, um auszugleichen. Neben mir kauerte sich Joe so hin, dass er den Lauf mit seinem Armstumpf abstützen konnte.

»Fertig?«, fragte ich.

»Absolut«, antwortete er.

»Dann los.«

Ping! Ping! Ping!

Ein Blechbandit nach dem anderen kippte um und wurde durch seine rostige Feder sofort wieder aufgerichtet. Die Jungen hinter uns jubelten. Und wohl auch ein paar Erwachsene. Um es mit Sicherheit sagen zu können, hätte ich mich umdrehen müssen, doch ich war zu sehr damit beschäftigt, Al Capone ein paar Geschosse zwischen die Augen zu jagen.

Jeder von uns verballerte zehn Kugeln in zehn Sekunden. Der Endstand lautete: neun für mich, acht für Joe.

»Verdammt.« Gereizt rieb er sich den Armstumpf. »Beim letzten habe ich gezuckt.«

Die versammelten Jungs waren trotzdem schwer beeindruckt. Ich hörte, wie einer von ihnen seinem Freund zuraunte: »Die Puppe kann echt schießen.«

Ich schenkte ihm ein breites Lächeln. Man sollte sich für kein Kompliment zu schade sein.

Wir übergaben die Gewehre an die Jungs, die nun wieder voller Energie waren und bereitwillig ihre Münzen auf den Tisch legten, um mit uns gleichzuziehen oder uns zu übertreffen. Als wir gingen, erwischte ich Joe dabei, wie er sich noch einmal nach ihnen umdrehte. Tiefe Traurigkeit zeichnete sich auf seinem Gesicht ab.

»War doch nur ein Treffer Unterschied«, tröstete ich ihn. »Wenn Sie möchten, bekommen Sie eine Revanche.«

Er schüttelte den Kopf. »Nein, alles gut«, versicherte er mir. »War nur ein Gedanke.«

»Ich habe bestimmt noch irgendwo einen Penny, den

ich dafür zahlen könnte, wenn Sie ihn mit mir teilen möchten.«

Ruckartig deutete er mit dem Kinn auf die Jugendlichen. »Ich habe mich nur gefragt, wo wohl ihr Krieg stattfinden wird.«

»Wie meinen Sie das?«

»Ich meine … ach, keine Ahnung, was ich meine. Die Niederlage hat mich wohl rührselig werden lassen.«

Er packte meine Hand. »Na los, ich schulde Ihnen noch eine Runde in dieser Todesmaschine.«

»Wissen Sie was? Ich habe meine Meinung geändert«, verkündete ich. »Versuchen wir es mit dem Riesenrad.«

»Sicher?«

»Voll und ganz. Da oben ist es hoffentlich nicht ganz so heiß.«

Wir schlängelten uns durch die Menge und stellten uns am Riesenrad an, von dessen Mitte ein helles Licht in die Nacht hinausstrahlte.

Als wir dran waren, setzten wir uns in eine Gondel, und der Aufseher verriegelte die Sicherheitsbügel. Ganz langsam ging es hinauf, immer wieder unterbrochen von schaukelnden Pausen, wenn die anderen Gondeln neue Fahrgäste aufnahmen. Sobald alle voll waren, begann die eigentliche Fahrt, die uns in einem entspannten Kreis im Uhrzeigersinn herumführte – erst hoch über den Lärm und die Hitze hinaus, dann wieder hinunter und wieder hinauf.

Mit Riesenrädern verbinde ich einige angenehme Erinnerungen. Ähnlich wie die hinteren Sitzreihen im Kino verschaffen sie einem eine gewisse Privatsphäre, auch wenn man sich in der Öffentlichkeit befindet. Und sollten eventuelle Zuschauer einen beim Knutschen erwischen, so rät ihnen sogar die Benimmpäpstin Emily Post, einen Anfall von Kurzsichtigkeit vorzutäuschen.

Aber Joe schien nicht in der Stimmung für so etwas zu sein. Er war in Gedanken eindeutig noch bei den Jugendlichen mit den Gewehren und der Frage, was die Zukunft wohl für sie bereithielt.

Doc Donner hatte in einem Krieg gekämpft, der angeblich das Ende aller Kriege bringen sollte. Da wäre wohl mal eine Klage wegen irreführender Werbung angebracht.

Von dem letzten Krieg behauptete das niemand mehr. Na ja, man sollte ja auch nicht mehr als einmal auf dieselbe Masche hereinfallen.

Schon jetzt gab es Gerüchte über die Russen, Südamerika und einige Staaten, die ich nicht einmal auf dem Globus finden würde. Deshalb war Joes Frage durchaus berechtigt: Wenn diese Jungen mit der Highschool fertig waren – würde man ihnen dann zusammen mit dem Abschlusszeugnis ein Gewehr und ein Flugticket zum nächsten, weit entfernten Schlachtfeld überreichen?

Da das Vergnügen offenbar momentan von der Karte gestrichen war, schaltete ich in den Geschäftsmodus.

»Ich lehne mich jetzt mal ganz weit aus dem Fenster und äußere die Vermutung, dass Sie eine gewisse Meinung haben bezüglich eines braven Chorknaben mit dem Namen Leroy DeCambre.«

Die Trübsinnigkeit meines Gondelnachbarn wurde von Überraschung verdrängt.

»Leroy? Aber sicher doch. Ich muss schließlich oft genug mit ihm reden. Was ist mit ihm?«

Ich beschloss, es mit demselben Ansatz zu versuchen wie bei Mrs. Gibson: der Wahrheit. Abgesehen vom Heroin, versteht sich. Denn auch wenn ich zu einer kleinen Fummelei durchaus bereit gewesen wäre, würde ich ihm keinesfalls unseren entscheidenden Hinweis an die Hand geben. Zumindest noch nicht.

»Sie glauben also ernsthaft, Leroy hätte etwas mit Rubys Tod zu tun?«, fragte er mich, als ich mit meiner Schilderung fertig war.

»Na ja, Sie sind mit ihm aufgewachsen. Sagen Sie es mir.«

Das Riesenrad trug uns wieder langsam in den Himmel hinauf. Die (zugegeben überschaubaren) Lichter von Stoppard funkelten unter uns, eine Konstellation aus Geschäften und Straßenlaternen, umgeben von dem bescheidenen Sternennebel der Wohngebiete am Stadtrand. Weiter draußen flimmerten die einzelnen Farmen wie blinkende Satelliten.

Joe blickte in die Ferne, als wollte er den einen, weit entfernten Lichtpunkt ausmachen, der das Pig's Hole markierte. Seine Antwort kam zögernd, als müsste er die Erinnerungen erst aus der hintersten Ecke hervorkramen.

»In der Highschool war er gar nicht so übel: gut aussehend, clever. Seine fiese Seite hat sich erst später entwickelt – nach der Schule, als er anfing, in der Bar seines Vaters zu arbeiten.«

»Könnte er denn nicht der Typ Mann sein, der einen tiefsitzenden Hass entwickelt auf das eine Mädchen, das er nie haben konnte? Das Mädchen, das ihn zur Witzfigur gemacht hat?«

Joe schien zu überlegen.

»Ich habe Ruby einmal danach gefragt. Habe sie quasi mit ihm aufgezogen. Ich sagte zu ihr, meiner Meinung nach sei sie viel rebellischer als Leroy. Damals war ich ziemlich puritanisch eingestellt.«

»Ach wirklich?«, spottete ich. »Das kann ich mir ja so gar nicht vorstellen.«

»Sie sind ein richtiger Scherzkeks.«

»Freut mich, dass es Ihnen aufgefallen ist. Was hat Ruby denn dazu gesagt?«

»Sie meinte, ich solle mich nicht unter Wert verkaufen. Und sie behauptete, Leroy sei eigentlich gar nicht an einem Date interessiert.«

»Ach nein?«

»Wie sie es genau ausgedrückt hat, weiß ich nicht mehr, jedenfalls wollte sie darauf hinaus, dass er direkt bis zur Homebase durchstoßen wolle, ohne vorher den Umweg über die anderen Bases zu nehmen«, erklärte mir Joe. »Woraus er wohl auch überhaupt keinen Hehl gemacht hat. Ich denke, das hat sie etwas schockiert. Ruby war nun wirklich nicht naiv, aber zu jener Zeit war sie eben noch … Also, sie hatte noch nie …«

Brennende Röte kroch über seinen Hals und breitete sich auf seinen Wangen aus.

»Sagen Sie es ruhig, Joe: Jungfrau. Ich denke, es ist niemand in Hörweite.«

Er lachte verlegen.

»Jedenfalls musste sie ihm nur klarmachen, dass Sex nicht im Angebot war, und schon hat Leroy das Interesse verloren«, fuhr er fort. »Irgendwann fing er dann an, mit Betty Kent auszugehen, und …«

»Die hat ihn auf all ihre Bases gelassen?«

»Wenn man dem Tratsch in der Umkleide glauben kann …«

Ich stellte mir das Ganze vor: Ruby erteilt Leroy eine Abfuhr und stellt klar, dass er bei ihr nicht zum Schuss kommen wird. Dann kommt sie mit Joe zusammen, bei dem sie in diesem Punkt irgendwann ihre Meinung ändert. Zumindest schloss ich das aus Joes Einschränkung, dass sie »zu jener Zeit noch« eine Jungfrau gewesen sei. Und Leroy hatte über den Tratsch in der Umkleide sicherlich auch davon erfahren.

»Dann gab es also nie Konflikte zwischen Leroy und Ruby? Auch nicht, als Sie dann mit ihr zusammenkamen?«, hakte ich nach.

»Nein. Zumindest hat sie mir nie etwas in dieser Richtung erzählt.«

Das klang ein wenig zögerlich, als wäre er sich nicht ganz sicher, was sie ihm überhaupt erzählt hätte – und was eben nicht.

Aber selbst wenn Leroy sich damals zurückgehalten hatte, konnte über die Jahre doch trotzdem ein unterschwelliger Hass in ihm herangewachsen sein, der bis heute anhielt, oder? Vielleicht war er immer größer und stärker geworden während der langen Zeit, in der Ruby im Land herumreiste und sich für ein Trinkgeld jedem Dorftrottel präsentierte, während Leroy selbst noch immer in Stoppard festhing und nicht einmal einen kleinen Blick auf sie hatte werfen dürfen.

Und dann war da ja noch die Sache mit den Drogen, die ihn zu einem noch besseren Verdächtigen machte.

»Bei Ihrer letzten Begegnung mit ihm, als er für einen Tag in der Zelle gelandet ist – worum ging es dabei?«

»Eine ziemlich blöde Sache«, begann Joe kopfschüttelnd. »Ihm ist jemand hinten reingefahren, auf dem Supermarktparkplatz. Eine Frau von außerhalb. Es war nur eine kleine Delle, und Leroys Auto ist sowieso eine totale Schrottkarre. Allerdings ist dabei ein Sack Milchpulver umgekippt und hat die gesamte Rückbank eingesaut.«

»Aber wenn er der Geschädigte war, wieso ist er dann in der Zelle gelandet?«

»Weil er diese Frau übelst beschimpft hat – auf einem Supermarktparkplatz, an einem Donnerstagmorgen.«

Er gab Leroys Ausbruch wortwörtlich wieder.

»Wow«, staunte ich. »Ich wette, der Wortschatz dieser Frau ist an dem Tag ziemlich erweitert worden.«

»Nicht nur ihrer, es haben auch einige Kinder und die Ehefrau eines Bezirksabgeordneten davon profitiert. Letztere hat uns dann auch angerufen. Wir haben Leroy eigentlich hauptsächlich eingesperrt, weil es gut aussah.«

»Und bei den Gelegenheiten, wo es nicht nur darum ging, eine Show abzuziehen? Was wurde ihm da zur Last gelegt?«, bohrte ich weiter.

»Diebstahl, tätlicher Angriff, Hehlerei und ein halbes Dutzend anderer Delikte. Aber es wurde nie etwas davon bewiesen, er wurde nie verurteilt.«

»Hehlerei? Hier draußen, mitten im Nirgendwo?«

Joe lachte. Es war das erste Zeichen von Heiterkeit seit unserem Scharfschützenabenteuer, und es stand ihm gut zu Gesicht.

»Bei uns gibt es alles, was es auch in den großen Städten gibt, aber eben in bescheidenerem Ausmaß«, erklärte er mir.

»Hat Leroy Kinder?«

»Nein, warum fragen Sie?«

»Ach, nur der Ordnung halber«, log ich.

Das Riesenrad wurde langsamer, dann wurden nach und nach die Fahrgäste rausgelassen. Nachdem wir ausgestiegen waren, warf ich einen Blick auf meine Armbanduhr.

»Die Vorstellung im großen Zelt beginnt in fünf Minuten«, stellte ich widerwillig fest. »Wir sollten los, sonst kriegen wir vielleicht keine Plätze mehr.«

»Ja, stimmt«, antwortete Joe ohne große Begeisterung.

Einen Moment lang sahen wir uns stumm an; keiner von uns machte Anstalten, zum Zirkuszelt hinüberzugehen.

»Wie wäre es, wenn wir die Vorstellung sausen lassen und stattdessen einen Abstecher ins Pig's Hole machen?«

»Ich dachte schon, Sie fragen nie«, sagte ich lachend. »Sie fahren.«

Kapitel 30

DIE ZIRKUSKARRE WAR vielleicht ein wenig zu auffällig, und in einem Streifenwagen beim Pig's Hole vorzufahren wäre einfach nur dämlich gewesen. Deshalb schoben wir nun Joes Motorrad über den Grasstreifen in der Auffahrt des Donner-Hauses.

Wobei nun wirklich nicht die Rede davon sein konnte, dass wir uns wegschlichen.

Nein, wir wollten lediglich eine unnötige und zeitraubende Diskussion darüber vermeiden, ob dieser Ausflug eventuell waghalsig und töricht sein könnte – und was meinem Boss an Vokabular sonst noch zur Verfügung stand.

Denn nach einer solchen Diskussion wäre ich ja sowieso losgezogen. Also sparte ich uns dadurch einfach nur Zeit.

Sobald wir die Straße erreichten, setzte sich Joe auf das Motorrad und trat den Kick-Starter. Beim dritten Versuch erwachte die Maschine knatternd zum Leben; der Motor dröhnte so laut, dass er hier auf dem platten Land sicher meilenweit zu hören war.

So viel zu unserem verstohlenen Abgang.

Es gab zwar ein paar Aussetzer, aber alles in allem klang die Maschine recht verlässlich. Joe hatte sie so umgebaut, dass er alles mit der Linken bedienen konnte, und es schien ihm nichts auszumachen, dass er nur eine Hand am Lenker hatte.

»Keine Sorge«, sagte er nun. »Diesmal sitzen alle Teile bombenfest.«

»Ich bin nicht besorgt«, versicherte ich ihm. »Ich versuche nur herauszufinden, wie ich das in diesem Kleid am besten hinkriege. Schließlich will ich nicht, dass jeder hier mein … Holster sehen kann.«

Dann stieg ich hinter ihm auf, zupfte und stopfte alles zurecht und schlang meinem Begleiter die Arme um den Bauch.

»Irgendwelche Tipps für den Sozius?«, fragte ich.

»Immer schön nach rechts lehnen, auf der Seite fehlt es mir an Gewicht.« Joe drehte sich zu mir um und grinste. »Kleiner Scherz. Einfach ruhig sitzen bleiben und genießen.«

Dann ging es los.

Allerdings ziemlich wackelig, weshalb ich mich sofort festkrallte. Doch als wir schneller wurden, richtete sich die Maschine ruhig aus.

An einem späten Sonntagabend war die schmale Landstraße vollkommen verlassen. Joe gab richtig Gas, sodass wir den Zirkus ebenso schnell aus dem Blick verloren wie das Tempolimit. Telefonmasten und Zaunpfähle flogen so schnell vorbei, dass ich sie nicht mehr zählen konnte.

Nachdem ich mich zurechtgesetzt hatte, konnte ich über Joes Schulter nach vorne schauen. Dort gab es allerdings nichts zu sehen außer Dunkelheit und dem knapp zehn Meter langen Stück Straße, das von dem kleinen Scheinwerfer des Motorrads ausgeleuchtet wurde.

Wie gut sind wohl die Bremsen von diesem Ding?, fragte ich mich.

Und wie geübt war er als Fahrer, vor allem einhändig? Wenn jetzt vor uns auf der Straße etwas auftauchte, blieb ihm höchstens eine halbe Sekunde, um zu reagieren. Wenn überhaupt.

Erst als Joe sich unter meinem Griff wand, wurde mir bewusst, wie fest ich ihn umklammert hielt; vermutlich bekam er schon blaue Flecken. Also zwang ich mich, meine Finger etwas zu entspannen, und auch meine Atmung verfiel wieder in einen gleichmäßigen Rhythmus. So gelang es mir, meinen Griff etwas zu lockern und mich aufrecht hinzusetzen. Es war, als würde in Rücken und Schultern ein Schalter umgelegt, und plötzlich löste sich eine Anspannung, der ich mir bis zu diesem Moment gar nicht bewusst gewesen war.

Ich schloss die Augen. Spürte, wie der Wind durch meine Locken fuhr.

Lockerte meinen Griff noch ein wenig mehr.

Und dann ließ ich ganz los und breitete die Arme aus. Ich flog.

Mir war noch keine Achterbahn untergekommen, die ich nicht zu bezwingen versucht hätte. Aber das hier war vollkommen anders. Besser. Denn hier gab es keine Schienen. Wir konnten überallhin. Jederzeit abbiegen. In jede Richtung. Es war das reine, berauschende Gefühl von Freiheit.

Bis das Motorrad durch ein Schlagloch fuhr. Der kleine Hüpfer reichte aus, um mich in die Realität zurückzuholen. Schnell schlang ich Joe wieder die Arme um den Bauch.

Wie mein Boss sicher nicht versäumt hätte, mir vor Augen zu führen: Freiheit und Waghalsigkeit gehen oft Hand in Hand.

Ich konzentrierte mich darauf, noch einmal alles aufzulisten, was ich über Leroy DeCambre wusste: Er hatte seinen Großvater beklaut, und offenbar auch noch einige andere. Und er vertickte gestohlene Ware. In New York hatte ich es schon öfter mit Hehlern zu tun gehabt. Es gab freundliche und weniger freundliche unter ihnen, aber sie alle lebten nach dem Motto, dass alles seinen Preis hatte – auch Menschen.

Was für ein Typ Mensch musste man sein, um auf einem Supermarktparkplatz eine Wildfremde so übel zu beschimpfen? Sicher die Sorte mit zu viel Temperament und zu wenig Selbstbeherrschung.

Doch vor allem machte ich mir Gedanken über Leroy DeCambres Einkäufe.

Kapitel 31

NATÜRLICH HATTE ICH eine gewisse Vorstellung davon, was mich im Pig's Hole erwarten würde, und ich wurde keineswegs enttäuscht.

Die Bar hatte ihr Leben wohl als nachlässig zusammengezimmerte Hütte begonnen, und seitdem war es für sie nicht gerade gut gelaufen. Nach und nach war sie bis auf die nackten Holzwände ausgezogen worden, außerdem hatte man ihr fast alle Dachziegel geklaut.

Was früher vielleicht eine Art Vorplatz gewesen war, bestand jetzt nur noch aus festgetrampelter Erde, die als Parkplatz diente. Die Hälfte davon war durch drei Pick-ups belegt, die aussahen, als hätte man sie vom selben Schrottplatz geholt. Außerdem fand sich noch ein Dodge aus den 1930ern, der während der letzten zehn Jahre offenbar einiges mitgemacht hatte.

Ringsherum stand ein Haufen knorriger Bäume, bei denen jeder Ast eine gruselige Kralle und jedes Astloch ein bösartiges Auge zu sein schienen.

»Wenn da gleich eine Hexe rauskommt und mir ein Pfefferminzbonbon anbietet, bin ich weg«, erklärte ich Joe.

Wir hatten auf der anderen Straßenseite geparkt und versuchten, von dort aus herauszufinden, wer sich in der Bar aufhalten könnte. Trübes Licht fiel durch die Fenster, die vermutlich seit Coolidges Amtszeit nicht mehr geputzt worden waren, weshalb alles mehr als verschwommen aussah.

»Ich bin überrascht, dass da überhaupt jemand drin ist«, stellte ich fest. »Wo ich doch bisher gedacht habe, hier gäbe es an Sonntagen ein Ausschankverbot.«

»Das lässt sich ja leicht umgehen«, meinte Joe. »Die Leute bringen ihre Getränke selber mit und zahlen nur für den Sitzplatz. Dann fällt die Flasche zufällig um, alles wird verschüttet, falls überhaupt etwas drin war –«

»– und der liebenswürdige Barkeeper hilft aus, indem er etwas aus seinem privaten Vorrat holt«, ergänzte ich. »Kostenlos, versteht sich, obwohl Trinkgelder natürlich immer erwünscht sind.«

»So in der Art.«

»Genauso läuft das in New York in den Bars ohne Alkohollizenz.«

Wir spähten noch einen Moment vergeblich hinüber, doch es kam niemand heraus, und die Fenster blieben weiter verschmiert.

»Vermutlich sollten wir reingehen«, stellte ich schließlich fest.

»Stimmt.«

»Aber es wäre auch irgendwie ziemlich dumm, da einfach so reinzuspazieren, oder?«

»Absolut.«

Es verging wieder eine halbe Minute.

»Andererseits …«, setzte ich an.

»… würde ich gerne Leroys Gesicht sehen, wenn wir ihn nach Ruby fragen«, beendete Joe den Satz für mich.

Also überquerten wir die Straße und betraten die Höhle des Löwen.

Ich war zuvor schon in einigen Spelunken gewesen, aber das Pig's Hole hätte definitiv eine Auszeichnung in dieser Kategorie verdient. Der Fußboden bestand fast nur aus Sägemehl und Erdnussschalen, die wenigen Tische kamen offenbar direkt aus dem Straßengraben oder vom Schrottplatz, und in der Luft trafen drei Teile Zigarettenrauch auf ein Teil Sauerstoff.

Über dem Ganzen schwebte die vertraute Duftmischung von schalem Bier, Schweiß und Motorenöl, die in jeder schäbigen Kneipe von Biloxi bis zur Bronx Teil der Grundausstattung ist.

Beleuchtet wurde der Raum von sechs nackten Glühbirnen, deren ausgefranste Kabel einfach an die Decke getackert worden waren. Die Bar hätte sicher an Charme gewonnen, wenn fünf von den sechs Lampen den Geist aufgegeben hätten. Und auch die Klientel wäre so wesentlich attraktiver geworden.

Letztere drehte sich nun geschlossen zu uns um. Sie alle hatten den leeren Blick, der für schwere Alkoholiker typisch ist. Falls man hier irgendwelche Gespräche geführt hatte, waren sie bei unserem Auftritt schlagartig verstummt. Ein oder zwei Gestalten überlegten sicherlich, ob sie Ärger machen sollten, allerdings hätten sie sich dafür vorübergehend von ihrem Drink trennen müssen; die Chancen, dass wir unbehelligt blieben, standen also nicht schlecht.

Joe führte mich ans andere Ende des Raumes, wo ein aus Brettern und Betonziegeln zusammengezimmerter Tresen aufragte. Dahinter stand – wesentlich gepflegter als bei unserer Begegnung im Gefängnis am Vortag – Leroy DeCambre. Er war in ein Gespräch mit einer kurvigen Brünetten vertieft, die einen Mechanikeranzug trug und ziemlich unsicher auf einem der beiden wackeligen Barhocker thronte.

Da sie darauf achtete, möglichst leise zu sprechen, bekam ich nicht mit, was gesagt wurde, aber ihr Tonfall verriet, dass sie wahrscheinlich um einen Gratisdrink bettelte. Der Reißverschluss ihres Overalls war bereits halb geöffnet, anscheinend bemühte sie sich krampfhaft, eine Art Billigpeepshow abzuziehen.

Leroy gefiel dieser Anblick offenbar, denn Joe war nur noch zwei Schritte vom Tresen entfernt, als er schließlich den Kopf hob. Blinzelnd sah er uns an. Verwirrung, eingezwängt zwischen zwei Scheiben Panik, dann kleisterte er sich das strahlende Lächeln eines Bibelvertreters ins Gesicht.

»Na, sieh mal einer an. Was führt Sie denn hierher, Officer?«

Joe richtete sich auf und schaltete den Polizistentonfall an. Eigentlich entsprach der so ziemlich seinem normalen Tonfall, war allerdings vollkommen humorbefreit.

»Hi, Leroy«, grüßte er. »Wir waren gerade in der Gegend, da dachte ich, ich komme mal kurz vorbei. Würde dir gerne ein paar Fragen stellen.«

Da ich ihn auf der Polizeistation nur kurz gesehen hatte, nutzte ich nun die Gelegenheit und musterte ihn eingehender. Mir war sofort klar, warum die Frauen auf einen Typen wie Leroy standen. Wäre bei einem Filmcasting ein neuer Jimmy Stewart gesucht worden, hätte er gut mitmachen können – man musste nur fünfzehn Zentimeter in der Länge abziehen und dafür eine ordentliche Portion Wiesel draufpacken. Aber hey: dicker Fisch, kleiner Teich, große Klappe, fertig.

Die Brünette zog hastig ihren Reißverschluss hoch.

»Hey, Chief«, lallte sie.

»Es heißt einfach nur ›Officer‹, Martha«, korrigierte Joe sie. »Du bleibst ja schön sauber, oder?«

»Klar doch, klar doch. Leroy war nur … Wir wollten …«

An dieser Stelle sprang Leroy ein: »Wir haben uns nur über die alte Schrottkarre hinten im Hof unterhalten. Weißt schon, der alte Buick von meinem Dad. Martha wird ihn sich ansehen und mir dann sagen, ob sie ihn wieder flottmachen kann.«

»Genau.« Offenbar war Martha wieder eingefallen, welchen Text sie aufsagen musste. »Ich komm einfach nicht hin mit dem, was Al mir zahlt. Also jetzt, wo seine Jungs von der Navy zurück sind und wieder in der Werkstatt arbeiten.«

»Warum gehst du nicht schon mal nach hinten und schaust dir den Buick an? Sag Luke, dass ich es erlaubt habe.«

»Mach ich. Danke, Leroy.«

Mechanikerin Martha drehte sich um, peilte eine Route an und torkelte dann Richtung Tür. Das dauerte eine ganze Weile, weshalb ich eher bezweifelte, dass der Buick heute noch korrekt untersucht werden würde.

»Was kann ich denn für dich tun, Joe?«, fragte Leroy schließlich. »Sag jetzt bloß nicht, diese Schlampe will mich anzeigen. *Sie* ist doch *mir* reingefahren.«

»Nein, darum geht es nicht.«

»Tja, leider kann ich dir keinen Drink anbieten, ist ja

Sonntag. Und offenbar hast du dir auch nichts mitgebracht – außer dieser Schönheit, natürlich. Hallo, Süße. Ich glaube, wir kennen uns noch nicht.«

»Ja, jede Glückssträhne hat mal ein Ende.«

Während Leroy noch auf meiner Antwort herumkaute, fuhr Joe fort: »Es geht um die Sache mit Ruby.«

»Schrecklich.« Leroy schüttelte betroffen den Kopf. »So ein süßes Mädchen. Nicht zu fassen, dass hier bei uns so etwas passiert. Ich hoffe, dieser Russe wird gegrillt.«

»Ich habe mich nur gefragt, worüber ihr zwei euch unterhalten habt.«

Leroy runzelte die Stirn. »Was meinst du damit? Wann denn?«

»Als du bei ihr warst.«

Nicht schlecht. Joe wandte dieselbe Taktik an, die ich bei ihm versucht hatte. Leroy biss allerdings nicht an.

»In letzter Zeit, meinst du? Denn ich habe die Kleine seit Jahren nicht gesehen. Nicht mehr, seit sie damals weg ist. Wer behauptet denn etwas anderes?«

Achselzuckend meinte Joe: »Habe ich eben gehört. Du sollst ihr beim Zirkus begegnet sein, und zwar kurz vor ihrem Tod.«

»Totaler Quatsch«, erwiderte Leroy. »Da hat dir einer Mist erzählt. Außerdem habt ihr den Typen doch schon. Echt jetzt, ich habe am Freitag mit angehört, wie er in seiner Zelle rumgeheult hat. Einfach erbärmlich.«

Falls er log, machte er seine Sache gut. Doch als Berufsverbrecher hatte er sich verräterische Macken sicher längst abgewöhnt.

Aber wenn er weiter so über Kalishenko herzog, war ich mir nicht sicher, ob man mir nicht bald die Mordlust ansehen würde. Also beschloss ich, mich zu verziehen, damit Joe sein Programm weiter abspulen konnte.

»Wo finde ich denn die Damentoilette?«

Leroy grinste breit. »Eine richtige Damentoilette haben wir hier nicht, nur ein Plumpsklo. Einfach rausgehen und dann links, da ist es dann schon. Wird aber wohl eher nicht deinem Standard entsprechen.«

»Ist schon okay«, versicherte ich. »Wäre nicht das erste Drecksloch, in das es mich verschlägt.«

Sobald ich draußen war, entdeckte ich auch schon das Klohäuschen. Der Gestank war so durchdringend, dass ich es auch blind gefunden hätte.

Leroy hatte recht – es entsprach wirklich nicht meinem Standard. Hätte ich wirklich ein dringendes Bedürfnis verspürt, wäre ich wohl eher in den Wald gegangen und hätte das Risiko böser Hexen in Kauf genommen.

Stattdessen ging ich weiter um das Gebäude herum, bis ich auf eine Art Hinterhof stieß, an dessen Ende ein alter Buick stand. Zumindest war es einmal ein Buick gewesen. Jetzt waren seine Reifen unter ihm weggefault, und wenn ich die Motorhaube geöffnet hätte, wäre ich bestimmt auf irgendeine tierische Behausung gestoßen.

»Das Ding braucht keinen Mechaniker«, murmelte ich, »sondern einen Bestatter.«

Die Fahrertür stand offen, und hinter dem Steuer saß Martha. Ihr Kopf ruhte leicht verdreht an der Kopfstütze, ihr Körper war schlaff und reglos.

Während meiner Zeit mit Ms. Pentecost war ich bereits mehr als einmal über eine Leiche gestolpert. Das ist niemals schön, und deshalb bekam ich sofort Gänsehaut bei der Befürchtung, wieder einmal eine vor mir zu haben.

Da nirgendwo jemand zu sehen war, ging ich langsam auf die offene Fahrertür zu. Gerade als ich den Kopf in den Wagen streckte, holte Martha rasselnd Luft.

»Scheiße!«, schrie ich.

Ihre Lider hoben sich, und sie sah sich benommen und mit leeren Augen um.

Dann fiel mein Blick auf ihren rechten Arm. Der Ärmel war hochgeschoben, und eine Spritze steckte in ihrer Armbeuge.

»Hey.« Ihre Stimme klang, als wäre sie irgendwo in tiefem Wasser abgedriftet. »Das ist mein Platz. Du musst warten, bis du dran bist.«

Ich suchte immer noch nach einer passenden Antwort, als ich schlurfende Schritte hinter mir hörte.

»Was machen Sie hier?«

Erschrocken fuhr ich herum und stand plötzlich einem Gorilla gegenüber. Zumindest hatte der Mann den entsprechenden Körperbau – viel Arm und Brust auf kurzen, stämmigen Beinen. Insgesamt war er so breit, dass seine schäbige Jeans und sein Hemd (das vermutlich irgendwann einmal weiß gewesen war) einer harten Belastungsprobe unterzogen wurden.

Sein Gesicht war teilweise hinter zottigem Haar verborgen, das nahtlos in einen üppigen Zweiwochenbart überging. Trotzdem war die Ähnlichkeit zu Leroy nicht zu übersehen – allerdings ohne den Wieselanteil, dafür mit einer Menge Bulldogge.

»Sie müssen Luke sein«, stellte ich möglichst gelassen fest, getrieben von der Hoffnung, er möge nicht bemerken, dass mein innerer Panikmodus schon die Motoren startete.

»Ja, und wer sind Sie?«

Da spuckte mein Hirn eine Idee aus. Am liebsten hätte ich sie sofort in die Tonne getreten, aber ich hatte leider keine andere, und man muss bekanntlich nehmen, was man kriegen kann.

»Leroy meinte, es wäre okay«, behauptete ich also. »Er hat gesagt, ich kriege den Stoff von Ihnen.«

Durch pure Willenskraft versuchte ich, einen Schweißausbruch herbeizuführen, was angesichts der Lage gar nicht mal so schwer war.

»Mir geht's echt dreckig«, fuhr ich fort. »Ich brauche dringend was, okay?«

Luke legte den Kopf schief, wodurch er noch viel mehr Ähnlichkeit mit einem Schrottplatzköter bekam.

»Nö«, entschied er dann. »Ich denke nicht.«

»Nein?«

Er schüttelte den Kopf.

»Dann muss ich mein Geld eben woanders loswerden.«

Ich wollte mich an ihm vorbeischieben, aber er streckte einen seiner dicken Arme aus und versperrte mir den Weg.

»Ich denke nicht«, sagte er wieder.

Hinter mir krabbelte Martha aus dem Wagen und verschwand eilig hinter der schäbigen Hütte.

»Ich will keinen Ärger«, betonte ich.

Er grinste breit und präsentierte dabei eine Menge gelber, angeschlagener Zähne.

»Das tut mir leid, Püppchen. Denn jetzt hast du welchen.«

Plötzlich schien sich ein erstickendes Band um meinen Brustkorb zu schlingen, und ich sah wieder den

Moment auf dem Parkplatz dieser anderen Spelunke vor mir, als Kalishenko mir das Leben gerettet hatte. Damals war ich jung, dumm und nahezu hilflos gewesen. Doch seitdem hatte ich einige Tricks gelernt.

Deshalb blickte ich nun scheinbar ruhig über die Schulter des Brutalos nach hinten und sagte: »Hey, Leroy, erkläre deinem Bruder doch mal, dass ich in Ordnung bin.«

Muss wohl überzeugend gewesen sein, denn er drehte den Kopf. Sobald er mich nicht mehr im Blick hatte, riss ich mein Knie hoch und rammte es so fest wie möglich zwischen seine Beine.

Leider gelang es ihm, im letzten Moment die Hüfte zu drehen, weshalb ich nicht sauber traf. Trotzdem sackte er ächzend zusammen. Schnell hechtete ich an ihm vorbei, kam aber nur zwei Schritte weit, denn er streckte sich im Sturz und packte meinen Knöchel.

Ich landete mit dem Gesicht voran im Dreck.

Geschickt rollte ich mich auf den Rücken und fing an, um mich zu treten, als er schwerfällig auf mich zu kroch. Mit dem einen Schuh erwischte ich ihn so hart an der Stirn, dass der Absatz abbrach. Luke aber grunzte nur und kroch weiter, schob sich zwischen meine Beine und versuchte hochzugreifen, um mich am Boden festzuhalten.

Dann hob er die rechte Faust und kündigte somit an, dass er mich gleich ins Gesicht schlagen würde. Als sein Arm sich streckte, riss ich die Hüfte hoch und drehte gleichzeitig den Kopf zur Seite. Seine Faust bohrte sich in die Erde. Sofort schlang ich beide Arme um seinen Bizeps, riss das linke Bein hoch und schob meine Wade unter sein Kinn.

Wenn es gut lief, konnte ich ihm in dieser Haltung den Arm brechen. Leider lief es nicht gut, denn er wog geschätzte fünfzig Kilo mehr als ich, und ich fand keinen richtigen Halt. Mir blieben vielleicht noch zwei Sekunden, bis er sich befreien würde.

Da ich die Aussichtslosigkeit meines Unterfangens erkannt hatte, gab ich ihm seinen Arm zurück. Dadurch geriet er aus dem Gleichgewicht, schaffte es aber immerhin noch, mich am Hals zu packen. Er wollte mit der Linken nachlegen, um mich richtig gut würgen zu können, doch in diesem Moment drückte ich ihm die Browning ans Kinn und entsicherte sie.

Sofort ließ er mich los. Offenbar war er doch klüger, als er aussah.

»Ich bin nicht besonders scharf darauf, dich umzubringen, deshalb könnte ich vielleicht eine Ausnahme machen«, sagte ich leise. »Wenn du jetzt schön langsam aufstehst.«

Auch seine nächste Entscheidung war weise, denn er gehorchte. Nachdem er sich hochgestemmt hatte, sprang ich ebenfalls auf, wobei ich die Waffe fest auf einen Punkt über seiner Nasenwurzel richtete.

»Zurück«, befahl ich.

Er wich zurück.

»Steig in den Wagen.«

Verwirrter Blick.

»Solange du aufrecht stehst, bin ich nervös. Und du möchtest sicher nicht, dass ich nervös bin. Denn dann verpasse ich dir vielleicht ein drittes Nasenloch.«

Er bückte sich und quetschte seinen massigen Körper auf den nun leeren Fahrersitz.

»Also, Luke, wie lange sind dein Bruder und du denn schon im Heroin-Geschäft?«

»Was für Heroin?«

Luke hielt es mit den Lügen wie mit seinen Schlägen, sie kamen langsam und waren leicht zu durchschauen.

»Das Zeug, das ihr Martha gegeben habt«, präzisierte ich. »Das war sicher kein Insulin, was sie sich da gespritzt hat. Ich gehe mal davon aus, dass ihr es mit Milchpulver streckt, richtig?«

»Wer hat dir das verraten?«

»Ein kleines Vögelchen. Und ein anderes kleines Vögelchen hat mir verraten, dass ihr Ruby Donner etwas von dem Zeug gegeben habt.«

»Wem?«

»Ruby Donner. Sie hatte vor ein paar Tagen einen tragischen Unfall, ist mit dem Rücken auf ein Messer gefallen. Ihr seid mit ihr zur Schule gegangen.«

Ich konnte in aller Ruhe bis fünf zählen, dann erst grunzte er: »Ach, die.«

An dieser Stelle ließ mich mein innerer Lügendetektor im Stich. Ich konnte nicht sagen, ob er für die Antwort so lange brauchte, weil er unschuldig, verwirrt und etwas langsam war, oder weil er zu der Sorte Mensch gehörte, die eine Frau erstach, ohne sich ihren Namen zu merken.

Ich arbeitete noch an meiner nächsten Frage, als sein Blick plötzlich über meine Schulter hinwegglitt, als hätte er dort etwas gesehen.

»Hau ab, Leroy!«, brüllte er. »Sie hat eine Pistole!«

Ich fuhr herum und rechnete fest damit, seinem Bruder gegenüberzustehen. Doch stattdessen krachte es hinter mir, und als ich wieder herumwirbelte, kletterte Luke gerade aus der Beifahrertür und flüchtete sich wie ein angeschossener Bär in den Wald.

»Verdammter Mistkerl«, fluchte ich. »Hat einfach meinen Trick geklaut.«

In der Hoffnung, ihn noch aufhalten zu können, gab ich einen Warnschuss ab. Aber die Bäume boten ihm guten Schutz, und das wusste er genau. Schon nach ein paar Sekunden war er nicht mehr zu sehen.

Vorne wurde die Tür zur Bar zugeschlagen, und im nächsten Moment kam Joe um die Ecke gerannt. Als er die Waffe sah, blieb er abrupt stehen, musterte mich dann aber genauer.

Ich blickte an mir herunter: Mein Kleid war zerrissen, einem Schuh fehlte der Absatz, der andere war verschwunden, und insgesamt sah ich so aus, als hätte ich mich im Dreck gewälzt. Was ja auch der Fall war.

»Geht es Ihnen gut?«, fragte Joe langsam.

»Alles bestens. Aber Luke hat sich querfeldein abgesetzt.« Ich deutete mit dem Kopf Richtung Wald. »Sein Bruder und er haben von hier aus Heroin verkauft.«

Mit diesem verblüfften Gesichtsausdruck war Joe nur noch halb so hübsch, aber das sah ich ihm nach.

Ich wollte gerade vorschlagen, die Feinheiten mit Leroy zu besprechen, als lautes Motorengeheul einsetzte. Wir kamen eben noch rechtzeitig vorne am Parkplatz an, um zu sehen, wie die Heckleuchten des Dodge in einer Staubwolke verschwanden.

Leroy hatte sich verdrückt.

Ich wandte mich Joe zu.

»Wissen Sie …« Ich schob meine Pistole zurück ins Holster. »Das war eigentlich gar kein so schlechtes Date.«

Kapitel 32

ICH UNTERDRÜCKTE EINEN schrillen Schrei, als das eisige Wasser mir über Kopf und Rücken lief.

»Wo holt ihr das Zeug her?«, keuchte ich. »Direkt vom Nordpol?«

Joe drückte den alten Pumpenschwengel noch einmal runter, und ich spülte den letzten Dreck aus meinen Haaren. Die Rückfahrt zur Donner-Farm hatte zwar den Staub von meinen Beinen gepustet, ihn dafür aber umso tiefer zwischen meine Locken geschoben.

Im Haus war alles dunkel, und ich wollte weder Doc noch Ms. Pentecost wecken, nur um ein nächtliches Bad nehmen zu können. Es war vollkommen ausreichend, meinen Boss am nächsten Morgen auf den neuesten Stand zu bringen.

Also hatten Joe und ich das Motorrad zurück in die Scheune gebracht und waren anschließend hinter dem maroden Bau auf einen alten Brunnen mit Handpumpe gestoßen.

Wir beschlossen, vorerst nicht den Bezirkssheriff zu informieren, in dessen Zuständigkeitsbereich das Pig's Hole ja eigentlich fiel. Zum einen hatten wir keinerlei Beweise, und zum anderen war Joe davon überzeugt, dass Leroy und Luke sich bei ihrem Großvater verkriechen würden, dessen Haus im Wirkungskreis des Stoppard Police Departments stand. Dort wollte er sie sich vorknöpfen.

Ich versicherte ihm, dass ich am nächsten Morgen gleich auf die Wache kommen und Luke offiziell wegen tätlichen Angriffs anzeigen würde. Kein sonderlich schweres Delikt, aber ausreichend, um die Jagd zu eröffnen.

Eigentlich traute ich Whiddle nicht einmal so weit, wie ich ihn werfen konnte. Aber wenn er die DeCambre-Jungs einkassierte, landeten sie in einer der Zellen in Stoppard, und dann bekamen mein Boss und ich vielleicht die Gelegenheit, ein paar Worte mit ihnen zu wechseln.

Mein innerer Lügendetektor war gut, aber der von Ms. Pentecost war Weltklasse. Falls einer der beiden Ruby umgebracht hatte, würde sie es erkennen.

Joe merkte an, dass Leroy ehrlich gewesen zu sein schien, als wir ihn wegen eines möglichen Treffens mit Ruby befragt hatten. Ich merkte an, dass er sich seine Antwort möglicherweise vorher zurechtgelegt hatte.

Dabei hatte ich ihm noch immer nichts von dem Heroin in Rubys Wohnwagen erzählt, obwohl das ein starkes Indiz dafür war, dass Luke und Leroy etwas mit ihrem Tod zu tun hatten. Aber das sollte erst ein offizieller Teil der Ermittlungsakten werden, nachdem ich es mit Ms. P abgesprochen hatte.

Ich hielt meinen nackten Fuß unter die Pumpe, um das letzte Wasser zu nutzen. Zwar hatte ich meinen zweiten Schuh wiedergefunden, aber der mit dem abgebrochenen Absatz war nicht mehr zu retten. Im Kopf ging ich die Schadensliste durch: Mein Kleid war ruiniert, mir tat alles weh, ich war klatschnass, mein Gesicht brannte vom Fahrtwind auf dem Motorrad, und meine Knie sahen aus, als wäre ich auf ihnen bis zur ersten Base geschlittert.

Ich fühlte mich großartig.

»Kommen Sie mit«, sagte Joe. »Ich habe irgendwo Handtücher.«

In der Scheune zündete er eine der Sturmlaternen an und machte sich auf die Suche. Schließlich kam er mit etwas an, das man wohl als Handtuch bezeichnet hätte, falls man das Wort Lumpen nicht kannte. Ich versuchte, mich damit einigermaßen abzutrocknen.

»Mir ist schon klar, dass von Leroy nicht viel gekommen ist, als Sie ihn über Ruby ausgequetscht haben«, nahm ich den Faden wieder auf, »aber das kann doch kein Zufall sein. Alle hier sagen, die Stadt sei so klein, so etwas würde hier einfach nicht vorkommen. Und dann wird eine Frau ermordet, und es gibt einen Kerl, der früher quasi besessen von ihr war und jetzt mit Drogen handelt. Irgendetwas ist da. Vielleicht hat er es auch nicht selbst getan, vielleicht war es sein Bruder. Luke hat ja offensichtlich kein Problem damit, auf körperliche Gewalt zurückzugreifen. Und er wäre sicher dämlich genug, einfach auf unbekanntem Terrain jemanden abzustechen. So oder so würde ich mich verdammt gerne noch einmal mit ihm unterhalten. Dann aber natürlich unter etwas kontrollierteren Bedingungen.«

Keine Ahnung, ob es am eisigen Wasser, am restlichen Adrenalin in meinem Blut oder an der Tatsache lag, dass wir endlich einen Verdächtigen hatten, jedenfalls klopfte mein Herz wie wild. Ich rieb mit dem Handtuch noch einmal über meine Locken und gab es dann zurück.

»Vielleicht sollten wir Whiddle zu Hause anrufen«, schlug ich vor. »Das ist kein Notfall, ich weiß, aber so hätten wir einen Vorsprung bei der Suche nach ihnen. Nein, streichen Sie das. Man sollte nicht vor dem Morgengrauen an irgendwelche Türen klopfen, da wäre es zu leicht für sie, aus dem Hinterhalt anzugreifen. Es könnte jemand erschossen werden. Um welche Uhrzeit kommt der Chief normalerweise zur Arbeit?«

Ich unterbrach meinen Monolog gerade lange genug, um Joes Lächeln zu registrieren.

»Was ist? Meine Haare, oder? Wenn ich die nicht ausbürste, bevor sie trocknen, sehe ich hinterher aus wie Frankensteins Braut.«

Er kam zu mir und hob die Hand, um mir eine verirrte Strähne aus dem Gesicht zu streichen. Obwohl es in der Scheune fast so heiß war wie in einem Backofen, spürte ich seine Körperwärme. Er roch nach Talkumpuder, Aftershave und etwas, das ich nicht ganz einordnen konnte.

»Worauf wartest du noch?«, fragte ich schließlich. »Brauchst du eine schriftliche Einladung?«

Dann packte ich ihn am Kragen, zog ihn an mich und küsste ihn. Er begriff schnell, worauf ich hinauswollte.

Das ging noch ein paar Minuten so weiter, doch als wir irgendwann Luft holen mussten, einigten wir uns darauf, die Örtlichkeit zu wechseln. Allerdings hatte keiner von uns Lust auf eine längere Reise.

Es folgte eine kurze Diskussion über gewisse Materialbeschaffungsmaßnahmen, die aber schnell ein Ende fand, als Joe aus einer Reisetasche in der Ecke eine Blechdose holte, wie wir sie auch unter Rubys Sachen gefunden hatten. Seine war allerdings wesentlich neuer und mit dem Aufdruck Eigentum der U. S. Army versehen.

»Das ist das Wundervolle am Militär«, stellte ich fest. »Allzeit bereit.«

»Das sind die Pfadfinder.«

Mir stand gerade nicht der Sinn nach Belehrungen, was ich Joe auch deutlich wissen ließ. Zwei seiner Hemdknöpfe landeten in irgendeiner dunklen Ecke der Scheune und wurden nie wieder gesehen.

Er nahm die Lampe und führte mich über die Leiter auf den Heuboden hinauf, der zum Glück keinerlei Heu enthielt. Als Mädchen vom Land wusste ich, dass Heu als dicker Haufen zwar weich sein mochte, einzelne Halme aber ziemlich pieken konnten.

Anstelle von Heu gab es hier nur saubere, trockene Holzbohlen und einen Haufen Decken.

»Ich übernachte manchmal hier«, erklärte mir Joe. »Wenn es spät wird und ich nicht mehr nach Hause fahren will.«

»Das reicht doch.«

Um Unfällen vorzubeugen, nahm ich mir einen Moment Zeit und legte das Holster ab. Den Rest überließ ich Joe. Beim BH-Verschluss geriet er etwas ins Stocken, doch da er einhändig arbeiten musste, gab es dafür keinen Punktabzug. Irgendwann riss ich das Ding einfach selbst ab.

Und was dann folgte …

Sicher kennt die werte Leserschaft diese Szene in Filmen, wenn es bei einem Paar langsam zur Sache geht, dann wird ausgeblendet, und als Nächstes sieht man, wie er für beide Zigaretten anzündet, während sie mit Schlafzimmerblick in den Kissen liegt, und alles, was dazwischen war, bleibt der Fantasie überlassen?

Ja, genau so war das.

An dieser Stelle wird ausgeblendet.

*

Wir lagen nebeneinander, ich auf dem Bauch, er auf dem Rücken, beide verschwitzt und auf angenehme Art ausgelaugt. Joe hatte keine Zigaretten, aber das mit dem Schlafzimmerblick kam möglicherweise hin. Sicher bin ich mir allerdings nicht. Außerdem hatten wir keine Kissen auf dem Heuboden, in denen wir uns wälzen konnten.

Es war einige Zeit vergangen. Wie viel, weiß ich nicht. Meine Armbanduhr hatte sich immer wieder in seiner Brustbehaarung verfangen, also hatte ich sie abgelegt. Mir reichte es auch, mich einfach treiben zu lassen, mit der schwülen Sommerluft über und den kühlen Holzbohlen unter mir, während ein Teil meines Bewusstseins bereits die zweite Runde anstrebte.

Der Rest meines Gehirns tat allerdings alles, um diesem Nachglühen einen Dämpfer zu verpassen.

Mit einem Cop? Während eines Falls? Damit hatte ich drei berufliche und zwei persönliche Regeln gebrochen. Was hatte ich mir nur dabei gedacht?

Na ja, gedacht hatte ich eigentlich gar nicht, zumindest nicht mit dem Teil des Gehirns, der für das Befolgen von Regeln zuständig war. Das wenige, das in meinem

Kopf vorgegangen war, hatte eher andere Bahnen eingeschlagen, etwa: Ich hätte heute getötet werden können. Wurde ich aber nicht. Ich lebe noch. Also ab in die Kiste, um das unter Beweis zu stellen!

Eine absolut nachvollziehbare Reaktion.

Oder etwa nicht? War es normal, Gewalt als luststeigernd zu empfinden?

Ich hing also in diesem Grübelkarussell fest, als Joe irgendwann anfing, seinen Armstumpf zu massieren. Während unserer Turnstunde hatte ich nicht sonderlich darauf geachtet, jetzt allerdings erwischte ich mich dabei, wie ich ihn anstarrte. Und Joe erwischte mich ebenfalls.

»Hey, Lady, Peepshow gibt's nur gegen Bezahlung.«

Demonstrativ klopfte ich meine Hüften ab. »Offenbar habe ich meine Taschen zu Hause vergessen.«

Er lächelte.

»Tut das noch weh?«, fragte ich.

Joe dachte kurz nach.

»Ja, manchmal«, sagte er dann. »Aber meistens tut nicht der Stumpf weh, sondern der Arm. Komisch, oder? Er ist nicht mehr da, und trotzdem schmerzt er. Es gibt einen speziellen Ausdruck dafür, ist mir aber entfallen.«

Wieder rieb er über den Stumpf, so heftig, als wollte er das fehlende Körperglied wieder herbeizaubern.

»Irgendwann wird es vergehen«, fuhr er fort. »Zumindest sagen das die Ärzte.«

Ich streckte die Hand aus und berührte den Stumpf, dann ließ ich die Finger über das weit verzweigte Narbengewebe gleiten, das sich über seine Körperseite zog.

»Schrapnell?«, fragte ich.

»Größtenteils, ja. Waren auch einige Holzsplitter dabei. Sie haben mit ihrer Artillerie auf die Bäume geschossen.«

Sein Blick verriet mir, dass er gedanklich in die Wälder von Belgien zurückkehrte. Also holte ich ihn in die Gegenwart zurück.

»Holzsplitter? Das kann doch jeder.« Ich zeigte auf eine schmale Narbe an meinem Brustkorb. »Stilett.«

»Stilett?«

»Zum Glück wusste der Kerl nicht, wie man damit richtig umgeht.«

Joe streckte mir seine Handfläche entgegen.

»Die habe ich von einem Panzer«, erklärte er und deutete auf einen wulstigen Streifen, der sich quer über seine Lebenslinie zog.

»Muss aber ein ziemlich kleiner Panzer gewesen sein.«

»Ich bin draufgeklettert, und das Geschützrohr war noch heiß. Ein Fehler, den man nicht zweimal macht.«

Nun drehte ich mein Bein so, dass er meine linke Wade mustern konnte.

»Siehst du diesen kleinen Kreis da? Das war Rosco.«

»Rosco?«

»Der Mischling unserer Nachbarn. Ist mit allen Menschen klargekommen, nur mit mir nicht.«

Nun strich Joe mit den Fingern über den unteren Teil meines Rückens.

»Und was ist damit?« Er hatte die blassen Erhebungen in der Haut erreicht, deren Existenz ich so gerne vergaß. Mich überlief ein kalter Schauer.

»Gürtel«, antwortete ich knapp.

Ich konnte sehen, wie er nach den richtigen Worten suchte. Also ersparte ich ihm die Mühe, indem ich meine Lippen auf seine presste und seine Hand dorthin schob, wo sie eine Menge Gutes tun konnte.

So viel zum Thema Regeln.

Und ausblenden bitte.

Kapitel 33

ALS ICH AUFWACHTE, war es dunkel, mir war heiß, und ich war ziemlich orientierungslos. Erst nach einem verwirrend langen Moment fiel mir wieder ein, wo ich mich befand. Neben mir konnte ich gerade noch Joes schlafende Gestalt ausmachen.

Er musste die Sturmlaterne gelöscht haben, nachdem ich eingeschlafen war. Nun wurde der Heuboden nur noch von vereinzelten Mondstrahlen erleuchtet, die durch die Lücken im Dach drangen. Ich hatte keine Ahnung, wie spät es war, und meine Uhr lag irgendwo zwischen meinen Klamotten. Dem Gefühl nach war es entweder sehr spät oder sehr früh.

Dann hörte ich es: langsame, vorsichtige Schritte. Unten in der Scheune war jemand.

Meine erste Vermutung: Doc oder Ms. Pentecost wollte nachsehen, wo wir steckten. Doch diesen Gedanken verwarf ich schnell wieder. Doc war durch den Alkohol völlig weggetreten, und Ms. P war clever genug, sich auszumalen, womit wir beschäftigt waren, auch ohne sich mit eigenen Augen davon zu überzeugen.

Außerdem wären bestimmt beide unten am Tor stehen geblieben und hätten erst einmal nach uns gerufen. Sie wären sicher nicht in der Dunkelheit durch die Scheune geschlichen.

Nun hörte ich auch noch andere Geräusche: ächzendes Holz und das leise Schaben von Metall.

Flach auf dem Bauch kroch ich zur Leiter und spähte hinunter. Dort hockte jemand neben Joes Motorrad. Zwar war es zu dunkel, um den Eindringling zu erkennen, doch er hatte eine Taschenlampe dabei, deren schmaler Strahl über die Eingeweide der Maschine glitt. Ich sah eine in einen Handschuh gekleidete Hand, die irgendein Werkzeug hielt.

Unbewaffnet und splitternackt sollte man sich keinem Einbrecher entgegenstellen. Also zog ich mich so leise wie möglich von der Leiter zurück und suchte nach meinem Holster. Irgendwann entdeckte ich es, in der hintersten Ecke, halb versteckt unter Joes Hemd. Das erste Problem war damit gelöst. Indem ich mir das Hemd schnappte, löste ich auch das zweite.

Während ich es überstreifte, spürte ich, wie etwas aus der Brusttasche fiel. In der nächtlich stillen Scheune schlug die Münze mit einem Knall auf dem Holzboden auf, der einem perfekten Schlag in Ebbets Field gleichkam. Um es noch peinlicher zu machen, rutschte sie anschließend zwischen den Bohlen hindurch und fiel hinunter.

Klonk.

»Keine Bewegung oder ich schieße!«, brüllte ich.

Der Strahl der Taschenlampe fuhr suchend herum und richtete sich dann genau auf meine Augen. Mit der freien Hand wollte ich das Licht abblocken, doch der Einbrecher rannte bereits zum Tor.

»Was'n los?«, nuschelte Joe verschlafen.

»Da ist jemand in der Scheune!«, rief ich, während

ich bereits die Leiter hinunterkletterte. »Ich nehme die Verfolgung auf.«

»Will, warte!«, rief er mir hinterher, ohne Chance.

Draußen war es kaum heller als drinnen. Der Mond bestand heute nur aus einer schmalen Sichel, die noch dazu gerade hinter ein paar Wolken verschwand. Kostbare Sekunden gingen verloren, während ich mich hektisch nach dem Eindringling umsah. Endlich entdeckte ich den wippenden Lichtstrahl auf dem Feld, das der Farm gegenüberlag.

Mit gezückter Waffe rannte ich los.

Sobald ich die Wiese verließ und in das brachliegende Maisfeld kam, bereute ich es, keine Schuhe angezogen zu haben. Steine und alte Pflanzenstängel bohrten sich in meine Fußsohlen.

Ich lief weiter.

Knapp fünfzig Meter vor mir begann das nächste Feld, allerdings war dieses dicht bepflanzt, und so kurz vor der Ernte ragte der Mais auf Elefantenhöhe auf. Wenn er es bis dorthin schaffte, würde ich ihn aus den Augen verlieren. Aber auch ohne Schuhe holte ich auf.

Plötzlich wandte sich der wippende Lichtstrahl zur Seite. Instinktiv änderte auch ich die Richtung, begriff dann aber, dass die Taschenlampe nicht herumgeschwenkt worden war, sondern fiel. Er hatte die Lampe weggeworfen.

Hastig korrigierte ich meinen Kurs wieder und bohrte den Fuß in den Boden, um mich zu drehen. Dabei traf meine rechte Ferse auf etwas Scharfes. Ich fiel hin und landete mit dem Gesicht voran auf der Erde. Meine Waffe verlor ich zum Glück nicht, musste aber zum zweiten Mal an diesem Abend Staub fressen.

Gleichzeitig hörte ich ein lautes Rascheln, als der Einbrecher das Feld erreichte und die Maispflanzen beiseiteschob. Mühsam stemmte ich mich hoch und nahm die Verfolgung wieder auf, versuchte aber, den rechten Fuß möglichst wenig zu belasten.

Am Rand des Feldes blieb ich für einige Sekunde stehen. Gern würde ich behaupten, das geschah, weil ich mir einen Moment Zeit nahm, um das Für und Wider abzuwägen und logisch zu deduzieren, dass er wahrscheinlich nicht bewaffnet war – denn sonst hätte er längst auf mich geschossen.

In Wahrheit war ich einfach nur total verdreckt, hatte Schmerzen und war stinksauer. Also stapfte ich in das Feld hinein.

Nach zehn humpelnden Schritten blieb ich stehen und lauschte.

Stille. Ein Atemzug, noch ein Atemzug. Dann raschelte es irgendwo rechts von mir.

Etwas langsamer ging ich weiter. Einerseits wollte ich ihn nicht verlieren, ihm andererseits aber auch nicht zu schnell zu nah kommen.

Ich hob meine Waffe, den Finger locker am Abzug. Vielleicht sollte ich einmal in die Luft schießen. Allerdings würde er dann vermutlich das Tempo anziehen.

Wenigstens hatte der Schmerz in der Ferse nachgelassen. Andererseits spürte ich von dem ganzen Fuß kaum noch etwas. Kein gutes Zeichen.

Wieder blieb ich stehen. Jetzt war kein Rascheln mehr zu hören. Also hatte er wohl einen größeren Vorsprung herausgeholt. Oder er versuchte es auf die linke Tour und schlich zurück, um mir eine Falle zu stellen.

Hinter der nächsten Maisreihe stieß ich auf eine ungefähr traktorbreite Schneise, die sich einmal über das gesamte Feld zog. Beide Enden lagen im Dunkeln.

Mit angehaltenem Atem blieb ich stehen, und plötzlich hörte ich Schritte und hektisches Rascheln, und zwar aus der Richtung, aus der ich gekommen war.

Ich riss die Pistole herum und drückte ab. Erst im letzten Moment gelang es mir, den Lauf hochzureißen, sodass die Kugel nach oben flog und die Maisblätter zerfetzte – knapp über Joes Kopf.

»Herr im Himmel!«

»Tut mir leid«, entschuldigte ich mich. »Ich dachte, du wärst jemand anders.«

Er hatte offenbar seine Hose und seine Schuhe gefunden.

»Wo ist er hin?«, fragte Joe.

Frustriert schüttelte ich den Kopf.

»Keine Ahnung«, antwortete ich möglichst leise. »Wohin führt dieser Weg?«

»Vermutlich zur Straße.«

Ich drehte mich in die entsprechende Richtung, machte einen Schritt und ächzte schmerzerfüllt. Mein Bein gab unter mir nach, und Joe fing mich auf. Langsam ließ er mich zu Boden gleiten.

Nachdem er ein Feuerzeug aus seiner Hosentasche gezogen hatte, untersuchte er im Schein der kleinen Flamme meine Füße. Links war die Fußsohle zerkratzt und schmutzig, rechts hingegen voller Blut. In der Ferse klaffte ein knapp drei Zentimeter langer Schnitt.

Ich stieß einen ergebenen Seufzer aus. Noch eine Narbe für meine Sammlung.

Kapitel 34

JOE HOB MICH hoch und trug mich über die Felder zurück zum Haus. Doc und Ms. Pentecost warteten im Hof auf uns. Zu meinem Glück hatte ich mir die Zeit genommen, Joes Hemd zuzuknöpfen – und zu meinem noch größeren Glück war es lang genug, um die entscheidenden Stellen zu bedecken.

Mein Boss hatte anscheinend im Bett gelegen, aber nicht wirklich geschlafen und war durch unsere Schreie und den Schuss alarmiert worden. Als sie nun ohne Stock auf uns zu humpelte, sah sie aus, als wäre sie einem Schauerroman entsprungen; ihr Nachthemd leuchtete weiß im blassen Mondschein. Für Hausschuhe hatte es noch gereicht, allerdings nicht für ihr Glasauge, sodass eine Augenhöhle leer und dunkel war.

»Wir hatten einen nächtlichen Besucher«, erklärte ich ihr, als Joe mich auf die Füße stellte. »Und er hat sich an Joes Motorrad zu schaffen gemacht.«

»Und du hast ihn über ein Feld voller Glasscherben verfolgt?«, erkundigte sie sich, während sie meinen Fuß untersuchte.

»War vermutlich ein spitzer Stein«, wiegelte ich ab. »Ich hätte ja Schuhe angezogen, aber ich habe mir vorhin einen Absatz abgebrochen. Im Gesicht eines Schurken.«

Das brachte mir einen beredten Blick von ihr ein, doch sie verschob sämtliche Fragen auf später.

Joe half mir unter Ms. Ps Führung ins Haus, während Doc wieder einmal den Erste-Hilfe-Kasten holte.

»Du solltest dein Motorrad kontrollieren«, riet ich Joe. »Nachsehen, was dieser Typ damit angestellt hat.«

Joe ging hinaus, und gleichzeitig kam Doc mit seinem gut ausgestatteten Verbandskasten und einigen feuchten Handtüchern herein.

»Vielleicht sollten Sie Officer Engle besser begleiten«, wies Ms. P ihn an, während sie ihm die Sachen abnahm. »Der Übeltäter könnte noch in der Nähe sein. Ich denke, ich kann mich auch allein um ihre Verletzungen kümmern.«

»Sind Sie sich sicher?«, fragte er. »Es mag eine Weile her sein, aber eine gerade Naht kriege ich auf jeden Fall noch hin.«

Ms. P gab sich alle Mühe, sich ihre Ungeduld nicht anmerken zu lassen.

»Ich habe schon öfter Wunden versorgt«, versicherte sie ihm. Dann nahm sie eines der Handtücher und wischte damit das Blut von meinem Fuß.

Er hatte begriffen. »Alles klar. Wenn Sie irgendetwas brauchen, rufen Sie mich einfach.«

Sobald er weg war, berichtete ich so kompakt wie möglich von den Ereignissen des Abends. Den Mittelteil ließ ich aus, doch die Tatsache, dass ich lediglich ein Männerhemd trug, half ihr sicher dabei, die entsprechenden Schlüsse zu ziehen.

Ich unterbrach mich nur einmal, als sie eine Nadel und eine Rolle Nylonfaden hervorholte.

»Haben Sie das wirklich schon mal gemacht?«, hakte ich nach.

»Ich habe Mrs. Campbell mehrmals dabei zugesehen«, erklärte sie, während sie den Faden durch das Nadelöhr schob. »Es ist eine ganz einfache Technik, und meine Hände scheinen heute Abend ziemlich ruhig zu sein. Und nun setze deinen Bericht fort und versuch, dich möglichst wenig zu bewegen.«

Ich schaffte es, die Sache durchzustehen, ohne auf allzu viele Schimpfwörter zurückgreifen zu müssen. Als mein Bericht abgeschlossen war, hatte Ms. P sieben feine Stiche gesetzt. Wenn man nicht zu genau hinsah, hätte man meinen können, ich wäre von einem Profi genäht worden.

»Gar nicht schlecht«, gab ich zu. »Dr. Kildare wäre stolz auf Sie.«

Ich hoppelte nach oben in mein Zimmer und zog eine Hose und eine Bluse an, da Joe sein Hemd ja sicher irgendwann zurückhaben wollte. Als ich wieder nach unten humpelte, hatten Doc und er sich ebenfalls wieder eingefunden.

»Es waren die vorderen Bremsen«, erklärte uns Joe. »Die Leitung war halb durchgeschnitten.«

»Nur halb?«, wunderte sich Ms. P.

»Mäßige Belastung hätte sie vermutlich noch ausgehalten, aber bei allem anderen wäre sie gerissen.«

»Zum Beispiel in einer dieser Kurven auf der Landstraße, bei fünfzig Meilen pro Stunde?«, riet ich.

Joe nickte.

»Denkst du, das war Leroy, den du da gesehen hast?«, fragte er mich.

»Möglich wäre es. Aber es hätte genauso gut eine Frau sein können. Ich konnte wirklich nicht viel sehen. Luke war es aber eindeutig nicht. Diese Gestalt war deutlich kleiner.«

»Wir werden das, zusammen mit euren Abenteuern im Pig's Hole, bei Chief Whiddle melden müssen«, stellte Ms. P fest.

Joe, der gerade dabei war, sein Hemd zuzuknöpfen, blickte angestrengt zu Boden und trat verlegen von einem Fuß auf den anderen.

»Falls es Ihnen … äh … nichts ausmacht …«

Und auch hier zeigte sich wieder: Mein Boss ist nicht blöd.

»Miss Parkers Beteiligung an der Geschichte lässt sich zwar nicht unter den Teppich kehren«, betonte sie, »doch wo genau sie sich zu diesem Zeitpunkt befunden hat, ist wohl noch nicht abschließend geklärt.«

»Ich habe auf der Veranda gesessen«, sagte ich sofort. »Um frische Luft zu schnappen, weil ich nicht schlafen konnte. Da habe ich gesehen, wie jemand aus der Scheune kam, und habe die Verfolgung aufgenommen. Et cetera et cetera.«

Joe nickte dankbar.

Hinter ihm riss Doc erstaunt die Augen auf, da er anscheinend erst jetzt gedanklich Anschluss gefunden hatte. »Oh, ihr zwei wart … Oh.«

Wäre ich nicht bereits knallrot im Gesicht gewesen, hätte ich das nun sicher nachgeholt.

Joes Blick wanderte zu der Uhr auf dem Kaminsims. Es war kurz nach vier. »Chief Whiddle ist ein Frühaufsteher. Ich werde auf die Wache fahren und ihn anrufen, und dann fange ich schon mal mit dem Papierkram an. Sobald das erledigt ist, können wir zum alten DeCambre fahren und herausfinden, ob Leroy oder Luke dort aufgetaucht sind.«

»Wir sehen uns dann auf der Wache«, entschied ich, »und nicht vergessen: *Willowjean*, in einem Wort. Und Parker so, wie man es spricht.«

Joe verschwand. Durch das Fenster beobachtete ich, wie er den Streifenwagen die Einfahrt hinunter und Richtung Stadt lenkte.

»Dann kann ich ja auch schon mal Kaffee aufsetzen«, beschloss Doc und ging Richtung Küche. »Wird ja eh keiner mehr schlafen gehen.«

Ms. P und ich, nun beide gehbehindert, zogen uns in ihr Schlafzimmer zurück. Sie nahm die eine Seite des Bettes, ich die andere, und wir legten unsere kaputten Füße hoch.

»Müssen wir uns noch darüber unterhalten, dass ich in Eigenregie zum Pig's Hole gefahren bin?«, begann ich.

Sie schüttelte den Kopf. »Du warst bewaffnet und in Begleitung eines Polizeibeamten. Und am Ende hattest du lediglich einen kaputten Schuh, dafür aber äußerst interessante Informationen. Die Auseinandersetzung mit Luke DeCambre war unglücklich, aber unvermeidbar.«

Aber war sie das wirklich gewesen? Oder hatte ein Teil von mir es auf einen Kampf angelegt?

Ms. Pentecost registrierte mein Zögern.

»Gibt es vielleicht etwas anderes, worüber wir uns unterhalten sollten?«

»Ich weiß nicht«, sagte ich mit einem schweren Seufzen. »Frieda hat da so etwas gesagt … Und als ich heute

Val besucht habe, hat der mich ziemlich ins Grübeln gebracht.«

»Darf ich fragen, worum genau es ging?«

»Die beiden waren sich ziemlich einig darin, dass ich unterschwellig voller Zorn sei. Dass ich mich bei vielen meiner Handlungen von Wut lenken lasse. Und Frieda … na ja, sie ist der Meinung, dass mich das irgendwann umbringen wird. Dass es mich innerlich auffressen wird oder so.«

Ich zerrte an einer meiner verknoteten Locken.

»Vielleicht haben die beiden gar nicht mal so unrecht«, fuhr ich fort. »Immer wieder muss ich daran denken, wie oft ich anderen wehgetan habe. Oder ihnen wehtun wollte. Wie oft ich ohne nachzudenken zur Pistole oder zum Messer gegriffen habe. Wie gut sich das angefühlt hat. Das ist doch irgendwie nicht normal, oder?«

»Möchtest du denn überhaupt normal sein?«, fragte Ms. P.

»Eigentlich nicht.«

»Wovor fürchtest du dich dann?«

Es dauerte eine Weile, bis ich ihr antwortete. Was nicht daran lag, dass ich nicht gewusst hätte, was ich sagen sollte. Doch es war nicht so einfach, die Worte aus meinem Inneren hervorzuholen und über die Lippen zu bringen.

»Dass ich … in gewisser Weise … wie mein Vater sein könnte«, sagte ich schließlich. »Er war wütend. Er war immer wütend. Wegen allem und jedem. Und er hat auch gerne seine Fäuste eingesetzt. Bestimmt war er nicht schon immer so, zumindest glaube ich das nicht. Er ist irgendwann so geworden. Aber was ist, wenn …

keine Ahnung … wenn ich das irgendwie von ihm geerbt habe? Eben das, was in ihm drin war und dafür gesorgt hat, dass er so wurde. Es hat ihn zerfressen. Natürlich hat er es hauptsächlich an meiner Mutter und mir ausgelassen, aber ich weiß heute auch, dass es ihn innerlich aufgefressen hat.«

Nun brauchte Ms. P eine Weile, bis sie mir antwortete. Schließlich rollte sie sich auf die Seite und sah mich mit ihrem gesunden Auge an.

»Du hast viele Facetten, Will. Aber keine von ihnen ist wie dein Vater. Zweifelsohne hat er dir in vielerlei Hinsicht und unwiderruflich seinen Stempel aufgedrückt, aber du verfügst über entscheidende Eigenschaften, die ihm fehlten: Mitgefühl, Verständnis und eine Zielstrebigkeit, die weit über das hinausgeht, was du dir für dich selbst wünschst. Und genau deshalb wirst du dich nicht von deinem Zorn auffressen lassen, davon bin ich überzeugt. Noch dazu hast du ihn nun identifiziert. Du bist dir seiner bewusst und kannst umso mehr dafür sorgen, dass das nicht geschieht.«

Mit ihren schlanken Fingern zupfte sie am Saum ihres Nachthemds. Als sie noch etwas hinzufügte, geschah das so leise, dass ich sie kaum verstand.

»Ich bin ebenfalls wütend.«

Genauso leise fragte ich: »Wegen der Krankheit?«

Sie stieß ein humorloses Lachen aus.

»Oh ja! Aber da gibt es noch so viel mehr. Und auch wenn es nicht nett klingt: Hin und wieder empfinde ich Zorn als äußerst hilfreich. Er treibt mich an, wenn es eigentlich leichter wäre aufzugeben. Er ist eine unschöne Triebfeder bei vielem, was ich tue.«

Schaudernd holte sie Luft; wie ein Schwimmer, der nach einem langen Tauchgang an die Oberfläche zurückkehrt.

»Es ist auch nicht immer schlecht, seinen Zorn zu zeigen«, fuhr sie dann fort. »Manchmal ist es nützlich, wenn andere dich fürchten. Solange es die Richtigen trifft.«

Wir würdigten diese Schlussbemerkung mit einem wohlverdienten Moment des Schweigens, dann machten wir uns an die Arbeit.

»War ja ein ziemlich geschäftiger Abend«, meinte ich, während ich mich an das Kopfteil des Bettes lehnte. »Man hat versucht, mich umzubringen – gleich zweimal. Sicher kein Rekord, den ich überbieten möchte. Würde es Ihnen eigentlich etwas ausmachen, Ihr Glasauge einzusetzen?«

»Es ist tatsächlich einiges passiert«, stimmte sie mir zu und griff nach dem Auge, das auf einem gefalteten Taschentuch auf ihrem Nachttisch lag. »Allerdings halte ich deine Rechnung für falsch.«

Geschickt hielt sie das Glasauge vor die leere Augenhöhle, legte den Daumen darauf und drückte. Es folgte ein Geräusch, das eine Mischung aus Ploppen und Schlürfen war und jedes Mal wieder dafür sorgte, dass mich ein kalter Schauer überlief.

»Welche Rechnung?«

»Dass es zwei Anschläge auf dein Leben gegeben hat. Einer ist unbestritten: der Angriff von Luke DeCambre. Und dann hat eine zweite Person die Bremsen von Officer Engles Motorrad manipuliert.«

»Genau«, sagte ich mit einem Nicken. Dann … »Oh. Richtig.«

Joes Motorrad. Joes Bremsen. Es war ein Anschlag auf *Joes* Leben gewesen.

»Tut mir leid«, entschuldigte ich mich. »Es war ein anstrengender Abend. Mein Gehirn hängt dem Rest immer noch ein wenig hinterher.«

Ich dachte darüber nach, was das bedeuten konnte.

»Dann muss es Leroy gewesen sein«, folgerte ich. »Joe muss ihn aufgeschreckt haben.«

»Inwiefern?«

»Weil er ihn nach Ruby gefragt hat. Und dann hat er das mit dem Heroin herausgefunden. Also hat Leroy beschlossen, ihn zu beseitigen.«

Sie schüttelte den Kopf. »Officer Engles Beseitigung würde eine Untersuchung nicht verhindern. Wenn überhaupt, würde er dadurch nur noch mehr unerwünschte Aufmerksamkeit auf sich ziehen.«

Damit hatte sie natürlich recht. Leroy war sicherlich klar, dass Chief Whiddle es persönlich nehmen würde, wenn jemand einen seiner Officers umbrachte.

»Vielleicht hat er ja deshalb versucht, es wie einen Unfall aussehen zu lassen«, schlug ich vor. »Damit es nicht auf ihn zurückfällt?«

»Auch dann wäre es eine irrationale, nutzlose Aktion.«

»Die Gefängnisse sind voll von irrationalen, nutzlosen Menschen«, hielt ich dagegen.

Ms. P wiegte nachdenklich den Kopf. Vielleicht, vielleicht auch nicht.

»Es gibt da gewisse Ungereimtheiten, die mir Kopfzerbrechen bereiten«, gestand sie.

Aus reiner Höflichkeit wartete ich drei Sekunden, bevor ich den Köder schluckte.

»Um welche Ungereimtheiten geht es genau?«

Sie reckte einen Finger in die Höhe.

»Jemand tötet Ruby Donner, indem er sie von hinten ersticht. Eine schnelle, brutale Tat an einem Ort, wo man jederzeit erwischt werden kann.«

Zweiter Finger.

»Jemand verübt einen Brandanschlag auf den Zirkus – mitten in der Nacht, wo er nur schwer entdeckt werden kann, und mit minimalem Effekt. Wäre der Täter weiter vorgedrungen oder hätte er einen günstigeren Ort gewählt, hätte er wesentlich mehr Schaden anrichten können. Was er bewusst nicht getan hat. Oder er hat sich nicht getraut.«

Dritter Finger.

»Jemand manipuliert die Bremsen von Officer Engles Motorrad. Nehmen wir einmal an, der Täter wusste nicht, dass ihr euch dort aufhaltet; dann hat er wieder darauf geachtet, möglichst nicht erwischt zu werden.«

Ich begriff, worauf sie hinauswollte.

»Er deeskaliert«, folgerte ich. »Erst ein Mord, dann versuchte Brandstiftung, dann … keine Ahnung. Versuchter Mord, und das ziemlich halbherzig.«

Einen Moment lagen wir schweigend da und dachten nach. Schließlich nahm ich den Faden wieder auf.

»Und wenn es zwei Täter sind?«, überlegte ich. »Brüder vielleicht. Ein sehr gewaltbereiter, der andere eher vorsichtig.«

»Motiv?«

»Leroy trifft zufällig auf Ruby, oder vielleicht hat er sie auch gezielt aufgesucht. Er möchte herausfinden, ob sie heute williger ist als während ihrer Teenagerzeit. Erst lockt er sie mit Drogen, aber sie ist nicht interessiert und lässt ihn abblitzen. Droht damit, ihn anzuschwärzen. Leroy erzählt es Luke, der die Sache daraufhin selbst in die Hand nimmt. Alles, was danach kam, sind Leroys Versuche, den Schlamassel zu beseitigen.«

»Und warum hatte sie vor, sich deswegen an Mr. Halloway zu wenden?«

»Er ist ihr Boss. Sie vertraut ihm. Außerdem leitet er den Zirkus, er könnte also dafür sorgen, dass Leroy draußen bleiben muss.«

Ms. Pentecost gab ein Grunzen von sich, das möglicherweise Zustimmung signalisierte. Andererseits hatte sie vielleicht auch nur Verdauungsstörungen.

»Ja, ich weiß«, konstatierte ich mit einem schweren Seufzen. »Die meisten Glieder dieser Ereigniskette sind aus heißer Luft geschmiedet.«

Erneutes Grunzen.

»Sie können gerne auch Ihren Hut in den Ring werfen«, fuhr ich fort. »Da steht schließlich Ihr Name auf den Visitenkarten.«

Ich schaute zur ihr hinüber. Sie hatte die Augen geschlossen und atmete gleichmäßig. Hätte sie nicht noch immer am Saum ihres Nachthemds herumgefingert, wäre ich wohl davon ausgegangen, sie sei eingeschlafen. Nach ungefähr einer Minute sagte sie: »Hast du unser Adressbuch mitgenommen?«

»Natürlich. Wen möchten wir denn mit einer Postkarte beglücken?«

»Ich würde gerne Agent Faraday kontaktieren. Haben wir seine Privatnummer?«

»Na klar. Zu Hause, Büro, sogar die Nummer seiner Geliebten. Falls sie nicht schon wieder umgezogen ist.«

Ms. Pentecost und ich hatten es hin und wieder mit dem FBI zu tun bekommen. Agent Faraday aus der New Yorker Zweigstelle war sozusagen unser Verbindungsmann. Man könnte ihn aber auch einfach als *Streithammel* oder *Der-mit-dem-kürzesten-Strohhalm* bezeichnen. Die Feds hielten nicht viel von örtlichen Polizeibehörden. Private Ermittler standen bei ihnen sogar noch weniger hoch im Kurs. Allerdings schuldete er uns ein paar Gefälligkeiten.

»Wozu brauchen wir denn die Typen in den Partnerlook-Anzügen?«, fragte ich.

»Heroin«, erklärte sie wenig hilfreich. »Ich möchte ihn zum Thema Heroin befragen. Vor allem dazu, wie es in diesem Teil des Landes in Umlauf gebracht wird. Dadurch bekommen wir zumindest ein klareres Bild von dem Milieu, in dem wir uns hier bewegen.«

»Gar nicht schlecht«, lobte ich. »Es könnte uns auch dabei helfen, die DeCambre-Brüder zu finden, falls sie nicht bei ihrem Großvater auftauchen.«

»Das auch, ja.«

»Nun ja, Agent Faraday wird aber wohl erst in ein paar Stunden erreichbar sein. Was machen wir in der Zwischenzeit?«

»Ich werde noch ein wenig schlafen.« Sie faltete die Hände auf der Brust und schloss die Augen. »Nur weil ich hier auf einer Farm wohne, muss ich ja nicht mit den Hühnern aufstehen.«

»Und ich?«

»Du bereitest deine Aussage bei der Polizei vor. Welche Teile unserer Ermittlungsarbeit du dabei preisgibst, überlasse ich dir. Außerdem könnte ein Bad nicht schaden.«

»Wollen Sie damit etwa sagen, ich stinke?«

»So weit würde ich nicht gehen. Aber Chief Whiddle könnte sich vielleicht darüber wundern, dass Officer Engle und du dasselbe Aftershave benutzen.«

Nein, mein Boss ist nicht dumm. Besonders feinfühlig ist sie aber auch nicht.

»Dann gehe ich mal duschen und wende mich danach dem Kaffee zu. Und Sie genehmigen sich Ihren Schönheitsschlaf.«

Kapitel 35

CHIEF WHIDDLES REAKTION als gereizt zu bezeichnen wäre eine Untertreibung. Allerdings richtete sich sein Zorn nicht gegen mich.

»Was zur Hölle hattest du draußen im Pig's Hole zu suchen? Du warst nicht im Dienst und hast dort sowieso keinerlei Befugnisse. Außerdem weißt du ganz genau, dass es da immer nur Ärger gibt.«

Offenbar war Joe in der Army regelmäßig von seinen Vorgesetzten angebrüllt worden, denn er nahm es hin, ohne mit der Wimper zu zucken.

Ich hob die Hand. Wir hatten uns alle in Chief Whiddles Büro gequetscht. Zuvor aber hatte ich mir den restlichen Dreck vom Körper gewaschen und mein bestes Sommeroutfit angelegt: weiße Leinenhose mit passender Jacke über einer Bluse, die so blau strahlte wie ein Rotkehlchenei. Außerdem hatte ich das Schenkelholster gegen ein Schulterholster getauscht und die kleine Pistole gegen meine .45er.

Damit reizte ich Chief Whiddles Gastfreundschaft vielleicht ein wenig zu sehr aus, doch nach der letzten Nacht würde ich nirgendwo mehr ohne eine Waffe hingehen, und das sollte die Welt auch ruhig erfahren.

Schließlich nahm der Chief die Schülerin in der letzten Reihe zur Kenntnis.

»Ja, Miss Parker?«

»Zum Pig's Hole zu fahren war meine Idee«, erklärte ich ihm. »Ich hatte erfahren, dass Ruby und Leroy eine gemeinsame Vorgeschichte hatten, und wollte mir den Kerl einmal ansehen.«

Whiddle sog zischend den Atem ein und stieß ihn dann explosionsartig wieder aus.

»Oh. Ich bezweifle nicht im Geringsten, dass es Ihre Idee war, Miss Parker. Immerhin ist mein Officer hier kein kompletter Idiot. Allerdings scheint er sich von einem hübschen Gesicht nur allzu leicht aus der Bahn werfen zu lassen.«

Joe und ich setzten synchron zu einem Protest an, aber Whiddle ließ uns gar nicht zu Wort kommen.

»Ich will nichts mehr hören!«

Nun startete er wieder das Brüllprogramm. Als er kurz Luft holte, gelang es mir, ein paar Worte einzuschieben.

»Es war vielleicht nicht der cleverste Schachzug, aber wir haben dabei eindeutig in ein Hornissennest gestochen, von dessen Existenz Sie noch nichts wussten.«

Whiddle wollte mir widersprechen, aber diesmal war ich es, die ihn nicht zu Wort kommen ließ.

»Und ob es Ihnen nun gefällt oder nicht, Sie müssen der Sache nachgehen. Wir müssen Leroy und Luke DeCambre erwischen, bevor sie vollkommen von der Bildfläche verschwinden.«

Nun streckte er seinen kräftigen Nacken, indem er den Kopf hin- und herrollte. Dabei löste er wieder diese unschönen Knack- und Knirschgeräusche aus.

»Selbstverständlich müssen wir sie finden«, sagte er. »Immerhin haben sie Sie angegriffen. Und sie verkaufen Betäubungsmittel. Höchstwahrscheinlich haben sie auch versucht, unseren Joe umzubringen. Also, Miss Parker: Ja, falls sie sich innerhalb meines Zuständigkeitsgebiets aufhalten, werde ich sie aufspüren. Und falls nicht, werde ich mit dem Bezirkssheriff oder der Virginia State Police zusammenarbeiten, um an sie heranzukommen. Denn das ist meine Aufgabe als Polizist.«

Er beugte sich vor und fixierte mich mit seinen Schweinsäuglein.

»Und wenn ich das richtig verstanden habe, besteht Ihre Aufgabe darin, Ihren Freund vom Haken zu holen, dem immer noch die Ermordung von Ruby Donner zur Last gelegt wird. Also, was habe ich verpasst? Warum sind Sie dort rausgefahren?«

Joe übernahm die Antwort für mich.

»Leroy hat Ruby früher einmal eine Zeit lang belästigt. Und seitdem hat er eine ganze Akte voll –«

»Ich kenne seine Akte, mein Junge. Ich habe sie größtenteils selbst angelegt«, unterbrach ihn Whiddle. »Und nun möchte ich von Miss Parker wissen, warum sie wirklich hinter ihm her war.«

Damit wandte er sich wieder an mich.

»Wegen einer Highschool-Romanze? Das kaufe ich Ihnen nicht ab. Außerdem würde ich gerne wissen, warum Sie zu Mrs. Gibson gegangen sind und sie ausgehorcht haben. Und warum Sie dabei so gezielt das Thema Drogen angesprochen haben.«

Joe drehte sich zu mir um, nun ebenfalls mit fragender Miene.

»Wir haben die Erfahrung gemacht, dass Drogenkonsum ein verlässlicher Indikator für weitergehendes kriminelles –«

»Ich weiß, was Sie Ruth erzählt haben. Haben Sie wirklich geglaubt, sie würde das nicht eins zu eins an mich weitergeben? Nur kaufe ich Ihnen das nicht ab. Das klingt wie ein wirrer Schuss ins Blaue, und so etwas tut Lillian Pentecost nicht.«

Verdammt.

Ms. Pentecost hatte gemeint, ich solle selbst entscheiden, wie viel ich preisgab, und mein Gefühl sagte mir, dass nun der Zeitpunkt gekommen war.

»In Rubys Wohnwagen wurde Heroin gefunden. Ungefähr so viel, wie man für einen Schuss braucht.«

Whiddle und Joe sahen erst einander an, dann wieder mich.

»Also, bei unserer Durchsuchung war da nichts«, sagte Whiddle dann.

»Rubys Kollegen haben den Wohnwagen ausgeräumt, bevor Sie gekommen sind. Sie dachten, so könnten sie ihren Ruf schützen.«

Der Polizeichef stieß eine Reihe von Wörtern aus, die ich in dieser Kombination noch nie gehört hatte. Allerdings konzentrierte ich mich auf Joe. Er sah verblüfft aus. Doch noch deutlicher war ihm anzusehen, wie betrogen er sich fühlte.

Whiddle war meinem Blick gefolgt.

»Du hast das nicht gewusst?«, fragte er seinen Officer.

»Nein, Sir, ich wusste es nicht.«

Wieder an mich gerichtet, fragte Whiddle weiter: »Und Sie haben diese Information für sich behalten, weil …?«

»Weil ich ebenfalls ihren Ruf schützen wollte.«

»Was für ein Schwachsinn!«, fauchte er mich an. »Dieses Mädchen hatte keinen Ruf, den man hätte schützen müssen.«

»Und um ehrlich zu sein«, fügte ich gepresst hinzu, »hatte ich nicht den Eindruck, als wären Sie sonderlich an alternativen Tattheorien interessiert.«

Wütend fuhr er sich mit der Hand durch die silberne Haarpracht.

»Ich bin durchaus bereit, jede vernünftige Theorie in Betracht zu ziehen, die man mir vorträgt. Aber dafür muss ich Kenntnis von sämtlichen – und damit *meine* ich sämtlichen – Beweismitteln haben. Wobei ich mir in diesem Fall nicht einmal sicher bin, ob ich den Fund überhaupt als Beweismittel ansehen kann, nachdem er durch wer weiß wie viele Hände gegangen ist. Vor Gericht ist das verdammt noch mal wertlos.«

Nur zu gerne hätte ich ihm widersprochen, konnte es aber nicht. Er hatte recht. Indem wir den Fund in Rubys Wohnwagen geheim gehalten hatten, hatten wir allein unseren Zwecken gedient, aber nicht dem Gesetz.

»Ich kann Ihnen die Namen der Personen geben, von denen die Sachen aus dem Wohnwagen gebracht wurden.«

»Und wie Sie das tun werden«, schnaubte er. »Sie werden sich jetzt hier hinsetzen und jedes noch so kleine Detail zu Papier bringen: Wer das Zeug gefunden hat, wie es in Ihren Besitz gelangt ist und alles andere, was Ihr Boss und Sie uns verschwiegen haben. Und *falls* mich diese Auflistung zufriedenstellt, sehe ich vielleicht davon ab, Sie wegen Behinderung der Justiz anzuzeigen.«

Inzwischen war er knallrot im Gesicht, wobei meine

Wangen sicher nicht viel heller waren. Der Einzige hier, der sich farblich nicht einer Tomate angenähert hatte, war Joe. Im Gegenteil, er sah blass und elend aus. Was ich ihm nicht verdenken konnte. Gefangen zwischen seinem Boss und seiner … Kurzzeitliebelei? Denn eine Verlängerung des Ganzen stand jetzt sicher nicht mehr auf der Agenda.

»Joe, in der Zwischenzeit wirst du Mrs. Gibson bitten, die Liste unserer Reservisten abzutelefonieren. Ich gehe zu Als Werkstatt rüber und rede mit Martha, um herauszufinden, wie lange sie ihren Stoff schon bei Leroy kauft. Dann fahren wir zu Homer und sehen nach, ob seine Enkel sich dort verstecken. Außerdem solltest du Lieutenant Connolly anrufen und ihm sagen, dass er ein paar seiner Leute von der State Police losschicken muss, damit sie sich im Pig's Hole umsehen. Ach, und Sheriff Bowser rufst du besser auch gleich an. Auch wenn er natürlich keinen Finger rühren wird. Der Mann geht ja nicht mal pissen, wenn es ihm keine Wählerstimmen bringt.«

»Wie stehen die Chancen, die DeCambre-Brüder zu finden?«, fragte ich.

»Leroy ist eine Nummer klüger als der Durchschnittsverbrecher«, gab Whiddle zu bedenken, »aber er hat sein gesamtes Leben in einem Fünfmeilenradius um diese Stadt verbracht. Und der Mensch tendiert dazu, sich an Vertrautem festzuhalten.«

Damit stand der Chief auf und nahm seinen Hut von dem Garderobenständer, der in eine Ecke gezwängt worden war.

»Aber darüber müssen Sie sich sowieso keine Gedanken machen, Miss Parker«, betonte er. »Sie werden sich jetzt einzig und allein darauf konzentrieren, eine vollständige und absolut wahrheitsgetreue Aussage zu verfassen. Danach werden Sie zur Farm der Donners zurückkehren und Ihrem Boss von mir ausrichten, dass Sie in Stoppard nicht länger willkommen sind. Und nun entschuldigen Sie uns, wir müssen einen Suchtrupp organisieren.«

Kaum war diese abschließende Drohung ausgesprochen, stapfte er aus dem Büro. Joe folgte ihm, warf mir vorher aber noch einen langen Blick zu. Kurz sah es so aus, als wollte er etwas sagen, dann aber entschied er sich dagegen und ging schweigend hinaus.

Ich holte mir einen Notizblock vom Schreibtisch des Chiefs und fing an, meine Aussage aufzuschreiben, wobei ich genau schilderte, wer wann was in Rubys Wohnwagen entdeckt hatte. Frieda würde sauer auf mich sein, aber sie würde darüber hinwegkommen. Immerhin hatte sie es selbst gesagt: Ich war jetzt eine Detektivin.

Als ich ungefähr die Hälfte geschafft hatte, stellte ich fest, dass ich große Teile meiner Aussage in Kurzschrift verfasst hatte. Also ging ich zu Mrs. Gibson und bat darum, ihre Schreibmaschine benutzen zu dürfen, was sie mir tatsächlich gestattete. Sie bot mir sogar einen Kaffee an.

»Glauben Sie wirklich, dass Leroy DeCambre etwas mit Rubys Ermordung zu tun hat?«, fragte sie mich, als sie mir einen Becher von dem Gebräu mit dem typischen Polizeiaroma brachte.

»Wie Sie so richtig festgestellt haben, ist das hier eine kleine Stadt«, antwortete ich. »Hier gibt es nicht viele

Verbrechen. Da fällt es schwer zu glauben, dass Rubys Ermordung nicht mit Leroys Nebentätigkeiten in Verbindung stehen soll. Vor allem, wenn man ihre gemeinsame Geschichte bedenkt.«

Mrs. Gibson legte sich auf keine Antwort fest, sondern nickte nur nachdenklich. Mehr konnte ich unter diesen Umständen wohl auch nicht erwarten.

Als ich fertig war, las ich alles noch einmal durch, nahm ein paar handschriftliche Korrekturen vor und unterschrieb das Ganze. Dann ging ich in den Zellentrakt hinunter, um nach Val zu sehen.

Er sah noch genauso aus wie am Vortag, also nicht gerade berauschend. Ich schilderte ihm grob zusammengefasst, was in den letzten vierundzwanzig Stunden passiert war.

»Und du glaubst, dieser Mann oder sein Bruder hat … Ruby umgebracht?«, fragte er mich.

Irgendwie bekam ich diese Frage jetzt ständig zu hören. Und auch Val beantwortete ich sie mit dem Standardhinweis, dass ich an eine zufällige Überschneidung der Ereignisse nicht glauben wollte.

»Hoffentlich kriegen sie ihn«, meinte Val. »Hoffentlich kriegen sie ihn und stecken ihn dann hier zu mir rein. Ich würde schon rausfinden, ob er es war.«

Sein Blick verriet mir, dass dies keine leere Drohung war. In diesem Moment war er wieder ganz der Messerwerfer aus meiner Erinnerung.

Kapitel 36

ALS ICH ZUM Farmhaus zurückkam, was es schon Mittag. Doc war im Majestic, um ein paar Instandhaltungsarbeiten zu erledigen, zumindest hatte er es so auf dem Zettel erklärt, der an der Haustür hing. Mein Boss war wach, lag aber noch im Bett, gestützt von einem Haufen Kissen. Ihr Haar umrahmte ihren Kopf wie ein braunsilberner Heiligenschein.

Ich brachte sie auf den neuesten Stand.

Meine Entscheidung, Whiddle in alles einzuweihen, segnete sie sofort ab. Und auch seine Drohung, uns aus der Stadt zu jagen, brachte sie nicht weiter aus der Ruhe. Bei mir sah das allerdings anders aus.

»Wir sind hier doch nicht im Wilden Westen, und Whiddle ist nicht Wild Bill Hickok. Er kann nicht darüber entscheiden, wer geht und wer bleibt.«

»Nein, das kann er nicht«, gab Ms. P zu. »Aber er kann sehr wohl darüber entscheiden, ob wir wegen Behinderung der Justiz angezeigt werden oder wegen Behinderung einer Mordermittlung oder wie auch immer der entsprechende Absatz im Gesetzbuch von Virginia es auch nennen mag.«

Da musste ich ihr recht geben.

»Und von einer Gefängniszelle aus kann man unmöglich einen Mord aufklären«, stellte ich fest.

»Nun unmöglich wäre es nicht«, widersprach sie mir, »aber es würde die Sache unnötig verkomplizieren, weshalb wir es tunlichst vermeiden sollten.«

»So wie Whiddle es gesagt hat, klang es, als hätten wir nur noch Zeit, bis er von seiner Suche nach den DeCambre-Brüdern zurückkommt. Das wäre wohl heute Abend, allerspätestens morgen früh.«

»Wir haben also noch acht bis sechzehn Stunden Zeit, um den Fall zu lösen«, fasste Ms. P zusammen.

»Na klar.« Übertrieben lässig wedelte ich mit der Hand. »Lösen wir den Fall doch einfach. Als hätten wir das nicht längst versucht.«

Sie lehnte sich in die Kissen und blickte mit ihrem guten Auge aus dem Fenster, hinter dem das leere Feld, der Hain und das Zirkusgelände zu sehen waren.

Ich nutzte die Gelegenheit, um sie mir genau anzusehen. Ihre Tränensäcke waren geschwollen, während das übrige Gesicht viel zu schmal erschien. Aber sie war erwachsen und konnte selbst auf sich aufpassen, und ich hatte längst begriffen, dass übertriebene Fürsorge meinerseits keinem von uns sonderlich guttat.

Also lehnte ich mich nun schweigend an den Schrank und säuberte meine Nagelhaut. Sechs von zehn Fingern waren abgearbeitet, als sie schließlich sagte: »Haben wir nicht.«

»Wir haben was nicht?«

»Es versucht. Wir haben nur auf einzelnen Hinweisen herumgekaut.«

»Wobei man zu unserer Verteidigung vorbringen könnte, dass es auch nicht allzu viele davon gab. Und dass wir noch keine drei Tage hier sind.«

»Schon zu lang. Und durch die Verzögerung bist du in Gefahr geraten. Hätte ich nicht gerade erst den Sendak-Prozess hinter mir gehabt …« Ungeduldig winkte sie ab. »Ausreden dieser Art sind unter unserem Niveau. Noch reicht die Zeit, um ein ordentliches Stück auf die Bühne zu bringen.«

Ich hatte keine Ahnung, wovon sie sprach. Einige unserer verzwicktesten Fälle hatten uns über mehrere Wochen beschäftigt. Teilweise sogar monatelang. Doch ich verkniff mir jeden Kommentar und stellte nur die offensichtliche Frage: »Gibt es denn auch ein Skript für dieses Bühnenstück?«

»Zunächst gehst du bitte zu Mr. Halloway und fragst ihn nach dem Namen des Anwalts, der diesen Fonds verwaltet, aus dem die Zahlungen des anonymen Wohltäters stammen.«

»Denken Sie vielleicht, Big Bob lässt sich kaufen?« Natürlich war ich skeptisch.

»Ich denke, ich wüsste gerne den Namen dieses Anwalts.«

»Und was kommt in der nächsten Szene?«

»In der nächsten Szene ziehe ich mich an und kümmere mich um meine Haare.« Sie schob sich an die Bettkante und stellte prüfend den verletzten Fuß auf den Boden. »Auch wenn ein Großteil unserer heutigen Arbeit am Telefon verrichtet wird, muss man dabei ja nicht wie ein Protagonist von Dickens aussehen.«

*

Die erste Szene lief reibungslos ab. Big Bob war nicht in seinem Wohnwagen, also musste ich mich auf die Suche machen. Montags blieb der Zirkus geschlossen, doch es war trotzdem eine Menge los. Fahrgeschäfte wurden gewartet, Tiere gefüttert, und die Künstler belegten in halbstündigen Schichten die beiden Zelte, um zu trainieren.

Irgendwann stieß ich auf Ray, der eine Schubkarre mit angekokeltem Holz aus dem Spektakulum schob. Er schien wohlauf zu sein, allerdings hatte ihn das Feuer eine halbe Augenbraue gekostet, sodass er nun leicht fragend in die Welt blickte.

»Schön zu sehen, dass du wieder fit bist«, stellte ich fest.

»Dank dir. Wärst du nicht da hochgekommen und hättest mich rausgeholt, wäre ich … Ich möchte gar nicht daran denken. Ich weiß nicht, wie ich das je wiedergutmachen kann.«

Mit meinem allerbescheidensten Achselzucken sagte ich: »Mach dir da mal keinen Kopf. Wie geht es mit den Aufräumarbeiten voran?«

»Mein Zimmerchen ist im Prinzip futsch«, erklärte er mir. »Auf den eigentlichen Wagen hat das Feuer nicht übergegriffen, aber das Löschwasser ist bis nach unten durchgetropft. Ein paar Taranteln sind ertrunken.«

»Das tut mir leid.«

Ray lächelte gezwungen. »Wir kommen schon zurecht. Morgen mache ich wieder auf. Spätestens am Mittwoch.«

Ich versicherte ihm, wie sehr mich das freute, und fragte dann, wo ich Big Bob finden könne. Er schickte mich zum Fresszelt und ging dann weiter, um seine Schubkarre zu leeren.

Ich fand den Zirkusbetreiber auf einer Bank an einem der Picknicktische, vor sich ein halbes Dutzend vollgekritzelte Kalenderseiten. Er trug Zivilkleidung – also seiner Größe angepasste Jeans und ein fleckiges Hemd mit dem aufgestickten Schriftzug Tony auf der Brusttasche. Eine schwarze Strähne hatte sich aus seinem Pferdeschwanz gelöst und hing ihm ins Gesicht.

»Wer ist Tony?«

Überrascht blickte er von seinem Planungschaos auf.

»Wer?«

»Egal. Mein Boss möchte wissen, wie der Anwalt heißt, der diesen Fonds verwaltet. Du weißt schon, das Geld, das H & H die Butter auf dem Brot sichert. Der war bei den Finanzunterlagen, die du ihr gegeben hast, nicht dabei.«

»Das ist eine Kanzlei ... Alcorn, Dingens und Dingens. Die Adresse steht in meinem schwarzen Notizbuch, liegt auf der Kommode in meinem Wagen.«

Überraschenderweise fragte er gar nicht nach, warum sie das wissen wollte. Stattdessen wandte er sich wieder seinem Kalender zu.

»Terminprobleme?«

»Ja, aber nicht von der guten Sorte.« Er schob sich die lose Strähne hinter das Ohr. »Wieder zwei feste Buchungen für nächste Saison futsch. Eine davon war Pittsburgh, deshalb ...«

Pittsburgh gehörte zu den größten Gastspielen von H & H. Das riss ein riesiges Loch in den Terminplan und natürlich auch in die Finanzen.

»Jetzt versuche ich, stattdessen drei Kuhkäffer reinzuquetschen, um das halbwegs auszugleichen. Vielleicht kriegen wir auch noch was irgendwo im Süden, auf den letzten Drücker vor Saisonende. In einer dieser Kleinstädte in Florida.«

Das klang nicht gerade so, als sollte man darauf wetten.

»Okay, also im schwarzen Notizbuch auf der Kommode. Brauche ich einen Schlüssel für deinen Wagen?«

Er schüttelte den Kopf, woraufhin die Strähne ihm wieder ins Gesicht fiel. Diesmal machte er sich nicht die Mühe, sie zurückzustreichen.

»Ist nicht abgeschlossen.«

Offenbar hörte er meine unausgesprochene Frage, denn er fügte achselzuckend hinzu: »Wir vertrauen einander.«

Das Notizbuch war leicht zu finden, und die Kanzlei hieß Alcorn, Avis und Patch, Firmensitz Chicago. Telefonnummer war keine angegeben. Ich schrieb mir alles auf und machte mich auf den Heimweg.

Dort fand ich eine frisch geschrubbte Ms. Pentecost vor. Sie hatte ihr Haar wie üblich geflochten und aufgesteckt und trug einen weiten salbeigrünen Zweiteiler über einem weißen Hemd mit Messingknöpfen. Sie hatte sogar den Verband an ihrem Fuß entfernt und weiche Lederstiefeletten angezogen.

Würde irgendjemand ihre Aufmachung zu sehen kriegen? Nein. Sah sie darin großartig aus? Absolut.

Das Telefon hing in der Küche an der Wand. Ich zog einen der Stühle dorthin und ließ meinen Boss darauf Platz nehmen. Kein Vergleich zu dem Ledersessel, von dem aus sie in unserem Büro ihre Anrufe tätigte, aber es musste reichen.

»Zuerst die Feds?«, fragte ich.

»Nein, ich denke, vorher sollten wir Sidney anrufen. Das Gespräch mit Agent Faraday könnte eine Weile dauern.«

Der Anruf bei Sid war offenbar eine aktuelle Skriptänderung, die aber nicht überraschend kam. Der ehemalige Finanzexperte der Mafia stand so tief in unserer Schuld, dass er sie wohl nie ganz würde begleichen können. Kamen bei uns knifflige Fragen auf, die etwas mit Geld zu tun hatten, wandten wir uns immer an ihn.

Da ich seine Nummer auswendig kannte, legte ich gleich los. Als in der Kellerwohnung in Queens abgehoben wurde, schallte mir nur ein nasales »Was wollen Sie?« entgegen.

Wortlos reichte ich den Hörer an meinen Boss weiter.

»Hallo, Sidney«, begrüßte sie ihn. »Ja … Ja … Gern geschehen … Ja, sicher. Ich werde Mrs. Campbell bitten, Ihnen das Rezept zukommen zu lassen. Also, Sidney, ich hätte da eine kleine Aufgabe für Sie … Nein … Nein, das dauert sicher nicht lange … Aha … Hmmmm …«

Stirnrunzelnd legte sie eine Hand auf den Hörer.

»Offenbar kreuzen heute Abend Slim Whitkins und Jimmy ›der Daumen‹ Acevedo die Stöcke. Sid hat zwei Riesen auf den Daumen gesetzt und will dabei sein, um sicherzugehen, dass er nicht abgezogen wird.«

»Billard und Wetten«, erklärte ich ihr knapp. »So wie ich Sid kenne, ist da auch noch irgendein Mädchen mit im Spiel. Sagen Sie ihm einfach, dass er damit bestimmt bis zum Eröffnungsstoß fertig ist.«

Sie hob den Hörer wieder ans Ohr.

»Sidney, ich kann Ihnen versichern, dass … ach so, Sie haben es gehört? … Gut … Oh … Tatsächlich? … Mhm. Hmmmm? … Nun, das klingt als wäre sie ganz reizend. Sidney, ich möchte, dass Sie so viel wie möglich über eine Anwaltskanzlei in Chicago herausfinden. Der Name ist Alcorn, Avis und Patch. Nichts Spezielles, einfach nur das Übliche, wobei eine Liste ihrer Klienten hilfreich sein könnte. Bitte rufen Sie mich zurück, sobald Sie etwas gefunden haben.« Sie gab ihm noch die Adresse der Kanzlei und die Telefonnummer der Farm durch, dann legte sie auf.

»Es ist tatsächlich ein Mädchen im Spiel, ihr Name ist Camilla. Laut Sidneys Aussage hat sie einige sexuelle Vorlieben, die sich perfekt mit seinen eigenen ergänzen.«

»Welch grauenhafte Vorstellung«, meinte ich. »Soll ich jetzt bei unserem Freund vom FBI durchklingeln?«

Sie nickte, und ich tippte die Zahlen ein.

Und an dieser Stelle geriet unser Bühnenstück zum ersten Mal ins Stocken, denn eine Sekretärin mit extrem näselnder Stimme erklärte mir, Faraday sei bei einem Außeneinsatz, und sie wisse nicht, wann er zurückkäme. Was rein gar nichts heißen musste, denn bei den Feds logen alle, dass sich die Balken bogen – auch die Sekretärinnen.

Ich versuchte es bei ihm zu Hause, aber da ging niemand ran. Also probierte ich es als Nächstes bei seiner Geliebten, wo ich zwar jemanden an die Strippe bekam, aber leider keine hilfreichen Auskünfte. In einem gewagten Versuch telefonierte ich dann noch einige Bars ab, die er meines Wissens nach öfter besuchte, hatte aber auch dort kein Glück.

Schließlich kehrte ich zum Anfang zurück, rief in seinem Büro an und bat die näselnde Sekretärin, ihm auszurichten, er solle sich schnellstmöglich mit uns in Verbindung setzen. Ich gab die Nummer der Farm an, allerdings nicht unsere echten Namen. Faraday wäre sicher nicht glücklich darüber gewesen, hätte sich herumgesprochen, dass er Anrufe von Lillian Pentecost bekam.

Außerdem ließ ich in der Nachricht subtil anklingen, dass er uns noch etwas schuldig war und wir es persönlich nehmen würden, wenn er sich nicht meldete. Und ich erwähnte, dass ich es auch bei ihm zu Hause probiert hatte. Und anderswo.

Sicherlich würde Faraday eins und eins zusammenzählen und zu dem Schluss kommen, dass wir – falls er uns dumm kam – alles über seine Geliebte ausplaudern würden. Was wir allerdings, das sollte hier ganz klar gesagt werden, niemals tun würden. Wir spielten schließlich fair. Außerdem hatte ich seine Geliebte einmal kennengelernt, und sie war mir wesentlich sympathischer als er.

Aber der Mensch neigt eben dazu, anderen immer die Gemeinheiten zu unterstellen, zu denen er selbst in der Lage ist. Und Agent Faraday war zu einer Menge Gemeinheiten in der Lage.

Damit endete der erste Akt unseres Bühnenstücks.

Kapitel 37

DA ICH VORERST nichts anderes tun konnte, als zu warten, kramte ich ein wenig im frisch befüllten Kühlschrank herum. Ich machte uns ein paar Roastbeef-Sandwiches und gab etwas von dem Kartoffelsalat dazu, der zumindest halbwegs genießbar aussah. Nicht zu vergleichen mit dem, was wir von Mrs. Campbell gewohnt waren, doch es erfüllte seinen Zweck.

Wir setzten uns an den Küchentisch und gingen bei dem etwas verspäteten Mittagessen die Faktenlage unseres Falls durch. Damit die Übung zumindest halbwegs sinnvoll war, betrachteten wir jede Aussage, die von mindestens zwei Personen bestätigt worden war, als feststehende Tatsache. Damit senkten wir unsere üblichen Ansprüche, was aber aufgrund der dürftigen Informationslage leider unumgänglich war.

Und wie üblich fingen wir nicht beim Mörder an, sondern beim Opfer.

Tatsache Nummer eins: Ruby Donner verließ ihre Heimat im Alter von siebzehn Jahren. Überraschend war das wohl nur für ihre Englischlehrerin und ihren Freund, der es allerdings auch nicht hatte sehen *wollen*. Außerdem fragte ich mich langsam, ob Joe wirklich zu den hellsten Kerzen im Leuchter gehörte.

Tatsache Nummer zwei: Knapp zwei Jahre später

schloss sie sich dem Zirkus an; da arbeitete sie schon fleißig daran, zur Tätowierten Schönheit zu werden. Ihr erster Schritt in diese Richtung war ein Strauß Margeriten, den sie später allerdings überstechen ließ, vermutlich aus einem spontanen Impuls heraus.

Ob das relevant war? Für Ruby sicherlich. Doch in Bezug auf ihre Ermordung schien das immer weniger zuzutreffen.

Tatsache Nummer drei: Acht Tage zuvor war sie zum ersten Mal seit ihrer abrupten Abreise nach Stoppard zurückgekehrt. Bei ihrer Ankunft war sie emotional bereits aufgewühlt, weil sie um die tote Boa Constrictor Bertha trauerte.

Am Montag half sie dabei, das Spektakulum aufzubauen, ging dann zu Doc zum Abendessen und kehrte anschließend in den Zirkus zurück.

Tatsache Nummer vier: Dienstagmorgen kam es zwischen ihr und Val zu einer Auseinandersetzung, weil sie sich in seine familiären Angelegenheiten eingemischt hatte. Laut seiner Aussage wirkte sie dabei aber extrem abgelenkt. Irgendetwas beschäftigte sie, und zwar etwas, das schwerer wog als eine tote Boa.

Tatsache Nummer fünf: Kurz vor ihrem Tod am Dienstag kam ein Mann zu ihrer Bude im Spektakulum. Diese Information hatten wir eigentlich nur von Maeve bekommen, entschieden aber, sie trotzdem als glaubwürdig einzustufen. Mein Boss stellte diesbezüglich fest: »Hätte Maeve gelogen, hätte sie die Geschichte mit mehr Details ausgeschmückt.«

Tatsache Nummer sechs: Ruby half nicht wie sonst immer bei den Vorbereitungen für die Spätvorstellung, weil sie dringend mit Big Bob sprechen musste – vermutlich über das, was sie schon den ganzen Tag beschäftigte. Und sie nahm den langen Weg durch den Ring, als sie zu ihm ging. Doch bevor sie bei ihm ankam, wurde sie von hinten erstochen.

Tatsache Nummer sieben: Kalishenko wurde kurz vor dem Mord in der Nähe des Tatorts gesehen.

Tatsache Nummer acht: Am selben Abend wurde Heroin in Rubys Wohnwagen gefunden.

Tatsache Nummer neun: An ihrem Körper waren keine sichtbaren Einstichstellen zu finden, was bewies, dass sie zumindest nicht regelmäßig Drogen nahm.

Tatsache Nummer zehn: Jemand verübte einen Brandanschlag auf den Zirkus, bei dem Rubys Banner zerstört und Ray beinahe getötet wurde.

Tatsache Nummer elf: Ein Kerl von äußerst zweifelhaftem Ruf, der Ruby während ihrer Highschool-Zeit sexuell genötigt hatte, wird dabei erwischt, wie er in seiner Bar Heroin verkauft.

Tatsache Nummer zwölf: Kurz nach dieser Entdeckung hat jemand versucht, die Bremsen an Joes Motorrad zu manipulieren.

Es gab noch einiges mehr, verschiedene kleine Details, mit denen man die Lücken füllen konnte. Aber auch hier spare ich mir das Farbband. Die werten Leser werden mir einfach glauben müssen, dass keines davon bei Ms. P oder mir eine weltbewegende Erkenntnis auslöste.

Vielmehr hatten wir beide das Gefühl, dass uns irgendetwas entging, sozusagen der Dominostein in der Mitte der Kette.

»Die Tat scheint mir nicht von langer Hand geplant

gewesen zu sein«, meinte Ms. P nachdenklich. »Mein Gespür sagt mir, dass es einen direkten Zusammenhang gab zwischen Ursache und Wirkung. Einen konkreten Moment, der Miss Donners Ermordung ausgelöst hat. Sie hat etwas gesehen. Oder etwas gesagt.«

»Und verrät Ihr Gespür Ihnen auch, was das gewesen sein könnte?« Ich streckte den Arm über den Tisch und wischte ihr mit meiner Serviette einen Senffleck vom Kinn.

Sie schüttelte den Kopf. »Eine vage Ahnung, ja, aber nichts Konkretes. Es fehlen noch Teile in diesem Puzzle, auch ein ganz entscheidendes.«

»Und an welcher Stelle muss dieses Teil eingesetzt werden?«

»Montagabend, denke ich. Oder früh am Dienstagmorgen.«

»Warum da?«

»Ihr Onkel hat ausgesagt, dass sie bei ihrem Essen am Montagabend lebhaft und fröhlich gewesen sei. Doch als Mr. Kalishenko sie am nächsten Morgen wegen des Briefes an seine Tochter zur Rede gestellt hat, war sie zu abgelenkt, um sich mit ihm auseinanderzusetzen«, erklärte mir Ms. P. »In der Zeit dazwischen muss also etwas geschehen sein. Etwas hat sich verändert. Und diese Veränderung brachte irgendjemanden zu dem Schluss, dass Ruby Donner sterben musste.«

*

Wir verbrachten noch eine ganze Stunde damit, die Geschichte auf unserer – wie Ms. P es gerne nannte –

»unermüdlichen Suche nach Klarheit« auseinanderzunehmen und wieder zusammenzusetzen.

Wir scheiterten auf ganzer Linie. Am Ende fischten wir noch genauso im Trüben wie am Anfang.

Gegen vier kam Doc zurück, doch er blieb nicht lange.

»Ich habe heute die Polster in den Sitzen geflickt«, berichtete er, »bis ich mich irgendwann gefragt habe: Warum mache ich das überhaupt? Ich habe hier über hundert Sitze, aber es sind nie mehr als zwei Dutzend davon gleichzeitig belegt. Deshalb gehe ich jetzt zum Zirkus rüber und lade Bob und seine Leute für heute Abend zu einer Gratisvorstellung ein. Das Geld ist mir schnuppe. Ich will einfach Leute in meinem Laden haben, verdammt!«

In meinen Augen war das eine großartige Idee, und das sagte ich ihm auch. Ein Vorwand, um mal vom Gelände runterzukommen, und das auch noch gratis? Ich prophezeite ihm ein volles Haus für den Abend.

Er machte sich auf den Weg, um der Zirkustruppe die Einladung zu überbringen, und Ms. P und ich wandten uns wieder unseren Puzzleteilen zu.

Ich durchstöberte angestrengt mein Gedächtnis in der Hoffnung, dass noch irgendetwas auftauchte, und tatsächlich kam mir ein Gedanke. Nachdem ich ihn noch einmal genauer untersucht hatte, sprach ich ihn laut aus: »Wir haben Vals Anwesenheit in der Nähe des Tatorts als Tatsache hingenommen, obwohl wir eigentlich nur Mysterios Aussage dazu haben. Aber wir haben noch gar nicht mit ihm gesprochen. Nur mit seiner Assistentin.«

»Am Abend der Totenfeier habe ich gefragt, ob ich mit ihm sprechen könnte«, berichtete Ms. P. »Doch Mr. Halloway sagte mir, er fühle sich nicht ganz wohl, dass er es aber zu einem späteren Zeitpunkt sicher einrichten könne.«

Das überraschte mich. Der Nedley Johnson, den ich kannte, hätte sich keine Party entgehen lassen, nicht einmal mit einer beidseitigen Lungenentzündung. Schließlich hatte man da immer die Möglichkeit, die Mädels zu begrabschen.

Warum ging er uns aus dem Weg? Ich hatte ihn bisher auch nur einmal gesehen, und zwar bei der Beerdigung. Und dann noch in diesem kurzen Moment, als Big Bob uns herumgeführt hatte, und da hatte er sogar so getan, als ob …

»Verdammter Drecksack.«

»Du hast eine Idee«, stellte Ms. P fest. Unsere Beziehung war inzwischen so weit fortgeschritten, dass sie den Subtext meiner Kraftausdrücke mühelos entschlüsseln konnte.

»Ja, aber um sie zu bekräftigen, muss ich kurz zum Zirkus rüber. Kommen Sie allein klar, wenn hier die Anrufe reinkommen?«

»Mal sehen …« Sie spähte mit halb verdrehtem Kopf zum Telefon hinüber. »Das Ding da am Ende der Schnur muss ich mir ans Ohr halten, richtig?«

Meine Antwort fiel nicht besonders taktvoll aus.

Als ich hinausging, schoss mir die Frage durch den Kopf, ob ich vielleicht langsam auf sie abfärbte. Und ob das wünschenswert war.

Kapitel 38

ICH MUSSTE AN mehrere Wohnwagen klopfen und nach Annabelle fragen, bis mir jemand den kleinen, ramponierten Wagen ganz hinten in der Reihe zeigte. Nachdem ich auch dort kurz geklopft hatte, öffnete mir die Assistentin des Magiers. Diesmal trug sie kein Kostüm, sondern einen verblichenen Morgenmantel, der in der Taille von einem Gürtel gehalten wurde – ein erstaunlich praktisches Stück, ganz anders als die flatterigen Seidendinger, die man bei den Showgirls fand.

»Was wollen Sie?«, fragte sie abweisend, verschränkte die Arme vor der Brust und stemmte die Füße in den Boden.

»Ein wenig plaudern.«

»Worüber denn?«

»Über das, was laut Ihrer Aussage an dem Abend passiert ist, als Ruby ermordet wurde.«

Wenn Blicke töten könnten.

»Was soll man da noch groß besprechen? Ich habe die Leiche gefunden und Hilfe geholt. Ich habe sie nicht angerührt. Ende der Geschichte.«

»Es geht hier aber nicht um Ihre Geschichte, sondern um die von Mysterio.«

Ich lehnte mich an den Türrahmen und flüsterte so

leise, dass es außer uns niemand hören konnte: »Er verliert seine Sehkraft, richtig?«

Mit dieser Frau würde ich sicher niemals Poker spielen.

»Kommen Sie rein«, sagte sie endlich.

Das tat ich.

Das Innere ihres Wohnwagens war mit militärischer Präzision eingerichtet. Hier wurde kein Zentimeter Platz verschwendet. Es war ihr sogar gelungen, ein Bücherregal unterzubringen. Interessiert überflog ich die Titel – jedes dieser Bücher befasste sich mit der Geschichte und den Hintergründen der Bühnenzauberei.

Ich setzte mich auf das Bett, während sie sich einen Showhocker aufbaute. Sie ließ das Gestell einrasten, damit er nicht in sich zusammenfiel, dann setzte sie sich, schlug die Beine übereinander und beugte sich vor. Irgendwie hatte sie dadurch Ähnlichkeit mit einem lauernden Raubvogel.

Hier drin gab es keinerlei Dekoration außer einem Handzettel, der an die Wand geheftet worden war. Er zeigte eine kurvige Brünette, die nichts weiter am Leib trug als ein Rüschenröckchen und zwei strategisch gut platzierte Hände.

Unter dem Bild verkündete ein grellroter Schriftzug: Die Sündhafte Sally – jeden Abend im Palm! Dazu noch ein Datum, das ungefähr zwanzig Jahre zurücklag. Vermutlich hätte ich gedacht, dass Annabelle eine Schwäche für üppig gebaute Burlesquetänzerinnen hatte, wäre mir nicht aufgefallen, dass Sallys Augen die gleiche Form und Farbe hatten wie die von Annabelle und sie auch dieses Lächeln zur Schau trug, in dem bei aller Süße immer ein Hauch Gemeinheit durchschimmerte.

»Deine Mutter?«, fragte ich.

Wieder bekam ich nur ihr Pokerface zu sehen. Doch es war eigentlich logisch: Wer schon in seiner Kindheit die Höhen und Tiefen und immer tieferen Tiefen des Showgeschäfts kennengelernt hatte, musste ja fast schon zu einem besonders käuflichen Menschen heranwachsen.

»Wie haben Sie es bemerkt?«, wollte sie wissen.

Also direkt zum Geschäftlichen, okay.

»Es waren mehrere Dinge«, erklärte ich ihr. »Zunächst einmal du selbst. Der Mysterio, den ich kannte, hat sich immer demütige und sanfte Assistentinnen gesucht. Sie mussten bereit sein, die Finger von seinen Tricks zu lassen, während er seine Finger immer überall haben durfte. Du bist anders.«

Ich deutete mit dem Kinn auf ihre Büchersammlung. »Du bist ehrgeizig. Und offenbar ist Nedley bereit, dich auszubilden. Was bekommt er eigentlich im Gegenzug dafür? Denn – und das ist jetzt absolut als Kompliment gemeint – ich gehe mal davon aus, wenn er seine Finger bei dir nicht in Zaum hielte, hätte er schon keine mehr.«

Ihr raubtierhaftes Grinsen zeigte mir, dass ich recht hatte.

»Und dann war da dieser Moment an unserem ersten Tag hier, als Big Bob uns herumgeführt hat und ich ihn kurz gesehen habe. Er war keine zehn Meter von mir entfernt und hat sich so gar nicht anmerken lassen, dass er mich erkannt hätte. Anfangs dachte ich noch, es wäre wieder mal eine seiner Launen. Aber dann habe ich es begriffen: Er hat mich tatsächlich nicht erkannt, weil er mich nicht deutlich genug gesehen hat. Und wenn er mich auf eine Entfernung von zehn Metern nicht erkennen konnte, noch dazu am helllichten Tag – wie sollte er es dann mitbekommen, wenn Kalishenko kurz an der offenen Zeltklappe vorbeiging, nur trübe beleuchtet von ein paar Glühbirnen?«

Annabelle rutschte auf ihrem Hocker herum. Es war nicht so, dass sie sich vor Verlegenheit wand – aber viel fehlte nicht mehr.

»Er sieht immer noch gut«, behauptete sie. »Und er kann auch Menschen auf Entfernung erkennen. Ihre Silhouette auf jeden Fall. Vor allem, wenn er sie gut kennt.«

»Mich hat er nicht erkannt.«

»Sie hat er auch seit fünf Jahren nicht mehr gesehen.«

»Hat er dir denn vorher schon gesagt, dass er Kalishenko gesehen hatte?«, hakte ich nach. »Oder erst, als die Polizei ihn danach gefragt hat?«

»Er hat nicht gelogen.«

»Vielleicht nicht mit Absicht. Aber wenn die Cops ihn gefragt haben: ›Hey, haben Sie den Russen hier irgendwo gesehen?‹, und er sich daran erinnert, dass da diese verschwommene Gestalt vorbeigehuscht ist, dann könnte er sich selbst eingeredet haben, es sei Val gewesen.«

Nun starrte Annabelle auf ihre Füße; ihre nackten Zehen bohrten sich in den abgewetzten Teppich.

»Lass es mich mal anders formulieren«, fuhr ich fort. »Könnte er unter Eid bezeugen, dass es sich bei der Person, die er gesehen hat, um Kalishenko handelt? Es wirklich schwören, vor Gericht? Denn genau das wird er tun müssen. Und du kannst davon ausgehen, dass der Verteidiger vorher eine Augenuntersuchung bei ihm durchführen lässt.«

Sie saß in der Falle, und das wusste sie. Wenn rauskam, dass Mysterio sein Augenlicht verlor, waren seine Tage gezählt. Das Publikum würde wohl immer noch kommen, aber die eine Hälfte der Leute würde nur darauf warten, dass er patzte, und die andere Hälfte würde darauf warten, wie seine reizende Assistentin das aufzufangen versuchte.

»Ich werde mit ihm reden«, versprach sie. »Aber er ist wirklich davon überzeugt, dass es Kalishenko war.«

»Frag ihn einfach, wie sicher er sich ist«, bat ich sie. »Vielleicht solltest du auch den Begriff des begründeten Zweifels einfließen lassen. Und dann soll er sich beim Polizeichef melden.«

Sie nickte. Diese Frau war ein Freund praktischer Lösungen.

»Und wie läuft das nun bei euch?«, wollte ich von ihr wissen. »Mysterio gibt seine Tricks an dich weiter, und du übernimmst seinen Job hier, wenn er die Karten nicht mehr richtig abheben kann?«

Sie lachte. Es klang so rau, als wäre eine Menge Sand im Getriebe.

»Seien Sie nicht albern. Hart und Halloway macht es vielleicht noch zwei Jahre, und selbst das würde an ein Wunder grenzen.«

Sie nahm ein Kartenspiel vom Regal und fing an zu mischen. Ihre Finger schienen sich dabei vollkommen eigenständig zu bewegen.

»Nedley hat noch immer gewisse Kontakte«, erklärte sie mir. »New York, Vegas, Atlantic City. Oder auch in Übersee, wo ein weiblicher Magier es nicht ganz so schwer hätte. Einigen Leuten hat er mich schon vorgestellt, dafür habe ich zu Anfang gleich gesorgt. Auf mich wartet bereits ein halbes Dutzend Engagements. Kleinere Sachen, aber es ist ein Anfang.«

Ich sah, wie ein Karo-As in ihrer Handfläche verschwand – allerdings nur, weil sie es zuließ.

»Nedley hat mich noch bis zum Ende der Saison. Danach nehme ich mir drei Monate frei, um meinen Auftritt zu perfektionieren, und anschließend gehe ich allein auf Tour. Vermutlich unter einem neuen Namen.«

»Als Sündhafte Sally?«, schlug ich vor.

Diesmal hatte ihr Lächeln nichts Gemeines mehr an sich.

»Ich hatte schon schlimmere Namen«, sagte sie und zeigte mir noch einmal das versteckte As. Ein kurzer Dreh aus dem Handgelenk und es wurde zu einer Dame. Noch ein Dreh und es war ein Bube.

»Und was ist mit Mysterio?«, wollte ich wissen. »Was wird aus ihm? Wenn es ein Altersheim für Magier gäbe, hätte ich sicher schon mal davon gehört.«

Annabelle zuckte bloß mit den Schultern.

»Er wird tun müssen, was alle in diesem Geschäft tun«, meinte sie.

»Und was wäre das?«

Ein letzter Schlenker des Handgelenks, und der Herzkönig landete neben mir auf dem Bett. Der Selbstmörderkönig, der sich das eigene Schwert in den Schädel rammt.

»Gut auf sich aufpassen.«

Kapitel 39

ALS ICH ZURÜCKKAM, hängte Ms. P gerade den Hörer auf die Gabel.

»Wer war das?«, erkundigte ich mich. »Sid oder unser Freund mit der hässlichen Krawattensammlung?«

»Keiner von beiden«, lautete die Antwort. »Es war Mrs. Campbell. Wir haben uns nicht bei ihr gemeldet.«

Oh, oh. Das war meine Schuld. Ich hatte sie am Abend zuvor anrufen wollen, aber nach dem ganzen Stress mit dem Kampf, dem Sex und der Schießerei hatte ich es vergessen.

»Und nun haben Sie ihr gesagt, dass wir sicher und wohlauf sind?«

»Ja, das habe ich.«

»Haben Sie dabei rein zufällig unsere Verletzungen erwähnt?«

Wenn Mrs. Campbell erfuhr, dass wir hier beide fußlahm herumhumpelten, würde sie sich in den nächsten Zug Richtung Süden setzen, und wir hätten für den Rest unseres Aufenthalts ein schottisches Kindermädchen am Hals.

»Ich hielt es für besser, mir Details dieser Art für unsere Rückkehr aufzusparen«, antwortete Ms. P. »Um sie nicht unnötig zu beunruhigen.«

Oder uns Scherereien einzuhandeln.

»Da kann ich nur zustimmen«, versicherte ich ihr.

Dann schilderte ich ihr meine Unterhaltung mit Annabelle. Sie reagierte zufrieden, wenn auch nicht überrascht.

»Haben Sie diese Wendung denn kommen sehen?«, fragte ich reichlich verwundert.

»Es war eine dieser kleinen Ungereimtheiten«, erwiderte sie, »und letztlich hat sie Mr. Kalishenko seine Freiheit gekostet. Ohne einen Augenzeugen hätte Chief Whiddle ihn wohl kaum verhaftet, und ohne ihn wird der Fall vor Gericht vermutlich auch kaum Bestand haben. Auch wenn Geschworene unberechenbar sein können, vor allem, wenn sie es mit Menschen zu tun bekommen, die so weit außerhalb ihrer eigenen Erfahrungswelt beheimatet sind.«

Kurz gesagt: Es war immer noch möglich, dass sie sich dafür entschieden, den Russen aufzuhängen, ob nun mit oder ohne Augenzeugen.

Und dann warteten wir wieder, ohne uns außer Hörweite des Telefons zu begeben. Dabei stellten wir Überlegungen an, was sich vielleicht noch erledigen ließ.

»Da wäre noch Ihre Anruferin von gestern«, schlug ich vor. »Die mit der überaus konkret formulierten Meinung über unser Opfer.«

Ms. P dachte darüber nach.

»Möglicherweise ist das nicht weiter von Bedeutung«, sagte sie schließlich. »Es könnte sich einfach um den erneuten Aufguss einer alten Kindheitsfehde handeln.«

»Hey, Sie sagen doch immer, dass bei einem Mordfall alles von Bedeutung ist. Und auch wenn ich bei Agent Faradays Anruf natürlich furchtbar gerne anwesend wäre, muss ich ja nicht unbedingt hier sein, um für Sie ans Telefon zu gehen. Außerdem – was soll ich denn sonst schon groß tun? So kann ich wenigstens etwas Zeit totschlagen.«

Sie nickte zustimmend, und ich machte mich auf den Weg.

*

Mit diesem Auftrag schlug ich genau dreiundzwanzig Minuten tot.

Fünf Minuten in der Zirkuskarre brachten mich in das Zentrum von Stoppard, eine Minute brauchte ich, um mich in eine Parklücke am Marktplatz zu quetschen, eine weitere, um bis zum *Bountiful Blossom* Blumenladen zu schlendern.

Schwester Evelyn stand hinter dem Verkaufstisch und stellte gerade einen Strauß für eine Achtzigjährige zusammen. Ich beobachtete sie über die Schulter der alten Frau hinweg: Als sie mich bemerkte, blitzte erst Verwirrung in ihrem Blick auf, dann Panik und dann Wut. Das alles wurde aber schnellstens wieder unterdrückt.

Ja, hier war ich goldrichtig.

Eine Minute Straußbinden, zwei Minuten Loblied der alten Dame auf ihre kleine Enkelin, die wohl frisch geschlüpft und zuckersüß war. Dann wackelte sie davon, um den Strauß auf die Wöchnerinnenstation zu bringen.

Ich trat an den Tresen. Statt des üblichen faden Blautons trug Evelyn heute ein ärmelloses Kleid mit Blumenmuster. Es war immer noch knöchellang, verlieh ihr aber wenigstens einen Hauch von Farbe. Unglücklicherweise erstreckte sich dieser aber nicht auf ihre fahle Haut, das dünne mausbraune Haar oder den Ausdruck in ihren Augen.

Plötzlich wurde mir klar, dass diese Frau im selben Alter war wie Ruby. Bei unserer ersten Begegnung hatte ich sie gute fünf Jahre älter geschätzt, möglicherweise sogar zehn. Offenbar war auch eine ordentliche Lebensführung keine Garantie für so etwas.

Sie kleisterte sich ein Lächeln ins Gesicht.

»Miss Parker, was für eine angenehme Überraschung«, log sie. »Wie kann ich Ihnen behilflich sein?«

»Nun ja, mich beschäftigt eine Frage, die Sie mir hoffentlich beantworten können.«

»Ich werde mein Bestes tun.«

»Welche Bedeutung hat für Sie persönlich der Begriff Isebel?«

Ihr Lächeln bekam mehr Risse als eine Porzellantasse nach einem harten Sturz. Also machte ich weiter.

»Ich kannte diesen Begriff ja gar nicht, bis mein Boss mich aufgeklärt hat. Anscheinend lässt er sich aber in vielerlei Hinsicht anwenden. Wie so viele gute Schimpfworte lässt er sich beinahe beliebig anpassen. Also, sagen Sie mal: War Ruby nun eine rechtschaffene Hure, oder hat sie einfach nur zu grellen Lippenstift getragen?«

Vermutlich hätte es geschicktere Wege gegeben, um das anzugehen, aber ich hatte meinen Vorrat an Taktgefühl bereits aufgebraucht, und eine Reserve hatte ich nicht eingepackt.

Evelyn sammelte die Scherben ihres Lächelns auf,

klebte sie wieder zusammen und ließ das etwas kränklich wirkende Endergebnis auf ihren Lippen erscheinen.

»Bedauerlicherweise habe ich keine Ahnung, wovon Sie sprechen«, sagte sie. »Und jetzt müssen Sie mich entschuldigen, das Lager muss dringend …«

»… aufgeräumt werden?«, vermutete ich.

»Ganz genau«, fauchte sie.

Ich ließ ihr gerade so viel Zeit, wie sie brauchte, um sich abzuwenden und einen Schritt zu tun, dann fragte ich: »Was hat sie Ihnen getan?«

Evelyn erstarrte.

»Sie hat mir nie irgendetwas getan«, antwortete sie mit dem Rücken zu mir. »Wir haben uns ja kaum gekannt.«

»Tatsächlich?« Ich richtete die Frage einfach an ihren Hinterkopf. »Aber Sie haben doch gesagt, Sie seien Freundinnen gewesen. Ich habe sogar ein Foto davon gesehen: ein Haufen Kinder, die herumrennen und miteinander spielen. Ruby war auf diesem Bild. Und ich wette, Ihr Gesicht lässt sich dort ebenfalls finden. Na ja, natürlich entwickeln sich Menschen oft in unterschiedliche Richtungen. Ich hatte eine Menge Freunde, die heute keine mehr sind. Aber ich greife sicher nicht zum Hörer und ziehe auf übelste Weise über sie her, kaum dass sie unter der Erde sind. Deshalb frage ich Sie nun noch einmal: Warum hatte Ruby verdient, was ihr zugestoßen ist?«

Evelyn drehte sich um. Das Lächeln war verschwunden und ihre Miene gleich wesentlich aufrichtiger.

»Sie hat ihm das Herz gebrochen.«

»Sie sprechen von Joe?«

»Ja.« Nur mühsam brachte sie das kleine Wort über

die Lippen. Als wäre es ihr im Hals stecken geblieben. »Als sie verschwunden ist, hat sie ihm das Herz gebrochen, und sie hat ihm seinen Glauben an Gott geraubt. Sie hatte doch niemals vor hierzubleiben. Das haben alle gewusst. Sie hat bloß mit ihm gespielt. Er hatte etwas Besseres verdient. Etwas viel Besseres.«

Bevor ich die nächste Frage stellen konnte, die eigentlich auf der Hand lag, fuhr sie herum und verschwand mit hastigen Schritten hinten im Lager. Kurz überlegte ich, ob ich ihr folgen sollte, aber vermutlich war sie sowieso nicht bereit, noch weiter mit mir zu sprechen.

Also ging ich. Draußen auf dem Bürgersteig warf ich einen Blick auf meine Armbanduhr. Die Unterhaltung mit Evelyn hatte nur zwei Minuten gedauert.

Auf dem Weg zum Wagen plagte mich das ungute Gefühl, dass mir etwas entgangen war. Vielleicht etwas, das Evelyn gesagt hatte? Oder etwas, das sie getan hatte?

Ich versuchte, es zu fassen zu kriegen, aber vergeblich. Die Erfahrung hatte gezeigt, dass man widerspenstige Gedanken am besten hervorlockte, indem man seinem Geist etwas anderes zu tun gab.

Und ich hatte Glück, denn als ich den Blick über den Marktplatz schweifen ließ, sah ich, wie ein schwarzer Streifenwagen vor der Polizeistation hielt. Erst stieg Whiddle aus, dann schob sich Joe aus der Beifahrertür.

Doch die Rückbank war leer.

Ich marschierte über den Platz und erwischte Joe, kurz bevor er durch die Tür trat.

»Kein Glück bei Opa DeCambre?«

Als er sah, dass ich es war, huschte ein wenig schmeichelhafter Ausdruck über sein Gesicht.

»Nein«, antwortete er knapp. »Homer sagt, er habe sie seit Tagen nicht mehr gesehen.«

»Sie sind seine Enkelsöhne«, stellte ich fest. »Vielleicht lügt er.«

»Ja, wir sind uns ziemlich sicher, dass er lügt. Er hat nicht einmal nachgefragt, warum wir die beiden suchen. Wir haben einen unserer Reservisten dort gelassen, er bewacht jetzt die Zufahrt. Möglicherweise tauchen sie ja noch auf.«

»Dann heißt es also warten.« Ich tat so, als würde ich seinen säuerlichen, misstrauischen Blick nicht bemerken.

Joe nickte und starrte demonstrativ Richtung Tür; offenbar konnte er es kaum erwarten reinzukommen.

»Die Familie hat eine Jagdhütte am Südrand des Bezirks. Früher haben sie von dort aus Alkohol geschmuggelt. Der Chief und ich werden da mal nachsehen.«

Wieder wanderte sein Blick die Stufen hinauf.

»Also, ich sollte jetzt …«

»Du musst gehen.«

Was er dann auch tat. Grußlos.

Wieder eine Minute rumgebracht.

*

Exakt dreiundzwanzig Minuten nachdem ich losgefahren war, bog ich wieder in die Einfahrt ein. Als ich ins Haus gehen wollte, kam mir Doc entgegen.

»Bob fand die Idee super«, berichtete er. »Er wird alle zusammentrommeln, dann kommen sie geschlossen in die Stadt, um sich den Film anzusehen. Aber er wollte partout nicht, dass ich es umsonst mache. Sie seien zahlende Kundschaft, meinte er, und er würde am Ende die Rechnung übernehmen.«

Er grinste breit. Das stand ihm richtig gut, trotz dieses Vogelnests im Gesicht, das er Bart nannte.

»Ich muss das Popcorn aufsetzen!«, rief er noch, dann sprang er auch schon in seinen Pick-up und raste die Einfahrt hinunter.

Ich spürte, wie sich auch auf meinem Gesicht ein Lächeln ausbreitete. Offenbar war das ansteckend.

Drinnen saß mein Boss unverändert am Küchentisch. Neu waren nur ein halb gegessenes Stück Apfelkuchen und ein Einmachglas voller Eistee.

»Irgendwelche Anrufer?«, erkundigte ich mich.

»Keine. Und wie ist es dir mit Schwester Evelyn ergangen?«

Da es ja recht kurz gewesen war, gab ich unser Gespräch Wort für Wort wieder, vorher allerdings schnitt ich mir ein Stück von dem Kuchen ab.

»Und wie interpretierst du diesen Austausch nun?«, wollte sie anschließend von mir wissen. Natürlich hatte sie sich längst selbst ein Bild gemacht, doch offenbar wollte sie meine deduktiven Fähigkeiten mal wieder auf Trab bringen. Ich tat ihr den Gefallen.

»Die kleine Miss Evelyn war in ihrer Jugend scharf auf den guten Joe. Was vermutlich nicht erwidert wurde. Ruby führt den Sohn des Predigers auf den Pfad der Versuchung. Dann verschwindet sie einfach und lässt ihn zurück, weitab von Gottes rechtem Weg. Evelyn gibt Ruby die Schuld. Wäre dieses liederliche Flittchen nicht gewesen, würde Joe nun eine Hand um die Bibel schlingen und die andere um die gute Evelyn.«

»Aber wäre das deiner Meinung nach ein ausreichender Grund, um sie zu töten?«, fragte mein Boss weiter.

»Ginge es nur um die Glaubensfrage, wahrscheinlich nicht«, gab ich zu. »Ist wohl eher schwer, sich zu einem Mord durchzuringen, wenn das Motiv so … ich sage mal … *esoterisch* ist.«

Ms. Pentecost bedachte meine Wortwahl mit einem anerkennenden Nicken.

»Aber wenn man die Tatsache hinzufügt, dass sie ihn geliebt und Ruby ihn ihr weggenommen hat, sieht die Sache schon ganz anders aus.«

Ich schob mir ein Stück Kuchen in den Mund und kaute nachdenklich.

»Ihr Tonfall, als sie sagte, er hätte etwas Besseres verdient … Das klang fast so, als wäre das nicht bloß auf Joe bezogen. Als hätte sie selbst ebenfalls etwas Besseres verdient. Wäre Ruby nicht gewesen, hätte sie das haben können. Dadurch wird die Sache sehr persönlich.«

Noch einen Happen.

»Persönlich genug für ein Messer im Rücken«, verkündete ich mit einem kleinen Krümelregen.

Ms. P reichte mir eine Serviette.

»Sie ist kein zartes Pflänzchen«, fuhr ich fort. »Wie sie mich am Schluss angesehen hat … das war blanker Hass.«

Mein Boss dachte einen Moment nach.

»Ausgeschlossen ist es nicht«, befand sie dann. »Möglicherweise sind die Ursachen des Mordes in alten Zwistigkeiten und Verletzungen zu finden, und der Rest war ein Zusammenspiel der Ereignisse.«

Übersetzt hieß das so viel wie: *Wo ist der rote Faden, und was ist nur Ablenkung?*

Wir wussten es nicht. Wenn man im Dunkeln tappt, muss man über die Fäden stolpern, um sie zu finden.

Kapitel 40

DAS ERSTE LICHT wurde ungefähr eine Stunde später ins Dunkel gebracht. Das Telefon klingelte. Ich hatte darauf gewettet, dass Sid sich zuerst melden würde – und ich gewann.

Ms. P saß auf ihrem Stuhl neben dem Wandtelefon, während ich mich über ihre Schulter beugte und den Kopf an ihren drückte. Wie sehr ich doch unser Büro mit den zwei Apparaten vermisste.

»Was konnten Sie herausfinden, Sidney?«, fragte mein Boss.

»Okay, also erstens handelt es sich bei Alcorn, Avis und Patch um eine real existierende Anwaltskanzlei, was ich eigentlich nicht gedacht hatte.«

»Warum das?«

Ich konnte die Antwort nicht verstehen, doch das schien meinem Boss auch so zu gehen.

»Sidney, sprechen Sie etwa mit vollem Mund?«

Er schluckte hörbar.

»Pastrami mit Gürkchen von Gino's«, erklärte er. »Ich habe den ganzen Tag noch nichts gegessen, und ich muss bei Kräften bleiben für Camilla.«

»Nun ja, ich wäre Ihnen äußerst dankbar, wenn Sie erst Ihren Bericht abschließen und dann Ihre Mahlzeit beenden würden.«

»Klar doch, klar doch. Tut mir leid. Meine Manieren waren noch nie die besten.«

Das Rascheln von Papier zeigte an, dass Sid sein Sandwich wieder einpackte, auch wenn ich mir ziemlich sicher war, dass er später im Gespräch noch ein paar Bissen einschmuggeln würde. Pastrami-Happen ausgenommen, verlief der Rest des Gespräches so:

*

LILLIAN PENTECOST: Sie sagten, Sie seien der Meinung gewesen, diese Firma existiere eigentlich gar nicht?

SID: Anfangs schon. Ich dachte, es wäre eine Scheinfirma, einfach nur ein Name, über den Dinge abgewickelt werden. Der Gedanke kam mir, weil die Firmenadresse nicht existiert. Beziehungsweise, die Adresse existiert schon, aber in dem Gebäude gibt es keine Büros, sondern nur Wohnungen. Und die Nummer der Einheit, die diese Anwälte in ihrer Adresse führen, die existiert nicht.

LP: Und was bedeutet das?

S: Vermutlich heißt das, dass es sich um eine reine Postablage handelt. Wahrscheinlich gibt es sogar einen Briefkasten mit der entsprechenden Wohnungsnummer, und einmal am Tag oder einmal in der Woche kommt jemand vorbei, holt die Post ab und leitet sie weiter.

LP: Aber Sie sagten doch, die Firma sei legal.

S: Real, sagte ich. Legal ist wieder etwas anderes. Jedenfalls hat mich das ins Grübeln gebracht. Beim Namen Alcorn hat es bei mir geklingelt. Nicht besonders laut, aber immerhin. Ich konnte mich nicht mehr daran erinnern, wo ich ihn schon einmal gehört hatte, vermutete jedoch, dass es etwas mit gewissen Brieffreunden eines ehemaligen Geschäftspartners, ansässig in Chicago, zu tun hatte. *Capisce*?

LP: Könnten Sie das genauer ausführen?

S: Okay, also, als ich damals für … äh … diese spezielle Organisation gearbeitet habe, gab es immer wieder Gespräche mit … äh … Zweigstellen in anderen Städten. Sie verstehen, was ich meine?

LP: Ja.

S: Meistens ging es darum, sich gegenseitig nicht auf die Füße zu treten. Aber manchmal kam es auch zu vorübergehenden Partnerschaften bei gewissen Projekten. Vor allem bei Import und Export. Solche Sachen eben. Und wenn das der Fall war, fand eigentlich nie ein direkter Austausch statt. Meistens wurden die Gespräche von ihren Rechtsverdrehern übernommen.

LP: Unter anderem von dieser Kanzlei?

S: Da bin ich mir sicher, auch wenn ich keine Unterlagen mehr dazu habe. Außerdem hießen sie damals nur Alcorn und Avis. Keine Ahnung, wann Patch dazugekommen ist. Jedenfalls habe ich ein paar Leute in Chicago angerufen. Dort ist die Firma registriert, zahlt Steuern, der ganze Schmu. Aber es gibt weder eine Büroadresse noch eine Telefonnummer. Zumindest habe ich nichts dergleichen gefunden.

LP: Und bekommt sie noch immer Aufträge von den Brieffreunden Ihres ehemaligen Arbeitgebers?

S: Kann ich nicht sagen. Um das herauszufinden, hätte ich Anrufe machen müssen, durch die einige Alarmsirenen ausgelöst worden wären, und das möchte ich lieber vermeiden, da ich offiziell ja gar nicht mehr im Geschäft bin. Außerdem sitzt die Hälfte dieser Leute vermutlich im Knast. Die Zweigstelle in Chicago ist nicht mehr das, was sie einmal war. Aber eines kann ich Ihnen sagen: Kanzleien wie diese sind normalerweise ziemlich breit aufgestellt. Müssen sie ja auch sein, wenn sie noch … wie soll ich sagen … den Anschein von Seriosität wahren wollen. Deshalb machen sie oft auch ganz normale Sachen neben dem zwielichtigen Zeug.

LP: Wie etwa die Verwaltung von Treuhandfonds?

S: Genau. So etwas wäre nahezu ideal: Keine Gesprächstermine mit dem Klienten, denn der ist ja tot, aber man kriegt Honorarstunden in die Bücher, sodass alles legal ist.

LP: Wie schwierig wäre es, einen solchen Fonds zu fingieren?

S: Sie meinen, einen Fonds einzurichten, dessen Gründer nie existiert hat?

LP: Genau.

S: Oh Mann, das ist total simpel. Gefälschte Geburtsurkunde, gefälschte Sterbeurkunde, ein Testament zusammenschreiben. Dann trägt man die eigene Firma als Testamentsvollstrecker ein, fertig. Solange niemand zu genaue Nachforschungen über den Toten anstellt, ist das wasserdicht. Und selbst dann gibt es gewisse Tricks. Wie ist denn der Name des fiktiven Verblichenen? Ich könnte ein wenig graben.

LP: Der Fonds stammt von einem anonymen Wohltäter.

S: Da haben wir es schon – Anonymität als erste Hürde.

LP: Allerdings, ja.

S: Na ja, mehr habe ich jedenfalls nicht für Sie. Was

dagegen, wenn ich mich ausklinke? Camilla wartet nicht gerne.

*

Mehr Fragen hatte Ms. P nicht, was sie ihm auch mitteilte. Wir tauschten noch ein paar Höflichkeiten aus und beendeten das Gespräch.

Sobald der Hörer wieder auf der Gabel hing, sahen mein Boss und ich uns an.

Wann hatte sich denn bitte schön die Mafia in dieses Spiel eingeklinkt?

Kapitel 41

WIR BESPRACHEN DAS ausführlich, kamen aber zu keinem Ergebnis. All meine Versuche, eine Verbindung zwischen den DeCambre-Brüdern und der Mafia in Chicago herzustellen, endeten in Hirnverdrehung.

Der Mob, das war oberste Liga. Und Lukes und Leroys illegale Geschäfte bewegten sich auf dem Niveau eines Limonadenstandes.

Ich gratulierte meinem Boss allerdings zu ihrer nun bestätigten Einschätzung, dass man mit geschenkten Gäulen unter gewissen Umständen eben doch zum Zahnarzt gehen sollte. Sie schaute mich an und zuckte nur mit den Achseln.

»Eine anonyme Geldquelle, die sich auftut, als der Zirkus sie am nötigsten braucht? Es grenzt an Idiotie, wenn man da nicht misstrauisch wird. Robert hätte da ebenfalls Zweifel haben müssen.«

Vermutlich hatte Big Bob sogar jede Menge Zweifel. Aber wenn man am Ertrinken ist, nimmt man jede Rettungsleine – auch wenn sie von Capones Lieblingscousin ausgeworfen wird.

»Das Problem ist doch aber, dass wir immer noch nicht wissen, wo das Geld herkommt«, wandte ich ein. »Immerhin hat Sid gesagt, dass diese Kanzleien auch ganz normale Geschäfte abwickeln.«

Voller Skepsis wanderte eine von Ms. Ps Brauen in die Höhe.

»Ja, okay. Die Farbe Naiv steht mir nicht«, gab ich zu.

Also ergänzte ich unsere Faktenliste durch die Einträge Mafiaanwälte und mysteriöse Geldquelle. Das Bild wurde dadurch etwas klarer, hatte aber immer noch ein großes Loch. Auf der einen Seite dieses Grabens stand die Tatsache, dass gewisse Gelder in den Zirkus geschleust wurden, vermutlich von der Mafia in Chicago. Auf der anderen Seite fanden sich Stoppard, Ruby und dazu ein paar Landeier, die Heroin vertickten und vermutlich nie auch nur auf hundert Meilen an die Stadt der Winde herangekommen waren.

Das Puzzle war unvollständig. Doch schon jetzt zeichnete sich ein Bild ab, das mir ganz und gar nicht gefiel.

*

Wir warteten.

Ich rief noch zweimal in Agent Faradays Büro an und bekam jedes Mal zu hören, dass er noch nicht zurückgekehrt sei und meine Nachricht weitergeleitet würde. Und nun solle ich bitte nicht mehr die öffentliche Leitung belegen.

Die Sonne wanderte schon Richtung Horizont, als in der Ferne mehrere Motoren aufheulten. Ich trat auf die Veranda hinaus und sah eine Kolonne von Trucks und Wohnwagen, die Richtung Stadt fuhr.

Katzenmenschen war vermutlich nicht so der Bringer, aber das Zirkusvolk verstand sich darauf, aus allem etwas Spaß rauszuholen.

Als ich wieder ins Haus ging, klingelte das Telefon. Im Laufschritt eilte ich in die Küche und nahm den Hörer ab.

»Parker? Sind Sie das?«

Wie immer zeichnete sich Agent Faradays Stimme durch eine Mischung aus Misstrauen und Gereiztheit aus. Ich nahm das nicht persönlich. Ihm ging einfach die Welt im Allgemeinen auf die Nerven. Und er befürchtete ständig, abgehört zu werden. Das allerdings war vermutlich gar nicht so weit hergeholt.

»Ja, ich bin's, Agent Faraday. Welch eine Freude, Ihr glockenhelles Stimmchen zu hören. Bleiben Sie dran, ich gebe Ihnen Ms. Pentecost.«

Die eilte so schnell zum Telefon, wie zwei Füße und ein Stock es möglich machten.

»Ist das eine sichere Leitung?«, fragte er.

Ich zupfte an der Schnur.

»So sicher, wie es nur geht«, behauptete ich. »Sind Sie in einer Telefonzelle?«

»Natürlich. Kann ja schlecht vom Büro aus anrufen, wo jeder mithört.«

»Was treibt eigentlich der gute J. Edgar so?«, fragte ich weiter, während mein Boss sich auf ihrem Stuhl niederließ.

»Erstellt Listen, auf denen die bösen Kinder verzeichnet sind. Ich wette, der Name von Ihrer Chefin steht da auch drauf.«

»Na ja, geben Sie ihm einen Kuss von mir, wenn Sie ihn das nächste Mal sehen. Und wo wir gerade beim Thema Bosse sind, hier kommt meiner.«

Ich reichte den Hörer weiter und drückte von außen mein Ohr dagegen.

»Guten Tag, Agent Faraday.«

»Pentecost.«

Die drei Silben waren mit so viel Gift getränkt, dass Ms. P eigentlich hätte vom Stuhl kippen müssen.

»Vielen Dank für den Rückruf«, fuhr sie betont liebenswürdig fort.

»Vielen Dank, dass Sie nicht Ihren echten Namen hinterlassen haben«, fauchte er. »Sie stehen hier nicht auf der allgemeinen Weihnachtskartenliste. Was gibt es denn?«

»Was wissen Sie über die Ausbreitung und den Verkauf von Heroin in den Vereinigten Staaten?«

Kurze Stille. Dann: »Heroin? Ernsthaft, Pentecost? Wo haben Sie sich denn jetzt wieder reingeritten?«

Sie setzte ihn grob ins Bild, ohne Details preiszugeben.

»Meine Frage ist nun: Was weiß das FBI über die Drogengeschäfte in diesem Teil des Landes?«

Faradays allgemeine Paranoia war äußerst nützlich, denn sie sorgte dafür, dass er immer über alles auf dem Laufenden war, was im Bureau so vorging – für den unwahrscheinlichen Fall, dass ihm irgendetwas davon mal auf den Kopf fiel.

»Hier liegt der Fokus heutzutage nicht mehr auf Drogengeschäften«, erklärte er nun. »Wir nehmen jetzt mehr die Kommunisten ins Visier. Wenn wir uns mit Betäubungsmitteln befassen, geht es eher darum, sie aus den Schwarzenvierteln rauszukriegen. New York, Baltimore, Chicago – in den Städten eben.«

Beim Wort Chicago spitzte ich die Ohren noch etwas mehr.

»Und in ländlichen Regionen passiert gar nichts?«, hakte Ms. P nach.

»Na ja … gar nichts würde ich nicht sagen. Aber darauf liegt nicht unser Fokus«, betonte er. »Wir kriegen natürlich Berichte rein.«

Eins, zwei, drei, dann …

»Berichte?«, bohrte mein Boss weiter.

»Vor allem von geschützten Informanten, weniger von Sherriffs oder der State Police. Die lokalen Behörden treten immer erst dann mit uns in Kontakt, wenn man ihnen eine Waffe an die Schläfe drückt.«

»Und was beinhalten diese Berichte so?«, wollte Ms. P wissen.

Diesmal musste ich bis fünf zählen. Schließlich rief ich in den Hörer: »Kommen Sie schon, Faraday, wir haben Ihnen auch immer unsere Infos überlassen, wenn Sie sie brauchten.«

Ein trockenes Lachen.

»Oh ja, Parker. Sie beide sind ja immer so freigiebig.«

Doch die Würfel fielen offenbar zu unseren Gunsten, denn er fuhr fort: »Wir haben Gerüchte gehört, dass in abgelegenen Käffern immer mal wieder etwas auftaucht. Keine großen Mengen. Nichts im Vergleich zu dem, was in den Städten los ist. Aber angeblich wird es vor allem in Ohio, Kentucky und West Virginia verkauft. In kleinen bis mittelgroßen Städten. Teilweise findet man es sogar auf Militärbasen.«

»Und wie lange geht das schon so?«, erkundigte sich Ms. P.

»Die ersten Gerüchte kamen vor ein paar Jahren auf. Seit Kriegsende häufen sie sich«, gab er zu.

»Woher stammen diese Drogen denn?«

»Aus denselben Quellen wie immer«, erklärte Faraday. »Durch den Krieg war der Opiumhandel quasi eingefroren. Jetzt schmilzt das Eis, und der Mob macht sich das zunutze. Sie bringen den Stoff über die Häfen ins Land und von dort aus in die Großstädte. Über indirekte Vertriebswege geht es dann weiter in die Vororte bis raus aufs Land.«

»Und wie sehen diese indirekten Vertriebswege genau aus?«

»Kann ich nicht sagen. Wie gesagt: Das Bureau muss sich momentan um andere dicke Fische kümmern.«

»Aber Ihre geschützten Informanten haben Ihnen doch bestimmt einen groben Überblick verschafft.«

»Na gut, also schön«, sagte er mit einem ergebenen Seufzen. »Wir glauben, die Mafia setzt hier auf unabhängige Vertragspartner. Manchmal sind es auch die unteren Ränge kleinerer Organisationen, aber meistens Einzelpersonen. Da kennt einer einen, der einen kennt, und so weiter. Die Verteilerrouten scheinen auch nicht fest zu sein. Alles nur lose verknüpft, was eben gerade geht. Vor zwanzig Jahren hätten diese Kerle noch Alkohol geschmuggelt, jetzt ist es eben das.«

Irgendwie klang das schon sehr nach den DeCambre-Brüdern. Vielleicht hatten sie die alte Schmugglerhütte ja einem neuen Zweck zugeführt. Zwar konnten sie das Heroin nicht selbst herstellen wie Schwarzgebranntes, doch in einer abgelegenen Hütte ließe sich das Zeug gut lagern.

Faraday war noch nicht fertig.

»Das ist einer der Gründe, warum das FBI da nicht

mitmischt; im Vergleich zu den Geschäften in den großen Städten ist das Kleinkram. Und bei diesen losen Netzwerken gibt es kaum eine Chance, das Ganze bis zu den großen Bossen zurückzuverfolgen.«

Übersetzt hieß das: *Solange sie keine Farbigen oder Kommunisten sind, interessiert sich das FBI nur für Kriminelle ab einer Größenordnung von Capone.*

»Haben Sie noch irgendetwas hinzuzufügen, das ich wissen sollte?«, fragte mein Boss.

Faraday dachte kurz nach.

»Ich denke, Sie sollten sich zur Ruhe setzen, anfangen zu stricken und mich nie wieder anrufen.«

Ms. P setzte gerade zu einer Antwort an, als es im Hörer leise klickte. Dann war die Leitung tot.

»Er ist aber auch ein Herzchen«, stellte ich fest.

Ms. P stand auf und stützte sich schwer auf ihren Stock.

»Eigentlich empfinde ich Mitleid für Agent Faraday«, stellte sie fest, während sie sich so ausgiebig streckte, dass es in ihrem Rücken ein halbes Dutzend Mal knackte. »Im Grunde ist er ein anständiger Mensch. Das macht seinen Job so schwierig für ihn.«

Ich ließ mir das durch den Kopf gehen, konnte mich aber schon der Grundannahme von Farady als anständigem Menschen nicht anschließen. Allerdings musste ich mir eingestehen, dass die Haltung, die das NYPD gegenüber dem Bureau vertrat, möglicherweise auf mich abgefärbt hatte.

Wir setzten uns also wieder an den Küchentisch, wo ich meine Notizen hervorholte und diese neuen »Fakten« festhielt. Während ich die Brosamen aufschrieb, die Agent Faraday uns vom Tisch des FBI zugeworfen hatte, lehnte sich mein Boss zurück und fing an zu reden – allerdings nicht mit mir, sondern einfach in den Raum hinein.

»Ich kannte einmal einen Mann, bei dem ebenfalls Multiple Sklerose festgestellt wurde.«

Eine kurze Atempause verschaffte mir die Gelegenheit, meinen Stift wegzulegen und ihr meine volle Aufmerksamkeit zu schenken.

»Als ich ihn traf, lebte er schon einige Jahre mit der Krankheit«, fuhr sie fort. »Die körperlichen Auswirkungen waren konstant und unangenehm, für ihn ebenso wie für die Menschen in seinem Umfeld. Trotzdem kam er überraschend gut zurecht. Auch wenn es kognitive Ausfälle gab, störten sie doch kaum sein Alltagsleben.«

Sie stand auf und humpelte zur Spüle hinüber, wo die halb leere Whiskeyflasche stand. Nachdem sie sich drei Fingerbreit eingeschenkt hatte, lehnte sie sich mit dem Rücken gegen die Arbeitsplatte.

»Er hat regelmäßig Opium genommen.« Sie nippte an ihrem Glas. Dann noch einmal. »So viel, dass er es sich zweimal in der Woche liefern ließ. Auch wenn nur sehr wenige Menschen davon wussten, nicht einmal seine engsten Freunde oder Angehörigen.«

Sie humpelte zurück zu ihrem Stuhl und setzte sich.

»Nur sehr selten berauschte er sich so stark daran, dass er ausfiel. So wie er es mir schilderte, nahm er die Droge, weil er durch sie besser zurechtkam. Zwar ließ sie nicht seine Symptome verschwinden, machte es aber einfacher, mit diesen Symptomen zu leben. Er werde mehr und mehr zum Sklaven seines funktionsgestörten

Körpers, sagte er, und durch das Opium könne er das für eine Weile vergessen.«

Sie lehnte sich zurück und nahm wieder einen Schluck. Nach einer respektvollen Pause fragte ich: »Was ist aus ihm geworden?«

»Er hat sich umgebracht.«

Nun leerte sie das Glas in einem Zug.

Ich wusste nicht, was ich sagen sollte. Dass sie sich mit ein paar Leuten angefreundet hatte, die unter derselben Krankheit litten wie sie, hatte ich gewusst. Und ich wusste auch, dass viele von ihnen inzwischen gestorben und einige andere zu ungeduldig gewesen waren, um auf den Sensenmann zu warten.

Aber sah sie in diesem Mann ein Vorbild für sich? Eigentlich hatte ich gedacht, es ginge ihr so weit gut. Ihre Symptome waren in den Jahren, die wir nun schon zusammenarbeiteten, nicht viel schlimmer geworden. Ein bisschen schon, natürlich. Das war nicht anders zu erwarten. Trotzdem blieben ihr noch Jahre. Und zwar im zweistelligen Bereich.

Offenbar konnte man mir die Panik ansehen, denn sie streckte den Arm aus und umfasste mein Handgelenk.

»Schon gut, Will«, sagte sie. »Ich habe nicht vor, mir in absehbarer Zeit das Leben zu nehmen.«

Erleichtert atmete ich auf. Allerdings war mir die Einschränkung *in absehbarer Zeit* nicht entgangen.

»Bei dieser Geschichte ging es mir mehr um die Freunde und Verwandten des Mannes, die rein gar nichts von seinem Drogenkonsum wussten. Das ging über Jahre so, und sie haben nie etwas geahnt.«

Sie ließ meinen Arm los und zeigte auf einen Eintrag

in meinem Notizbuch, ein Detail aus dem Gespräch mit Faraday.

Und da entdeckte ich ihn.

Den fehlenden Dominostein. Ich stellte ihn in die Zeitfolge, und er passte perfekt.

Gerade als ich mir das von meinem Boss bestätigen lassen wollte, klopfte es laut an der Küchentür. Ich sprang auf und wollte instinktiv nach meiner .45er greifen, als mir plötzlich einfiel, dass die Waffe samt Holster ungefähr drei Meter von mir entfernt an einem Garderobenhaken hing.

Draußen vor dem Fenster zeichnete sich eine Silhouette ab: ein Mann, umspielt vom blutroten Licht des Sonnenuntergangs.

Wieder klopfte es.

»Ms. Pentecost?«, rief Carl Engle von der Veranda herein. »Ich muss mit Ihnen reden.«

Kapitel 42

MÜHSAM IN DEN Ohrensessel hineingequetscht, mit hängenden Schultern und auf den Knien gefalteten Händen, sah Carl Engle aus wie ein zu groß geratenes Kind, das von seinen empörten Eltern herbeizitiert wurde, um sich eine Standpauke abzuholen. Allerdings schien ihn etwas mehr zu bedrücken als ein Raubzug in der Keksdose. Seine Kleidung sah aus, als hätte er darin geschlafen, und seine Augen waren gerötet – durch Alkohol, Tränen, Erschöpfung oder alle drei.

»Ich habe gebetet«, verkündete er mit erstickter Stimme. »Ich habe so viel gebetet.«

Fast hätte ich ihn gefragt, warum das überhaupt erwähnenswert sei, doch ich hielt mich zurück. Der Prediger fuhr fort: »Immer wieder habe ich mir gesagt, dass es nichts mit ihrem Tod zu tun hat. Dass es lange zurückliegt. Dass ich … dass ich nichts sagen muss.« Er holte tief Luft. »Und dann begriff ich, dass es gar keine Rolle spielt, ob es etwas mit ihrer Ermordung zu tun hat. Ich muss mich offenbaren. Es ist ein großes Geheimnis, ein sündhaftes Geheimnis, und es zerfrisst mir seit vielen Jahren das Herz.«

Bevor ich mich zu Ms. Pentecost auf das Sofa gesetzt hatte, hatte ich noch schnell mein Holster übergestreift, auch wenn ich es höflicherweise unter meiner Jacke verborgen hielt. Doch Carl schien mehr Angst vor uns zu haben als andersherum.

»Um was für ein sündhaftes Geheimnis handelt es sich denn?«, fragte Ms. P.

Er wischte sich den Schweiß aus dem Nacken, rieb dann mit der Hand über die Armlehne des Sessels, hielt ruckartig inne und wischte über sein Hosenbein. Schließlich verschränkte er die Finger wieder im Schoß.

»Ich war damals nicht begeistert davon, dass Joe mit Ruby ausging. Sobald ich davon erfahren hatte, sagte ich ihm das auch. Sie kam aus einem guten Haus, aber ich hielt sie trotzdem nicht für den richtigen Umgang. Ich dachte, sie würde ihn … ablenken.«

»Ablenken?«, hakte ich nach.

»Von den Plänen, die Gott mit ihm hatte.«

»Ja, Ruby war sicher reizvoller als ein Leben auf der Kanzel«, stellte ich fest. »Aber das war ja auch nicht schwer.«

Mein Boss stieß mir sanft den Ellbogen in die Rippen.

»Fahren Sie fort, Mr Engle.«

»Ich hätte mich raushalten sollen. Wenn seine Mutter noch gelebt hätte … sie hätte bestimmt die richtigen Worte gefunden.«

Carls Blick wanderte zum Kaminsims, wo die gerahmten Familienfotos der Donners standen.

»Jedenfalls habe ich ein stilles Wort mit ihren Eltern gewechselt, was aber nicht geholfen hat. Wenn überhaupt, hat es Joe und Ruby noch enger zusammengeschweißt.«

Er rutschte im Sessel herum, was diesen widerwillig knarzen ließ.

»Eines Tages suchte mich Ruby in meinem Büro auf. Damals waren Joe und sie seit neun oder zehn Monaten zusammen. Sie sagte, sie müsse etwas mit mir besprechen.«

Plötzlich war dieses drängende Gefühl wieder da, das ich nach dem Zusammenstoß mit Evelyn gehabt hatte. Aber diesmal förderte es das Detail zutage, das mir zuvor entgangen war: die alte Dame und ihren Blumenstrauß.

»Sie war schwanger«, platzte es aus mir heraus.

Carl und Ms. Pentecost sahen mich verblüfft an.

»Die Margeriten«, erklärte ich. »Meine Mutter hatte immer Blumen in ihrem Garten, und sie hat Sträuße für andere Leute gebunden, je nach Anlass. Sie hat mir erklärt, welche Blume welche Bedeutung hat – Pfingstrosen für Hochzeiten, Lilien für Begräbnisse und Margeriten für Geburten. Das war die Bedeutung, die hinter der Tätowierung steckte: ein Baby.«

Ms. P sah Carl fragend an.

»Ja, Sie haben recht, Ruby war schwanger«, bestätigte er. »Und sie hatte es noch niemandem gesagt, ihren Eltern nicht, nicht einmal Joe. Ich sollte es als Erster erfahren.«

Ihn schien das zu verwirren, doch ich verstand.

Ruby wusste, wie so etwas lief. Sie hatte geplant, Stoppard zu verlassen, weil sie für sich dort keine Zukunft sah. Nun aber bot sich eine Alternative. Eine Möglichkeit zu bleiben.

Carl Engle war der Vater ihres Freundes und der Pastor ihrer Eltern. Bevor sie das Geheimnis lüftete, wollte sie sich sicher sein, dass er mit an Bord war, wenn Ruby Teil der Familie wurde.

Da ich ja wusste, wie die Geschichte letztlich weiterging, glaubte ich seine Antwort bereits zu kennen.

»Meine Reaktion fiel nicht gerade gnädig aus«, gab er zu. »Ich dachte nur daran, dass Joe doch bald aufs College gehen wollte. Und was sollte meine Gemeinde denken?«

»Hatte es denn zuvor niemals solche Fälle gegeben?«, wollte Ms. Pentecost wissen.

»Doch, natürlich. Wir hatten schon ein paar … unvermutete Hochzeiten. Aber Joe war schließlich nicht irgendjemand. Würde man ihn danach noch auf der Kanzel haben wollen? Ich wusste es nicht.«

Im Fenster hinter ihm leuchteten Scheinwerfer auf, als ein Auto die Einfahrt heraufkam. Das schwache Tageslicht reichte gerade noch aus, um den Fahrer zu erkennen. Im ersten Moment wollte ich etwas sagen, überlegte es mir dann aber anders.

Vielleicht habe ich ja doch einen miesen Charakter.

»Wie genau haben Sie denn reagiert?«, fragte Ms. P.

Keine Antwort.

»Mr. Engle?«

Blinzelnd und sichtlich verwirrt, kehrte er zu uns zurück.

»Wie bitte?«

»Was haben Sie zu ihr gesagt? Als Ms. Donner Ihnen mitteilte, dass sie mit Ihrem Enkelkind schwanger war.«

Er zuckte kurz zusammen und machte dabei wieder diese steife Drehung aus der Hüfte. Als wollte er dadurch unsichtbare Zügel abwerfen.

»Ich sagte ihr … Ich sagte ihr, dass es viele gute Christen gäbe, die mit Freuden ein Baby adoptieren würden, weil sie keine eigenen Kinder bekommen könnten. Und dann …«

Den Rest der Geschichte bekam er nicht mehr über die Lippen.

»Was war dann, Mr. Engle?« Mein Boss ließ ihn nicht vom Haken. »Haben Sie angeboten, für sie den Kontakt zu einem dieser guten Christenpaare herzustellen?«

Ein schmerzhafter Nadelstich, doch mein Boss hatte keinerlei Skrupel, ihn zu verabreichen.

»Nein«, antwortete er leise.

»Und wie endete Ihr Gespräch mit Ruby Donner dann?«

»Ich habe ihr Geld gegeben. Um die Sache zu regeln.«

Das war es also. Er hatte lange genug in der Erde gescharrt, nun aber endlich die Wurzel des Übels freigelegt.

»Um die Sache zu regeln?« Ich versuchte nicht einmal, meine Verachtung zu verbergen. »Das Wort *Abtreibung* kommt in Ihrem Wortschatz nicht vor, oder wie?«

»So etwas habe ich niemals gesagt. Niemals!«

»Die Wahrheit, Mr. Engle.« Mein Boss sprach nur halb so laut wie er, trotzdem verstummte er abrupt. »Ein sündhaftes Geheimnis, das waren Ihre Worte.«

Wieder zuckte Carl heftig zusammen.

»Vielleicht haben Sie es nicht beim Namen genannt, aber Ihre Absicht war unmissverständlich«, fuhr Ms. P fort. »Sollte sie ihr Baby in Stoppard zur Welt bringen, würde sie keinerlei Unterstützung durch Sie erfahren. Was natürlich hieß, dass auch ihre Eltern sie nicht unterstützen würden, und Ihr Sohn möglicherweise ebenfalls nicht. Mehr Familie hatte das Mädchen nicht, nur noch einen Onkel, der aber nicht in der Lage war, ihr zu helfen. Als Sie ihr das Geld gaben, wussten Sie also genau, worauf es hinauslaufen würde.«

Er blickte starr zu Boden.

»Ja, ich habe es gewusst.«

Wer Ms. Pentecost nicht kannte, hätte ihre Miene vermutlich falsch gedeutet, denn auf den ersten Blick wirkte sie vollkommen gelassen. Aber diese tiefe Falte auf ihrer Stirn … Das war sozusagen der Pfeil, mit dem sie direkt auf Carl Engles Hals zielte.

»Wie lange dauerte es nach dieser Begegnung noch, bis Ms. Donner Stoppard verließ?«, wollte sie von ihm wissen.

»Keine zwei Tage.«

Ich konnte Ruby förmlich vor mir sehen: ein Teenager, ganz allein, vermutlich mit nicht mehr im Gepäck als ein paar Klamotten und dem bisschen Geld, das ein Carl Engle im Jahr 1933 für ausreichend hielt, um eine Abtreibung zu bezahlen. Und doch schon weitblickend genug, um zu begreifen, dass eine Zukunft in ihrer Heimatstadt – falls sie eine solche überhaupt für möglich hielt – mehr als hart werden würde.

Einen Moment lang überlegte ich, ob sie das Baby möglicherweise doch bekommen hatte. Vielleicht standen die Margeriten ja für das Kind, das sie geboren und dann weggegeben hatte.

Aber es passte nicht in den zeitlichen Ablauf. Dann hätte der Tätowierer in Coney Island seine Tinte in einen schwangeren Bauch gestochen, und das war definitiv nicht passiert.

Außerdem fiel mir plötzlich wieder ein, dass Ruby diejenige gewesen war, an die sich die Mädels wandten, wenn sie in Schwierigkeiten dieser Art steckten. Ruby hatte gewusst, wie man den richtigen Arzt fand, was es kostete und wie lange die Betroffene hinterher ausfiel.

Nein. Sie hatte abgetrieben und sich hinterher eine Erinnerung in die Haut stechen lassen. Woran genau die Tätowierung erinnern sollte, würden wir wohl nie erfahren. Wir wussten nur, dass sie irgendwann beschlossen hatte, diese Erinnerung nicht länger sichtbar mit sich herumzutragen.

»Ich … äh … ich werde zurücktreten«, sagte Carl nun. »Von meinem Kirchenamt. Ich … ich werde reinen Tisch machen. Werde Platz machen für einen würdigeren Prediger. Ich habe Bert bereits angerufen und ihm mitgeteilt, dass ich ihn sprechen muss. Dass ich etwas öffentlich machen werde, das der Kirche vermutlich schaden wird. Aber ich habe ihm auch gesagt, dass ich zuerst mit Ihnen sprechen muss.«

Eigentlich hatte ich ja gehofft, sein Geständnis würde mit den Worten »… und dann habe ich sie umgebracht« enden, aber das hatte er offenbar nicht in petto.

»Es tut mir schrecklich leid«, fügte er noch hinzu.

Ein Mann kam aus der Küche zu uns ins Wohnzimmer.

»Du verdammter Mistkerl«, sagte Joe leise. »Du erbärmliches Stück Dreck.«

Es war ein paar Minuten her, dass ich seinen Wagen in der Einfahrt gesehen hatte, deshalb ging ich davon aus, dass er das Geständnis seines Vaters größtenteils mitbekommen hatte.

Auf Carls Gesicht breitete sich die nackte Angst eines

Mannes aus, den man in die Ecke gedrängt hat – was nicht anders zu erwarten gewesen war.

»Sohn, es tut mir so leid. Ich wollte nie –« Aber Joe hatte sich bereits abgewandt und ging wortlos davon.

Wie gesagt: Ich habe wohl doch einen miesen Charakter.

Kapitel 43

ER WAR SCHON fast an der Scheune, als ich ihn einholte.

»Hey, warte mal kurz!«

Joe blieb stehen und fuhr zu mir herum.

»Dieses Schwein«, fauchte er.

»Absolut.«

»Dieses miese Schwein!«

»Bin voll und ganz deiner Meinung.«

»Weißt du, was er zu mir gesagt hat, nachdem Ruby weg war? Als ich dachte, ich hätte vielleicht irgendetwas falsch gemacht und sie wäre deswegen abgehauen? Er sagte, es sei Gottes Wille. Das hat er zu mir gesagt, ohne eine Miene zu verziehen. Er hat mir eiskalt ins Gesicht gelogen.«

Ich legte ihm tröstend die Hand auf die Schulter.

»Ja, ich weiß. Menschen machen so etwas, wenn die Scham sie dazu treibt.«

Vielleicht sah er es in meinem Blick, auf jeden Fall schien er zu wissen, was als Nächstes kam, und wappnete sich.

»Es war dein Heroin, stimmt's? Das Briefchen, das wir in Rubys Wohnwagen gefunden haben. Das hatte sie von dir.«

Er antwortete nicht, doch das war auch gar nicht nötig. Zwar war Joe offenbar ein besserer Lügner, als ich gedacht hatte, aber so gut dann auch wieder nicht. Sein Gesicht sprach Bände.

Faraday hatte uns gesagt, dass die Mafia vor ein paar Jahren angefangen habe, ihre Fühler auch in die kleinen Kuhkäffer auszustrecken. Mitten im Krieg, als massenhaft verwundete Soldaten in die Heimat zurückkehrten. In den Krankenhäusern behandelte man ihre Verletzungen, gab ihnen Morphium gegen die Schmerzen und schickte sie dann nach Hause.

Aber ganz klar wurde es erst, als er die Militärbasen erwähnte – eben jenes Detail, auf das mein Boss in meinen Notizen gezeigt hatte. Wozu ein Verteilernetzwerk aufbauen, wenn es keine Käufer gab?

Das hatte uns zu dem einen Dominostein geführt, der die Lücke schloss. Dem einen Ereignis zwischen ihrer Rückkehr und ihrem Tod, das Ruby so aufgewühlt hatte.

»Vermutlich hat sie dich gesehen, als sie am Abend vor ihrem Tod ihren Onkel besucht hat«, fuhr ich fort. »Es wird ähnlich gewesen sein wie bei mir: Sie hat Licht in der Scheune gesehen und ist hineingegangen. Vielleicht lag dein Stoff irgendwo rum, oder vielleicht hat sie dich auch dabei erwischt, wie du dir einen Schuss gesetzt hast.«

Unwillkürlich huschte sein Blick Richtung Scheune, hinauf zum Heuboden.

»In einem Punkt bin ich mir nicht ganz sicher: Hat sie es einfach genommen, oder hast du es ihr gegeben?«

Als er noch immer nicht reagierte, ließ ich wenigstens einen Teil meiner Wut raus.

»Hey! Als Whiddle mich zur Sau gemacht hat, weil ich

ihm nichts von dem Heroin gesagt hatte, hast du mich schön alle Schuld auf mich nehmen lassen, obwohl du es vor allen anderen gewusst hast. Also rück endlich damit raus!«

Es schien ihn einige Überwindung zu kosten, aber schließlich schaffte er es, mir in die Augen zu sehen.

»Ich habe es ihr gegeben«, sagte er. »Ich nehme es nicht oft, das habe ich ihr auch gesagt. Nur wenn die Schmerzen zu schlimm werden. Mein Arzt sagt, ich soll Aspirin nehmen, aber er hat ja keine Ahnung, was –«

Für einen Moment schlich sich ein weinerlicher Unterton in seine Stimme, doch er war klug genug, ihn im Keim zu ersticken.

»Ich musste ihr versprechen, damit aufzuhören. Was ich auch getan habe. Und ich habe ihr gegeben, was noch übrig war. Dann ist sie gegangen.«

Joe biss sich auf die Lippe; ein kleiner Schmerz, der von dem größeren ablenken sollte.

»Sie war so enttäuscht. Und wütend. Richtig wütend.«

Es fiel mir schwer, ihm die nächste Frage zu stellen, denn eigentlich wollte ich die Antwort gar nicht hören. Aber auf meinen Visitenkarten stand nun einmal »Private Ermittlerin«, und es wäre Geldverschwendung gewesen, mir neue drucken zu lassen.

»Du hast also aufgehört?«, hakte ich nach.

»Ja.«

Man hätte sein Gesicht bei Macy's ins Schaufenster stellen können, so aalglatt präsentierte er diese Lüge. Und er begriff, dass ich es merkte.

»Ich meine … als ich erfahren habe, dass sie tot ist, das war … das war hart für mich … Und ich bin ja auch nicht … Ich nehme es nicht oft«, betonte er wieder. »Nur wenn es echt wehtut.«

»Sag mir, Joe: Warst du bei unserem Date high?«

»Nein!«, rief er sofort. »Selbstverständlich nicht.«

Aber hier war gar nichts mehr selbstverständlich. Plötzlich stellte ich alles infrage. Ich versuchte, mich möglichst genau an diesen Abend zu erinnern. Eigentlich schien er geistig voll da gewesen zu sein. Und wer high ist, trifft doch nicht bei acht von zehn Schüssen, oder?

Ich wusste gar nicht, warum mich diese Frage so beschäftigte. Schließlich war ich nicht in diesen Mann verliebt. Das zwischen uns war einfach nur Lust, zwei einsame Menschen, die ein bisschen im Dunkeln rummachten. Trotzdem lag die Frage wie eine bittere Giftpille unter meiner Zunge. Entschlossen spuckte ich sie aus. Für so etwas hatte ich jetzt keine Zeit.

»Was ich nicht begreife, ist diese ganze Show mit Leroy«, fuhr ich fort und kehrte damit zum Geschäftlichen zurück. »Du kannst mir doch nicht erzählen, dass du die Puzzleteile nicht längst zusammengesetzt hattest: Ruby nimmt dir dein Heroin ab, dann ist sie plötzlich tot, und dein Dealer hat auch noch eine gewisse Vergangenheit mit ihr. Du wolltest bestimmt nicht, dass er Whiddle von deinem Problem erzählt. Und dann bringst du mich raus zum Pig's Hole und steckst mich in einen Raum mit Leroy. Warum? Warum dieses Risiko eingehen? Oder wolltest du so hintenherum dafür sorgen, dass er ins Spiel gebracht wird?«

»Ich wusste nicht, dass Leroy mit Drogen handelt.«

Mein Blick machte wohl deutlich, wie wenig ich ihm das abkaufte.

»Ehrlich nicht, ich schwöre es!«, rief er beinahe flehend. »Ich würde nie bei diesem Frettchen kaufen.«

»Und wo kriegst du es dann her?«

»Von einer legalen Quelle«, behauptete er. »Na ja, zumindest halbwegs legal.«

Ich wollte ihn gerade fragen, ob »halbwegs legal« so etwas Ähnliches war wie eine »halbe Jungfrau«, als ein lautes Quietschen mir verriet, dass die Fliegentür an der Veranda geöffnet wurde. Ms. Pentecost rief nach mir.

»Willowjean! Willowjean, Liebes, könntest du bitte einmal herkommen?«

Mein Boss stand in der offenen Verandatür, mit einer Hand auf den Gehstock gestützt, die andere erhoben, um mich heranzuwinken.

Hätte ich nicht gerade mitten in einer Befragung gesteckt, wären mir die Zeichen nicht entgangen, das schwöre ich.

Willowjean? Liebes? Ebenso gut hätte Ms. Pentecost eine rote Fahne schwenken und aus vollem Hals brüllen können. Doch anstatt auf vernünftige Art zu reagieren und loszurennen oder meine Waffe zu ziehen, ging ich nur ein paar Schritte auf sie zu.

»Was ist denn?«, fragte ich irritiert. »Ich bin hier gerade mittendrin.«

Ms. P kam taumelnd die Stufen herunter, rammte ihren Stock in den Boden und kämpfte um ihr Gleichgewicht. Carl war dicht hinter ihr.

Zuerst dachte ich, er hätte sie geschubst. Aber dann half er meinem Boss, sich richtig hinzustellen, und hob anschließend beide Hände.

Endlich begriff ich und tastete nach meiner .45er.

»Keine Bewegung!«, schallte es von der Veranda herüber. »Lassen Sie die Finger von der Waffe, sonst werde ich sie erschießen, das schwöre ich!«

Die Pistole war das Erste, was ich wahrnahm. Dann folgten der Arm, die Schulter und schließlich Bert Conroys rundes, friedfertiges Gesicht, das nun, wie seine Waffe, den Hinterkopf meiner Chefin fixierte.

Kapitel 44

»WAS ZUM TEUFEL tust du da, Bert?« Joe ging einen Schritt auf seinen Cousin zu.

Carl aber hob warnend die Hand. »Nein, Sohn. Hier stimmt etwas nicht. Mit ihm stimmt etwas nicht. Ich glaube nicht, dass er noch bei klarem Verstand ist.«

»Rüber mit euch«, fauchte Bert. »Und Sie … Sie werfen Ihre Waffe weg. Aber schön langsam.«

Ich gehorchte, während Ms. P und der Prediger zu uns herüberkamen. Natürlich gefiel es mir nicht, mich meiner einzigen Waffe zu entledigen, aber die Pistole am Kopf meiner Chefin gefiel mir noch viel weniger. Mit Bert stimmte definitiv etwas nicht. Seine Hände zitterten, und er schwitzte stärker als die milde Sommernacht vermuten ließ. In der freien Hand hielt er einen schweren Stoffbeutel, dessen Inhalt bei jeder Bewegung klimperte.

»Okay, gut. Wo ist deine Waffe, Joe?«

Ich spürte, wie Joe sich anspannte.

»Keiner rührt sich«, befahl Bert. »Also, wo ist die Waffe?«

»Im Auto.«

In der Hoffnung, ihn wieder beim Lügen zu erwischen, schaute ich zu Joe hinüber, doch ausgerechnet dieses Mal hatte ich kein Glück.

»Habt ihr Leroy gefunden?«, fragte Bert weiter.

»Wir haben Hinweise gefunden, dass sie in der Jagdhütte waren, aber sie waren nicht mehr dort.«

Bert nickte. »Gut. Das ist gut.«

Kaum merklich beugte ich mich zu Joe hinüber und flüsterte: »Ich habe da so eine Ahnung, von wem du dein Heroin beziehst.«

Plötzlich war die schwarze Mündung der Pistole auf mich gerichtet.

»Seien Sie still!«

Blanke Furcht erfasste mich. Nicht mein komplettes Wesen, aber Teile von mir. Es war nicht das erste Mal, dass jemand mit einer Pistole auf mich zielte. Und auch wenn man sich nie vollständig daran gewöhnt, wird es durch die Wiederholung doch etwas leichter. Zumindest insofern, als man in der Lage ist, auch noch an etwas anderes zu denken als die Tatsache, dass man gleich tot sein könnte.

Zum Beispiel gelang es mir, genau zu erfassen, was mit Bert nicht stimmte. Er war einfach nicht in seinem Element – ein Schisser, der sich plötzlich in der Rolle des waffenschwingenden Schwergewichts wiederfand. Das Kostüm passte ihm allerdings nicht, und er scheuerte sich daran wund.

Wodurch das Risiko, dass er vielleicht abdrückte, allerdings nicht geringer wurde; das Gegenteil war der Fall, auch wenn es vielleicht nur aus Versehen passieren würde.

»In Gottes Namen, Bert, was tust du denn da?« Diese Wortmeldung kam von Carl, der eher verwirrt als verängstigt wirkte. »Das bist doch nicht du, mein Sohn.«

Bert verzog abfällig das Gesicht.

»Nenn mich bloß nicht Sohn«, zeterte er. »Ich weiß, dass du es weißt.«

»Ich verstehe nicht …«

Ms.. P offenbar schon.

»Mr. Conroy ist der Ansicht, Sie wüssten, dass er Heroin verkauft. Und vermutlich auch noch andere Betäubungsmittel. Ich gehe davon aus, dass er annimmt, Sie hätten ihn deswegen angerufen und um ein Gespräch gebeten«, erklärte sie dem Prediger so gelassen, als säße sie zu Hause hinter ihrem Schreibtisch. Falls sie Angst hatte, ließ sie sich das in keinster Weise anmerken.

»Es ist wohl anzunehmen, dass der Großteil der Ware verteilt wurde, wann immer Mr. Conroy die Lebensmittellieferungen übernommen hat. So war der alte Mr. DeCambre ja eine feste Station bei jeder Tour. Das hat dieser während der Sonntagsmesse selbst gesagt. Und so hat dann Leroy DeCambre das Heroin erhalten, das er letztlich an seine Kunden im Pig's Hole verkaufte.«

Wenn mein Boss die Unerschrockene gab – ob nun echt oder gespielt –, sollte ich ebenfalls mitmachen, beschloss ich.

»Dann sind die DeCambres also bloß das Ende der Lieferkette?«, fragte ich Ms. P.

»Das habe ich von Anfang an vermutet«, sagte sie. »Denn nach allem, was wir in Erfahrung bringen konnten, hatte ja keiner der Brüder seine Heimatstadt je verlassen. Da wäre es doch extrem schwierig für sie gewesen, Kontakte zum Milieu in Chicago zu knüpfen.«

»Okay, das habe ich verstanden. Aber wie passt Bert

denn da rein? Das sind schwere Jungs. Und Bert ist doch das totale Weich–«

»Schnauze halten! Alle beide!«

Falls wir es uns zum Ziel gesetzt hatten, den Mann mit der Pistole zu verärgern, so hatten wir das nun geschafft.

Carl, der unser Gespräch aufmerksam verfolgt hatte, war trotzdem noch nicht ganz bei uns angekommen.

»Ich … ich verstehe das nicht«, stammelte er. »Du hast doch den Job bei Lions. Und die Kirche zahlt dir auch ein Gehalt.«

Bert lachte höhnisch. »Die zehn Kröten im Monat? Ich bitte dich, Carl.«

Nun trat Joe einen Schritt vor, und sofort glitt die Mündung in seine Richtung.

»Du hast gesagt, du kriegst es durch deinen Pharmalieferanten. Als Sonderbestellung.«

Carl fuhr zu Joe herum.

»Du hast davon gewusst?«

Wieder stieß der Mann mit der Waffe ein abfälliges Lachen aus. »Ob er davon gewusst hat? Er ist einer meiner besten Kunden!«

Die Fassungslosigkeit im Gesicht des Predigers wurde von Entsetzen verdrängt.

»Jawohl, Carl«, höhnte Bert, »das ist der Mann, der deine Nachfolge antreten sollte: ein drogensüchtiger Krüppel!«

Seine Belustigung schlug abrupt wieder in Ärger um, und er zeigte mit der Pistole Richtung Scheune.

»Da rein, und zwar alle. Und hübsch langsam gehen. Keine Tricks.«

Selbst seine Sprüche klangen so, als hätte er sie aus einem James-Cagney-Film geklaut, trotzdem gehorchten wir und trotteten auf das offene Scheunentor zu. Der Stoffbeutel in Berts Hand schwang bei jedem Schritt hin und her, und wieder ertönte dieses klirrende Geräusch. Glas, das auf Glas schlug. Plötzlich meinte ich, einen Hauch Benzin in der Luft zu riechen.

Ms. P blieb vor dem Scheunentor stehen und drehte sich um.

»Rein da«, fauchte Bert.

Falls sie sich Gedanken über das jetzt gesteigerte Risiko, sich gleich eine Kugel einzufangen, machte, war ihr das zumindest nicht anzusehen. Mit dem Kopf deutete sie auf den Beutel.

»Zubehör für neue Molotow-Cocktails?«

»Ich sagte, Sie sollen reingehen!«

Hatte die Scheune einen Hinterausgang? Ich konnte mich einfach nicht erinnern. Oben auf dem Heuboden gab es Fenster, aber die waren sehr schmal und mit Brettern vernagelt. Wenn er es schaffte, uns dort reinzubekommen, waren wir geliefert. Dann konnte Bert einfach das Tor verschließen und seinen nächsten Brandsatz mischen.

Sein erster Versuch hatte vermutlich dazu dienen sollen, den Zirkus zu vertreiben. Damit niemand mehr Fragen stellte. Der zweite würde wesentlich mehr bewirken – trockenes Holz, alter Heustaub. Die Scheune würde innerhalb weniger Sekunden in Flammen stehen.

»Es wird nicht funktionieren«, behauptete mein Boss und machte einen taumelnden Schritt nach rechts. »Dieses Täuschungsmanöver. Man wird Ihnen auf die Schliche kommen. Entweder wird man Beweise finden, oder die DeCambre-Brüder werden gefasst.«

Berts wurmartige Lippen verzogen sich zu einem Grinsen.

»Leroy werden sie niemals finden. Wenn er weiß, was gut für ihn ist, ist der inzwischen in Kanada. Und wenn sie ihn erwischen ...«

Er ließ den Satz unvollendet in der Luft hängen, doch da es nicht schwer war, den Gedankengang zu beenden, tat ich es für ihn: »Im schlimmsten Fall können Sie Leroy die ganze Sache anhängen: das Heroin, Rubys Tod, den Brandanschlag auf den Zirkus und die Sache mit Joes Motorrad. Und natürlich die Tatsache, dass zwei Detektive, ein Polizist und ein Pastor in einer Scheune zu Frühstücksspeck verkohlt sind.«

Joe sah mich überrascht an.

»Mein Motorrad?«

»Ich nehme mal an, dass Leroy Bert angerufen hat, nachdem er aus dem Pig's Hole verschwunden ist«, erklärte ich ihm. »Er konnte nicht zulassen, dass du zu viele Fragen stellst, immerhin warst du einer der wenigen, die Bert und Heroin in einem Atemzug genannt hätten. Ohne uns steht Leroys Wort gegen das von Bert. Und wer glaubt schon einem miesen Berufsverbrecher wie Leroy DeCambre?«

Mein Boss schüttelte den Kopf.

»Ich denke, Chief Whiddle wird ihm glauben«, sagte sie an Bert gewandt. Wieder geriet sie aus dem Gleichgewicht, wobei sie diesmal nach rechts vorne fiel. Er drehte sich ein Stück, um weiterhin auf sie zielen zu können.

»Der Chief ist nicht dumm«, fuhr sie fort. »Die jüngsten Ereignisse haben ihn aufhorchen lassen. Und ich glaube, wenn er sich Ihre Finanzen genauer ansieht, wird er schnell auf die Wahrheit stoßen.«

Ms. P wählte ihre Worte mit Bedacht, und diesmal begriff ich es.

Ich machte einen winzigen Schritt nach vorne links. Dann noch einen. Bert wirbelte zu mir herum.

»Stopp!«

Ich gehorchte und hob die Hände ein wenig höher, schob dann aber die Füße noch ein Stückchen weiter vor. Ein Blick über seine Schulter verriet mir, dass mein Boss langsam näher kam.

»Es geht doch gar nicht um Geld, richtig?«, fragte ich schnell. »Ich meine, klar, Geld ist immer fein, aber es gibt wesentlich ungefährlichere Methoden, um an etwas Schotter zu gelangen. Hierbei geht es um Stolz. Darum, ein ganzer Mann zu sein, oder?«

Er antwortete zwar nicht, aber seine Aufmerksamkeit galt nun ganz mir.

»Oder zumindest reden Sie sich ein, es ginge um Stolz«, bohrte ich weiter. »Dabei geht es in Wahrheit um Wut. Sie sind einfach auf alle wütend, würde ich wetten. Ich meine, sehen Sie sich doch mal an: Ihr Leben lang mussten Sie sich mit dem abgelegten Kram anderer zufriedengeben – Anzüge aus zweiter Hand, gebrauchte Autos … sogar den Posten als Lehrlingsprediger haben Sie nur bekommen, weil Joe beschlossen hat, dass er ihn nicht wollte.«

Während ich sprach, schob ich mich einen Schritt weiter nach vorne, dann noch einen. Bert musste sich mitdrehen, um mich nicht aus dem Blick zu verlieren. Und indem er das tat, wandte er meinem Boss den Rücken zu.

Sie ging noch einen Schritt weiter auf ihn zu. Falls es ihm auffiel, störte es ihn offenbar nicht. Schließlich war eindeutig ich die Gefahr – nicht die halb verkrüppelte Frau mit dem Stock.

»Sogar Ihre Frau ist nur aus zweiter Hand«, setzte ich noch einen drauf.

Hinter dieser blassen, weichen Miene regte sich etwas. Etwas, das schon lange vor sich hin kochte. Etwas, das beißen konnte.

Inzwischen hatte Ms. Pentecost ihren Stock mit beiden Händen umfasst. Nun drehte sie daran, und für einen Moment blitzte Metall im Mondlicht auf.

»Ich habe mit Evelyn gesprochen. Sie hat mir erzählt, wie sehr sie damals in Joe verknallt war. Und Ihnen ist doch bestimmt klar, dass sie auch heute noch auf ihn steht, oder?«, fragte ich mit wohldosierter Gehässigkeit. »Was ist das für ein Gefühl? Zu wissen, dass man eigentlich nur der Trostpreis ist?«

Das Ding hinter der Fassade fletschte fauchend die Zähne.

»Halten Sie endlich den Mund! Noch ein Wort, und ich werde …«

Ms. P machte einen Satz nach vorne, und plötzlich ragten dreißig Zentimeter geschliffener spanischer Stahl aus Berts rechter Schulter. Mit einem lauten Schrei fuhr er herum und entriss Ms. Pentecost so den Schwertgriff. Mit dem verletzten Fuß konnte sie das Gleichgewicht nicht halten und fiel zu Boden.

Berts Arm hing nun schlaff herab, doch er schaffte es noch, den Abzug zu drücken, bevor die Waffe vor ihm auf der Erde landete. Carl presste eine Hand an die Seite und sackte an der Scheunenwand zusammen.

»Dad!«, schrie Joe entsetzt.

Ich ließ mich fallen und schnappte mir Berts Pistole. Vom Boden aus feuerte ich einen Schuss ab, der allerdings weit danebenging. Als ich mich aufgerappelt hatte, war Bert bereits in Richtung Zirkus geflüchtet; Ms. Ps Schwert steckte noch immer in seiner Schulter.

Joe hockte neben seinem Vater, seine Hände waren blutverschmiert. Ms. Pentecost stemmte sich gerade mithilfe der leeren Schwertscheide vom Boden hoch.

»Rufen Sie einen Krankenwagen!«, rief ich ihr zu. »Ich kümmere mich um Bert.«

Und weg war ich.

Mein Boss rief mir noch etwas hinterher, das ich aber nicht ganz verstand. Bla, bla, dann »Okay!«. Ich blieb nicht stehen, um nachzufragen.

Nun jagte ich Bert schon zum zweiten Mal über ein dunkles Feld. Aber diesmal hatte er keine mannshohen Maispflanzen, zwischen denen er untertauchen konnte. Und sein weißes Hemd leuchtete im Mondlicht.

Außerdem war er verletzt und unbewaffnet, und ich trug dieses Mal Schuhe. Klar, die Schnittwunde an meiner Ferse brannte wie Feuer, aber das Adrenalin und die Wut trieben mich voran.

Er war Rubys Mörder. Und ich hatte ihn fast in Sichtweite.

Kurz bevor er zwischen den Bäumen verschwand, krümmte er sich kurz und taumelte, blieb aber auf den

Beinen. Ich sah, wie das Schwert durch die Dunkelheit flog. Dann rannte er auf den Pfad, der durch das Gehölz führte. Wahrscheinlich hatte er irgendwo dort hinten seinen Wagen geparkt und war zu Fuß zu Docs Haus gelaufen.

Diesmal war ich schlau genug, um nicht einfach hinter ihm her zu stürmen. Man betritt keinen Raum, ohne die Ecken zu sichern.

Deshalb blieb ich stehen, schnappte nach Luft und lauschte. Zuerst hörte ich nur meinen mühsam arbeitenden Atemapparat, dann weit entfernte Schritte und brechende Zweige.

Ich rannte weiter.

Hinter den Bäumen tauchte er wieder auf. Er hielt in vollem Tempo auf das Zirkusgelände zu, wo alles still und dunkel war, da die Truppe ja ins Kino gefahren war.

Doch nein. Nicht alle.

Als Bert die verkohlte Lücke im Zaun erreichte, die er selbst mit seinem ersten Brandsatz geschaffen hatte, trat eine Gestalt aus dem Dunkel. Sie hielt eine lange Holzlatte in der Hand.

»Was ist denn los?«, schrie sie. »Ich habe einen Schuss gehört.«

Bert blieb abrupt stehen.

»Sie … sie hat eine Waffe«, keuchte er. »Sie will mich umbringen.«

Endlich holte ich ihn ein und richtete den Lauf der Pistole auf Berts Eierkopf.

»Er war's«, sagte ich nur. »Er hat es getan. Er hat Ruby umgebracht. Hol mir ein Seil oder Handschellen. Frieda hat bestimmt welche in ihrem Wohnwagen.«

»Oje«, sagte der Mann mit der Holzlatte. »Natürlich. Ich gehe und … Ich werde nachsehen.«

Er ging an mir vorbei auf den Zaun zu, während ich Bert fixierte. Sein Blick schoss wild herum. Ich dachte, er würde verzweifelt nach einem Ausweg suchen. Damit lag ich allerdings falsch.

Als ich den wilden Triumph in seinem Blick bemerkte, war es bereits zu spät.

Hinter mir hob Rubys Mörder sein Kantholz und zog es mir über den Schädel. Ich war bewusstlos, bevor ich auf dem Boden aufschlug.

Kapitel 45

ZUERST KAM DER Schmerz, ein fieses Pochen am unteren Schädelrand. Wer hatte mir denn verdammt noch mal einen Stein unters Kissen gelegt?

Ich hob die Hand, um ihn wegzuschieben, und schrammte dabei mit den Fingerknöcheln über etwas Hartes.

Meine Lider hoben sich flatternd. Oder vielleicht auch nicht, denn alles blieb schwarz.

Schlief ich vielleicht noch? War das ein Traum?

Wieder streckte ich die Hand aus und ertastete glattes, hartes Holz, nur ein paar Zentimeter über meiner Nase. Ich drückte dagegen. Nichts rührte sich. Langsam ließ ich die Hände daran entlanggleiten, bis ich die Ecken erreichte. Dabei bohrte sich ein Splitter in meine linke Handfläche.

Noch mehr Schmerz. Also kein Traum.

Nun versuchte ich, die Beine zu bewegen, doch meine Knie stießen ebenfalls gegen die hölzerne Barriere. Ein Tritt mit der Ferse nach unten brachte dasselbe Ergebnis.

Ein beißender Geruch stieg mir in die Nase.

Formaldehyd. Und Kiefernholz.

Eine Kiste aus Kiefernholz. Ich lag in einem Sarg.

»Hilfe! Lasst mich raus!«

Ich war lebendig begraben. Sie hatten mich zu dem

kleinen Friedhof geschleift, Ruby ausgegraben, ihre Leiche rausgeworfen und mich reingesteckt.

Mit aller Kraft trommelte ich gegen den Sargdeckel.

»Lasst mich raus! Lasst mich hier raus!«

Mein Herz raste, ich bekam kaum noch Luft. Schon spürte ich, wie mir wieder schwummrig wurde.

Sauerstoff. *Ich muss Sauerstoff sparen*, dachte ich. *Ms. Pentecost braucht Zeit, um mich zu finden und auszugraben.*

Also zwang ich mich, einmal tief einzuatmen. Als ich die Luft wieder ausstieß, musste ich ein Schluchzen unterdrücken. Und noch ein Atemzug.

Ich stellte mir vor, wie mein Boss den Sargdeckel anheben und mich finden würde – mit weit geöffneten Augen und bläulich verfärbter Haut, die Fingerspitzen am hölzernen Deckel blutig gekratzt.

Sofort fing ich wieder an zu hyperventilieren.

»Hör auf«, befahl ich mir keuchend. »Hör einfach auf damit. Sofort.«

Krampfhaft ballte ich die Hände zu Fäusten und trieb den Splitter damit noch tiefer unter meine Haut. Der aufflammende Schmerz ermöglichte es mir, für einen Moment klar zu denken. Ich nutzte ihn für einen weiteren tiefen Atemzug, aber diesmal wollte die Luft nicht wieder raus.

»Atme«, flüsterte ich. »Einfach atmen. Tief einatmen, dann ausatmen. Einatmen, ausatmen.«

Wieder und wieder raunte ich mir das zu, wie ein Mantra.

Ganz langsam ließ die Panik nach, und gedankliche Klarheit trat an ihre Stelle. Ja, ich war in einer Kiste gefangen, hatte vermutlich eine Gehirnerschütterung, und wahrscheinlich würde mir bald der Sauerstoff ausgehen. Aber zumindest konnte ich wieder klar denken, und das war das Entscheidende.

Erster Tagesordnungspunkt: Umgebung erkunden. Ich tastete mich an den Rändern meines schmalen Gefängnisses entlang und fand nichts außer Holz und nahtlosen Kanten – keine losen Nägel, keine Risse.

Dann drückte ich noch einmal gegen den Deckel. Nichts. Alles fest, kein noch so kleiner Lichtschimmer. Ich schlug wieder dagegen.

»Hallo!«, schrie ich, diesmal schon mit wesentlich weniger Furcht in der Stimme. »Ist da jemand?«

Keine Antwort.

Was irgendwie logisch war, wenn ich mich knapp zwei Meter tief unter der Erde befand. Aber vielleicht stimmte das ja gar nicht. Wenn man jemanden bewusstlos schlug, lief das nicht so ab wie in den Filmen. Zum einen lässt sich das nicht einfach so abschütteln. Daher auch das Pochen in meinem Schädel.

Und zum anderen hält so eine Bewusstlosigkeit nicht sehr lange an. Entweder haut man jemanden für ein bis zwei Minuten um, oder man schickt ihn gleich ins Koma. Aber es ist sehr schwer, da ein Mittelmaß zu erreichen.

Was also bedeutete, dass Bert und sein Freund gar nicht genug Zeit gehabt haben dürften, um mich zum Familienfriedhof der Donners zu bringen, den Sarg auszugraben, mich mit Ruby zu vertauschen und alles wieder zu verbuddeln. Ganz zu schweigen davon, dass sie das alles in Sichtweite des Farmhauses hätten tun müssen, wo Ms. P, Joe, hoffentlich ein Krankenwagen und ordentlich Verstärkung versammelt waren.

Also war ich gar nicht lebendig begraben. Hoffentlich.

Das letzte bisschen Panik verabschiedete sich und ließ mich allein.

Und wenn ich schon hier festsaß, konnte ich genauso gut unseren Mordfall lösen.

Ich dachte darüber nach, was Ms. Pentecost mir hinterhergerufen hatte, als ich losgerannt war. Jetzt wurde mir klar, dass ich sie falsch verstanden hatte. Sie hatte nicht »okay« gerufen. Wenn ich das jetzt richtig deutete, war es ihr gelungen, unser Rätsel zu lösen, auch ohne dass der Mörder ihr einen Schlag auf den Hinterkopf gab.

Aber sie war ja auch ein Genie. Und sie wurde nicht dadurch eingeschränkt, dass sie sich weigerte zu glauben, jemand vom Zirkus könnte Ruby ein Messer in den Rücken gerammt haben.

Denn genau das war geschehen.

Die Zeichen waren alle da gewesen, ich hatte sie nur nicht sehen wollen.

Am Montagabend fand Ruby ihren Ex-Freund, den Vater ihres Kindes, das nie das Licht der Welt erblickt hatte, mit einer Nadel im Arm vor. Sie konfiszierte seinen Stoff, nahm ihn mit und brachte das Zeug in ihren Wohnwagen. Am Dienstag grübelte sie. Als schließlich alle Besucher weg waren, ging sie zu Big Bob, um ihm davon zu erzählen.

Was aber hieß, dass es ein zirkusinternes Problem war. Etwas, das Big Bob erfahren musste.

Aber wieso sollte Joes Drogenmissbrauch ein zirkusinternes Problem sein? Und wie war Ruby darauf gekommen?

Weil es nicht das erste Mal war, dass Ruby unvermutet auf Heroin stieß.

Klar, Bert spielte den Lieferjungen für Kleindealer wie Leroy und vielleicht noch fünfzig verwundete Veteranen und Gelegenheitsfixer. Aber er musste den Stoff ja auch irgendwo herbekommen, und zwar mit Sicherheit nicht direkt aus Chicago. Meine Sticheleien waren ja nicht völlig grundlos gewesen: Bert war tatsächlich viel zu weich, um mit dem Mob Geschäfte zu machen. Also fehlte noch ein Glied in der Kette.

Wie zum Beispiel ein Wanderzirkus. Ständig zieht er von Dorf zu Dorf, von Stadt zu Stadt. Und bei jeder Station wird an einen Bert verkauft – an gierige, kleine Männer, die aus dem Leid der Menschen Kapital schlagen.

Wenn Ms. Pentecost in ihren Überlegungen so weit gekommen war, hatte sie es sicherlich auch noch weiter eingegrenzt. Ruby war nicht direkt zu Big Bob gegangen, sie hatte den versteckten Weg genommen. Was bedeuten musste, dass sie nicht im Spektakulum gesehen werden wollte.

Weil sie befürchtet hatte, dort jemand Bestimmtem über den Weg zu laufen. Vermutlich eben jener Person, mit der sie erst eine Stunde zuvor dieses äußerst angespannte Gespräch geführt hatte. Der Person, die Maeve nur andeutungsweise gesehen hatte.

Betrachtete man die praktischen Notwendigkeiten, die erfüllt sein mussten, um selbst mittelgroße Mengen Heroin von A nach B zu bringen, blieben eigentlich nur zwei mögliche Täter übrig. Und dass Mysterio geglaubt hatte, Kalishenko zu sehen – groß, kahl, weißes Hemd und schwarze Weste, mit einem Messer in der Hand –, reduzierte es auf einen.

In diesem Moment begriff ich auch, wo ich mich befand – nicht in einem Sarg. Und der beißende Geruch stammte auch nicht von Formaldehyd. Nein, das war derselbe essigsaure Geruch, den das Briefchen aus Rubys Sachen verströmt hatte.

Ich spürte etwas. Sanfte Vibrationen drangen durch das Holz. Schritte. Gedämpfte Stimmen. Etwas Schweres wurde von der Kiste heruntergehoben.

Ich spannte mich an. Ein Versuch, mehr blieb mir nicht.

Ziel auf die Augen, schärfte ich mir ein.

Der Deckel der Kiste hob sich quietschend, Licht strömte herein und blendete mich.

Mit zu Klauen gekrümmten Fingern schnellte ich hoch.

Und verfing mich in einer Flechtfrisur.

»Es ist gut, Will. Du bist in Sicherheit.« Ms. P zog meine Finger aus ihren Haaren. »Chief Whiddle, könnten Sie Miss Parker bitte behilflich sein? Ich würde es ja selbst tun, aber ich habe meinen Gehstock verlegt.«

Der Chief packte mich unter den Armen, zog mich hoch und half mir, aus der Kiste zu steigen. Ich war etwas unsicher auf den Beinen, denn die Panik war mit voller Wucht zurückgekehrt.

»Vorsichtig, Miss Parker.«

Als ich meinen Hinterkopf abtastete, stieß ich dort auf eine Beule von der Größe eines Hühnereis. Außerdem klebte Blut an meinen Fingern.

Vom anderen Ende des Ganges drang ein leises Rascheln herüber, wie von trockenem Laub. Die Taranteln huschten in ihrem Glaskäfig herum.

Ms. P legte mir einen Arm um die Schultern, um mich zu stützen.

»Sie haben sich ja ganz schön viel Zeit gelassen«, beschwerte ich mich. »Wurde langsam langweilig da drin.«

»Bitte entschuldige. Wir wurden aufgehalten.«

Als sie mich nach draußen führte und ich das Haus des Giftigen Getiers verließ, sah ich, was sie damit meinte.

Überall waren Menschen. Auf der einen Seite wurde Bert von einer Handvoll Männern mit Gewehren in Schach gehalten. Er lag auf dem Boden, seine Hände waren auf den Rücken gefesselt, und er wand sich kreischend. Sein gesamter Oberkörper war blutverschmiert. Auf der anderen Seite hatten sich noch mehr bewaffnete Einheimische an der Bude des Echsenjungen versammelt.

»Meine Reservisten waren alle noch auf der Wache und haben getratscht, als Joe anrief«, erklärte Whiddle, der uns nach draußen gefolgt war. »War auch ganz gut, denn so hatten wir genügend Männer, um den Laden hier zu umstellen. Wir konnten dafür sorgen, dass uns keiner entwischt.«

Vom Zirkus waren auch ein paar Leute anwesend. Paulie stand bei der zweiten Gruppe, genau wie Frieda und Maeve, die tuschelnd die Köpfe zusammensteckten. Big Bob hielt etwas Abstand, er lehnte mit Leichenbittermiene an der Wand des Kuriositätenkabinetts.

»Auch wenn das nicht sonderlich schwer war«, fügte

Whiddle noch hinzu. »Bert war gar nicht in der Verfassung, um sich groß zu wehren. Der andere hat da schon mehr Probleme gemacht. Hat sich mit Zähnen und Klauen gewehrt, bis er erkannt hat, dass er aus der Nummer nicht mehr rauskommt. Dann hat er einfach aufgegeben. Er wollte uns auch zeigen, wo sie Sie hingeschafft hatten. Aber Ihr Boss hatte das schon irgendwie selbst herausgefunden.«

»Lesen Sie denn keine Zeitung?«, erwiderte ich spitzzüngig. »Die Frau ist ein Genie.«

»Wir sollten dich ins Krankenhaus bringen«, entschied Ms. P. »Dein Schädel muss geröntgt werden. Wieder einmal.«

Diesen kleinen Seitenhieb ließ ich ihr durchgehen, bat aber darum, mir noch einen Moment Zeit zu geben. Sie ließ sich erweichen.

Als ich zu Big Bob hinüberging, zündete er sich gerade eine Zigarre an.

Paff, paff, auspusten.

Hätte der sanfte Nachtwind sie nicht davongetragen, wäre die giftige Qualmwolke zwischen Frieda und Maeve hindurchgezogen, hätte sich an den Gewehrträgern vorbeigeschoben und wäre letztlich bei Ray gelandet, der zusammengesunken auf dem Hocker saß, den normalerweise der Echsenjunge belegte. Er ließ den Kopf hängen, und seine Brille fixierte seine Treter Größe 46.

Bob musterte mich eingehend – das Blut an meinen Fingern, den Schweiß, den Dreck und das, was mal wieder aus meinen Haaren geworden war.

»Du siehst echt scheiße aus, Parker.«

»Tja, der Schein trügt nicht immer. Wie war der Film?«

Er zuckte mit den Schultern. »Keine Ahnung. Die letzte Filmrolle ist gerissen. Wir haben gerade darauf gewartet, dass sie geklebt wird, als wir die Sirenen hörten.«

Paff, paff.

»Die behaupten, Ray hätte Ruby abgestochen«, fuhr er fort. »Ich habe sofort gesagt, das ist Schwachsinn, aber er streitet es gar nicht ab. Sie haben ihm Handschellen angelegt, und er ist einfach zusammengeklappt. Und jetzt sagen sie mir nichts mehr. Als wäre ich ein totaler Niemand.«

Als er sich zu mir umdrehte, zog der Rauch aus seinem Mund hinauf in seine Augen.

»Bin ich ein Niemand, Parker? Oder wärst du vielleicht so freundlich, mich aufzuklären?«

Ich nickte. »Kann ich machen. Aber das wird nicht leicht.«

Achselzuckend stellte Big Bob fest: »Was ist schon leicht im Leben?«

Es dauerte einen Moment, bis ich im Kopf alles sortiert hatte und es ihm stückweise darlegen konnte.

»Der Zirkus steht kurz vor der Pleite, richtig? Jeder weiß das. Selbst vor meinem Abgang haben schon alle gesagt, er würde es nicht mehr lange machen. So weit korrekt?«

Big Bob runzelte gereizt die Stirn, nickte aber.

»Na ja, und das konnte Ray einfach nicht zulassen. Der Zirkus ist sein Zuhause. Was sollte denn dann aus seinen Babys werden? Das wäre genau wie die Sache mit der Zoohandlung damals.«

Ms. P trat zu uns. Jemand hatte ihr einen Gehstock besorgt: ein knallbuntes, mit viel Gold verziertes Ding, dessen Griff aus einer Clownsnase bestand. Bei jedem Schritt gab er einen leisen Hupton von sich.

»Apropos Zoohandlung, ich nehme an, dass er während seiner Zeit im Gefängnis die entsprechenden Kontakte geknüpft hat«, fuhr ich fort und sah zu meiner Chefin hinüber, damit sie meine Theorie bestätigte.

»Mit ziemlicher Sicherheit, ja«, stimmte Ms. P mir zu. »Denn zu dieser Zeit saßen auch einige führende Köpfe der Chicagoer Mafia in Stateville ein. Vermutlich hat Mr. Nance dort ein paar interessante Bekanntschaften gemacht. Menschen, an die er sich dann später wenden konnte, als der Zirkus eine kleine Finanzspritze brauchte.«

Nun übernahm ich wieder den Staffelstab.

»Und glücklicherweise – wenn man es denn Glück nennen will – sind einige von Rays Freunden gerade dabei, ein Vertriebsnetzwerk aufzubauen, um ihr Heroin auch in ländlichen Regionen an den Mann zu bringen. Ray war perfekt dafür geeignet.«

»Drogenhandel?«, hakte Bob empört nach. »In meinem Zirkus?«

»Außerdem waren diese Freunde ihm eine riesige Hilfe, als es darum ging, dem Zirkus das Geld zukommen zu lassen, ohne dass jemand Verdacht schöpfte«, ergänzte Ms. P.

Ich konnte regelrecht sehen, wie der Groschen fiel. Bobs unglückliche Miene brach mir das Herz.

»Dieser Fonds. Das war *er*?«

Ich nickte.

»Er hat das für H & H getan? Für mich?«

»Sicherlich hat er sich das selbst so zurechtgelegt«,

befand Ms. P. »Doch eine viel stärkere Motivation war wohl sein Eigennutz – die Furcht davor, sein Einkommen, seine Heimat und seine Tiere zu verlieren.«

Das musste ich erst mal sacken lassen, fuhr dann aber fort: »Jedenfalls war die Chicagoer Mafia, oder zumindest Teile davon, so freundlich, Ray als Heroinlieferanten anzustellen. Er transportiert die Drogen über Land und bringt sie zu Menschen wie Bert, die sie dann an lokale Süchtige und Kleindealer verkaufen. Vermutlich gibt es überall einen Bert, bei jedem Gastspiel. Und Ray konnte eine ganze Menge Heroin in den Kisten unterbringen, auf denen er seine Terrarien präsentiert.«

Das war endgültig zu viel für Bob.

»Er hatte das Zeug hier? Es war die ganze Zeit im Reptilienhaus?«

»Gar kein übles Versteck«, fand ich. »Sicher, der Zirkus wird immer mal wieder angehalten und durchsucht. Aber wer wühlt schon freiwillig in einem Haufen Spinnen herum?«

Bob warf seine Zigarre auf den Boden und trat sie aus.

»Ich verstehe immer noch nicht, an welcher Stelle Ruby ins Spiel kommt.«

Ms. P machte es Big Bob nach und lehnte sich an das Kuriositätenkabinett. Dann ließ sie sich an der Wand hinabgleiten, bis sie auf dem Boden saß und den kaputten Knöchel ausstrecken konnte; dass ihr Anzug dabei schmutzig wurde, schien ihr völlig egal zu sein.

»Verzeihung«, erklärte sie knapp. »Es war ein langer Abend.«

Ich glaube aber, sie wollte sich vor allem mit ihm auf Augenhöhe bringen, bevor sie fortfuhr.

»Zwar muss das noch von Mr. Nance bestätigt werden, doch ich fürchte, Ms. Donner wurde in dem Moment mit hineingezogen, als ihre geliebte Boa starb. Wahrscheinlich führte ein Fehler bei der Lagerung dazu, dass sich das Tier versehentlich mit den Drogen vergiftet hat. Eine Exhumierung der Schlange und ein paar einfache Tests könnten das bestätigen. Obwohl das vermutlich nicht nötig sein wird. Jedenfalls ist etwas geschehen, wodurch sie auf Mr. Nance' Aktivitäten aufmerksam wurde. Und wenn ich Ms. Donners Charakter richtig deute, war sie nicht gerade erfreut.«

Ich nickte. »Ja, wahrscheinlich hat er Ruby mit der Begründung abgespeist, dass er es ja tue, um dem Zirkus zu helfen. Und damit gedroht, dass sie alle ihren Job verlieren, wenn sie ihn verpfeift. Außerdem schade er doch niemandem damit, es sei ein Verbrechen ohne Opfer. Wen interessiert es schon, dass sich Menschen, denen sie nie begegnet waren, ihre Sorgen wegspritzten?«

»Und was ist dann passiert?«, wollte Bob wissen.

»Die Sache wurde persönlich.« Ich ging bewusst nicht mehr ins Detail, denn sonst hätte ich hier Joes schmutzige Wäsche auspacken müssen. »Am Dienstag konfrontiert sie Ray damit, dass sie dir von der Sache erzählen wird. Wahrscheinlich stellt sie ihm ein Ultimatum: Wenn du es ihm nicht sagst, tue ich es. Später geht er zu ihrer Bude und versucht, es ihr auszureden. Ohne Erfolg.«

Inzwischen sah Bob aus wie ein Mann, der vor seinem brennenden Haus steht und keinen einzigen Tropfen Löschwasser hat.

»Und dann hat er sie einfach umgebracht? Seine langjährige Freundin? Wie konnte er das tun?«

Noch hatte ich keine Antwort auf diese Frage, aber die würde ich mir jetzt verdammt noch mal beschaffen.

Ich drängte mich durch die unruhige Menge. Offenbar hatte irgendjemand den Gewehrträgern gesteckt, dass ich wichtig war, denn sie machten mir anstandslos Platz und ließen mich zu Ray, der noch immer mit hängendem Kopf auf dem Hocker saß.

»Hallo, Ray.«

Er blickte hoch. Seine fahlblauen Augen waren gerötet, der Blick darin ein einziger Abgrund. Sobald er sah, wer ihn angesprochen hatte, setzte er zu einer Entschuldigung an.

»Es tut mir so leid, Will. Ich … ich bin in Panik geraten. Bert meinte, wir müssten dich loswerden. Er wollte dich umbringen, aber das habe ich nicht zugelassen. Das konnte ich ihn nicht tun lassen. Ich habe ihm gesagt, wir könnten dich stattdessen in –«

Mit erhobener Hand gebot ich ihm Einhalt.

»Das ist Blut von gestern«, winkte ich ab. »Auch wenn ich nicht verstehe, warum du nicht einfach ihn k.o. geschlagen hast anstatt mich. Immerhin hat er versucht, dich umzubringen. Das ist dir doch klar, oder? Um alles zu vertuschen. Dieser Brandanschlag war nicht gegen den Zirkus gerichtet, sondern allein gegen dich.«

Ray blinzelte langsam. Seine verbrannte Augenbraue verstärkte noch den Ausdruck tiefer Verwirrung, der sich nun auf seinen Zügen ausbreitete. Anscheinend hatte er diese Puzzleteile bis jetzt noch nicht zusammengesetzt gehabt. Na ja, ich ja eigentlich auch nicht. Nicht bis zu diesem Moment. Aber ich musste auch noch etwas aufholen. Was war Rays Ausrede?

Und dass Rubys Plakat dabei verbrannt war? Tja, manches ist eben doch reiner Zufall.

»Eine Frage habe ich allerdings noch, Ray«, fuhr ich fort. »Als du Ruby an jenem Abend gefolgt bist – hattest du da geplant, sie umzubringen?«

»Nein!«, rief er. »Ich wollte nur mit ihr reden. Aber sie wollte nicht einmal stehen bleiben. Sie ist einfach immer weitergegangen, und … Ich weiß nicht, was dann passiert ist.«

»Wo kam das Messer her?«

»Das hat … keine Ahnung. Val lässt die doch immer überall rumliegen.«

»Lag es auf dem Boden?«

Ray starrte mich ausdruckslos an.

»Hat er es im Reptilienhaus liegen gelassen?«, bohrte ich weiter.

»Vermutlich.« Nun nickte er ruckartig. »Ja, da muss ich es wohl gefunden haben.«

Vielleicht änderte sich etwas an meiner Körperhaltung, denn auch wenn Ray mich weiter reglos musterte, traten die Cops ringsum plötzlich näher heran. Fast so, als wären sie in Sorge, was die körperliche Unversehrtheit ihres Gefangenen anging.

Und vielleicht war das nicht ganz unbegründet. Ich beugte mich zu ihm hinunter.

»Du hast das Messer mitgenommen, Ray. Schon als du Ruby hinterhergelaufen bist. Um mit ihr zu *reden*.«

Es dauerte einen Moment, bis die Botschaft angekommen war. Dann suchte er offenbar nach Worten, bekam aber nichts raus. Seine Zunge lag leblos in seinem Mund, wie etwas, das er an seine Schlangen verfütterte.

»*Du* hast das Messer mitgenommen, Ray.«

Und da war sie. Ganz kurz nur blitzte sie in seinen Augen auf. Die Schuld.

Er holte tief Luft und brachte seine Zunge wieder unter Kontrolle. Doch ich wollte gar nicht hören, was er zu sagen hatte. Ich wandte mich ab und ging davon.

Big Bob half gerade meinem Boss beim Aufstehen, als ich wieder zu den beiden trat.

»Wir sollten gehen«, verkündete ich. »Unglücklicherweise muss ich meinen Kopf untersuchen lassen.«

Und so humpelten wir langsam von dannen, wobei eine von uns bei jedem Schritt leise hupte. Trotz allem entlockte mir das ein Grinsen.

»Wie lange hatten Sie Ray schon in Verdacht?«, wollte ich von ihr wissen. »Sind Sie über die Verbindung nach Chicago draufgekommen? Weil Sie wussten, dass er in Stateville eingesessen hatte? Oder hat er einfach nur ausgesehen wie ein Mörder? Was war es?«

Ms. P schüttelte den Kopf. »Ich habe mein Augenmerk schon früh auf die anderen Darsteller des Spektakulums gerichtet, vor allem, weil Ms. Donner den verborgenen Weg genommen hat und der Täter offenbar direkt zur Stelle war, um sie abzufangen.«

»Jaja, ich habe ein wenig aufgeholt, während ich lebendig begraben war. Aber wann haben Sie sich auf Ray eingeschossen? Denn das haben Sie mir doch zugerufen, oder? Dass ich mich vor Ray in Acht nehmen sollte.«

»Der erste Verdacht entstand, als ich von der Sache mit dem Vogelkäfig erfuhr.«

»Der, mit dem er diesen Cop verprügelt hat, was ihn letztlich nach Stateville brachte?«

Ein knappes Nicken.

»Alle schienen das amüsant zu finden, aber er hat eine fünfjährige Haftstrafe dafür gekriegt. Woraus sich schließen ließ, dass es mehr als nur ein kleiner Hieb gewesen sein muss«, erklärte sie mir. »Jemand hatte seine Lebensgrundlage bedroht, seine Welt. Und als Reaktion darauf griff er nach dem erstbesten Gegenstand und schlug brutal zu, ohne über die Folgen nachzudenken. Das brachte mich zu der Frage, ob sich daraus vielleicht ein Muster ableiten ließ.«

Ich musste plötzlich daran denken, was Ray bei der Totenfeier gesagt hatte. Dass er so etwas niemals wieder zulassen würde. Ich hatte gedacht, das sei auf seinen Gefängnisaufenthalt bezogen. Doch eigentlich hatte er die Zerstörung seines Heims gemeint, seines Lebens. *Das* würde er niemals wieder zulassen. Und Ruby hatte es bedroht. Also hatte er sein Versprechen wahrgemacht.

»Alles ist von Bedeutung«, resümierte ich.

»Stimmt«, pflichtete Ms. P mir bei. »Wenn es darum geht, die Menschen zu verstehen, dann ist es das wirklich.«

Als wir müde unter dem Torbogen von *Hart & Halloway's Wanderzirkus und Spektakulum* hindurchhumpelten, wusste ich nicht, dass es das letzte Mal sein würde.

Aber es hätte mich auch nicht überrascht.

Kapitel 46

MANCHES HAT MICH dann aber doch überrascht. Hier eine kleine Liste ohne Anspruch auf Vollständigkeit:

Die Tatsache, dass mein Schädel nicht einmal angeknackst war. Als wir das Farmhaus erreichten und Doc dazu abkommandierten, uns nach Fredericksburg ins Krankenhaus zu fahren, war aus dem moderaten Pochen in meinem Schädel ein scharfes, anhaltendes Stechen geworden.

Der Arzt versicherte mir, dass alles noch intakt sei, mal abgesehen von der kleinen Platzwunde, die mit drei Stichen genäht wurde. Damit kam ich bei diesem Abenteuer auf eine Gesamtsumme von glatten zehn.

Die Schmerzen, führte er weiter aus, wurden wohl eher durch den Stress und den Schlafmangel hervorgerufen und würden von allein vergehen, wenn ich mich erst einmal ordentlich ausgeruht hatte. Außerdem empfahl er mir, mich mindestens acht Monate lang nicht mehr niederschlagen zu lassen. Mein Boss gab ihm in diesem Punkt absolut recht.

»Mrs. Campbell wird ganz und gar nicht erfreut sein«, stellte sie zudem mit einer ordentlichen Portion Furcht in der Stimme fest, die absolut berechtigt war.

Die nächste Überraschung folgte, als wir das Krankenhaus verließen und direkt Joe in die Arme liefen. Er war dort, um nach seinem Vater zu sehen, der offenbar auch gerade ein paar Stiche verpasst bekam. Die Kugel hatte es eilig gehabt, seinen Körper wieder zu verlassen, und deshalb weder bei wichtigen Organen noch in Arterien haltgemacht, sondern war im Direktflug durchgegangen.

»Ich habe keine Ahnung, was Ruby in Bezug auf dich zu Ray gesagt hat«, erklärte ich ihm. »Möglicherweise weiß er Bescheid, möglicherweise aber auch nicht. Aber Whiddle ist nicht dumm. Ihm werden die fehlenden Puzzleteile genauso ins Auge springen wie uns.«

Joe seufzte. Doch irgendwie klang es erleichtert, nicht bedrückt.

»Ich werde es ihm sagen. Dieser Job war sowieso nicht gut für mich. Es war zu viel, zu schnell.«

Ich nickte. Da konnte ich ihm nur zustimmen.

Und das war's dann mit uns. Ich wünschte ihm alles Gute, er wünschte mir alles Gute, dann trennten sich unsere Wege. Ich war nicht wütend. Zumindest nicht auf ihn.

Auch das überraschte mich.

*

Als wir auf den Parkplatz hinaustraten, ging gerade die Sonne auf. Am Wagen befahl Ms. P, dass Doc uns direkt zum Farmhaus bringen solle.

»Miss Parker gehört ins Bett. Sie braucht dringend Ruhe.«

Dagegen hatte ich nichts einzuwenden. Das wiederum war vermutlich für meinen Boss sehr überraschend.

In meinem Gästezimmer schälte ich mich aus meinem ehemals liebsten Sommeroutfit. Wo das weiße Leinen nicht zerrissen war, war es grau verfärbt, die Schuhe waren total zerschrammt, und die einst leuchtend blaue Bluse war nicht einmal mehr gut genug für die Mülltonne. Ich packte alles auf den Stapel mit unrettbaren Sachen, den ich während dieses Falls angehäuft hatte.

Dann ließ ich mir ein Bad ein und schrubbte mir das Blut, den Dreck und den hartnäckigen sauren Gestank vom Körper. Einige Zeit später wurde ich wach. Ich war in der Badewanne eingeschlafen.

Benommen wickelte ich mich in ein Handtuch, tappte in mein Zimmer hinüber und brach dort auf dem Bett zusammen. Umhüllt von Whiskey- und Mottenkugelmief schlief ich ein.

*

Als ich aufwachte, hatte der Schmerz in meinem Schädel nachgelassen, und das Licht, das durch die Fenster hereinfiel, sah deutlich anders aus. Ich nahm meine Uhr vom Nachttisch. Fast vier Uhr nachmittags.

Im Erdgeschoss fand ich Ms. Pentecost und Doc in eine angeregte Diskussion über französische Filmkunst vertieft vor. Ich bat sie, das Gespräch ein andermal fortzusetzen.

»Wir müssen ins Gefängnis«, erklärte ich. »Sicherstellen, dass sie Val wirklich rauslassen.«

»Chief Whiddle wird sich bestimmt darum kümmern«, versuchte Ms. P, mich zu beruhigen.

Da ich mir diesbezüglich jedoch keinesfalls sicher war, fuhren wir wenig später in die Stadt, wieder mit

Doc als Chauffeur. Wir parkten in einer Seitenstraße und gingen von dort zu Fuß zur Wache.

Als wir noch einen halben Block entfernt waren, entdeckte ich Val und Chief Whiddle; sie standen vor der Wache auf dem Bürgersteig. Val unterhielt sich mit einer Frau in buntem Blumenhängerchen und taillierten Shorts. Die Klamotten waren offenbar brandneu. Überhaupt wirkte sie wie jemand, der gerade erst in den Staaten angekommen war und nach allem gierte, was neu war.

Sie hatte lange schwarze Haare, und selbst auf die Entfernung war die Ähnlichkeit unverkennbar. Sowohl der jungen Frau als auch dem alten Messerwerfer liefen Tränen über das Gesicht.

Whiddle bemerkte uns und kam zu uns herüber.

»Mr. Kalishenkos Tochter, nehme ich an?«, folgerte Ms. P.

Der Polizeichef nickte.

»Es war Ruths Idee«, berichtete er. »Sie hat sie in ihrem Hotel in Charlotte ausfindig gemacht, dann sind die von der State Police heute Morgen hin und haben sie geholt.«

Meine Brauen wanderten so weit in die Höhe, dass es ihm nicht entgehen konnte.

»Hier erinnern sich noch eine Menge Leute an ihren Ehemann«, erklärte er. »Sie hat eine alte Gefälligkeit eingefordert.«

»Was Ihnen aber eher zu missfallen scheint«, stellte Ms. Pentecost fest.

»Meiner Meinung nach hätten wir seine Korrespondenz nur etwas weiter durchgehen müssen, dann wären wir bestimmt auf Beweise dafür gestoßen, dass er Dreck am Stecken hat«, verkündete Whiddle. »Ich erkenne ein faules Ei, wenn ich es sehe.«

Vor der Polizeistation hatte die junge Frau nun ihren Vater in die Arme geschlossen. Er schluchzte so laut, dass ich es selbst aus dieser Entfernung hören konnte.

»Wir alle haben dunkle Punkte in unserer Vergangenheit, Chief Whiddle«, stellte mein Boss fest. »Doch zu Ihrem Glück fallen die von Mr. Kalishenko nicht in Ihren Zuständigkeitsbereich.«

Er blieb skeptisch.

»Außerdem ist es ja so«, fuhr sie fort. »Sollte Mr. Kalishenkos Aufenthalt in Ihrer Stadt andauern, dann gilt das ebenso für unsere Anwesenheit hier. Und wie man mir vor nicht allzu langer Zeit deutlich gemacht hat, neige ich dazu, Schlagzeilen zu produzieren.«

Was übersetzt so viel hieß wie: Wenn du dich weiter auf den Russen einschießt, riskierst du damit eine Titelgeschichte, in der detailliert geschildert wird, wie du dich von einer Schwindlerbande hast austricksen lassen.

Mit einem Ruck zog Whiddle seine Hose hoch, die sein Bauch sofort wieder runterschob.

»Tja, der Kerl ist nicht mehr mein Problem. Ich habe noch eine Menge Papierkram zu erledigen. Nehme mal an, man wird Sie vorladen, wenn der Prozess anfängt.«

Ms. P überreichte ihm ihre Karte.

»Wir stehen zur Verfügung, soweit wir es ermöglichen können.«

Ich vermutete, dass die Visitenkarte nach spätestens zwei Minuten im nächsten Mülleimer landen würde. Die Vorladungen verschickte sowieso der Bezirksstaatsanwalt. Und Chief Whiddle wollte hundertpro nichts mehr mit uns zu tun haben.

Er hob den Kopf und blickte nach Westen, wo sich ein dunkler Streifen am Horizont abzeichnete.

»Scheint, als gäbe es endlich etwas Regen«, prophezeite er. »Das wird die Bauern freuen.«

Er tippte sich an den Hut.

»Ich wünsche eine gute Heimreise.«

Damit schlenderte er zur Polizeiwache zurück, vor deren Eingangstreppe sich Vater und Tochter noch immer in den Armen lagen. Und es sah so aus, als könnte das noch eine Weile dauern.

Wir überließen sie ihrer Wiedersehensfreude.

Kapitel 47

WIR BLIEBEN NOCH eine Nacht.

Der Wetterbericht des Chiefs entpuppte sich als korrekt. Gegen sieben Uhr abends begann es zu regnen, was eine gewisse Erleichterung, wenn auch keine Überschwemmung brachte.

Zum Abendessen gab es Grillhähnchen von Henry's Eats, und Doc erzählte uns, dass Joe ihn angerufen hatte. Er wollte seinen Kram aus der Scheune holen. Das Motorrad brauchte nur noch eine neue Bremsleitung, dann war es fertig, und sein Versteck auf dem Heuboden aufzugeben half ihm vielleicht dabei, seine Sucht zu bekämpfen.

»Er hat mir von seinem Problem erzählt«, berichtete Doc. »Und Chief Whiddle hat er es auch gesagt, deshalb weiß es jetzt vermutlich die ganze Stadt.«

Genüsslich biss er in sein Hähnchen. Seine Hände zitterten dabei. »Und dann habe ich ihm gesagt, dass ich mit dem Trinken aufhören werde«, fügte er hinzu. »Mir ist diese Woche erst klar geworden, wie schlimm es mittlerweile geworden ist. Außerdem habe ich ihm versprochen, dass ich für ihn da bin, wenn er mal über den Krieg reden will oder so.«

Das hielt ich für eine hervorragende Idee, was ich Doc auch sagte.

Am nächsten Morgen nieselte es noch, und draußen war es grau und matschig. Als alles gepackt war, marschierte ich noch einmal über das Feld und durch das Gehölz bis zum Zirkusgelände.

Dort war eine Menge los. Kisten wurden gepackt, Tiere gebändigt, Plakate eingerollt. Wohnwagen wurden aus Senken gezogen, die sich über Nacht in Schlammlöcher verwandelt hatten. Das kleinere Zelt war bereits abgebaut, das große zur Hälfte.

Maeve stand am Rande des Geschehens unter den Bäumen. Sie hatte sich ein leuchtend blaues Tuch um die Schultern geschlungen; als hätte sie ein Stück vom Himmel stibitzt, bevor die Wolken kamen. Ich ging zu ihr hinüber.

»Eigentlich dachte ich, ihr wärt noch bis Ende der Woche hier.«

»Hat Big Bob so entschieden«, erklärte sie mit grimmiger Resignation. »Er geht davon aus, dass wir hier nicht länger willkommen sind. Und die in Charlotte meinten wohl, wir könnten auch früher aufbauen.«

Schweigend sahen wir zu, wie mehrere Männer mithilfe einer Seilwinde das Riesenrad auf die Seite kippten.

»Noch hat er nichts gesagt, aber ich schätze mal, das ist unsere letzte Saison«, fuhr Maeve schließlich fort. »Bob ist gerade in der Stadt und verschickt Telegramme, um herauszufinden, ob das Angebot von Baxter und Brass noch steht.«

»Er verkauft?« Ich war überrascht, obwohl ich es eigentlich nicht hätte sein dürfen.

Maeve nickte. »Der festen Truppe gegenüber hat er es bereits angedeutet. Spricht immer wieder von einer ausgedehnten Winterpause. Meint, wir sollten uns für die Zeit dazwischen besser Arbeit suchen. Aber ich denke, diese Zeit dazwischen wird wohl kein Ende mehr nehmen, also …«

Ich musste an meine Freunde denken, die alten wie die neuen.

Sam Lee kam vielleicht bei einem anderen Zirkus unter. Für junge Männer, die bereit waren, für einen Hungerlohn so ziemlich alles zu tun, ergab sich immer etwas. Aber ich war der Meinung, dass er auch etwas Besseres finden konnte. Ich nahm mir vor, ein paar Leute anzurufen, wenn ich wieder in New York war.

Und was die Künstler anging … Manche würden bei Baxter und Brass landen, andere vielleicht bei einem anderen Wanderzirkus, auch wenn es nicht mehr viele davon gab. Um Annabelle musste man sich keine Sorgen machen, die hatte ihren Ausstieg ja längst geplant.

Kalishenko konnte sich vielleicht halten, allerdings wäre es auch kein schlechter Zeitpunkt für ihn, in Rente zu gehen. Klar, er war gut, aber er wurde langsam alt. Außerdem musste er ja jetzt auch an seine Familie denken.

Für Frieda sah es eher schlecht aus, wie für die meisten Darsteller im Spektakulum. Begleitshows dieser Art waren nicht mehr in Mode. Vielleicht konnte sie Carlotta bei ihren Tigern assistieren.

Wo auch immer sie landen mochten, ich hoffte für sie, dass sie zusammenbleiben konnten. An einem Ort, wo sie einander am Lagerfeuer in den Armen halten konnten, ohne Angst haben zu müssen.

Nein, mir muss niemand erklären, dass es in dieser Welt nicht so läuft. Das weiß ich schon.

Aber man wird doch wohl hoffen dürfen.

Nachdenklich sah ich zu Maeve hinüber. Eine Frage hatte ich noch an sie: Hast du wirklich nicht gesehen, mit wem Ruby an jenem Abend an ihrer Bude gesprochen hat? Hast du Rays Stimme wirklich nicht erkannt? Du, die du doch das schärfste Gehör und die schärfsten Augen der gesamten Truppe hast?

Oder warst du einfach der Meinung, dass das Kind ja bereits in den Brunnen gefallen war? Ruby war tot, und nichts konnte sie zurückbringen. Warum also einen weiteren Freund den Wölfen zum Fraß vorwerfen, Mörder hin oder her? Vielleicht warst du dir ja wirklich sicher, dass Ms. Pentecost und ich Val raushauen würden. Und sollten wir scheitern, konntest du es dir ja immer noch anders überlegen.

Hätte sie mir das alles bestätigt, hätte ich ihr gesagt, dass ich sie verstehen konnte. Auch wenn ich die Sache anders sah. Vielleicht gehörte ich nicht mehr zur Familie, aber verstehen konnte ich es.

Stattdessen fragte ich sie: »Und was hast du vor? Schließt du dich einer anderen Truppe an?«

Die Wahrsagerin schüttelte den Kopf.

»Ich werde langsam zu alt für das Nomadenleben«, meinte sie. »Ich denke, ich gehe nach New York zurück. Coney Island vielleicht. Irgendwohin, wo ich meine Zelte dauerhaft aufschlagen kann.«

Sie schenkte mir ein trauriges Lächeln.

»Schließlich gibt es immer genug Leute, die eine gute Geschichte hören wollen.«

Wir standen schweigend im Regen und sahen zu, wie das große Zelt in sich zusammenfiel. Irgendwann verabschiedete ich mich, doch Maeve starrte wie gebannt auf die riesigen Zeltbahnen, die nun schlaff auf der Erde lagen. Ich glaube nicht, dass sie mich überhaupt gehört hat.

*

Ms. P und ich fuhren mit dem Zwei-Uhr-Zug zurück in die Heimat, diesmal mit einer Direktverbindung mit wesentlich weniger Zwischenstopps. So würden wir zum Abendessen zu Hause sein.

Vor der Abreise hatten wir Mrs. Campbell angerufen und ihr Bescheid gesagt. Sie hatte ein halbes Dutzend Nachrichten für uns, allesamt von Reportern. Offenbar hatte es sich herumgesprochen, dass Lillian Pentecost einen Drogenhändlerring auf dem Land gesprengt hatte, und nun lechzten sie natürlich nach Einzelheiten.

Der Zug nahm Fahrt auf. Wir sahen zu, wie Virginia sich vor dem Fenster in grünlich graue Streifen verwandelte. Irgendwann legte mein Boss mir die Hand aufs Knie.

»Wie fühlst du dich?«

»Gar nicht mal schlecht. Die Kopfschmerzen sind fast weg.« Vorsichtig betastete ich die feinen Stiche am Hinterkopf.

»Aber wie *fühlst* du dich?«, wiederholte sie mit einem Blick, der deutlich machte, dass sie »kein Kommentar« nicht als Antwort gelten lassen würde.

Also dachte ich darüber nach.

Der Zirkus war Geschichte oder würde es zumindest bald sein.

Und das Mädchen, das im Alter von fünfzehn Jahren dort hineingestolpert war, ebenfalls.

Nun saß hier eine neue Frau, die das Gesicht dieses Mädchens trug. Eine Frau, die auf brennende Wagen sprang und Mörder durch die Nacht jagte. Die sich vor vier Jahren kopfüber in das Leben eines Detektivs gestürzt hatte und seitdem krampfhaft versuchte, sich zu beweisen.

Wurde ich tatsächlich von Zorn angetrieben? Zorn, der darauf gründete, dass jene Fünfzehnjährige überhaupt erst von zu Hause hatte weglaufen müssen? Oder Zorn, geboren aus dem Bewusstsein, dass ich ein Riesenglück hatte, Frauen wie Ruby Donner und Lillian Pentecost zu begegnen, da sich die Welt dort draußen sonst einen feuchten Kehricht darum geschert hätte, was aus mir wird?

Und sich vielleicht noch immer nicht darum scherte.

Ganz sicher war ich wütend darüber, dass Ruby in keiner einzigen der vielen Nachrichten, die Mrs. Campbell an uns weitergeleitet hatte, auch nur mit einem Wort erwähnt wurde.

Chicago-Mafia baut Drogenring unten im Süden auf, würde es in der Zeitung heißen. Aber zum Tod der Tätowierten Schönheit? Vielleicht ein halber Satz, irgendwo in der letzten Spalte. Wen interessierte das schon?

Mich interessierte das. Und meinen Boss interessierte das. Wir interessierten uns für Ruby und Menschen wie sie.

Ich betrachtete meine Arbeitgeberin, die tiefen Falten auf ihren Wangen und ihrer Stirn, ein Auge aus kaltem Glas, das andere durch eine Geschichte geschult, die sie höchstens in knappen Andeutungen preisgab. Zum ungefähr hundertsten Mal fragte ich mich, wodurch diese Züge so geformt worden waren.

»Es geht mir gut«, antwortete ich schließlich. »Wirklich.«

Sie nahm das so hin und tätschelte kurz mein Bein. Dann holte sie ihre Akte hervor und begann zu lesen, wobei sie jede Seite sorgfältig auf dem Nachbarsitz ablegte, sobald sie damit durch war.

Und das war die letzte Überraschung. Die letzte unvermutete Wendung.

Denn es war absolut wahr. Ich fühlte mich gut.

Dann wurde ich vielleicht von meinem Zorn angetrieben, und? Immerhin sorgte er dafür, dass ich auf brennende Wagen sprang und Mörder durch die Nacht jagte.

Solange mein Motor dank ihm weiterlief, war es mir egal. Und wenn ich mir die Welt so ansah, würde mein Tank so schnell wohl nicht leer werden. Zorn würde es immer geben, und auch genügend Ziele, gegen die ich ihn richten konnte.

Ich streckte den Arm aus und holte mir die Unterlagen, die mein Boss bereits durchgesehen hatte. Als ich anfing zu lesen, warf Ms. Pentecost mir einen kurzen Blick zu, sagte aber nichts. Das brauchte sie auch nicht.

Es gab eine Menge zu tun.

*

Willowjean Parker
Chefermittlerin
Pentecost und Parker Investigations
New York City

Danksagung

EIN GROSSER TEIL dieser Geschichte ist während der Anfangsmonate einer weltweiten Pandemie entstanden. Doch auch wenn es in der Isolation geschrieben wurde, haben doch eine Menge Leute daran gearbeitet, dass ihr dieses Buch nun in Händen halten könnt.

Mein besonderer Dank geht an:

Meinen Agenten Darley Anderson und sein wundervolles Team, das mir während meines ersten Jahres als Romanautor das Händchen gehalten hat. Dazu gehören: Mary Darby, Georgia Fuller, Kristina Egan, Rosanna Bellingham, Rebeka Finch und all die anderen Agenturmitglieder, denen ich eines Tages hoffentlich auch ohne digitale Hilfsmittel begegnen werde.

Meine Lektoren Bill Thomas und Margo Shickmanter und die fantastischen Menschen bei Doubleday, die so hart dafür gearbeitet haben, dass dieses Buch seinen Lesern gerecht wird. Das sind unter anderem: Elena Hershey, Jillian Briglia, Peggy Samedi, Erin Merlo, Maria Massey, Maria Carella, Amy Edelman und Michael Windsor. Und falls ihr die US-Ausgabe lest: Das herrliche Cover stammt von Rui Ricardo.

Matthew Pauli, der mich hat teilhaben lassen an seinem Wissen über Clowns, Motorräder und das alltägliche Leben in einem Wanderzirkus. Vielleicht habt ihr

Matt auch schon online gesehen, wenn er als Clown die Patienten im Johns Hopkins Children's Center besucht. Pauli Pagliano basiert zum Teil auf ihm. Und: Ja, er ist wirklich so witzig. Alle Fehler, die sich in Bezug auf das Zirkusleben eingeschlichen haben, sind ganz allein mir geschuldet.

Jillian Kroos, die mir aus Sicht einer Bestatterin geschildert hat, wie eine Heimbestattung ohne Einbalsamierung aussehen müsste. Bedenkt man, mit welchen Themen sich diese Romane beschäftigen, ist wohl davon auszugehen, dass ich ihr noch öfter Löcher in den Bauch fragen werde.

Liaa Walter, die nun schon seit einem Jahrzehnt ihre Kunst in meine Haut sticht. Ich freue mich schon auf die nächsten zehn Jahre unter ihrer Nadel.

Melissa und Jill, die während des Lockdowns dafür gesorgt haben, dass wir alle in Verbindung, einigermaßen vergnügt und bei klarem Verstand geblieben sind. Wenn dieses Buch erscheint, können wir uns hoffentlich wieder richtig treffen.

Jessica – stets meine erste und liebste Leserin –, die so lange dranbleibt, bis ich es richtig hinkriege. Wills Welt wäre, genau wie meine, um einiges ärmer ohne dich.

Alle, die sich für dieses Buch und auch für *Die Tote auf dem Maskenball* entschieden haben. Ich hoffe, ihr habt genauso viel Freude mit Will und Lillian wie ich. Ich freue mich schon auf den nächsten Abschnitt dieser möglichst langen Reise.

Und zum Schluss danke ich noch der Schlangenfrau, die sich so unglaublich verbogen und einem kleinen Jungen bei seinem ersten Zirkusbesuch eine so große

Freude gemacht hat. Ich kann mich weder an ihren Namen erinnern noch daran, in welchem Wanderzirkus das war. Aber ich erinnere mich an dieses unglaubliche Gefühl.

Ich danke euch allen.